www.tredition.de

AF288681

Vorwort

Herzlichen Dank an meine Familie und Freunde, die mich bei diesem Projekt begleitet und unterstützt haben.

Ein ganz besonderer Dank gilt meiner Lebenspartnerin, die bei der Nachkorrektur so viel Geduld gezeigt und ein wundervolles Cover designt hat.

Wichtiger Vermerk: Sämtliche Personen sind frei erfunden, genauso wie die Geschichte selbst. Da der Autor schlecht darin ist, Namen auszusuchen, hat er sich diesbezüglich bei seinem Umfeld bedient.

Es heißt ja, jeder kann singen, Geschichten erzählen oder kochen. Die Frage, welche sich der Autor gestellt hatte, bevor er den Roman in Angriff genommen hatte, war: sollte jeder / jede?

Lieber Leser, liebe Leserin, Sie sind dabei, es herauszufinden.

Thierry R. Bourquin

Bad Criminals

Kriminell, aber unfähig

www.tredition.de

© 2019 Thierry R. Bourquin
Umschlag: Sina Sommerhalder
Lektorat: Marco Cousin
Korrektorat: Dr. Matthias Feldbaum

Verlag & Druck: tredition GmbH, Halenreie 40-44,
22359 Hamburg

ISBN
Paperback   978-3-7497-7633-7
Hardcover   978-3-7497-7634-4
e-Book   978-3-7497-7635-1

1
Die Arbeit ruft

Im Prinzip war es ein ganz normaler Montagmorgen, wie man ihn zu dieser Jahreszeit in diesem Bereich der Welt zu erwarten hatte. Die Meteorologen bestanden jedes Jahr darauf, dass der Frühling nun begonnen hatte, eine Zeit des Erwachens, des Blühens und des Sonnetankens. Das schien dem Frühling selbst aber ziemlich egal zu sein, denn er weigerte sich konsequent, auch nur eine dieser Eigenschaften preiszugeben.

Während Inspektor von Halden mit einer Mischung aus Müdigkeit und einem Anteil Unzufriedenheit versuchte, mit seinem Billig-Eiskratzer die Windschutzscheibe vom morgendlichen Raureif zu befreien, schweifte sein Blick über seinen Wagen hinweg zur Quartierstraße, die wie der Rest der Umgebung fest im Würgegriff des Nebels stand.

Da es ein relativ altes und nicht gerade behutsam gepflegtes Quartier war, ersparte der Nebel einem einen weiteren trostlosen Blick auf heruntergekommene Wohnblöcke, bei denen die Balkone einfach nur ein schlechter Witz waren. Die meisten Anwohner verwendeten die gefühlten zwei Quadratmeter, um ein paar Pflanzen zu züchten sowie die Wäsche zu trocknen. Wenige Masochisten hatten tatsächlich zwei Gartenstühle sowie einen Bistrotisch dort stehen, um anscheinend gelegentlich die schöne Aussicht auf die nächste Fassade in wackligen Gartenmöbeln genießen zu können.

Er selbst wohnte in einem ganz schönen Wohnblock, das einzige Gebäude im gesamten Quartier, welches von Grund auf durch die Verwaltung renoviert worden war. Ursprünglich war mal geplant gewesen, das gesamte Quartier durch massive Renovierung aufzuwerten, damit die Verwaltung die Erhöhung des Mietzinses auch irgendwie zu rechtfertigen wusste. Denn jedem Anwohner hier war klar, dass die Bausubstanz so alt war, dass eine Renovierung entweder gründlich gemacht werden musste, was natürlich erhebliche Kosten nach sich ziehen würde, oder man einfach eine Pinselrenovierung durchführen würde, damit man dann eine nicht ganz gerechtfertigte Mietzinserhöhung durchdrücken konnte.

Was die Verwaltung damals nicht hatte wissen können, war, daß die vorherigen Besitzer, also eine andere geizige und skrupellose Immobilienverwaltung, die Bausubstanz und die Qualität der Wohnräumlichkeiten in einem viel besseren Zustand verkauft hatten, als diese wirklich gewesen waren. Vor zwei Jahren flatterte von der Verwaltung bei Inspektor von Halden ein zweiseitiger Brief herein, in dem breit erklärt wurde, wie toll und wie schön die gesamte Überbauung schlussendlich aussehen würde und dass für die Anwohner durch die Bauarbeiten nur Vorteile entstehen würden.

Im Kleingedruckten wurde dann beiläufig erwähnt, dass die Umbauten die Bewohnbarkeit der Räumlichkeiten dezent einschränken würden, damit meinten sie komplett unbewohnbar, und dass nach den abgeschlossenen Arbeiten der Mietzins bescheiden erhöht , also um unverhältnismäßige dreißig Prozent angehoben werden würde. Die gesamten Arbeiten sollten eigentlich nur sechs Monate andauern, gerade genug Zeit, um so ziemlich die gesamte Wohnung auszukernen, die Fenster rauszuschmeißen und die gesamte Erneuerung abzuschließen. Während der Bauphase wurde auch daran gedacht, ein Carport zu installieren, was schlussendlich aber an den Baubewilligungen und an der mangelnden Initiative der Verwaltung gescheitert war und nun dazu führte, dass Inspektor von Halden jeden Winter sein nun zwölfjähriges Auto vom Schnee befreien musste.

Als er das Auto in Zusammenhang mit einer Beförderung erhalten hatte, hatte dies natürlich nach einem super Angebot geklungen, auf welches er sich auch irrsinnig gefreut hatte. Er hatte damals endlich die Prüfung zum Inspektor mit der Note „Gut" bestanden und bereits eine Stelle angeboten bekommen. Inbegriffen waren bezahlte Spesen während der Arbeitszeit sowie ein Dienstwagen, bei dem alle Reparaturen sowie das Tanken vom Arbeitgeber übernommen wurden.

Vor zwölf Jahren war der Wagen also frisch gewaschen und von der Garage abgeholt auf seinem Dienstparkplatz gestanden, in einem eleganten Dunkelblau mit beigem Interieur, Marke BMW, und in der Inspektor-Vollausstattung, die von der Polizeiwerkstatt professionell eingebaut worden war.

Inzwischen hatte der Wagen natürlich einiges erlebt, wie beispielsweise kleinere Beulen an der Karosserie wegen Berührungen mit anderen Fahrzeugen, mit der Absicht, diese zu stoppen, oder kleinere Schrammen auf den hinteren Sitzen, wenn er gewisse Leute mehr oder weniger freiwillig hatte mitnehmen müssen, bis zu zerkratzen Felgen, weil er teilweise im Winter den Abstand zum Bordstein nicht genau hatte abschätzen können. Das Leder des Lenkrades fühlte sich abgenutzt und speckig an und viele Elemente der Armaturen hatten ihren Glanz verloren. Das Auto hatte mittlerweile auch schon über 250 000 Kilometer auf dem Buckel, war aber immer noch gut in Schuss. Selbstverständlich benutzte er mittlerweile das Navigationssystem auf seinem Smartphone, da das des Autos hoffnungslos veraltet und überfordert war. Die Entscheidung hatte er damals getroffen, als das Navi von BMW ihn auf dem Weg zum Tatort über eine Kuhweide hatte leiten wollen, welche als vollwertige Straße gekennzeichnet gewesen war.

Seine mittlerweile etwas angefrorenen Finger erinnerten ihn daran, dass er sich zum einen endlich einen neuen Eiskratzer mit langem Stiel besorgen sollte und dass Handschuhe, welche an den Fingerspitzen bereits Löcher aufwiesen, wohl keine gut wärmende Kleidung darstellten. Nachdem Inspektor von Halden fluchend noch das Eis von den Seitenspiegeln entfernt hatte, schmiss er den billigen Eiskratzer auf den Rücksitz und klemmte sich hinter das Steuerrad.

Er drehte energisch die Zündung und der Motor heulte kurz leise auf, um in ein beständiges Schnurren überzutreten. Er musste ohnehin noch etwa fünf Minuten warten, da die Scheibe stark angelaufen war und er so natürlich unmöglich losfahren konnte. Während das Auto nun versuchte, den Rest der Kälte vom Innenraum zu vertreiben und die Scheibe in etwas zu verwandeln, das man auch als transparent bezeichnen konnte, warf er noch einen kurzen Blick in den Schminkspiegel.

Früher hatte er keine Zeit damit verschwendet, sein Äußeres speziell zu pflegen, aber seit er letztes Jahr zweiundfünfzig geworden war und nun einen sechsundzwanzigjährigen Assistenten an seiner Seite hatte, wollte er nicht das Klischee des alten, abgehalfterten Polizisten erfüllen, sondern immer noch jung und dynamisch wirken. Was natürlich ein etwas schweres Unterfangen war, seitdem seine Haare sich weigerten, blond zu bleiben, und sich immer mehr in Weiß verwandelten.

Das bedeutete für ihn, dass er seine Haare immer etwas nachfärben ließ, um nicht wie ein Mann in der Midlife-Crisis zu wirken, aber dennoch das Ergrauen seiner Haare etwas zu verzögern. Sein Gesicht wirkte etwas eingefallen, da er in den letzten drei Monaten etwa zehn Kilo abgenommen hatte, hauptsächlich, indem er etwas mehr darauf achtete, was er aß und jeden Abend etwa dreißig bis vierzig Minuten Joggen ging, was im Winter – respektive Frühling – nicht immer ganz einfach war. Zweimal die Woche profitierte er vom Angebot des neuen Fitnesscenters der Polizei und wagte sich jeweils abends an die Kraftmaschinen, um etwas Gutes für seinen Körper zu tun – und teilweise mit der leisen Hoffnung, dass sein Waschbärbauch eines Tages vielleicht ein kleines bisschen seinen Waschbrettbauch durchscheinen lassen würde. Mit seinen ein Meter sechsundsiebzig hatte er eine durchschnittliche Körpergröße, womit er gut klarkam. Er wollte auch sonst endlich wieder Änderungen in seinem Leben hervorrufen, seit ihn seine letzte Freundin vor etwa vier Jahren verlassen hatte.

Er wollte gerade rückwärts aus seinem Parkplatz fahren, als er nochmals einen prüfenden Blick zu seiner Rechten machte, zum Nachbarwohnblock, bei dem letzte Nacht um etwa elf Uhr abends ein dunkelgrauer VW-Kastenwagen auf dem hintersten Parkplatz geparkt hatte. Das war im Grunde genommen nichts Außergewöhnliches, da in diesem Quartier viele Handwerker wohnten und es immer wieder vorkam, dass einer seinen Lieferwagen respektive das Arbeitsfahrzeug mit nach Hause nahm, damit er am nächsten Morgen bereits früh losfahren konnte – zu irgendeiner entfernten Baustelle.

Gestern Abend war ihm aufgefallen, dass das Fahrzeug kein Firmenlogo hatte, dafür aber einige schöne, große Kratzer an der Fahrertür sowie im hinteren Bereich des Fahrzeuges. Es hatte mehr wie ein Vorzeigefahrzeug einer VW-Vertretung ausgesehen, das vom Lehrling unachtsam in die Garage reingefahren worden war.

Die zwei Personen, die in jener Nacht ausgestiegen waren, hatten auch überhaupt nicht wie Handwerker ausgesehen und sich auch nicht entsprechend verhalten. Sie hatten sich auffällig vom Fahrzeug weggeschlichen, in sehr dunklen Klamotten, und sich nur leise Dinge zugeflüstert, die er auf dieser Entfernung nicht hatte verstehen können. Als etwa zehn Minuten vergangen waren, hatte er den VW-Kastenwagen nicht mehr weiter beachtet und sich wieder seiner Fernsehsendung gewidmet, welche über Kanadas Landschaft berichtet hatte – ein Land, in das er gern irgendwann einmal auswandern wollte. Das war ein Traum, der ihn seit seiner Trennung immer wieder begleitet hatte.

Er hatte schon mal Sendungen gesehen, die sich mit dem Auswandern beschäftigten und deren Abenteuer von einem neuen Leben in einem neuen Land erzählten, und wie viel glücklicher diese Personen jeweils mit dieser Entscheidung waren. Aber es war ein gewaltiger Unterschied, ob man mit einer Idee eine nette Fantasie verband, nach dem Motto: „Eines Tages werde ich dies auch mal tun" oder, ob man dieses Abenteuer effektiv in Angriff nahm, wozu er einfach noch nicht bereit war. Aber es war nett, sich in dieser Fantasie zu verlieren und sich vorstellen zu können, wie und wo er einst mal leben könnte und sich ein neues Zuhause aufbauen würde.

Der Kastenwagen war auf jeden Fall schon wieder verschwunden und hatte keine Spuren hinterlassen. Wahrscheinlich war es wieder einmal ein unbedeutendes Ereignis gewesen, das er als Inspektor überinterpretiert hatte, was natürlich auch mit seinem Beruf zusammenhing. Er blickte noch mal kurz auf die Uhr und entschied, dass es höchste Zeit war, zur Arbeit zu fahren, denn er wollte nicht später als sieben Uhr dreißig beim Polizeiposten ankommen, um mit dem Assistenten einen neuen Fall im Bereich einer kleinen Diebesbande aufzuklären.

Um diese Zeit war der Weg zur Arbeit nicht immer einfach, da seine Arbeitsstrecke über mehrere stark befahrene Straßen führte, die chronisch überlastet waren. Er war stets sehr glücklich darüber, dass sein Auto über ein Automatikgetriebe verfügte, denn sonst käme er jedes Mal mit einem Krampf im linken Fuß bei der Arbeit an. Er war zwar Polizist, dies nützte ihm aber im Straßenverkehr nicht sonderlich viel, da sein Auto ja nicht entsprechend gekennzeichnet war, sondern aussah, wie ein normales ziviles Fahrzeug. Nicht dass man in einem Polizeiauto schneller zur Arbeit käme, aber die Leute hielten eher mal den Abstand ein und wagten es kaum, einem kurzfristig den Weg abzuschneiden.

Des Weiteren verzichteten viele Leute auf gewisse Handzeichen und Symbole, zu denen man zur täglichen Kommunikation im Straßenverkehr gern verleitet wurde, wenn jemand wieder einmal zu spät anfuhr oder zu früh vor einer Ampel abbremste. Inspektor von Halden kriegte jeden Morgen das volle Spektrum der Kommunikationsmöglichkeiten mit, da er als Polizist nicht unbedingt bei Orange über die Ampel fahren wollte und im Kolonnenverkehr natürlich einen gewissen Abstand einhalten musste, um nicht Stoßstange an Stoßstange zu kleben. Andersherum hatte er selbst aber keine Probleme, auch auszuteilen, da ihn sowieso niemand erkennen würde und es am frühen Morgen doch immer wieder mal guttat, seinem Ärger Luft zu machen.

„Himmelarsch, nicht schon wieder dieses verfluchte Warnlicht", schnauzte er sein Armaturenbrett an und blickte verärgert auf die blinkende Warnung, dass der Ölstand seines Motors kritisch tief war. Das Problem mit alten Sechszylinder-Autos war, dass diese sich wie Menschen verhielten, und je älter sie wurden, desto inkontinenter wurden sie. Man füllte zwar laufend das Öl nach, hatte aber das

Gefühl, dass der Motor dieses Öl so schnell wieder verlor, wie man es eingegossen hatte.

Das war schon das zweite Mal in diesem Monat, er hatte aber unglücklicherweise noch keine Zeit gehabt, sein Auto prüfen zu lassen. Seine Bitte beim Vorgesetzten, sie sollten ihm doch ein neues Auto zur Verfügung stellen, war auf taube Ohren gestoßen und mit der immer gleichen Begründung begleitet worden, dass die Stadt Geld sparen müsse und sein Wagen doch noch in einem sehr guten Zustand sei. Während er mit dem Schicksal haderte und immer noch wütend auf die Anzeige blickte, bemerkte er eine Zehntelsekunde zu spät, dass die Ampel von Rot wieder auf Grün umgeschaltet hatte, und erntete für sein kurzes Zögern ein Hupkonzert des Hintermannes.

„Schon verstanden, du Witzbold, leck mich doch am Arsch!", knurrte er vor sich hin, während er im Seitenspiegel bemerkte, wie der hintere Wagen ihn beim Spurwechsel überholte.

Es war eine zweispurige Hauptstraße, bei der die linke Spur geradeaus in die Altstadt führte und die andere, dort musste er nämlich hin, nach rechts abbog, in Richtung Stadtmitte. Bei der nächsten Ampel, bevor sich die Spuren voneinander trennten, standen sie nun nebeneinander, er und der sichtlich frustrierte BMW-Fahrer mit nass gekämmten Haaren und frisch polierter Karosserie. Es war ein typischer Dreier-BMW – tiefer gelegt, Niederprofilreifen, Chromfelgen und neue Auspuffanlage sowie verdunkelte Scheiben.

Der Fahrer selbstverständlich mit der schräg sitzenden Baseballkappe und der obligatorischen Sonnenbrille auf der Nase, wobei es von Halden ein absolutes Rätsel war, wie man im Nebel mit einer solchen Brille fahren konnte.

Die Druckwelle des Basses der mächtigen Soundanlage war gut zu spüren und präsentierte allen Personen in der unmittelbaren Nähe einen klaren Einblick in den Musikgeschmack des Autofahrers. Der BWM-Fahrer schien immer wieder gehässig in seine Richtung zu blicken und ließ in regelmäßigen Zeitintervallen den Motor aufheulen, als könne er es kaum erwarten, Grün zu kriegen, was auch bald der Fall sein würde, denn die letzten Fahrzeuge bogen ab und auf der Kreuzung kehrte kurz Ruhe ein, bevor die Signale neu geschaltet wurden.

Die Ampeln hatten kaum Zeit, das Orange aufleuchten zu lassen, als der BMW-Fahrer brutal beschleunigte, gleichzeitig das Steuer scharf nach rechts riss und scheinbar ebenfalls vorhatte, rechts abzubiegen, obwohl dies gar nicht ging, denn nur Inspektor von Haldens Spur führte nach rechts, was den BMW-Fahrer aber nicht zu kümmern schien, jedoch dazu führte, dass von Halden leicht anfuhr, aber sofort wieder auf die Eisen steigen musste, um in letzter Sekunde eine Kollision mit seinem Kontrahenten zu verhindern. Dies hatte offensichtlich auch seinen Hintermann überraschte, denn er verpasste es, rechtzeitig zu bremsen, und knallte leicht in Inspektor von Haldens hintere Stoßstange, die diese Unachtsamkeit mit einem hörbaren Geräusch quittierte.

„Was soll denn die Scheiße, verdammt noch mal, ist der Kerl denn völlig verrückt geworden?!", brüllte er vor sich hin, während er wieder auf sein Gaspedal stieg, um sofort die Verfolgung des Verkehrssünders aufnehmen zu können. „Na warte", dachte er sich, vor Wut schäumend, „dich krieg ich, du Scheißkerl!".

Seine Reifen quietschten leicht, als er schnell ebenfalls nach rechts abbog und er war ziemlich überrascht darüber, was er gleich wenige Meter weiter vor sich wiederfand. So überrascht in der Tat, dass er beinahe ebenfalls zu spät abgebremst hätte, was auch daran lag, dass der Nebel mittlerweile wieder dichter geworden war und er somit die Baustelle ebenfalls beinahe übersehen hätte. Schnell fuhr er direkt hinter den BMW, wobei er darauf achtete, dass er seinen Wagen sauber mit zwei Rädern auf dem Bürgersteig parkte, um möglichst nicht im Weg zu stehen.

Im Rückspiegel bemerkte er, dass der Fahrer, der ihn vorhin gerammt hatte, offensichtlich bemüht war, das Richtige zu tun, und ebenfalls anhielt, auch darauf achtend, möglichst kein Verkehrshindernis darzustellen, was sie aber alle zusammen mittlerweile trotzdem waren. Denn alle Fahrzeuge, die ebenfalls in diese Richtung mussten, hatten momentan wegen des BMW-Fahrers keinen Platz, sich durchzuzwängen, denn die Gegenfahrbahn war ebenfalls voll mit Fahrzeugen.

Völlig entnervt schaute von Halden auf sein Armaturenbrett, das nun noch mehr Warnsignale aufblinken ließ als noch vor Kurzem. Offensichtlich hatte die Vollbremsung, gefolgt von einer ruppigen Beschleunigung und der nachfolgenden, nicht minder hastigen Bremsaktion den Motor restlos überfordert.

Ein wenig weißer Qualm schien aus der Motorhaube emporzuschweben, aber vielleicht war es auch nur der feine Staub, den der Kipplastwagen vor ihnen verursachte, der gerade dabei gewesen war, Kies abzuladen, als der BMW-Fahrer beherzt mit seiner rechten vorderen Seite dessen Heck gerammt hatte. Der Inspektor atmete nochmals tief durch, betätigte den Schalter für die Warnblinkanlage und drückte seine Fahrertür auf. Verärgert wuchtete er sich aus seinem mittlerweile nahezu schrottreifen Wagen und schloss energisch die Tür wieder, sodass diese mit einem hörbaren Knall den Befehl quittierte.

Der BMW-Fahrer schien leicht benommen zu sein und machte zurzeit keine Anstalten, auszusteigen. Der Hilfsarbeiter, welcher eigentlich für die Verkehrsregelung zuständig war, bis der Lastwagen seine Fracht fertig deponiert hatte, schaute ungläubig herum, zog die Schultern hoch und hob verständnislos seine Arme. Der andere Fahrer war mittlerweile ebenfalls ausgestiegen und schritt etwas verlegen auf Inspektor von Halden zu.

„Guten Morgen. Es tut mir wirklich leid, dass ich Ihnen hinten reingefahren bin, aber ich habe einfach zu spät gesehen, dass Sie so schnell abgebremst haben", fing dieser an, sich zu entschuldigen, und wollte gleich fortfahren, worauf von Halden ihn aber unterbrach. Hastig kramte er seine Polizeimarke aus seiner Jackentasche hervor und zeigte sie dem Fahrer wie auch dem Hilfsarbeiter, der nur kurz nickte.

„So, das wäre nun geklärt. Ihre Personalien nehme ich gleich auf, aber das dürfte keine große Sache sein, sondern sollte von Ihrer Versicherung übernommen werden. Dennoch muss ich Sie darauf hinweisen, dass Sie mehr auf den Straßenverkehr achtgeben müssen, dann hätten Sie noch rechtzeitig bremsen können, mein Herr", belehrte er rasch den resigniert dreinblickenden Fahrer.

Er warf hastig einen Blick auf das Heck seines Wagens und konnte nur eine kleine Beule feststellen, was in Anbetracht des Gesamtzustands des Fahrzeugs ohnehin kaum der Rede wert war.

„Sie dürfen sich in Ihr Auto setzen, wenn Sie möchten, ich muss mich zuerst um den Wagen da vorn kümmern", sagte er, drehte sich um und schlenderte zum BMW, bei dem nun deutlich Wasserdampf aus dem Motorraum entwich.

„Es ist nicht meine Schuld, Herr Inspektor, dass der Fahrer hier einen Unfall gebaut hat", meldete sich nun der Hilfsarbeiter zu Wort, der etwas verängstigt wirkte, als der

Lastwagenfahrer die Entladung des Kieses abgebrochen hatte und nun sichtlich sauer den Schaden begutachtete.

Der BMW hatte eines der Rücklichter des Lastwagens völlig zerstört und gewisse Metallstangen und Abdeckungen verbogen. Das Nummernschild war nicht mehr zu sehen und musste wohl durch die Wucht des Aufpralls irgendwo hingeschleudert worden sein. Für den Lastwagenfahrer war das sichtlich ärgerlich, denn er musste diese Teile reparieren lassen, da er ansonsten nicht mehr auf der Straße fahren durfte, was natürlich bedeutete, dass er während dieser Zeit keine Aufträge fahren konnte. Außerdem war er wahrscheinlich sowieso schon unter Zeitdruck und konnte nun nicht mal mehr diesen Auftrag schnell über die Bühne bringen.

Von Halden begutachtete sorgfältig die Unfallstelle und stellte sicher, dass niemand verletzt war, sodass er sich nun dem BMW-Fahrer widmen konnte. Für ihn war der Fall eigentlich klar. Der Fahrer war mit stark überhöhter Geschwindigkeit illegal in diese Straße eingebogen und hatte wegen des Nebels, wobei hier die Sonnenbrille des Fahrers nun wirklich keine Hilfe gewesen war, den Lastwagen gar nicht oder nur sehr schlecht gesehen. Scheinbar hatte er versucht, knapp daran vorbeizufahren, die Lage aber unterschätzt, und hatte nicht mehr rechtzeitig bremsen können, sodass er vorn rechts satt in den Hintern des Lastwagens gekracht war.

„Okay, meine Herren, ich kümmere mich gleich um Ihren Lastwagen und den Papierkram, aber zuerst werde ich ein paar Worte mit diesem Herren tauschen", meinte er und deutete mit seinem rechten Daumen in Richtung des jungen Lenkers, der sich langsam zu erholen schien.

„Ich bin beim Bauleiter, wenn Sie mich suchen, muss noch mit ihm reden", knurrte der Lastwagenfahrer und schritt genervt in den Innenhof, wo Arbeiter gerade dabei waren, alles neu zu bepflastern.

Der Hilfsarbeiter schaute den Inspektor fragend an und verzog sich ebenfalls, als dieser ihm mit einem Wink zu verstehen gab, dass er sich vom Acker machen konnte.

„Was für ein Morgen", seufzte von Halden, schüttelte den Kopf und kramte sein Mobiltelefon hervor.

„Hallo, Zentrale, Inspektor von Halden hier. Schicken Sie bitte einen Streifenwagen zu der Kreuzung zur Innenstadt, gleich bei der Baustelle des Versicherungsgebäudes gab es einen Unfall", erläuterte er der Zentrale, wo er sich befand und was passiert war.

„Ah, hervorragend, danke!" Er legte zufrieden auf. Offenbar war eine Streife gerade in der Nähe und sollte demnach gleich da sein. Wenigstens musste er so nicht allzu lange hier verweilen, denn er hatte schließlich noch anderes zu tun, als sich um Verkehrsunfälle zu kümmern, hierfür war er nicht zuständig.

Er steckte sein Telefon wieder in die Jackentasche und klopfte an die Scheibe der Fahrertür, woraufhin der junge Mann endlich die Scheibe runterließ, sodass sie ein nettes Gespräch führen konnten.

„Machen Sie gefälligst die Musik aus!", schnauzte er den jungen Lenker an, während er seinen Gesprächspartner scharf beobachtete und sich wieder zu beruhigen versuchte. Mit etwas zitternden Händen schaltete dieser dann die Musik aus, worauf die Umgebung nicht mehr mit gefühlten Hundert Dezibel beschallt wurde. Der Inspektor atmete nochmals tief durch und baute sich regelrecht vor dem Fahrer auf.

„So, junger Mann, Sie dürfen mir gleich mal Ihren Führerschein abgeben und dann langsam aussteigen", wies er den Fahrer ruhig an und streckte fordernd seine Hand aus.

„Ehm, ich habe keinen", gab dieser leicht stotternd zu und versuchte mehrmals, die Tür zu öffnen, aber vergeblich. Der Aufprall hatte wohl den Rahmen so weit verzogen, dass sich die Tür nun nicht mehr öffnen ließ und der Fahrer dieses aussichtslose Unterfangen aufgab. Er blickte über seine Schultern, als er von Weitem eine Polizeisirene hören konnte. Die Patrouille kam wohl von der Altstadt, was verkehrstechnisch günstig war um diese Zeit, weshalb auch wenige Sekunden später der Streifenwagen einbog und auf der Seite der Hauptstraße auf dem Bürgersteig parkte, da es in der Straße mit den Unfallfahrzeugen keinen Platz mehr gab. Zwei Polizisten stiegen aus und marschierten gemächlich zur Unfallstelle. Inspektor von Halden kannte beide sehr gut und mochte ihre Arbeitsweise. Bernd, ein etwa dreißigjähriger, kräftiger Mann von großer Statur war immer für ein paar Späße zu haben. Karl, der vierunddreißigjährige Gruppenführer, war etwas wortkarger und kleiner, aber ebenfalls sehr sportlich und sogar kräftiger als Bernd.

„Guten Morgen, Frederic, siehst etwas bleich aus, ist es der Blutdruck oder dein Gemüt?", grinste Bernd und ließ den Blick über die Unfallstelle schweifen, während er seinen Starbucks-Kaffeebecher zum Mund führte.

„Sieht er um diese Zeit nicht immer so aus?", fügte Karl hämisch hinzu.

„Ihr zwei kommt mir gerade recht, hab einen Job für euch. Dann könnt ihr euch endlich wieder mal nützlich machen. Ihr müsst einen Wagen abschleppen, das werdet ihr ja noch hinkriegen", brummte Frederic von Halden und hob seine Hand zum Gruß an. Karl grüßte zurück und bewegte sich direkt zur Fahrertür des BMWs.

„Welchen BMW möchtest du denn abgeschleppt haben, sehen beide nicht mehr so taufrisch aus", schob Bernd belustigend hinterher, während er zu Frederics Fahrertür schlenderte. Dort angekommen, musste er laut lachen. „Du, Karl, schau dir das mal an, Frederic hat schon wieder Weihnachten!", sagte er und zeigte dabei mit dem Zeigefinger aufs Armaturenbrett.

„Er sieht aber nicht sonderlich nach feierlicher Stimmung aus ", erwiderte der und blickte zum Unfallwagen zurück.

„Was hast du denn mit deinem Wagen gemacht, Frederic? Gibt es irgendeinen Sensor, der noch nicht angeschlagen hat? Wie bist du denn überhaupt bis hierher gekommen?"

„Ich glaube, der Reifendruck wird noch nicht angezeigt, das könnte aber auch daran liegen, dass der Sensor kaputt ist. Der Wagen fing an zu spuken, als ich den da verfolgen musste", erwiderte Inspektor von Halden trotzig und wandte sich Karl zu.

„Wir müssen uns noch um den Fahrer dieses Wagens kümmern, der anscheinend keinen gültigen Fahrausweis besitzt. Außerdem wartet der Fahrer, der mich hinten gerammt hat, im Fahrzeug hier." Er deutete zuerst auf den BMW, der den Lastwagen gerammt hatte, und zeigte anschließend auf den Fahrzeughalter, der geduldig in seinem Wagen auf den Inspektor wartete.

„Und wie hat unser junger Lenker da es geschafft, im morgendlichen Frühverkehr den Wagen in einem Kieslastwagen zu versenken? Es ist ja nicht so, als wäre das Teil hier klein und übersehbar."

„Er hat mich von der Spur, die Richtung Altstadt geht, abgeklemmt und ist mit hoher Geschwindigkeit hier eingebogen. Wahrscheinlich hat ihn der Nebel gestört und er konnte deshalb nicht mehr rechtzeitig bremsen", erläuterte Inspektor von Halden kurz den Unfallvorgang.

„Ich ruf schon mal den Abschleppdienst und regle nachher den Verkehr, kümmert ihr euch um den Fahrzeuglenker", rief Bernd seinen Kollegen entgegen und zückte sein Mobiltelefon.

„Sehr gut, in Ordnung", antwortete Karl und wandte sich Inspektor von Halden zu.

„Der Lastwagenfahrer ist noch beim Bauleiter, er musste noch was besprechen", fügte er noch rasch hinzu, als Karl den Schaden am Lastwagen kurz betrachtete.

„Den müssten wir ja auch noch kurz haben, nicht wahr?", scherzte Karl und wandte sich wieder dem jungen BMW-Fahrer zu.

„Und warum sitzt er noch im Auto, ist ihm kalt?", fragte Karl und zeigte auf den Fahrer.

„Nein, er kann nicht mehr aussteigen, die Karosserie ist komplett verzogen."

Mittlerweile hatte der junge Fahrer seine Kappe sowie Sonnenbrille beiseitegelegt und starrte abwechselnd Inspektor von Halden und Karl an. Er hatte den Blick von einer Person, die verzweifelt einen geeigneten Zeitpunkt suchte, um in die Unterhaltung einzusteigen, diesen aber jeweils um einen Bruchteil von Sekunden verpasste.

„Wie heißen Sie denn, junger Mann?", fragte Karl mit einem amüsierten Blick.

„Phillip Setzensack", entgegnete der junge Lenker, erleichtert darüber, dass die Polizisten sich nicht über seinen Kopf hinweg über ihn unterhielten.

Inspektor von Halden schaute ihn missmutig an. „Ein Komiker ist er auch noch, was?", brummte er. „Und wie heißen Sie wirklich?", hakte er ungeduldig nach.

„So heiße ich wirklich", versuchte Herr Setzensack, den Inspektor zu überzeugen und kramte seinen Personalausweis hervor. Inspektor von Halden blickte kurz darauf und konnte ein Grinsen nicht mehr unterdrücken.

„Ja, ein echter Gangstername … passt echt zum Image, das Sie sich hier aufgebaut haben, Herr … Setzensack!", fügte Karl belustigt hinzu. „So, dann klettern Sie mal aus dem Wagen heraus, Herr Setzensack", forderte ihn Karl auf und untermalte seine Bitte mit der entsprechenden Geste.

Verdattert schaute Herr Setzensack den Polizisten an und wollte gerade etwas erwidern, als ihn Karl sogleich unterbrach.

„Sie sind ja jung und sehen sportlich aus. Sie haben die Wahl und können jetzt aus dem Fenster herausklettern oder Sie warten, bis die Feuerwehr eintrifft und die Tür durchsägt." Man konnte anhand des sichtlich angestrengten Gesichtsausdrucks erkennen, dass Herr Setzensack die Optionen durchging, um schlussendlich zu einer sensationellen Erkenntnis zu kommen, nämlich, doch aus dem Auto herausklettern zu wollen.

Während der junge Mann begann, sein Vorhaben in die Tat umzusetzen, spürte Inspektor von Halden, wie sein Mobiltelefon anfing, in der Jackentasche zu vibrieren.

„Entschuldige bitte, Karl, ich muss mal kurz ans Telefon."

Karl nickte ihm kurz zu und wandte sich wieder an den BMW-Fahrer.

„Guten Morgen, Arnold, was gibt es Neues?", begrüßte von Halden seinen Assistenten.

Arnold Fritsch war seit etwa zwei Monaten an seiner Seite. Mit seinen sechsundzwanzig Jahren kam er praktisch frisch aus der Presse und hatte noch viel zu lernen. Normalerweise arbeitete von Halden allein und das hatte er auch verzweifelt dem Oberinspektor zu erklären versucht und drauf gepocht, keinen Partner zu bekommen.

Ihm war allerdings nahegelegt worden, dass kompetenter Nachwuchs nur dann entstehen könne, wenn dieser von den alten Hasen lernen dürfe. Worauf von Halden entgegnet hatte, dass noch weitere alte Hasen im Gebäude rumsäßen und er mit seinen zweiundfünfzig noch nicht zum alten Eisen gehöre, obschon er das immer öfters zu hören bekäme. Der Oberinspektor hatte es für nötig befunden, von Halden darauf hinzuweisen, dass die anderen Inspektoren bereits Partner erhalten hätten und er der Einzige sei, der es bis jetzt geschafft hätte, sich davor zu drücken. Das Gespräch war mehr oder weniger so abgeschlossen worden, dass der Oberinspektor von Halden darauf hingewiesen hatte, dass dieser nun mal ein Angestellter der Polizei sei und es schon vorkommen könne, dass er ab und zu Befehle von seinem Vorgesetzten umsetzen müsse. Es war natürlich nicht gerade sehr hilfreich für den Start einer guten Zusammenarbeit gewesen, dass der junge Herr Fritsch die gesamte Unterhaltung keine zwei Meter entfernt auf einem Stuhl hatte mitverfolgen dürfen.

„Guten Morgen, Herr Inspektor, ich habe soeben von der Zentrale erfahren, dass wir einen seltsamen Fall untersuchen sollen. Am besten, Sie kommen gleich zur alten Steinbrücke bei der Altstadt, und wir treffen uns dort."

„Wurde uns der Fall definitiv zugeteilt? Bist du sicher, dass dieser Fall für uns interessant sein könnte? Nach dem heutigen Morgen habe ich keine Lust, eine belanglose Sache aufzuklären. Sonst können das nämlich die Kollegen von der Streife erledigen. Also, schieß los, worum geht es?"

„Ja, Herr Inspektor, wir haben den Fall bereits zugeteilt bekommen, und ich denke, er dürfte Sie interessieren. Es ist aber nicht ganz einfach, zu beschreiben, was wir genau vorfinden werden."

„Ich habe eigentlich noch nie einen Fall erlebt, welcher durch die vorhandenen Wörter unseres Sprachvokabulars nicht hätte beschrieben werden können, es sei denn, die

Person, die den Fall zu beschreiben versucht, ist der Sprache nicht mächtig."

„Ich meinte mehr, dass ich Ihnen zwar beschreiben kann, was wir vor Ort sehen werden, aber ich kann mir die Sache beim besten Willen nicht erklären."

„Wenn du's auf Anhieb erklären könntest, wäre ich arbeitslos. Beschreibe mir einfach kurz die interessantesten Sachen, die du siehst. Danach entscheide ich, ob wir den Fall auch wirklich bearbeiten werden."

„Wir haben einen verunfallten, dunkelgrauen VW-Kastenwagen sowie ein Stahldrahtseil, das von der Brücke gespannt ins Wasser verläuft und sich unterhalb der Wasserlinie irgendwo festgesetzt hat."

„Hm, ein dunkelgrauer VW-Kastenwagen, sagst du? Und ein Stahlkabel, das ins Wasser führt? Wir haben einen Fall aufzuklären. Du weißt, was das bedeutet, ja?"

„Ja, Herr Inspektor. Ein Croissant und einen Earl Grey Tee mit einem Schuss Honig. Ich bringe Ihnen Ihr Ermittlungswerkzeug gleich zur Brücke."

„Ausgezeichnet, Arnold. Ich mach mich gleich auf den Weg." Zufrieden steckte Inspektor von Halden sein Mobiltelefon zurück in die Tasche und blickte zu Karl rüber.

„Karl, ich muss los. Danke, dass du diese Baustelle hier für mich übernimmst."

„Kein Problem. Den schwersten Teil haben wir hinter uns, nämlich dieses Autofahrtalent aus dem Fahrzeug zu holen. Von da an wird es kinderleicht sein", erwiderte er scherzend und wandte sich wieder seine Aufgabe zu, die Personalien von Herr Setzensack aufzunehmen.

Von Haldens Blick schweifte nun zu Bernd rüber, der damit beschäftigt war, den Berufsverkehr um die Unfallstelle zu leiten und gleichzeitig dafür zu sorgen, dass eine kleine Gasse zwischen den Autos für die Rettungsfahrzeuge frei blieb. Denn von weit hinten konnte Inspektor von Halden bereits ein Abschleppfahrzeug nahen sehen. Sobald die letzten verschlafenen Automobilisten im Rückspiegel die Blinklichter erkennen würden, würde es das Abschleppfahrzeug bis zur Unfallstelle schaffen.

„Du machst das meisterhaft, Bernd. An dir ist ein Verkehrspolizist verloren gegangen. Könntest du meinen Wagen ebenfalls abschleppen lassen?"

„Ja, klar. Soll ich deinen Wagen gleich entsorgen lassen oder möchtest du noch die Einzelteile verkaufen?", entgegnete Bernd hämisch, während er weiterhin konzentriert den Verkehr leitete.

„Lass ihn aufs Revier schleppen. Ich werde ihn dann meinem neuen Assistenten schenken. Schönen Tag noch!", rief er Bernd zu und machte sich in der Nebelsuppe zu Fuß zur besagten Brücke auf, um diesen außerordentlichen Fall zu lösen.

2
Montag, zwei Wochen zuvor

Der Wecker meldete sich pünktlich um sechs Uhr morgens mit einem penetranten und lauten Piepsen, als würde er ihn anschreien und rufen: „Wach auf, du Penner, geh gefälligst zur Arbeit!" Völlig benommen und mit einem richtig dicken Schädel drehte sich Christoph mühsam zur Seite und versuchte, mit seiner halb tauben Hand den kleinen Knopf auf dem Wecker zu treffen, um dieses nervtötende Geräusch endlich abstellen zu können. Während seine Fingerspitzen, zumindest glaubte er, das seien seine Fingerspitzen, über den hölzernen Nachttisch wanderten, spürte er, wie er auf Gegenstände stieß und diese über den Nachttischrand stupste. Opfer dieser Aktion waren sowohl seine Armbanduhr, seine Brille und selbstverständlich der Wecker, der nun irgendwo am Boden lag und weiter von sich hin trällerte. Während seine Hand wieder etwas Gefühl gewonnen hatte, spürte er unter sich das Parkett und erreichte schlussendlich den Wecker, nachdem er selbst mit einem lauten Rums vom Bett gefallen war.

Mit einem Stöhnen richtete er sich wieder auf, zog seine Pantoffeln an und warf sich seinen Morgenmantel über, der über einem Stuhl hing, welcher im Eck des Zimmers stand. Es war Montagmorgen, also eher ein Morgen, bei dem die meisten arbeitenden Menschen ihre liebe Mühe hatten, wieder im Berufsalltag Fuß zu fassen, zumal das Wochenende nicht immer erholsam war.

Obwohl Christoph gerade einmal fünfunddreißig Jahre jung war, fühlte er sich wie ein Fünfzigjähriger, der am Vorabend die Bierreserven mit seinen Kumpels ausgetrunken hatte. Er hatte starke Kopf- und Gliederschmerzen – vom ganzen seelischen Stress der letzten Wochen und Monate, die sein Leben zur Hölle gemacht hatten. Während er durch seine Viereinhalbzimmerwohnung schlenderte, konnte er durch die Schädeldecke spüren, wie sein Herz pochte, und ihm wurde fast übel. Er schaffte es gerade noch ins Badezimmer, wo er sich wieder erschöpft auf den Deckel der Kloschüssel setzte und nach einer Kopfschmerztablette griff.

Es waren starke Tabletten, die er seit drei Monaten nehmen musste, und es dauerte etwa 20 Minuten, bis diese wirklich wirkten. Trotzdem musste er sich jetzt bereit machen und duschen gehen, da er um sieben Uhr seine neunjährige Tochter für die Schule wecken musste. Die Stunde, die er früher als Maria aufstand, reichte gerade, um die Kopfschmerzen so einigermaßen davonzutreiben, ein kleines Frühstück runter zu würgen und sich so herzurichten, dass man sich bei einer Begegnung mit ihm nicht gerade erschrecken würde.

Er griff mit der linken Hand zum Waschbecken und stemmte sich hoch, damit er sich mit Blick in den Spiegel rasieren konnte. Er war wirklich total fertig und konnte kaum noch stehen, die letzten sechs Monate waren eine echt üble Zeit gewesen, verbunden mit vielen Anwalts- und Gerichtsterminen. Letzten Samstag war es dann endlich so weit gewesen, die Scheidung konnte abgeschlossen und das Sorgerecht definitiv ihm zugeteilt werden. Alles andere wäre eine Katastrophe mittleren Ausmaßes gewesen. Nachdem er mit zittrigen Händen endlich den Nassrasierer beiseitegelegt hatte, warf er einen prüfenden Blick in den Spiegel und betrachtete sein etwas graues und eingefallenes Gesicht und die markanten Tränensäcke, die ihn zeichneten.

„Besser wird's heute wohl nicht", murmelte er vor sich hin und wandte sich nach rechts zur Dusche, um den nächsten Teil seines Rituals abzuschließen. Während das warme Wasser wohltuend über seinen Kopf plätscherte, dachte Christoph über die letzten Jahre nach und was bis zum heutigen Tag wann und wie genau schiefgelaufen war. Zugegeben, er hatte für seinen Geschmack etwas früh geheiratet, aber zu dieser Zeit war er nun mal komplett verliebt gewesen und überzeugt, seine Seelenverwandte gefunden zu haben.

Mit vierundzwanzig hatte er eine hübsche zwanzigjährige Frau kennengelernt, aus sehr gutem Hause, die Wirtschaft studierte.

Zu dieser Zeit hatte er gerade eine neue Stelle bei einer Druckerei angenommen und somit schien alles perfekt zueinanderzupassen. Sie hatten sich sofort ineinander verliebt und jede freie Minute damit verbracht, zu träumen und schöne Dinge zu unternehmen. Das war wirklich eine wundervolle Zeit gewesen, wo er praktisch jeden Tag nur glücklich gewesen war, die ganze Welt schien ihm zu Füßen zu liegen, nichts schien unmöglich. So war das halt, wenn man noch jung und unerfahren war und seiner ersten Liebe begegnete. Die Hormone, die dabei ausgeschüttet wurden, hatten magische Kräfte und ermöglichten es, jeden Aspekt des Lebens in Rosa und mit Blumen geschmückt zu sehen.

Und so war es gekommen, wie es hatte kommen müssen: Seine Freundin war nach einem Jahr bereits schwanger geworden. Es war nicht so gewesen, als wäre dies völlig überraschend gekommen, wenn man bedachte, wie viel Zeit sie damit verbracht hatten, rumzuvögeln. Somit schien es auch naheliegend, so schnell wie möglich zu heiraten und sich eine gemeinsame Wohnung zu suchen, damit der Nachwuchs auch Platz hatte, sich zu entfalten. Wenn er jetzt so über diese Entscheidung nachdachte, speziell in Bezug auf das Thema Verhütung und was es zu dieser Zeit schon alles gegeben hatte, würde er am liebsten seinen Kopf nochmals gegen die Wand knallen, was er natürlich tunlichst vermied, da er schon genug Kopfschmerzen hatte und die Tablette endlich etwas Wirkung zeigte.

Die ersten vier Jahre mit seiner Tochter Maria waren wundervoll gewesen, aber schon zu dieser Zeit hatte er innerlich das Gefühl gehabt, dass seine Frau etwas Lebensfreude verloren hatte und immer öfter mit Freundinnen den Abend verbrachte, um sich abzulenken. Zu Beginn hatte er sich nicht wirklich Sorgen darüber gemacht, sie war ja doch um einiges jünger als er gewesen, hatte während der Schwangerschaft viel geopfert und hatte eben noch die jungen Jahre so richtig genießen wollen. Das hatte aber auch oft sehr lange Abende bedeutet, für seinen Geschmack einen etwas zu hohen Alkoholkonsum und hin und wieder mal kleinere Diskussionen mit der Polizei, weil sie wieder einmal etwas angetrunken am Steuer gesessen hatte.

Als Maria fünf Jahre alt geworden war, hatte die Kleine immer stärker zu husten begonnen und war überdurchschnittlich oft krank gewesen, was viele Arztbesuche nach sich gezogen hatte und das bisschen Freizeit, das sie noch gehabt hatten, auf null reduziert hatte. Das hatte für Spannungen gesorgt, insbesondere bei seiner Frau, die sich immer mehr ihrer jungen Jahre bestohlen gefühlt hatte. Die unbezahlten Rechnungen wegen der sogenannten Frust-Shopping-Touren seiner Frau, die immer teurer werdenden Arztbesuche mit den entsprechend verschriebenen Medikamenten für seine Tochter und die Erhöhung der Mietpreise waren allgemein zu dieser Zeit keine große Hilfe gewesen, insbesondere nicht, da es der Druckereibranche immer schlechter gegangen war. In dieser Zeit hatte sich das mit dem Alltag fertig werden angefühlt, wie wenn man ein Auto auf einer stark beschädigten Straße fuhr und sich so sehr konzentrierte, auf der Spur zu bleiben, dass man die Klippe, die vor einem wartete, nicht wahrnahm. Später war bei Maria endlich eine korrekte Diagnose getroffen worden: Starkes Asthma sowie ein gewisser Grad einer Immunschwäche, was die häufige Erkrankung seiner Tochter erklärt hatte. Nach dieser weiteren schlechten Nachricht hatte er sinnbildlich die Klippe schon sehen können, seiner Tochter zuliebe hatte er aber beschlossen, weiterzufahren und gehofft, dass rechtzeitig eine Brücke gebaut wurde.

Er drehte das Wasser ab, langte zitternd mit halb geschlossenen Augen nach einem Tuch und begann, sich rasch abzutrocknen, bevor er noch mehr frieren musste. Er hatte nicht wirklich Hunger, musste aber schließlich irgendetwas essen, und das Frühstück für seine Maria wollte er auch noch vorbereiten.

Die nächsten zehn Minuten verbrachte er meistens damit, erst mal einen Kaffee zu trinken, um sich nochmals etwas Zeit zu geben, aufzuwachen und seine Gedanken aufzuräumen. Während die schwarze Flüssigkeit seinen Rachen aufwärmte und ihm ein kleines Gefühl der Geborgenheit vermittelte, schwebten seine Gedanken wieder zurück an den Punkt, an dem er in der Dusche kurz aufgehört hatte.

Im Allgemeinen waren sie ein ganzes Jahr lang nach der Diagnose damit beschäftigt gewesen, Streit zu haben und sich Vorwürfe an den Kopf zu werfen, was alles schiefgelaufen war und wieso es genau sie getroffen hatte. Während er versucht hatte, stets all die Streitigkeiten und Spannungen vor Maria zu verstecken, so gut es ging, hatte seine Frau keinen Hehl daraus gemacht, dass ihre Tochter der Grund dafür wäre, dass sie nie ihre spritzige Zeit hätte genießen können und somit ihre Träume hätte begraben müssen.

Die Flucht vor der Realität verbrachte sie mehrheitlich damit, noch intensiver auszugehen und Drogen zu konsumieren. Zu Beginn waren es nur kleine Joints gewesen, etwas, um die Nerven zu lockern und gut schlafen zu können.

Obwohl dies ein weiteres finanzielles Loch in ihre Kasse riss, gönnte er ihr diese „Freuden", denn in den nächsten Monaten schienen die Spannungen tatsächlich etwas wegzugehen und seine Frau machte einen wesentlich weniger unzufriedenen Eindruck, was zu seiner Erleichterung auch wieder etwas Sex bedeutete.

Aber wie Börsenhändler oft zu sagen pflegen: Das ist jeweils nur der letzte Kurssprung einer Aktie, der letzte Funken der Euphorie, bevor die große Korrektur kommt, und man nur noch zusehen kann, wie sie komplett abstürzt. Eigentlich konnte er sich nicht erklären, weshalb ihm das nicht schon früher aufgefallen war, aber eines Tages erwischte er seine Frau, wie sie sich Heroin spritzte. Er konnte sich an diesen Tag genau erinnern, als wäre es gerade mal letzte Woche gewesen, so klar war der Schock noch in seinen Knochen zu spüren. Er hatte sich diesen Nachmittag extra freigenommen, um in der Abwesenheit seiner Tochter und seiner Frau eine Überraschung vorbereiten zu können, weil es in letzter Zeit wieder besser gelaufen war.

Er lief mit großer Vorfreude die drei Stockwerke zur obersten Wohnung hoch, öffnete die Wohnungstür, und als er links um die Ecke hastete, lag seine Frau völlig benommen auf dem Sofa, die Injektionsnadel noch im Arm. Der Anblick und das Gefühl, welches er dabei empfunden hatte, würde er niemals wieder vergessen. Es war eine Mischung aus blankem Entsetzen, Schockstarre, völliger Ratlosigkeit und Angst. An den Rest des Tages konnte er sich nicht mehr so genau erinnern, er wusste nur noch, dass er scheinbar seine Tochter sofort von der Schule abgeholt und zu seinen Eltern gebracht hatte, die zum großen Glück gerade zu Hause gewesen waren. Er hatte sich damals gefühlt, als wäre er mit dem Auto bereits über die Klippe gefahren.

An diesem Tag wurde ihm klar, dass er keine Zukunft mit seiner Frau hatte, die für seine Tochter auch nur im Entferntesten gut enden könnte. Noch am gleichen Nachmittag schickte er seiner Frau eine SMS mit der Nachricht, dass er die Scheidung einreichen würde. Was danach folgte, war ein schierer Albtraum.

Der Kaffee schien langsam Wirkung zu zeigen, und er entschloss sich, nun sein Frühstück vorzubereiten, welches sich aus einem Glas Orangensaft und zwei Scheiben Toast mit Honig zusammensetzte. Er stand langsam vom Küchentisch auf, kramte aus dem Brotkorb zwei Scheiben Toast hervor und schlenderte zum Toaster rüber. Nachdem die zwei Scheiben in den Schlitzen verschwunden waren und das Wunder der kontrollierten Kurzschlüssen die Drähte orange aufleuchten ließen, schlenderte er über den eisig kalten Steinboden der Küche zum Kühlschrank rüber, um beim Öffnen festzustellen, dass der Orangensaft alle war. Da fiel ihm ein, dass er letztes Wochenende ja keine Zeit gehabt hatte, den Kühlschrank wieder aufzufüllen. Somit entschied er sich nicht ganz freiwillig, seine Flüssigkeitszufuhr an diesem Morgen mit Tee zu bewerkstelligen.

Das Schlimmste an der Scheidung war gewesen, dass alle den Vorwürfen seiner Ehefrau Glauben geschenkt hatten, er hätte sie geschlagen, niemand aber seine Vorwürfe der Heroinsucht ernst genommen hatten. Sie war während der ganzen Zeit ein völlig anderer Mensch gewesen, regelrecht bösartig geworden. Sie hatte es meisterhaft verstanden, allen beteiligten Entscheidungsträgern etwas vorzuspielen, nämlich, dass sie die geeignete Mutter und vorbildliche Ehefrau war und dass er sein Leben nicht auf die Reihe bekam und Schulden hatte.

Die einzige Unterstützung, die er noch gehabt hatte, war von seinen Eltern gekommen, die beteuert hatten, dass sie immer hinter ihm stünden und nicht glaubten, was die anderen über ihn sagen würden. Sein Anwalt war die zweite Stütze gewesen, auf die er sich hatte verlassen können, denn er hatte nicht nur seine Interessen vertreten, sondern war ebenfalls davon überzeugt gewesen, dass die Gegenpartei alles getan hatte, um den Rauschgiftkonsum zu verbergen. Am meisten ins Kreuzfeuer war Maria geraten, die die gesamte Zeit der Scheidung bei ihrer Mutter hatte verbringen müssen, während er provisorisch bei seinen Eltern gewohnt hatte. Ihm war per provisorisches Rechtsverfahren, welches die Kinderschutzbehörde beantragt hatte, der Kontakt mit seiner Tochter während des Scheidungsverfahrens aufgrund seines angeblich aggressiven Verhaltens verboten worden.

Die Kontrollbesuche der Kinderschutzbehörde bei seiner Frau und Maria waren alles andere als produktiv gewesen, da sie meistens eine absolut perfekte Wohnung und eine aufrichtige Mutter angetroffen hatten. Dies zu orchestrieren, war selbstverständlich kein Kunststück gewesen, da die Besuche mehrere Tage im Voraus angekündigt worden waren und seiner Tochter unter mütterlicher Gewaltandrohung empfohlen worden war, nichts über die Missstände zu erzählen. Sie hatte sogar ihre Eltern, ihren Anwalt sowie die Behörden davon überzeugen können, dass es ihr und ihrer Tochter viel besser ginge, seit er ausgezogen war, und sie nun ohne Angst vor Gewaltakten leben konnten. Jeder Gerichtstermin war für ihn eine Qual gewesen, denn jede seiner Aussagen war vom gegnerischen Anwalt zerpflückt worden, und das schauspielerische Talent seiner Ehefrau hatte dafür gesorgt, dass ihm kein Glauben mehr geschenkt worden war.

Aus reiner Frustration war er eines Abends mal allein in eine Bar gegangen, um seinen Schmerz mit etwas Alkohol hinunterzuspülen. Selbstverständlich war dies wieder ein gefundenes Fressen für den gegnerischen Anwalt gewesen, der dann behauptet hatte, er hätte sich mit dem Bartender unterhalten und festgestellt, dass Christoph an der Grenze zum Alkoholiker stünde, und dass dies auf keinen Fall eine positive Wirkung auf die Tochter haben könnte. Was die Kinderschutzbehörde in ihrer Entscheidung, wie sie bis jetzt gehandelt hatte, noch weiter bestätigt hatte.

Die letzte Gerichtssitzung hatte also bevorgestanden und es schien alles aussichtslos zu sein. Es würde praktisch ein Gang zum Schafott werden, hatte sein Anwalt gesagt. Es täte ihm unendlich leid. Er hatte in dessen Augen die Ehrlichkeit lesen können. Zum Glück war dann alles anders gekommen, denn wie die meisten Kriminellen und Süchtigen hatte auch seine Frau offensichtlich das Gefühl gehabt, sie könne das Kartenhaus ewig aufrechterhalten, doch es war nur eine Frage der Zeit gewesen, bis sie einen Fehler begangen hatte. Und diesen entscheidenden Fehler hatte sie einen Tag vor dem letzten Gerichtstermin begangen.

Während die Toasts vor sich hin brutzelten und das Wasser auf die richtige Temperatur gebracht wurde, klappte er seinen Laptop auf den Küchentisch auf, um ein wenig in den Online-Zeitungen zu lesen. „Rentner klauen Geldautomaten", stand da als erste Schlagzeile. Während er das heiße Wasser und den Teebeutel seiner alten Teetasse vereinte und den Toast mit etwas Honig dekorierte, wusste er schon, welchen Artikel er als Erstes lesen würde. Mit seinem Frühstück setzte er sich wieder vor den Laptop und begann, den Artikel zu lesen, wobei seine Gedanken bereits wieder abschweiften.

Letzten Freitag war also dieser Gerichtstermin gewesen, alles schien aussichtslos und sein Leben vorbei zu sein. Er hatte schon geglaubt, seine Tochter nie mehr sehen zu dürfen und mit dem Gefühl das Gebäude verlassen zu müssen, dass alle glaubten, er sei der Bösewicht. Nur schon der Gedanke, dass seine liebe Maria bei seiner Ex-Frau hätte bleiben müssen, hätte ihm das Herz zerrissen. Er verdankte seine zweite Chance einem jungen Wachmann eines Parkhauses, der routinemäßig am Abend die Stockwerke der Tiefgaragen kontrolliert hatte, um eventuellem Vandalismus vorzubeugen. Was er damals auch nicht gewusst hatte, war, dass seine Frau in der Zwischenzeit mit Rauschmitteln handelte, damit sie fähig war, ihre Sucht zu finanzieren. Nach einer erfolgreichen Verkaufstour und dem Wissen, dass am nächsten Tag ihr Mann die Gerichtsverhandlung klar verlieren würde, hatte sie sich einen Schuss Heroin im Auto dieses Parkhauses gesetzt. Sie hatte wohl dort die Nadel aus dem Arm herausziehen können, bevor der Geist die lange Reise der Träume angetreten hatte. Der Wachmann war durch die Parkebenen patrouilliert und hatte die bewusstlose Frau bemerkt. Da sie nicht geantwortet hatte, waren der Notarzt und die Polizei informiert worden, die sie dann aus dem Auto hatten holen können. Im Spital hatte man ihr dann Blut entnommen, um feststellen zu können, was ihr Unwohlsein herbeigeführt haben könnte.

Die Gerichtsverhandlung am Freitagmorgen war im Wesentlichen eine reine Pro-forma-Sache zu seinen Gunsten gewesen, da nun klar geworden war, dass seine Frau schwere Delikte wie Drogenhandel, Erpressung und Veruntreuung von Geldern begangen und zudem mehrfach gelogen hatte. Zwei Polizisten hatten sie in den Gerichtssaal begleitet, einer war hinter ihr stehen geblieben, der andere hatte sich auf einen Stuhl gleich neben sie gesetzt und ihr die Handschellen abgenommen. Der Richter hatte sich zum Glück nicht weiteren Lügen ihrerseits aussetzen müssen, da sie bei allen Fragen ihre Aussage verweigert hatte und schweigend dagesessen war – mit einer verbitterten Miene angesichts der Tatsache, dass nun alles vorbei war.

Die Haaranalyse hatte ergeben, dass sie seit mindestens zwei Jahren schwer süchtig war. Bis auf den Anwalt war von der Gegenseite niemand zur letzten Verhandlung gekommen, da sie wohl geahnt hatten, wie das Urteil aussehen würde – und dass sie möglicherweise mit ihrem Fehlverhalten konfrontiert werden würden.

Christoph wurde vollständig entlastet, bekam das alleinige Sorgerecht für Maria, und es gab eine einfache Gütertrennung. Es gab ja auch nicht viel, worüber man bezüglich des Besitzes hätte streiten können, sie hatten beide nichts mehr auf ihrem Konto übrig, sie wegen ihrer Sucht, er, weil er alle Rechnungen, Arztkosten und Anwaltskosten hatte zahlen müssen. Die wenigen Besitztümer, die sie gemeinsam erworben hatten, sowie der alte Opel Corsa, der beinahe schon auseinanderfiel, waren so wenig wert, dass ihm all diese überschrieben wurden.

Am Tag nach der Verhandlung konnte er zusammen mit Maria zurück in die Wohnung. Seine Eltern waren vorbeigekommen und hatten geholfen, alle Besitztümer und sonstige Gegenstände, die seiner Ex-Frau gehörten, in Kartons zu verpacken und wegzuschaffen. Er wollte einen Neuanfang ohne schmerzliche Erinnerungen. Seine Eltern hatten ihm etwas Geld gegeben, damit er sich auch ein neues Bett kaufen konnte, denn sie hatten es nur zu gut verstanden, dass er darin wohl keine Ruhe mehr finden würde. Bis Samstag spätabends hatten sie geschuftet, aufgeräumt und die Wohnung sauber gemacht, um das Kapitel ein für alle Mal abschließen zu können. Die Schulden hatte er allerdings immer noch und sie bereiteten ihm nach wie vor schwere Sorgen, denn es war ein Haufen Geld, nämlich um die 100.000 Euro.

Das letzte Stück Toast verschwand in seinem Mund, und er schaute kurz auf die Uhr, es war ein paar Minuten vor sieben, also höchste Zeit, Maria aufzuwecken. Er stand mit einem stechenden Schmerz im unteren Rückenbereich auf, schlenderte durch den kleinen Gang zu Marias Zimmer und öffnete behutsam ihre Tür, öffnete vorsichtig den Rollladen und schaltete das kleine Licht ein, um sie langsam zu wecken.

„Guten Morgen, mein Schatz, hast du gut geschlafen?"

„Morgen, Papa, habe sehr gut geschlafen. Muss ich denn aufstehen? Kann ich nicht noch etwas länger schlafen?"

„Ich weiß, wir hatten ein hartes Wochenende. Aber nächstes Wochenende kannst du so viel schlafen, wie du möchtest. Heute musst du zur Schule. Also, raus aus den Federn, kleine Maus!"

Sie rieb sich noch immer etwas verschlafen die Augen, strich eine goldene Haarsträhne aus ihrem Gesicht und lächelte ihn an.

„Kann ich Pfannkuchen haben?"

„Die würde ich dir sehr gern machen, wir haben leider nicht mehr allzu viel im Haus. Weißt du was, ich mache dir eine feine heiße Schokolade und ein Butterbrot mit etwas Konfitüre. Und morgen kriegst du Pfannkuchen", sagte er mit sanfter Stimme, machte sich gedanklich eine Notiz, dass er bald wieder einkaufen müsste, und hoffte inständig, dass sie noch Kakao im Haus hatten.

„Danke, Papa", erwiderte sie mit einem freundlichen Gesicht, zog ihr Nachthemd aus und flitzte splitterfasernackt ins Badezimmer, um ihre Morgendusche zu nehmen. Im Badezimmer angekommen, hörte er kurz, wie sie heftig husten musste, dann rauschte auch schon das Wasser. Obwohl sie schon seit jungen Jahren an dieser Krankheit litt, hatte sie sich ihre positive Persönlichkeit bewahrt, mit viel Frohsinn fürs Leben und Verständnis für ihr Umfeld. Sie mochte es sehr, sich morgens hübsch zu machen und der Welt Freude zu bereiten, indem sie mit einem Lächeln ihren

Weg beschritt. Er bewunderte ihre Tapferkeit und, wie sie mit der ganzen Situation fertig wurde. Für einen kurzen Moment vergaß er seine Schmerzen und fühlte eine wohltuende Wärme in seinem Brustkorb, es war die Liebe eines Vaters zu seiner Tochter. Er schlenderte zurück in die Küche, um den Kakao und das Butterbrot, welches er gerade seiner Tochter versprochen hatte, zu machen. Nebenbei öffnete er den Küchenschrank mit den Medikamenten, kramte aus einer metallenen Schatulle zwei Kapseln hervor, die Marias Immunsystem stärken sollten, und bemerkte sogleich, dass er bald wieder welche kaufen musste. Wenn der Vater seiner Ex gestern nicht vorbeigekommen wäre, wüsste er nicht, mit welchem Geld. Denn die Krankenkasse war nicht sehr kooperativ und ziemlich restriktiv, was die Medikamentenauswahl betraf.

Am Sonntagmorgen hatte um etwa zehn Uhr völlig unerwartet die Klingel der Wohnungstür geläutet und als Christoph geöffnet hatte, stand Peter, der Vater seiner Ex-Frau vor der Tür. Er war an diesem Morgen dermaßen erschöpft gewesen, dass sein Gesicht keine Gefühlsausdrücke mehr zu vermitteln vermocht hatte. Peter hatte sehr niedergeschlagen gewirkt und höflich darum gebeten, eintreten zu dürfen. Als sie dann zusammen auf dem Sofa gesessen hatten, die zwei Wassergläser auf dem Couchtisch, denn er hatte keinen Kaffee mehr im Schrank gehabt, hatte Peter begonnen, sein Anliegen vorzubringen.

„Christoph, ich kann nur schwer nachempfinden, was du in den letzten Monaten durchstehen musstest. Es ist als Vater nicht einfach, zuzusehen, wenn die eigene Tochter so viel Mist gebaut hat. Ich war leider oft auf Geschäftsreise und hatte die Entwicklung nicht bemerkt. Man bleibt gedanklich halt gern bei dem Bild seiner Tochter, als sie noch jung, unschuldig und süß war, und vergisst, dass das Leben sich weiterentwickelt."

Er griff mit einer etwas zitternden Hand zum Wasserglas, nippte kurz daran und fuhr fort: „Ich habe blind den Lügengeschichten meiner Tochter Vertrauen geschenkt und die Augen vor der Wahrheit verschlossen. Meine Frau ist immer noch der Ansicht, dass du an der ganzen Sache Mitschuld trägst, dass es so weit kommen konnte. Ich glaube mehr, dass es unsere Schuld war." Mit der noch freien Hand hatte Peter in die Gesäßtasche gegriffen und einen weißen Umschlag neben dem Glas von Christoph abgelegt. Er hatte dabei für einen kurzen Moment gedankenverloren ins Nichts geblickt.

Christoph hatte noch immer nicht gewusst, was er erwidern sollte, und war erleichtert gewesen, als Peter etwas traurig mit dem Monolog fortgefahren war.

„In dem Umschlag sind zwanzigtausend Euro, das ist leider alles, was ich dir geben kann, ohne dass meine Frau davon erfahren würde. Ich möchte mich von ganzem Herzen entschuldigen und euch mit diesem Geld helfen, dass ihr weiterhin die Wohnung sowie die Medikamente für Maria bezahlen könnt. Ich könnte es sehr wohl verstehen, wenn ihr keinerlei Kontakt mehr mit mir haben möchtet, es würde mich allerdings außerordentlich freuen, ab und zu eine kleine SMS oder eine kurze Nachricht von euch zu erhalten, daß alles noch in Ordnung ist." Mit diesen Worten war er aufgestanden, hatte seine rechte Hand kurz auf die Schulter von Christoph gelegt, geseufzt und war, ohne ein weiteres Wort zu verlieren, gegangen.

Während Christoph die Milch für den Kakao erwärmte, dachte er wieder über diese Begegnung nach. Er war an diesem Tag so verdattert gewesen, dass er während des gesamten Gesprächs kein Wort aus sich herausgebracht hatte. Peter war die einzige Person der Gegenseite gewesen, die ehrliches Rückgrat bewiesen hatte. Im Umschlag waren tatsächlich zwanzigtausend gewesen, in großen und kleinen

Noten, und genau dieses Geld würden sie in nächster Zeit bitter benötigen.

„Maria, mein Spatz, dein Frühstück ist fertig!", rief er in Richtung Badezimmer.

„Komme gleich, Papa", rief sie zurück.

Er setzte sich wieder vor seinen Laptop und begann nun konzentriert, den Artikel über den gestohlenen Automaten zu lesen. Offenbar hatten Rentner einen Geldautomaten von einer Einkaufsmeile aus seiner Verankerung herausgerissen und den gesamten Apparat mitgenommen. Die Täter waren von einer Videokamera ganz in der Nähe gefilmt worden, trotzdem fehlte von den Dieben immer noch jede Spur, und die Polizei suchte nach Zeugen. Man schätzte, dass in dem Automaten etwa 50.000 Euro gewesen waren.

„Hier, mein Schatz, dein Frühstück und deine Vitamine." Er überreichte Maria die zwei Kapseln für ihre tägliche Dosis Immunstärkung, als sie sich zu ihm an den Küchentisch setzte und sofort begann, ihr Butterbrot zu essen. Sie war wieder sehr süß angezogen, hatte den pinken Kapuzenpulli von Oma und Opa an und die hellblauen Jeans, welche sie zu Weihnachten geschenkt bekommen hatte. Zudem hatte sie das Haar hübsch zu einem Pferdeschwanz zusammengebunden.

„Ach, Papa, mach dir keine Sorgen, ich weiß, dass das Medizin ist. Werde ich heute Mittag wieder mit Oma und Opa essen?"

„Ja, mein Spatz. Sie werden dich von der Schule abholen und ihr werdet eine schöne Zeit zusammen haben. Ich werde heute etwas länger bei der Arbeit bleiben müssen, also werden dich Oma und Opa am Nachmittag nach der Schule auch wieder abholen und herbringen. Ich glaube, Oma macht dir dann dein Lieblingsessen, Schnitzel und Pommes. Na, wie klingt das?"

Sie würgte kurz den letzten Bissen ihres Butterbrotes hinunter, setzte ein Lächeln auf und erwiderte aufgeregt: „Oh Mann, Oma kocht mir Schnitzel. Das wird ein super Tag heute. Ich sage Oma, sie soll dir auch ein Schnitzel machen, damit du nach der Arbeit auch was Gutes essen kannst."

„Danke, mein Spatz, das ist lieb von dir. So, sobald du mit dem Frühstück fertig bist, mach dich bitte bereit, wir müssen los!" Er legte den Laptop beiseite, hievte sich aus dem Stuhl, wobei er wieder seinen lädierten Rücken zu spüren bekam, und schlurfte zurück ins Schlafzimmer, um sich dort etwas Arbeitstaugliches anzuziehen.

Ein paar Minuten später standen beide vor der Wohnungstür und zogen ihre Schuhe sowie ihre Frühlingsjacken an.

„Hast du dir die Zähne geputzt?", fragte er Maria noch kurz, bevor es losging.

„Ja, Papa, habe ich."

„Braves Kind. Hast du alle deine Schulbücher dabei?", hakte er noch kurz nach.

„Habe ich. Und auch die neuen Farbstifte, die mir Opa am Samstag geschenkt hat."

„Sehr gut, dann nichts wie zum Auto!" Er zog hastig die Wohnungstür zu und schloss sie zweimal ab. Als sie den Wohnblock verließen, um zu den Parkplätzen zu gelangen, begegnete er Stefan, der im Erdgeschoss wohnte. Ein kräftiger Mann in seinen Siebzigern, groß gewachsen, etwa eins fünfundachtzig, ehemaliger Matrose und immer noch sehr fit und sportlich. Er wohnte seit einigen Jahren allein, seit seine reizende Frau gestorben war. Stefan lebte von einer spärlichen Rente und ging morgens oft in das Café, das zu Fuß keine fünf Minuten entfernt war.

„Guten Morgen, Christoph, alter Haudegen, und guten Morgen dir, kleine Prinzessin", scherzte er und kniff seine

Augen zusammen, als er in ihre Richtung blickte, da die Sonne noch sehr tief stand.

„Guten Morgen, Stefan, bist du auf dem Weg zum Café?"

„Wie fast jeden Morgen. So fängt der Tag wenigstens gut an, bevor die ersten Schwierigkeiten kommen."

„Schatz, warte doch schon mal im Auto auf mich, ich komme gleich nach", sagte Christoph zu seiner Tochter, griff in die Jackentasche und öffnete per Knopfdruck die Autotür mit seinem mittlerweile ausgeblichenen Autoschlüssel. Sie nickte ihm kurz zu und hüpfte glücklich zum Auto, um dort auf dem Beifahrersitz Platz zu nehmen.

„Ach, Stefan, ich bin so fertig von den letzten drei Tagen und obwohl das Gericht nun richtig entschieden hat, habe ich noch immer gewaltige finanzielle Schwierigkeiten."

Stefan war für ihn wie eine Art Vertrauensperson, der er alles erzählen konnte. Er hörte immer sehr geduldig zu und gab, so gut es ging, Ratschläge, die schon oft geholfen hatten. Was er vor allem an Stefan mochte, war, dass er auch ehrliches Verständnis für seine Lage aufbrachte und so manche Lasten wegschwatzen konnte. Auch wenn seine Ex-Frau immer wieder mal zu spät nach Hause gekommen war, um Maria nach der Schule empfangen zu können, hatte die Kleine bei Stefan bleiben dürfen, bei einer heißen Tasse Kakao und leckeren Keksen, um sich die Zeit zu vertreiben. Letzten Samstag hatte er auch keine Minute gezögert und geholfen, all die Kartons runterzutragen und zum Wertstoffhof zu bringen. Obwohl Christoph auch nicht im Entferntesten mit dem Gedanken gespielt hätte, Stefan um Geld zu bitten, wäre er sicher der Erste gewesen, der ihm etwas geliehen hätte, wäre er selbst nicht extrem knapp bei Kasse gewesen.

„Das Gefühl kenne ich sehr gut, ich wünschte, ich könnte dir helfen. Aber ich weiß selbst nicht, wie ich die nächsten Mieten zahlen werde. Wir müssten halt dasselbe durchziehen wie diese Rentner", lachte er, während sein muskulöser Arm die Zeitung von heute Morgen anhob und er mit dem Finger auf die Titel-Story zeigte.

„Du weißt doch, dass ich von dir nie Geld annehmen könnte. Du hast mir schon viel zu oft geholfen. Aber wenn du einen Fluchtwagen für deinen nächsten geplanten Raub benötigst, stelle ich dir gern meinen scheintoten Opel zur Verfügung", scherzte Christoph und winkte sogleich ab.

„Wenn ich einen Rammbock brauche, komme ich gern wieder auf dich zurück", erwiderte Stefan mit einem Grinsen im Gesicht und hob die Hand zum Abschied, während er in Richtung Café schlenderte.

Christoph winkte grinsend zurück, öffnete die Fahrertür seines alten, dunkelblauen Opel Corsa und ließ sich in den Fahrersitz fallen.

Als er den Motor startete, fiel ihm wieder ein, dass er dringend tanken und sein Wagen, wie die Warnleuchte zeigte, schon länger in den Service musste. Während er den kurzen Weg zu Marias Schule fuhr, hörten sie Radio und sie sang begeistert mit. Immer, wenn sie glücklich vor sich hin trällerte, fühlte er sich ebenfalls etwas besser und der Tag schien freundlicher.

Seit etwa zwei Jahren fuhr er nicht mehr so gern zur Arbeit. Nicht, dass er die Arbeit selbst nicht mochte oder dass seine Kollegen unfreundlich wären, ganz im Gegenteil, der Betrieb war sehr familiär und man half einander. Aber die Wirtschaftslage war schon seit mehreren Jahren für Druckereien äußerst schwierig. Alle mussten um Aufträge kämpfen und jedes Jahr gingen einige Druckereien in Konkurs. Die Anzeichen, dass Ihre Druckerei wohl das nächste

Opfer sein und dass viele ihre Stelle verlieren würden, mehrten sich schon seit einiger Zeit.

Sie waren mittlerweile an Marias Schule angekommen und er hielt dort an.

„Ich wünsch dir einen schönen Tag in der Schule und lern was." Er gab ihr einen Kuss auf die Wange, strich ihr eine Strähne aus dem Gesicht und lächelte sie an.

„Mach's gut, Papa, bis heute Abend." Sie gab ihm ebenfalls einen Kuss auf die Wange, öffnete den Sicherheitsgurt, entriegelte die Tür und stieg mit einem kleinen Hüpfer aus. Dann schloss sie die Autotür wieder, winkte ihm lächelnd zu und rannte auf den Kinderspielplatz, wo bereits andere Kinder spielten. Er legte wieder den ersten Gang ein, um mit einem leichten Stottern des Motors wieder in die Straße einzubiegen.

Auf seiner Arbeitsstrecke war eigentlich selten viel Verkehr, sodass er bereits nach zehn Minuten sein Auto vor der Druckerei abstellen konnte. Er blieb noch ein paar Minuten im Wagen sitzen und versuchte, sich auf den Arbeitstag einzustellen. Irgendwie hatte er ein sehr flaues Gefühl im Magen, als würde heute kein guter Tag werden, er konnte aber nicht sagen, weshalb. Um diese Zeit waren Andreas und Mario meistens schon in der Druckerei, doch beide Autos fehlten auf dem Parkplatz, was ihm seltsam vorkam. Er öffnete verunsichert die Fahrertür und stieg aus dem Wagen, um mit etwas unentschlossenen Schritten in Richtung Eingangstür zu schlendern. Im Empfangsbereich stand Herr Meyer, der Chef der Druckerei, sowie Frau Stucki, die Sekretärin. Beide wirkten etwas niedergeschlagen und müde.

„Guten Morgen, Christoph. Wir würden gern mit dir im Sitzungszimmer ein paar Dinge besprechen, bitte folge uns!" Während sein Chef und die Sekretärin in den Sitzungsraum traten, wurde das Gefühl in der Bauchgegend noch alarmierender, er bekam schon fast Krämpfe. Er betrat den Sitzungsraum und ließ sich etwas benommen auf den nächsten Stuhl fallen, den Blick auf den weißen Umschlag gerichtet, welcher vor ihm auf dem Tisch lag. Es bedurfte eigentlich keiner Worte irgendeiner Person dieses Raumes, um zu verstehen, dass er gerade entlassen wurde. Die Gesichter seines Chefs und der Sekretärin sprachen Bände. Nachdem alle Platz genommen hatten, faltete sein Chef die Hände zusammen, lehnte sich leicht nach vorn und richtete das Wort mit einem leisen Seufzer an Christoph.

„Wie du weißt, haben wir schon seit längerer Zeit Schwierigkeiten, uns am Markt zu behaupten. Wir schätzen deine Arbeit sehr und es fällt uns nicht leicht, dir das mitzuteilen, insbesondere im Wissen um deine Umstände. Wir haben wirklich alles versucht, damit es nicht so weit kommt. Doch die finanzielle Lage und die Marktsituation zwingen uns, diese Entscheidung zu fällen, da in ein paar Monaten die Firma zahlungsunfähig werden wird."

Sein Chef hielt kurz inne und schien darüber nachzudenken, was er als Nächstes sagen wollte. Die Anspannung im Raum konnte man fast schon spüren, so still war es im Moment. Die Sekretärin starrte niedergeschlagen und resigniert auf den Umschlag und schien gedanklich völlig weggetreten zu sein.

„Christoph", führte sein Chef den Dialog fort, „die Firma wird von einer größeren Druckerei übernommen und wir konnten leider nicht aushandeln, dass alle Mitarbeiter ihre Stelle behalten dürfen. Von unseren zwanzig Mitarbeitern werden nur sieben bleiben können." Sein Chef schien weitere Dinge zu erzählen, aber diese hörte er schon gar nicht mehr. Sein Geist und seine Gedanken hatten den Sitzungsraum bereits verlassen. Er konnte es kaum fassen, dass er seine Stelle verloren hatte, gerade jetzt, wo er so viele Schulden hatte und dringend Geld brauchte. Er hatte das Gefühl, als ob jemand unter ihm eine Falltür aufgerissen hätte und er ins Bodenlose fiel.

3
Das Café

Etwas genervt und entgeistert schob Stefan den Einkaufswagen durch den Lebensmittelladen und ging den Einkaufszettel nochmals durch. Heute war Mittwoch, das hieß für ihn, den Nachmittag zu nutzen, um den Großeinkauf zu absolvieren, denn der Samstag war nur für Nachkäufe reserviert.

Wann immer es möglich war, vermied er den Samstag, um einzukaufen, denn er hasste es, den Einkaufswagen durch so viele Leute hindurchzusteuern. Es war dann einfach unmöglich, von Regal zu Regal zu gelangen, ohne dass man irgendwo hängen blieb, weil einer seinen Wagen quer in den Gang gestellt hatte und konzentriert Inhaltsstoffe auf einer Verpackung studierte, wovon er die Hälfte ohnehin nicht kannte. Gleichzeitig musste natürlich ein Filialmitarbeiter die Regale neu auffüllen, obwohl von diesem Produkt noch immer genügend Packungen vorhanden waren, und dass zur Haupteinkaufszeit.

Er ging immer in die gleiche Filiale, es war ein etwas älterer Bau, hatte aber immer noch seinen Charme und das Wichtigste war, dass der Laden nur eine Viertelstunde zu Fuß von seiner Wohnung entfernt war. Wie schon seit Jahren war er stets knapp bei Kasse, sodass der Einkaufszettel relativ einfach gestrickt war. Er stand nun dort, wo das Gemüse und die Früchte sehnlichst auf einen Käufer warteten, bevor ihre Zeit gekommen war. Selbstverständlich hatte man in der globalisierten Zeit praktisch immer die Möglichkeit, jedes Gemüse oder jede Frucht, unabhängig von der Jahreszeit, zu erhalten, was er als völligen Schwachsinn wertete. Mit seinen bescheidenen Mitteln versucht er immer, saisonal einzukaufen und dazu Produkte zu wählen, die aus der Gegend stammten. Er hatte vor einiger Zeit seine gesamte Diät umgestellt, verzichtete weitgehend auf Fleisch und Fisch, und konzentrierte sich auf eine gemäß Medien gesündere Lebensweise.

Der Hauptgrund seiner Erleuchtung war aber viel mehr ein Resultat seiner finanziellen Lage und seiner Feststellung, dass man das Fleisch aus Supermärkten einfach nicht essen konnte, ganz zu schweigen vom Fischangebot. Er als ehemaliger Matrose und somit guter Fischkenner fand es ehrlich gesagt etwas anmaßend, was die Leute hier schon als Fisch bezeichneten. Nein, da blieb er doch lieber Teilzeit-Vegetarier.

Seine Rente war mittlerweile so knapp, dass er auch darauf schauen musste, welche Rabatte er jeweils am Einkaufstag auffinden würde und welche Coupons er geschickt einsetzen konnte. Während er mit dem Einkaufswagen durch die Gemüseabteilung kurvte, kramte er mit seiner linken Hand in der Jackentasche nach den verfügbaren Coupons und hoffte, dass etwas für Kartoffeln und Äpfel dabei war. Und tatsächlich, eine Frühlingsaktion von zwanzig Prozent auf Äpfel der Sorte Gala – aus einheimischem Anbau –, bezüglich Kartoffeln sah es eher düster aus.

In der Filiale waren Kartoffeln aus der Ukraine mit einem Rabatt von dreißig Prozent ausgeschrieben, was ihn natürlich nicht die Bohne interessierte, denn wenn er radioaktiv verseuchte Lebensmittel kaufen wollte, könnte er sich auch gleich an den russischen Lachs ranmachen. Es half nichts, neben den Äpfeln legte er noch Brokkoli, Paprika, einen Kopfsalat und eine Zucchini in den Einkaufswagen und ließ die Kartoffeln links liegen. Er wollte zunächst sicherstellen, dass bei den Regalen mit den Teigwaren kein Rabatt vorhanden war, bevor er dann doch zähneknirschend zu den Kartoffeln zurückpilgern würde.

Während er durch die gekühlten Auslagen für Milchprodukte schlenderte, suchten seine Augen in der Nähe der Käsetheke nach dem jungen Mitarbeiter Reto, der jeweils am Mittwochnachmittag Schicht hatte, konnten ihn aber dort nirgends finden. Achselzuckend wendete er seinen Einkaufswagen, fluchte dabei leise, als er an einem Regal hängen blieb, und schob diesen dann energisch den Gang in Richtung Teigwaren runter. Die schlechte Nachricht war, dass sich die gesamte Teigwaren-Abteilung entschieden hatte, keinen Rabatt zu gewähren und auch eine weitere Überprüfung sämtlicher Taschen zauberte keinen Coupon hervor. Die gute Nachricht allerdings war, dass die gegenüberliegenden Regale, wo der Reis stand, gerade fünfzig Prozent auf die Sorte Uncle Ben's ausgeschrieben hatten und dass Reto gerade dort stand, während er mit der Etikettiermaschine die Packungen mit neuen Preisen beschriftete.

„Hallo, Reto, wie läuft's bei der Arbeit?", sprach er ihn an, während er seinen Einkaufswagen neben dem Regal abstellte.

„Gut, Stefan, danke, ich habe übrigens wieder etwas für dich zur Seite gelegt. In zehn Minuten mache ich eine kurze Pause und bringe dir die Ware dann beim Parkplatz vorbei ", berichtete Reto mit einer etwas zurückgehaltenen Stimme, was er heute zu bieten hatte.

Das war ein weiterer Grund, weshalb Stefan immer bei der gleichen Filiale einkaufen ging: Weil er dort mittlerweile seine Kontakte hatte, die es ihm ermöglichten, kostenlos zu weiteren Lebensmitteln zu kommen. Im Normalfall mussten die Supermärkte nämlich Lebensmittel, die das Datum für den Verkauf überschritten hatten, aus den Regalen nehmen. Manchmal kam es vor, dass diese scheinbar ausgemusterten Lebensmittel einfach neu etikettiert wurden, was hier aber eher selten der Fall war. Diese „unverkäufliche"

Ware war aber meistens noch bedenkenlos genießbar und eine große Lebensmittelverschwendung.

Er hatte Reto letztes Jahr im September am See kennengelernt, ihn besser gesagt beobachtet, wie er verzweifelt versucht hatte, Motorboot fahren zu lernen. Er konnte sich noch immer genau an die äußerst amüsanten zehn Minuten erinnern, in denen der Junge versucht hatte, das Boot sicher im Hafen anzulegen. Es hatten an diesem warmen Septembertag perfekte Bedingungen geherrscht, das hieß, kein Wind, kein Wellengang, sondern nur ein ruhiges Gleiten durchs Wasser. Es würde Stefan wohl immer ein Rätsel bleiben, wie das Boot überhaupt aus dem Hafen gekommen war, dessen ungeachtet, hatte das Boot früher oder später wieder an einem Hafen anlegen müssen. Bei vielen Häfen war die Einfahrt auf den See ausgerichtet, sodass man diese schon von Weitem her sehen konnte. Das Glück hatte es aber so gewollt, dass genau bei diesem Hafen die Einfahrt auf der Seite gelegen hatte, sodass ein Boot zuerst auf das Land zufahren musste, bevor man dann im rechten Winkel einfahren konnte, soweit also die Theorie. Reto hatte wohl noch immer nicht verinnerlicht, dass ein Boot beim seitlichen Steuern träge war und ein bisschen seitlich glitt.

Zum einen war das Boot etwas zu schnell auf den Hafen zugefahren. Zum anderen hatte er das Ruder viel zu spät nach rechts gedreht, sodass das Boot mit voller Wucht seitlich in die Hafenmauer geprallt war und den Fahrlehrer beinahe von Bord geschmissen hatte. Während dieser dann hektisch verbal auf den Lernenden eingedroschen und ihn in den verschiedensten Varianten als Idioten bezeichnet hatte, hatte dieser besagte Lernende aus Panik Gas gegeben, weil er möglichst schnell von der Mauer hatte wegfahren wollen. Nachdem die Schiffsschraube erfolgreich an der Wehrmauer neu geschliffen worden war, hatte das Boot einen Satz in den Hafen hineingemacht, um den Bug in das Heck eines bereits angelegten Schiffes zu versenken. Das hatte den ulkigen Effekt gehabt, dass der Fahrlehrer zunächst beinahe auf den Rücken gefallen war, um dann vom abrupten Stopp der Bootsbewegung Kopf über ins Steuer zu donnern.

Der Besitzer des besagten Schiffes war gerade damit beschäftigt gewesen, die Schutzblache des Bootes zu demontieren, um mit der um einiges jüngeren Freundin eine genüssliche Fahrt auf dem See zu unternehmen, als seine Tätigkeit durch den besagten Aufprall jäh unterbrochen worden war. Einen kurzen Augenblick hatte dieser noch mit dem Gleichgewicht gekämpft und versucht, mit wild rudernden Armen der Schwerkraft zu trotzen, hatte dann aber rücklings mit einem lauten Aufklatschen im Wasser seine Niederlage eingestehen müssen. Obwohl sein Versuch ziemlich behände gewirkt hatte, hatte der Fahrlehrer nie wirklich eine Chance gehabt, sich wieder aufzurichten, um die Kontrolle über die schwimmende Ramme zurückzuerlangen, denn der Lernende hatte sich bereits für ein neues Manöver entschieden.

Obwohl ein Boot kein Auto war, konnte man durchaus bei Verwendung kurzzeitiger, starker Beschleunigung in Kombination mit sofortiger Gegenbeschleunigung, ein Boot rasch und präzise bewegen, sofern man mit dem Boot vertraut war und einiges an Übung vorweisen konnte. Der Lernende hatte weder das eine noch das andere vorzuweisen und trotzdem ein solches Manöver im Sinn gehabt, was dazu geführt hatte, dass dieser rasch den Rückwärtsgang eingelegt hatte, um mit dem Heck in ein Schlauchboot zu fahren.

Dieser Zusammenstoß war dann doch zu viel für die Schiffsschraube gewesen, denn nachdem das Schlauchboot aufgeschlitzt worden war, hatte das Fahrschulboot seine

Manövrierfähigkeit komplett verloren. Denn das hastige Zurückstellen des Beschleunigungshebels nach vorn durch den mittlerweile komplett kreideweiß gewordenen Lernenden, hatte bis auf das Aufheulen des Motors keinerlei Effekt mehr gehabt. Das hatte dem mittlerweile vor Wut kochenden Fahrlehrer die Möglichkeit gegeben, sich wieder auf seinem eigenen Boot aufzurichten und mit der freien Hand seine anschwellende Beule auf dem Kopf zu massieren, während er mit der anderen hastig den Motor abgestellt hatte.

Die ganze Tragödie hatte damit geendet, dass sie das Stück bis zum Pier mit dem Paddel hatten zurücklegen müssen, während das Schlauchboot vollständig die Luft verloren hatte und der Außenbordmotor auf den Grund gesunken war. Der Besitzer des anderen Bootes hatte nur noch die Einzelteile seines Schwimmdecks zusammentragen und in klitschnasser Kleidung auf die entsprechenden Verantwortlichen warten können. Nachdem der Fahrlehrer den armen Reto nach einem regelrechten Wutausbruch zum Teufel gejagt hatte, war der arme Junge am Straßenrand gestanden und hatte niedergeschlagen auf seinen Bus gewartet. Da Stefan ebenfalls auf diese Buslinie musste, hatte er sich entschieden, den Hafen früher zu verlassen und mit diesem Jungen ins Gespräch zu kommen, und sie hatten sich an diesem Tag mit dem Versprechen getrennt, dass er ihn das Bootfahren lehren würde, während dieser ihn beim Einkauf unterstützte.

„Das passt, in zehn Minuten bin ich mit meinen Einkauf fertig. Hast du die Knoten gelernt?"

„Das habe ich, ich denke, dass ich nun das Boot korrekt anlegen kann", erwiderte Reto leise, aber mit einem gewissen Stolz.

„Perfekt, dann sehen wir uns diesen Freitag wieder im Hafen und wir üben ein bisschen auf dem Boot. Wir werden das seitliche Anlegemanöver anschauen." Mit einem Augenzwinkern legte er ein paar Packungen des heruntergesetzten Reises in den Einkaufswagen und schob diesen weiter, um den Einkauf fortzusetzen. Nach etwa acht Minuten hatte er sich fertig durch den Laden gekämpft und musste sich nun entscheiden, ob er an der regulären Kasse oder am sogenannten „Self-Check-out" bezahlen wollte. Angesichts der vorliegenden Tatsachen musste er nicht lange überlegen.

Es waren nur zwei Kassen offen, an der einen arbeitete gerade jemand, den er persönlich für einen Vollidioten hielt, und an der anderen stand eine alte Dame, die gerade dabei war, ihren prall gefüllten Einkaufswagen im Zeitlupentempo auf das Förderband zu entleeren. Das wollte er sich auf keinen Fall antun und schritt resigniert auf die Selbstbedienungskassen zu, bei denen man für den eigenen Einkauf noch arbeiten musste, aber denselben Preis bezahlte. Zu allem Überfluss stand dort ein junger, pickelgesichtiger Mitarbeiter, der mit einem etwas seltsam anmutenden Lächeln die Personen überwachte, die ihre Waren selbst einscannten. Er hoffte inständig, dass er seinen Einkauf bald abschließen konnte, ohne in ein Gespräch mit diesem seltsamen Herrn verwickelt zu werden. Doch das Schicksal wollte seinen Nachmittag noch etwas versüßen, und so verhinderte die Maschine, dass er erfolgreich einen seiner Coupons aktivieren konnte. Was dazu führte, dass er zähneknirschend das Pickelgesicht zu sich herwinken musste.

„Guten Tag mein Herr, funktioniert etwas beim Einscannen nicht?", fragte ihn dieser in einer Stimme, als wolle er einem störrischen Kind etwas erklären.

„Ja, und zwar will die Maschine den Coupon für die Äpfel nicht schlucken, keine Ahnung, warum", antwortete er, etwas gereizt, dass ihm jetzt so ein Jungspund aushelfen musste.

„Haben Sie auch die richtigen Äpfel eingekauft?"

„Es ist die richtige Sorte, ja."

„Und der Gutschein ist noch gültig?"

„Wenn wir heute Mittwoch haben, dann sollte das stimmen."

„Geben Sie mir doch mal bitte kurz Ihren Gutschein, werter Herr", erwiderte das Pickelgesicht süffisant und streckte die rechte Hand aus.

Hinter seinem geistigen Auge stellte Stefan sich vor, wie er diese Hand packte und zerquetschte, bis er dieses arrogante Lächeln in ein Weinen verwandelt hätte. Doch in der Realität konnte er dies natürlich nicht tun und händigte zähneknirschend seinen Coupon aus.

„Ah ja, der Barcode ist etwas beschädigt. Sie müssen darauf achten, dass die Coupons unbeschädigt bleiben, dann klappt es auch beim Einscannen", stellte der junge Mann etwas überflüssig fest und tippte den Rabatt kurz selbst ein. Zum Glück wurde er von einem anderen Kunden herbeigerufen, sonst wäre er der Versuchung erlegen, zu prüfen, ob das Gesicht dieses Schnösels auch einscannbar wäre, indem er das Pickelgesicht gegen den Scanbereich geknallt hätte. Hastig packte er seinen Einkauf zusammen und ging zum vereinbarten Treffpunkt, wo er ja noch Reto treffen wollte. Dort angekommen hatte Reto seine Zigarette schon fast fertig geraucht.

„Entschuldige, Reto, dass ich so spät komme, aber dieser pickelgesichtige Mitarbeiter hat mich aufgehalten."

„Das macht nichts. Und diesen Mitarbeiter kann ich auch nicht ausstehen. Nur schon, wie er dasteht und rumgrinst, ist so nervig. Keine Ahnung, wie der eine Freundin abgekriegt hat. "

„Vielleicht ist sie ja blind oder möchte einfach ihren Vater bestrafen. Anders kann ich mir dieses masochistische Verhalten nicht erklären", erwiderte Stefan kurz.

Reto grinste breit, griff dabei diskret unter seine Arbeitskleidung und zauberte Bio-Eier sowie eine Plastiktüte voller verschiedener Früchte hervor. Hastig nahm Stefan diese Gaben entgegen und verstaute sie ebenfalls in seiner Einkaufstüte.

„Danke, mein Junge. So, nun gehe ich zum Café. Mir reicht's für heute. Bis am Freitag um zehn." Er gab Reto freundschaftlich die Hand und machte sich auf den Weg zum Café, in dem er immer etwa eine halbe Stunde verweilte, bevor er anschließend nach Hause ging und den Einkauf für beendet erklärte.

Er freute sich jedes Mal, wenn er um die Ecke bog und das niedliche, kleine Café an der Straßenecke erblickte, das seinen Charme seit zehn Jahren nicht verloren hatte. Es lag nicht weit weg von seiner Wohnung und dem Laden entfernt, sodass er die Einkaufstüte nicht lange schleppen musste, um von einem zum anderen Ort zu kommen. Das hatte den Vorteil, dass er alles zu Fuß erledigen konnte und so durch die Bewegung weiterhin fit blieb. Ein weiterer Grund war, dass er sich mittlerweile auch ganz einfach kein Auto oder ein anderes Fortbewegungsmittel leisten konnte. Der Gedanke, wie eine Sardine in einer Büchse mit anderen Leuten ein Verkehrsmittel zu teilen, auch als Straßenbahn oder Bus bezeichnet, hinterließ einen Schauer auf seinem Rücken, sodass diese Alternativen – ebenfalls aus durchaus logischen Gründen – wegfielen. Es war immer noch ein bisschen zu kühl, um den Kaffee draußen zu genießen, deshalb suchte er sich einen freien Platz im Lokal aus, obwohl sehr optimistisch auch draußen gedeckt worden war. Die Suche nach einem freien Platz war etwas übertrieben, denn er hatte auch in diesem Etablissement seine Kontakte, weshalb der wöchentliche Besuch in genau diesem Café nicht zufällig geschah.

„Schön, dich zu sehen Stefan, das Übliche?", begrüßte ihn James, der Kellner, freundlich und begab sich sogleich zur Theke, um die unausgesprochene Bestellung zu holen. Er kannte James seit letztem Jahr, als dieser Fünfundzwanzigjährige den weiten Weg von Südafrika nach Europa gewagt hatte, um, wie viele andere Ausländer, einer Arbeit sowie einer besseren Zukunft entgegenzustreben.

Er war ein schwarzer Mann mit kräftigen Muskeln und einem freundlichen Gesicht, das meistens sehr einladend lächelte. Aber wie viele Immigranten hatte er sich die Arbeitssuche etwas zu einfach vorgestellt und da seine Aufenthaltsbewilligung nur gültig war, solange er Arbeit vorweisen konnte, stand er natürlich unter Zeitdruck. James hatte damals an Stefans Tür geklingelt, um seine Dienste als Gärtner und Haushaltshilfe anzubieten oder auch Einkäufe zu tätigen. Er sprach ein solides Englisch, fließend Französisch und ein durchaus passables Deutsch, aber sonst hatte er nicht allzu viel an Ausbildung vorzuweisen. Es wäre deshalb nur eine Frage der Zeit gewesen, bis er wieder zurück in sein Land abgeschoben worden wäre.

James war ihm damals schon sehr sympathisch rübergekommen und als er mitbekommen hatte, dass der eine Kellner dieses Cafés gefeuert worden war, hatte er sich gedacht, dass sich diese Gelegenheit durchaus sinnvoll nutzen ließ. Er hatte James die Arbeit als Kellner vermittelt und im Gegenzug darum gebeten, dass der eine Tisch jeweils am Mittwochnachmittag für ihn frei blieb und eine Tasse Kaffee kostenlos war. James hatte keine Sekunde lang gezögert und sich per Handschlag einverstanden erklärt, denn eine Tasse mehr oder weniger, die aus dem Automaten kam, würde der Cafébesitzer ohnehin nicht bemerken, und er hatte so im Land bleiben können. Außenstehende könnten argumentieren, dass dies Diebstahl sei und zudem ungerecht. Wenn man allerdings bedachte, dass eine Tasse Kaffee in dieser Stadt eher teuer war und seine Rente kaum noch für die Miete reichte, obwohl er sein ganzes Leben lang geschuftet hatte, sah die Sache doch etwas anders aus, fand er.

Sein selbst ernannter Stammtisch befand sich in einer leicht dunklen Ecke, weit weg von den Fenstern, denn er hatte es nicht nötig, von Fremden angestarrt zu werden, als befände er sich in einem Schaufenster. Von diesem Tisch aus hatte er einen guten Überblick über den gesamten Raum, den seine Augen gerade durchkämmten. Um diese Zeit war es noch sehr angenehm, es waren immer wenige Leute da, aber zu Stoßzeiten war es wirklich voll, und das mochte er nicht. An einem der Tische saß ein junger Mann, den Laptop aufgeklappt und immer wieder an seinem Café nippend. Er hatte nie genau begriffen, woran dieser Typ hier genau arbeitete, aber wirklich wichtig konnte es nicht sein. An einem anderen Tisch gleich beim Fenster hatte es sich ein Touristenpaar gemütlich gemacht und redete pausenlos über ihre nächsten Ausflugsziele, zumindest glaubte Stefan, dass sie darüber sprachen, denn er verstand kein Japanisch. James kam gerade zurück und brachte ihm seinen Kaffee sowie ein Croissant, das er ab und zu auch abzweigen konnte.

„Bitte schön, Stefan, zum Wohl", sagte James, während er die Kaffeetasse auf den Tisch stellte und das Croissant gleich daneben platzierte. Dieser Tisch hatte einen weiteren Vorteil, er war meistens weit weg von den anderen Gästen, da diese viel lieber in der Nähe eines Fensters sitzen wollten. Das gab ihm jedes Mal die Gelegenheit, mit James alles Mögliche zu besprechen, ohne dabei gehört oder gestört zu werden.

„Herzlichen Dank, James. Du siehst immer noch so gestresst aus wie letzte Woche. Weißt du schon, wie du deine Probleme lösen willst? Denn irgendwann werden deine Schuldner bei dir antanzen und von dir erfahren wollen, wie du sie bezahlen willst."

„Mit jeder Woche wird es schlimmer. Ach, bald weiß ich einfach nicht mehr weiter. Hier zu wohnen ist einfach viel zu teuer, obwohl ich gerade mal eine Eineinhalbzimmerwohnung habe. Und als Kellner verdiene ich gerade genug, um knapp über die Runden zu kommen. Es reicht aber einfach nicht, um Geld zur Seite zu legen, damit ich meine Schulden bezahlen kann", berichtete James und wirkte dabei wirklich verzweifelt und niedergeschlagen.

„Ich würde dir ja sehr gern helfen, aber wie du weißt, komme ich selbst kaum klar mit meiner Rente. Das Leben ist einfach nicht mehr, wie es früher mal war. Wie lange hast du noch, bevor die Kredit-Galgenmänner kommen?", fragte er verständnisvoll.

„Schwer zu sagen. Aber mehr als zwei Monate sicher nicht und dann müsste ich untertauchen, denn zurück kann ich auf keinen Fall", erwiderte er leise mit zittriger Stimme.

„Nein, das kannst du nicht, das ist wahr. Wir brauchen also eine Lösung, dass du weiterhin bleiben darfst. Von wie viel Knete sprechen wir?"

„Alles zusammen etwa dreißigtausend Euro!"

„Das ist eine ganz schöne Summe. Verdienen werden wir das Geld in dieser Zeit wohl kaum. Vielleicht sollten wir es wie diese Rentner machen, die in der Zeitung erwähnt wurden. Hast du den Bericht vom Montag gelesen?"

„Du spielst auf den gestohlenen Geldautomaten an, nicht wahr? Ja, habe ich kurz durchgelesen. Wäre natürlich schon ganz praktisch, so auf die Schnelle etwas Geld zu machen. Aber ich bin kein Dieb und möchte es auch nicht werden. Würdest du so etwas machen?", fragte James etwas verunsichert.

„Eigentlich nicht, denn wie du bin ich ein ehrlicher Mensch. Aber leider wird mir meine Ehrlichkeit nicht mehr lange weiterhelfen können. Mir steht das Wasser auch schon bis zum Hals und ich weiß bald nicht mehr, wie ich mir meine Wohnung und den Arzt leisten soll. Weißt du, was das Gute daran ist, wenn man zweiundsiebzig Jahre alt ist?", fragte er James etwas amüsiert.

„Dass du mit deiner Seniorenkarte für das Essen im Gefängnis einen Rabatt erhältst?", antwortete James hämisch grinsend.

Stefan verschluckte sich leicht am Kaffee und fing an zu lachen, begleitet von einem gelegentlichen Husten. Er musste die Tasse wieder auf den Tisch stellen, sonst hätte er noch mehr Kaffee verschüttet. Nachdem er sich von seinem leichten Hustenanfall erholt hatte, schaute er James grinsend an und antwortete: „Lieber würde ich verhungern als diesen Fraß, welchen sie als Essen ausgeben, schlucken zu müssen. Da würde der Rabatt auch nicht viel weiterhelfen. Aber mit meinen zweiundsiebzig werde ich wohl kaum ein Gefängnis von innen sehen. Im Gegenteil, sie würden mir Hausarrest geben und somit müsste ich die Miete nicht mehr bezahlen, sondern der Staat. Wie du siehst, kann ich also nur gewinnen."

„So kann man es natürlich auch sehen. Der Plan funktioniert aber nur für dich. Mich würden sie sehr wohl in den Knast stecken", bemerkte James mit mahnender Stimme.

Stefan nippte nochmal an seinem Kaffee und starrte etwas gedankenverloren auf das Croissant. „Weißt du, James, ich denke, du wärst lieber in einem unserer schönen Gefängnissen als zurück in deiner Heimat. Viel zu verlieren hast du eigentlich auch nicht."

„Das hat eigentlich was. Aber so einen Geldautomaten zu stehlen ist nicht gerade einfach. Ach, da kommen zwei ganz spezielle Touristen. Ich bediene die beiden kurz und komme dann gleich zurück."

Tatsächlich betraten ein Mann Ende vierzig und seine klar jüngere Freundin oder Frau, etwa Mitte zwanzig, das Café und waren recht elegant wie auffällig gekleidet, als wären sie gern auf dem roten Teppich, hätten es aber nie wirklich bis dorthin geschafft. Sie schauten auffällig einmal in die Runde, als wollten sie sicherstellen, dass alle Gäste sie auch wahrgenommen hatten, und entschieden sich dann für ein Tisch am Fenster. Die Sonnenbrillen sowie der als elegant geltende, übergroße Hut der Frau blieben auf, beides gehörte schließlich zu ihrem Erscheinungsbild und durfte nicht fehlen.

„Guten Tag, was darf ich Ihnen bringen?", fragte James mit einer überaus freundlichen Stimme und legte gleich zwei Speisekarten auf den Tisch.

„Guten Tag, verehrter Herr", antwortete der Mann mit einer Pseudo-Kolonialisten-Herrschaftsstimme, als wäre er in einem Fünfsternehotel. „Bringen Sie uns doch bitte zwei Tassen Kaffee und ein Mineralwasser. Sie sprechen unsere Sprache aber wirklich gut, arbeiten sie schon länger hier?"

„Sehr gern, bringe ich Ihnen sofort. Ich bin noch nicht so lange hier. Habe aber rasch gelernt", antwortete James freundlich, aber auch etwas zurückhaltend, während er die Bestellung aufnahm und sich schon vom Tisch abwenden wollte.

„Woher kommen Sie denn, wenn ich neugierig sein darf?", fragte die Frau offensichtlich neugierig, während sie mit einem Fächer versuchte, elegant Luft gegen ihr Gesicht zu fächern. Mit ihrer zierlichen Hand wies sie dabei auf James' Hals, an dem eine aus Holz gefertigte, afrikanische Halskette prangte.

„Aus Südafrika."

„Ach, Südafrika, da waren wir doch gerade letztes Jahr, mein Schatz. Wunderschöne Gegend, wirklich ein so schönes Land. Da haben wir eine kleine Safari gemacht, das war ein herrliches Erlebnis, all diese schönen Tiere sehen zu dürfen. Und die Leute dort, die sind alle so offenherzig und freundlich, genau wie Sie", schwärmte die Frau während sie James ansah.

„Ja stimmt, mein Schatz, und im Hotel, da war auch dieser freundliche, junge Mann, der uns bediente. Der sprach aber nur wenig Englisch und etwas Französisch, das war etwas schade. Aber Sie sprechen ja wunderbar, was hat sie denn dazu veranlasst, hierherzukommen?" Bevor James antworten konnte, was er offensichtlich ja nicht tun wollte, setzte die Frau das Gespräch fort. „Hier ist es ja auch schön, aber Südafrika, da würde ich gern wohnen, wenn ich könnte. Es ist immer so schön warm, wie im Paradies. Ich kann nicht ganz verstehen, warum so viele junge, schwarze Männer nach Europa gehen, wo es doch dort meist nur schlechtes Wetter gibt. Wollten Sie nicht lieber nach Spanien gehen, anstatt hierher, wo doch die Winter so kalt sind? "

Auch darauf konnte James nicht antworten, da der Mann die Pause der Frau als Zeichen wertete, gleich weiterzureden, und so stand James immer noch dort und wusste nicht genau, was er als Nächstes tun sollte.

„Und die frischen Früchte, die man in Südafrika hat, einfach traumhaft, nicht zu vergleichen mit dem Obst, das bei uns so verkauft wird. Verehrter Herr, Sie sehen ziemlich kräftig aus, Sie waren sicher Bauer in Südafrika, habe ich recht?", fragte ihn der Herr mit einem interessierten und allwissenden Blick, als kenne er sich in diesem Bereich aus.

Man konnte James ansehen, dass er nicht wusste, was er darauf antworten sollte. Die Kommentare und Fragen waren an Dämlichkeit kaum zu überbieten, weshalb eine seriöse Antwort wohl vergebene Liebesmühe gewesen wäre.

„Hey, Mr. Afrika, kommen Sie her, ich möchte noch was bestellen", rief er James zu, um ihn von der Situation zu erlösen. „Ich weiß zwar nicht, wie Sie es dort handhaben bei Ihnen zu Hause, aber hier wird gearbeitet, also Bewegung!", fügte er noch hinzu und konnte die Reaktion der zwei Gäste kaum erwarten. James drehte sich sichtlich erleichtert um und bewegte sich mit einem breiten Grinsen im Gesicht, das nur Stefan sehen konnte, in seine Richtung.

„Das ist ja unerhört, wir reden Sie denn mit diesem Mann, haben Sie denn keine Manieren?", entrüstete sich der Gast, während sein Blick zwischen James und Stefan wechselte.

„Machen Sie sich mal nicht ins Hemd, werter Herr, er kommt gleich mit den zwei Kaffees, einen für Sie und einen für Ihre Tochter", rief er den zweien zurück, während er „werter Herr" mit einem zynischen Unterton versah. James war mittlerweile hinter die Theke verschwunden und konnte ein Lachen gerade so noch unterdrücken, während er die zwei Kaffees zubereitete.

„Was erlauben Sie sich denn? Das ist meine Freundin", sagte der Typ erregt, während sein Kopf errötete. Sie hingegen schaute nur etwas perplex in die Runde und wusste nicht, ob der Kommentar als Schmeichelei oder Beleidigung zu werten war. Damit dies niemandem auffiel, kramte sie in ihrer Handtasche und zauberte einen Schminkspiegel hervor, um scheinbar damit beschäftigt zu sein, das Make-up zu überprüfen. Die asiatischen Touristen schauten ebenfalls verwundert zu den zwei Tischen, die sich gerade gegenseitig Beleidigungen zuwarfen, und wussten nicht, ob sie amüsiert oder erschrocken sein sollten. Der angehende Arbeitslose, auch als Hobby-Schriftsteller bezeichnet, schaute kurz von seinem Laptop auf und beobachtete die Szenerie amüsiert.

„Dann hoffe ich, dass Sie mit Ihren Eltern bereits abgesprochen haben, wer nun für die Finanzierung ihres Schulabschlusses geradestehen muss. Eine weiterführende Schule wäre noch sinnvoll, beispielsweise in Richtung Geografie und internationale Politik. Dort scheinen noch gewisse Schwachpunkte zu liegen."

Der Kopf des Herrn wurde nun deutlich rot und hob sich vom weißen Hemd ab. Sein Mund blieb halb offen, als könne er sich nicht entscheiden, ob er auf diese Bemerkung etwas entgegen sollte oder nicht.

„Mein Schatz ist so lieb und zahlt mir die Ausbildung für die Kunstschule hier, damit ich später reisen und als Künstlerin tätig sein kann", erwiderte sie hingegen entzückt und schien nicht begriffen zu haben, was gerade abging. Offenbar wurde es aber ihrem Liebsten zu viel, denn mittlerweile hörten alle Gäste des Kaffees gebannt der Konversation zu und schienen ab der Dummheit dieser jungen Frau richtig belustigt zu sein.

„Komm, wir gehen, Schatz, wir scheinen hier nicht erwünscht zu sein. Das lass ich mir nicht bieten. In anderen Kaffees wird man uns mit Handkuss empfangen." Energisch stand er auf und zog seine Freundin an der Hand aus dem Stuhl heraus, um mit hochrotem Kopf wieder aus dem Café zu schreiten.

Nachdem die beiden außer Hörweite waren, konnte James ein Lachen nicht mehr unterdrücken und gesellte sich wieder zurück zu Stefan.

„Oh Mann, das waren vielleicht zwei lustige Gäste. Zum Glück hast du mich nach hinten gerufen, ich wusste echt nicht mehr, was ich sagen sollte."

„Dieser Typ hatte einen Tochterkomplex und sie wahrscheinlich einen Vaterkomplex, beide halb schlau und sie ist die Dümmere von beiden, hübsch, hat aber hat echt keine Ahnung", beschrieb Stefan die zwei treffend.

„Jetzt habe ich zwei Kaffees rausgelassen und meine Gäste sind weg. Was mache ich nun damit?", fragte sich James, während er die zwei Tassen vor Stefan auf den Tisch stellte.

„Ich denke, ich habe die Antwort für dich. Die eine Tasse kannst du gleich selbst nehmen und die andere kannst du Anna geben. Sie kommt gerade herein und sieht ziemlich fertig aus. Hat sie etwa geweint?"

James schaute zur Tür hin und erblickte Anna, die sichtlich niedergeschlagen mit leicht verschmiertem Make-up ins Café trat und immer noch ein wenig schluchzte. Ohne zu zögern, nickte er ihr zu und wies mit der rechten Hand auf den freien Platz neben Stefan, gleichzeitig stellte er den zweiten Kaffee bereit.

4
Die Brücke

Er konnte nun entweder eine ganze Weile laufen, bis er zum besagten Tatort kam, oder seine innere Abneigung gegenüber den öffentlichen Verkehrsmitteln für eine kurze Zeitspanne verdrängen und dies eben öffentlich zugängliche Mittel dazu verwenden, schneller an den Tatort zu gelangen. Grundsätzlich hatte er auch nicht so viele Alternativen, da zu dieser Stunde der Stoßverkehr rollte, was bedeutete, dass weder ein anderer Streifenwagen noch ein Taxi ihn zu einer vernünftigen Zeit hinbringen konnte. Und da es sich nicht um einen Notfall handelte, fiel das Blaulicht weg, welches die Blechlawine, ähnlich wie Moses das Meer geteilt hatte, auseinanderschob. Er liebte diese Stadt wirklich, aber die Effizienz und die Art und Weise, wie die öffentlichen Verkehrsmittel hier ausgelegt waren, gefielen ihm einfach nicht.

Nachdem er New York und London besucht hatte, wusste er, dass die Straßenbahn an sich sehr ineffizient und hoch anfällig für Pannen war, da sie nicht von einem Tunnel vor äußeren Einflüssen geschützt war. Zumindest musste er für diese Dienstleistung nicht bezahlen, solange er die öffentlichen Verkehrsmittel während der Dienstzeit verwendete, sie also in der Tätigkeit des Inspektors und als Mittel zur Fallaufklärung verwendet wurden. Da er sich um diese Uhrzeit in eine vollgestopfte Straßenbahn reinzwängen musste, war dies ein kleiner Trost.

Er erreichte in wenigen Minuten die nächste Haltestelle, welche erst beim Nähertreten eine große Traube von Menschen enthüllte, da der Nebel immer noch über der Stadt hing. Es war immer wieder interessant zu beobachten, was für Leute auf die Straßenbahn warteten und sich zu fragen, wohin diese wohl gehen würden. Meistens in einer kleinen Gruppe standen immer die Pinguine, auch bekannt als Anzugträger oder Bankangestellte, die in eleganten Mänteln, perfekt gestylten Haaren, wichtig und gestresst immer wieder auf ihre Uhr starten, welche sie als Bestandteil ihres halbjährlichen Bonus erhalten hatten.

Meist auf der gegenüberliegenden Seite des Wartehäuschens stand eine Gruppe junger Männer, die zweifelsohne eine Bank nie als Mitarbeiter von innen sehen würde, denn diese Kerle waren entsprechend der gerade aktuellen Mode für angehende Möchtegern-Männer angezogen und hauptsächlich damit beschäftigt, jemand zu sein, der sie nicht waren – auch Schüler und Jugendliche genannt. Selbstverständlich stand auch ein Rentnerpaar mit zwei großen Koffern an der Haltestelle, da es unbedingt notwendig war, genau die Reisezeiten auszuwählen, während derer die Werktätigen am meisten unterwegs waren. Auch vorhersehbar standen diese strategisch genau an dem Platz, an dem die Tür sich öffnen würde, und mit genau dem Abstand, dass die herausströmende Masse garantiert nicht ohne Akrobatik an den Koffern vorbeikamen.

Glücklicherweise war dies eine Station, bei der mehr Leute in die Straßenbahn hinein- als herauswollten, somit dürfte zumindest hier das Problem noch nicht so gravierend werden. Der Rest der Meute war ein durchmischtes Völkchen von Personen verschiedenen Alters, die sichtlich entgeistert dem bevorstehenden Arbeitstag entgegensahen. Er entschied sich, etwas am Rande der Menschentraube zu warten und eine der hinteren Türen zu erwischen, in der Hoffnung, dass er doch irgendwie vernünftig mitfahren konnte.

Die Straßenbahnfahrt an sich dauerte zum Glück nicht allzu lange, dennoch stieg er etwas entnervt bei der Zielhaltestelle aus, da er während der gesamten Fahrt ständig die

Zeitung eines Mitreisenden ins Gesicht bekommen und dieser geflissentlich nichts bemerkt hatte. Es war wenig hilfreich, dass ein weiterer Fahrgast immer wieder auf seine Füße getreten war, weil er es nicht verstanden hatte, sich irgendwo festzuhalten.

Sichtlich erleichtert schritt der Inspektor nun zügig der alten Steinbrücke entgegen, um sich mit seinem Assistenten Arnold zu treffen und den vielversprechenden Fall zu analysieren. Je näher er der Brücke kam, desto mehr schälte sich der Tatort aus dem Nebel heraus und er konnte seinen treuen Assistenten am Beginn der Brücke erkennen, wie dieser mit der Rechten seinen Tee und mit der Linken sein Croissant bereithielt, ebenfalls erleichtert, den Inspektor zu sehen, wahrscheinlich nicht aus dem gleichen Grund wie er. Es war wahrscheinlicher, dass Arnold froh war, bald nicht mehr wie ein Baum dort angewurzelt stehen zu müssen.

„Nochmals guten Morgen, Inspektor, freut mich, dass Sie es so schnell schaffen konnten. Hier habe ich Ihre Sachen." Mit einem motivierten Lächeln überreichte er dem Inspektor den Tee sowie die Croissants und wollte sich gerade abwenden, um die Situation etwas genauer zu schildern.

„Danke, Arnold. Moment, wo hast du die Croissants her?"

„Aus dem Lebensmittelladen an der Bahnhofbrücke, wieso, stimmt was nicht?", fragte er etwas verunsichert.

„Das wird sich noch herausstellen, ich wollte nur überprüfen, was du mir da genau gebracht hast, damit ich mir sicher bin, dass ich es danach nicht bereuen werde", antwortete der Inspektor ernst, aber mit einem amüsierten Unterton. „Sind es Vollkorn-Bio-Croissants?"

„Selbstverständlich, heute aufgebacken, etwas anderes kommt gar nicht in Ihre Hände."

„Ist der Earl Grey von einer Billigmarke oder von der edlen mit den Stoffbeuteln und den großen Teeblättern?"

„Selbstverständlich nur vom Besten, die billigen Marken erkenne ich sowieso nicht. Habe vom Laden nur das heiße Wasser mitgenommen, die Teebeutel kaufe ich jeweils im Voraus bei einem Reformhaus und lagere sie in unserem Dienstwagen."

„Hast du auch den Schuss Honig im Tee nicht vergessen?"

„Eineinhalb Kaffeelöffel, genau so, wie Sie es gewünscht haben."

„Der Honig stammt aus der Gegend? Aus biologischer Haltung?"

„Alles andere wäre unhaltbar. Es ist Honig aus Freilufthaltung, die Bienen haben auch ihre eigene Gewerkschaft", beantwortete Arnold rasch die Fragen mit gespielter Ernsthaftigkeit.

„Du hast hoffentlich im Laden die Sammelkarte vorgezeigt, um die Prämie zu kassieren?"

„Selbstverständlich, sonst ginge uns ja der Jahresbonus verloren."

„Und was wollte die Kassiererin dir diesmal an kostenlosen Spielzeugen andrehen?"

„Ein einzeln verpacktes Legosteinchen."

„Was soll man bitteschön mit einem einzelnen Legostein anfangen? Kann man Wasser darüber gießen und es schwillt dann an, oder was?"

„Es werden immer mehr Legosteine, abhängig davon, wie oft man einkaufen geht. Man kann diese sozusagen sammeln."

„Das ist der größte Schwachsinn, den ich je gehört habe. Du hast dich aber hoffentlich standhaft geweigert, diesen Plastikmüll anzunehmen, nehme ich an?"

„Bei meiner Ehre habe ich mich konsequent geweigert, auch nur die Hand danach auszustrecken."

Zufrieden nickte er seinem Assistenten zu, blies mit dem Mund den Wasserdampf über dem Teebecher weg und nahm vorsichtig einen ersten Schluck daraus. Er hatte das große Glück, dass sein Assistent ebenfalls einen gesunden Humor hatte, so ließ sich der Tag jeweils mit witzigen Gesprächen erheitern und man konnte der Arbeit etwas glücklicher entgegensehen.

Er biss herzhaft in sein Croissant und ließ seinen Blick über die Brücke schweifen. Beide Enden der Brücke waren von der Polizei gesperrt worden, sodass keine weiteren Passanten oder Fahrzeuge diese überqueren konnten, was bei einem Tatort auch so sein sollte. Wegen des Nebels konnte er gerade noch so knapp die andere Seite der Brücke erkennen. Mit Arnold zusammen schritt er unter dem Absperrband hindurch und begrüßte dabei den Polizisten, der für die Sperre und die Zugangskontrolle verantwortlich war, mit einem kurzen Nicken. Er hatte ehrlich gesagt keine große Lust, mit dem Wachposten ein Gespräch zu beginnen, denn es gab ja auch nicht viel zu bereden, das Wetter war nun mal beschissen, und über den Fall wusste er noch nicht genug, um darüber plaudern zu können.

Außerhalb der abgesperrten Zone gab es immer wieder kleine Gruppen von Personen, die schaulustig einen Blick auf die Brücke erhaschten und mit ihren Smartphones Selfies oder Bilder knipsten, was dem Wachposten natürlich auf die Nerven ging. Er war darum bemüht, die besagten Personen immer wieder aufzufordern, weiterzugehen. Inspektor von Halden schritt auf das Geländer zu, welches den Blick auf den kleinen Hafen gewährte, und legte seine etwas kalten Hände auf die noch kältere, aus Eisen bestehende Brüstung. Man konnte gerade noch die erste Reihe der angelegten Boote erkennen, die gemächlich in den kleinen Wellen vor sich hin schaukelte, der Rest war noch immer im festen Würgegriff des morgendlichen Nebels. Links von ihm war das sagenumwobene, gespannte Drahtseilkabel, welches vom Geländer senkrecht ins Wasser gespannt war.

Der VW-Kastenwagen war gleich gegenüber auf der anderen Brüstung frontal reingekracht und stehen geblieben. Bis zum anderen Ende der Brücke konnte man diverse Reifenspuren auf den Pflastersteinen erkennen, ob es sich dabei um eines oder um mehrere Fahrzeuge handelte, konnte er noch nicht sagen. Allein in diesen dreißig Sekunden Bestaunen der Umgebung und mit einem zweiten herzhaften Schluck vom guten Tee konnte er drei Dinge erkennen, die nicht dorthin gehörten, wo sie waren. Insbesondere der Kastenwagen, welcher mit viel Herzblut frontal in das Geländer gefahren worden war, hatte seine Aufmerksamkeit gewonnen, denn er hatte es im Bauchgefühl, dass es sich womöglich um den gleichen Wagen handeln könnte, den er gestern Abend noch beim Nachbarhaus gesehen hatte. Aber dies würde man mit den Ermittlungen rasch feststellen können. Er wandte sich seinem Assistenten zu und musterte, wie dieser ebenfalls den Tatort genau begutachtete.

„So, Arnold, du bist ja nicht nur mein Assistent geworden, damit du mir Tee und Backwaren bringen kannst, sondern auch, um Fälle aufzuklären und vor allem, um zu lernen, wie."

„Ich freue mich, mit Ihnen diesen Fall aufklären zu dürfen, Herr Inspektor, und werde Sie nicht enttäuschen." Pflichtbewusst zückte Arnold sein Smartphone, welches mittlerweile bei den Polizisten den Notizblock ersetzte. Inspektor von Halden wusste zwar nicht genau, was daran vorteilhaft sein sollte, auf einem so kleinen Gerät seine Notizen zu machen, aber wenn sein Assistent an solchen technischen Spielereien seine Freude hatte, dann sollte er dies so machen. „Mir ist beim Kastenwagen Folgendes aufgefallen", begann Arnold, wurde aber vom Inspektor gleich unterbrochen.

„Du möchtest wirklich mit dem Kastenwagen beginnen? Gleich mit dem Auffälligsten? Den besprechen wir gleich noch, Arnold. Aber zeige mir doch, dass dir etwas Subtileres an der Umgebung aufgefallen ist, woran wir arbeiten können." Er schaute seinen Assistenten etwas auffordernd, aber auch interessiert in die Augen und senkte dann seinen Blick in Richtung kleiner Hafen.

„Ich verstehe nicht ganz, Herr Inspektor, was hat der kleine Hafen mit dem demolierten Wagen zu tun? Denken Sie, es gibt vielleicht ein Zusammenhang mit dem Kabel, welches ins Wasser gespannt ist? "

„Arnold, schau dir mal die Anlegestelle, die am nächsten zu uns und am nächsten zum Land gewandt ist an. Hier fehlt doch ein Boot nicht?", erwiderte er und zeigte mit der Hand in der Richtung, in der das Boot sein müsste. Zugegeben, für den Laien könnte es auch so aussehen, als wäre dies ein freier Anlegeplatz. Selbstverständlich gab es im Herzen dieser Stadt so etwas wie einen freien Anlegeplatz grundsätzlich nicht, da selbige praktisch nicht mehr erworben werden konnten, da die Wartefristen gefühlt vierzig Jahre lang waren.

„Sie haben recht, Herr Inspektor, hier ist tatsächlich eine Stelle frei. Aber bei diesem Wetter und zu dieser Jahreszeit würden wohl die wenigsten Personen mit dem Schiff unterwegs sein."

„Genau, Arnold, und kein vernünftiger Schiffskapitän würde die Leinen im Wasser lassen, denn du möchtest diese nicht steif gefroren wieder aus dem Wasser fischen müssen, wenn du vom Bootfahren zurückgekehrt bist."

Arnold rieb sich mit der rechten Hand sein Kinn und schien zu grübeln. „Ich gehe davon aus, dass auch dieses Boot eine Abdeckplane hatte. Ich kann diese aber momentan nirgends sehen und mir nur schwer vorstellen, dass jemand, der ein Boot stiehlt, diese sorgfältig zusammenlegen und mitnehmen würde."

„Es ist gut möglich, dass der Dieb die Plane einfach ins Wasser geworfen hat und diese nun den Fluss hinuntergetrieben ist. Wir werden eine Meldung machen, ob jemand eine Bootsplane gefunden hat", entgegnete Inspektor von Halden und richtete nun sein Augenmerk auf das Kabel. Das sichtbare Ende war mit der Stoßstange und dem Abschlepphaken des Kastenwagen solide verbunden gewesen, wobei diese besagten Teile nicht mehr am Fahrzeug selbst hingen, sondern sichtlich verbogen im Metallgeländer feststeckten und verhinderten, dass das Kabel endgültig ins Wasser fiel.

„Das Kabel scheint stark gespannt zu sein, Herr Inspektor. Vielleicht hängt etwas dran? Das Wasser ist allerdings zu trübe, ich kann nichts ausmachen", sprach Arnold nachdenklich weiter und versuchte, mit zusammengekniffen Augen durch die Wasseroberfläche hindurchzusehen, um erkennen zu können, was an dem Stahlkabel hängen könnte.

„Da hängt definitiv was dran, Arnold, wir werden danach gleich im Hauptquartier anrufen und ein Bergungsteam anfordern, die sollen dann den Gegenstand aus dem Wasser holen", entgegnete Inspektor von Halden und richtete nun seinen Blick auf den Kastenwagen. Die ersten zwei sonderbaren Dinge hatten sie schon abgehakt, nun war das Fahrzeug dran. Er war sich ziemlich sicher, dass es sich um denselben Wagen wie gestern Abend handelte, da auch hier die Fahrertür verkratzt war und es sich um dieselbe Farbe handelte. Das Nummernschild hatte er sich leider nicht gemerkt, was aber nicht zwingend übereinstimmen musste, da Diebe oft auch die Nummernschilder kurzfristig wechselten, damit sie unbehelligt weiterfahren konnten. Denn es war schwer, Diebesgut über die Grenze zu bringen, wenn ein Wagen als gestohlen gemeldet worden war.

„Du wolltest mir noch etwas über den Wagen erzählen, Arnold?"

„Sind wir denn soweit, Herr Inspektor?"

„Von mir aus kann es weitergehen. Ich bin schon gespannt, was du aus der Situation herauslesen konntest. Schieß los!"

„Zum einen ist mir der Kratzer an der Fahrertür aufgefallen. Wahrscheinlich hat der Fahrer beim Wendemanöver auf der Brücke irgendwann einmal das Geländer gestreift. Höchstwahrscheinlich werden wir Farbreste irgendwo am Geländer der Brücke vorfinden."

„Das wage ich zu bezweifeln, mein lieber Arnold", widersprach er kurz seinem Assistenten.

„Ich kann mir ehrlich gesagt nur schwer vorstellen, wie Sie meine Hypothese so schnell widerlegen können, da wir das Geländer nicht einmal genau betrachtet haben. Damit der Kastenwagen so steht, wie er jetzt steht, musste der Fahrer eine Rechtskurve machen und somit nach links weit ausholen. Könnte es nicht sein, dass er in der Hitze des Gefechts irgendwo die Fahrertür gestreift hat?"

„Nein, in diesem Fall nicht. Möchtest du dagegen wetten?", grinste Inspektor von Halden und schaute Arnold herausfordernd an.

„Wieso habe ich nur das Gefühl, dass Sie mir hier was verschweigen? Haben Sie möglicherweise selbst Erfahrungen ähnlicher Art gemacht mit Ihrem schlechten Fahrstil?", entgegnete Arnold zynisch.

„Mein schlechter Fahrstil hat ausnahmsweise nichts mit dieser verunfallten Blechkiste zu tun. Es ist nur so, dass ich genau diesen Wagen gestern Abend in meinem Wohnquartier gesehen habe und deshalb weiß, dass der Kratzer da schon vorhanden war und somit nicht erst auf der Brücke entstanden ist."

„Gestern Abend, sagen Sie? Ich habe diesbezüglich leider keine Verdachtsmeldung in unserer Abteilung gelesen."

„Das liegt daran, Arnold, dass ich es nicht gemeldet habe." Inspektor von Halden gefiel nicht, in welche Richtung dieses Gespräch verlaufen würde. Man konnte schließlich einem Schüler schlecht viele Regeln beibringen, wie man als Inspektor korrekterweise vorgehen würde und an einem Paradebeispiel selbst die eigenen Regeln missachten.

„Sollten wir denn verdächtige Tätigkeiten nicht sofort melden, Herr Inspektor?", fragte Arnold etwas verwundert und mit einem leicht spitzfindigen Unterton.

„Doch, sicher. Es ist unsere Pflicht als Inspektor, genauso wie als normaler Bürger, verdächtige Vorkommnisse, besonders in der Nacht, zu melden, damit diesen Dinge nachgegangen werden kann."

„Aber Sie haben es nicht gemeldet? Galt dieses Ereignis etwa als unverdächtig, Herr Inspektor?", hakte Arnold nach.

„Nein, eigentlich war es schon teilweise verdächtig. Besonders die zwei Typen, die etwas verstohlen aus dem Wagen ausgestiegen sind und in den Wohnblock reingeschlichen sind", gab er zähneknirschend zu. „Aber, man muss bedenken, dass gewisse Dinge möglicherweise verdächtig erscheinen, obwohl sie es nicht sind. Es liegt an uns, diesen feinen Unterschied auch zu erkennen. Insbesondere, wenn es schon Feierabend ist."

„Ich verstehe", antwortete Arnold etwas belustigt. „Und zu welcher Zeit haben Sie das verdächtige nicht verdächtige Ereignis beobachtet, wenn ich Sie höflich fragen darf?"

„Um etwa dreiundzwanzig Uhr, habe gerade ferngesehen", beantwortete er die Frage, während er den Kastenwagen weiter musterte.

„Was lief?"

„Eine Sendung über Kanada und die schöne Landschaft dort im Herbst", schwärmte Inspektor von Halden.

„Kanada, sagen Sie? Ja, der Herbst soll dort wirklich hinreißend sein." Beide liefen kurz um den Wagen herum, damit Sie auch die Seite des Beifahrers betrachten konnten, wo sie auch sofort den platten Reifen erkannten. „Waren Sie schon mal zu dieser Jahreszeit in Kanada, Herr Inspektor?", wollte Arnold beiläufig wissen.

„Ich war schon ein paar Mal dort, Arnold. Diese Herbstfarben, ach, du müsstest diese unbedingt mit deinen eigenen Augen sehen", schwärmte Inspektor von Halden weiter und ging dabei gleichzeitig leicht in die Knie, um den geplatzten Reifen etwas genauer betrachten zu können.

„Gehe ich recht in der Annahme, dass wir im Bericht die Entdeckung der Zusammenhänge vom Kastenwagen und der ersten Sichtung in ihrem Quartier etwas anderes erzählen werden?", fragte Arnold, während er einen Blick auf die Front des Wagens erhaschte, wobei er sich über das Geländer beugte und dabei sein gesamtes Körpergewicht auf ein Bein verlagerte.

„Deine Annahme ist vollkommen korrekt. Was meinst du, ist hier passiert, Arnold?", fragte er seinen Assistenten, während er sich gleichzeitig mit einem Ächzen wieder vollständig aufrichtete.

„Ich kann mir noch nicht auf alles einen Reim machen. Aber ich denke, dass der Wagen dazu verwendet wurde, etwas aus dem Wasser rauszuziehen. Es ist mir allerdings schleierhaft, was das sein könnte. Der vordere, rechte Reifen ist möglicherweise geplatzt, als der Fahrer mit viel Wucht auf den Bordstein auffuhr, entweder, als er wendete oder, als die Karosserie nachgelassen hat."

Etwas stimmte hier nicht, davon war Inspektor von Halden überzeugt. Auf dem Kopfsteinpflaster erkannte er Kratzspuren, als ob ein Fahrzeug auf den Felgen darübergefahren sei. Vor seinem geistigen Auge malte er sich die Szenerie des Spektakels aus und stellte sich vor, wie der Kastenwagen soeben über die Brücke fuhr. Sehr wahrscheinlich hatte sich der Fahrer dieses Fluchtfahrzeuges den geplatzten Reifen schon ein paar Meter vorher geholt. Die Flüchtigen mussten realisiert haben, dass sie mit der gestohlenen Ware so nicht viel weiter fahren konnten.

„Arnold, siehst du die Kratzer auf dem Kopfsteinpflaster?", fragte er seinen Assistenten leicht aufgeregt und deutete mit einem Handzeichen in die entsprechende Richtung.

„Felgenspuren, Herr Inspektor, aber natürlich!", fiel es Arnold wie Schuppen von den Augen und er schlug sich mit der rechten Hand auf die Stirn. „Die Täter hatten den geplatzten Reifen schon vorher."

„Genau, Arnold. Und ich bin mir ziemlich sicher, dass sie nichts aus dem Wasser rausholen wollten, sondern vielmehr ihr Diebesgut, welches sie mit eben diesem Wagen transportiert hatten, mittels Wasserweg weiter transportieren wollten."

„Glauben Sie denn, Herr Inspektor, dass es den Dieben nicht gelungen war und sie danach mit dem Boot einfach weiter geflüchtet sind?", fragte er den Inspektor – ebenfalls etwas aufgeregt – und lief nochmal rüber zur Brüstung.

„Würden sie mitten in der Nacht mit einem Boot vor einem Verbrechen flüchten wollen, noch dazu zu dieser Jahreszeit, mit diesen Temperaturen? Nein, das passt nicht!", entgegnete er mit überzeugter Stimme. Er drehte seinen Kopf nochmals zum Fahrzeug zurück und betrachtete die Schäden an der Karosserie.

„Wer auch immer das Drahtseil am Fahrzeug befestigt hat, war ein Dilettant." Inspektor von Halden lief nochmals zur Brüstung zurück und betrachtete die Stelle, an der das Stahlseil durchhing und ins Wasser führte, genau. Die Täter hatten offensichtlich zumindest einen schlauen Gedanken gehabt, nämlich, das Kabel so tief wie möglich über die Brücke zu führen, damit das Fahrzeug an der Hinterachse nicht plötzlich angehoben wurde. Das bedingte natürlich, dass sie das Kabel zuerst durch die Brüstung führten und dann von hinten wieder über die Brüstung zurücknahmen, um das Ende am Diebesgut zu befestigen. Dies bedeutete aber auch, dass die Ware, auch wenn das Seil vorgespannt worden war, einen freien Fall von zwei Metern hatte, bevor das Seil wieder Spannung bekam, was bei Dingen wie leichten Kisten schon machbar gewesen wäre. Er ging aber davon aus, dass das, was am anderen Ende hing, sehr viel schwerer war. Die Brüstung wies an zwei Stellen, links und rechts von der Höhe, wo das Seil durch die Brüstung ging, merkbare Kerben auf. Das Geländer war dort leicht eingedrückt.

„Arnold, ich denke, ich weiß, weshalb es in der Nähe des Bordsteins diese Reifenspuren hat. Die kommen nicht vom raschen Wenden. Es war sicher mehr als ein Täter, denn was immer verladen wurde, war so schwer, dass dieser Gegenstand auf dieser harten Brüstung Spuren hinterlassen hat. Die Diebe haben sich aller Wahrscheinlichkeit nach beinahe ihr Rückgrat dabei gebrochen, das Diebesgut so hoch anzuheben."

Er konnte sich langsam aber sicher ein Bild davon machen, was hier passiert sein musste. Den Tätern war durchaus bewusst gewesen, dass der Gegenstand viel zu schwer gewesen war, um diesen mit einem Ruck zwei Meter runterfallen zu lassen, bevor das Stahlseil das Gewicht wieder aufgefangen hätte. Nachdem sie das Diebesgut irgendwie auf der Brüstung platziert hatten – wie, war Inspektor von Halden immer noch ein Rätsel –, hatte der Fahrer das Seil vorspannen müssen. Womöglich hatten sie versucht, das so abzustimmen, dass der Fahrer Vollgas gab, um möglichst schnell das Seil nachzuspannen, während sie die Ware in Richtung Fluss stießen – damit der plötzliche Ruck geringer sein würde. Dieses Manöver war eigentlich von vornherein zum Scheitern verurteilt gewesen, denn das richtig hinzubekommen, war schier unmöglich. Die Ware war vermutlich gemäß Choreografie dieser Genies pflichtbewusst über die Brüstung gestoßen worden, wobei der Fahrer natürlich Vollgas gegeben hatte. Die Wucht muss so gewaltig gewesen sein, dass mit einem Satz die Stoßstange und der Abschlepphaken herausgerissen worden waren, während der Fahrer wahrscheinlich beinahe einen Herzinfarkt erfahren hatte und gerade noch rechtzeitig bremsen konnte, um nicht gleich auf der anderen Seite in den Fluss zu fallen, sondern nur eine Delle in die Front zu fahren.

„Arnold, ich verwette mein Monatsgehalt darauf, dass diese Möchtegerndiebe das Boot an Ort und Stelle mit ihrem eigenen Diebesgut versenkt haben." Mit einem selbstbewussten und zufriedenen Lächeln verschlang er den Rest seines Croissants und trank seinen Tee gänzlich aus.

„Sie glauben, dass die Täter eine so schwere Last am Seil hatten, dass diese das Boot beim Aufprall gleich versenkt hat?", fragte Arnold etwas verwundert. „Auch wenn mein Monatsgehalt doch um einiges kleiner ist als Ihres, möchte ich nicht gern das Risiko eingehen, dieses zu verlieren. Es ist zwar schwer zu glauben, aber dennoch irgendwie plausibel. Dann rufe ich mal kurz ins Hauptquartier und fordere Verstärkung."

Arnold zückte sein Mobiltelefon, drückte ein paarmal auf seinem Touchscreen herum und hielt es dann an sein Ohr. Inspektor von Halden konnte das Gespräch von Weitem ein bisschen mitverfolgen, während er auf der Brücke herumschlenderte. Er hoffte, auf weitere, wichtige Spuren zu stoßen, aber bis auf die verschiedenen Reifenspuren, die er bereits vorhin gesehen hatte, konnte er keine weiteren wichtigen Anzeichen erkennen. Es waren definitiv mindestens zwei verschiedene Fahrzeuge gewesen, denn die anderen Reifenspuren waren etwas schmaler. Aber ob diese Spuren miteinander zu tun hatten oder einem völlig anderen Ereignis zuzuordnen waren, konnte er noch nicht beurteilen. Was konnten die Täter nur gestohlen haben, was ein solches Gewicht aufwies? Ihm kamen immer wieder diese zwei mysteriösen Gestalten von gestern Abend in den Sinn, die er wegen der Dunkelheit nicht richtig hatte erkennen können. Zumindest war dies schon mal ein erster Anhaltspunkt für sie beide, von wo aus sie ihre Ermittlungen beginnen konnten.

Es gab in der Nähe ein paar Überwachungskameras, die ihm vielleicht aufzeigen konnten, wer diese Täter waren und woher sie gekommen waren. Obwohl die Täter in gewissen Belangen durchaus wie komplette Anfänger schienen, wäre es wahrscheinlich zu viel der Hoffnung, dass der Besitzer des Kastenwagens auch gleich der Täter war. Er ging schwer davon aus, dass dieser Wagen gestohlen war. Aber man konnte ja nie wissen. Wenn man bedachte, wie blöd Leute zum Teil waren, war heutzutage fast alles möglich, den Beweis hatte er ja gerade vor einer guten Stunde auf seinem Arbeitsweg erhalten. Da es hier nichts weiter zu entdecken gab, kehrte er um und schlenderte zu seinem Assistenten zurück, der gerade mit seinem Anruf fertig geworden war.

„Herr Inspektor, die Bergungsmannschaft sowie die Forensik müssten in etwa zwanzig Minuten vor Ort sein", ließ Arnold verlauten und steckte sein Mobiltelefon zurück in seine Hosentasche.

„Sehr gut, Arnold. Ich habe das Gefühl, dass wir sehr viel Freude an diesem Fall haben werden. Bist du mit deinem Dienstwagen hier?"

„Ja, Herr Inspektor. Ich habe etwa zwanzig Meter von hier geparkt. Wo haben Sie Ihre Auto gelassen?"

„Wenn alles geklappt hat, sollte es im Hauptquartier stehen."

„Wie sind Sie denn hierhergekommen? Und weshalb ist Ihr Auto im Hauptquartier?", fragte Arnold etwas verwundert.

„Ich werde dir meinen Wagen schenken, ich habe ihn dorthin verfrachten lassen, damit der nochmals gewaschen und fein verpackt wird. Das hat dazu geführt, dass ich mit den lieben öffentlichen Verkehrsmitteln hierherkommen musste", entgegnete Inspektor von Halden ironisch.

„Ich weiß Ihre Geste zu schätzen, aber ich kenne Ihren Wagen und verzichte gern darauf", entgegnete Arnold hämisch. „Grundgütiger, Sie mussten heute mit den öffentlichen Verkehrsmitteln anreisen? Sie hassen doch diese Art der Fortbewegung!"

Sie passierten gemeinsam wieder das Absperrband und grüßten mit einem pflichtbewussten Nicken die mit ernster Miene dastehende Wache, um dann nach links in Richtung Dienstwagen weiterzugehen.

„Jetzt weißt du, woher meine schlechte Laune kommt! Wir müssen zurück zum Hauptquartier und nachsehen, ob sowohl ein Boot als auch ein Fahrzeug als vermisst oder gestohlen gemeldet worden sind. Gleichzeitig werden wir noch herausfinden, bei welchen Überwachungskameras in meiner Wohngegend der Wagen heute Morgen gesichtet worden ist", erklärte er Arnold rasch ihr weiteres Vorgehen.

Sie hatten mittlerweile den Dienstwagen erreicht und Inspektor von Halden öffnete schwungvoll die Beifahrertür, ließ sich dann mit einem Ächzen in den Sitz fallen und zog fast gleichzeitig die Beifahrertür zu.

„Vielleicht sollten wir für Sie auch gleich einen neuen Wagen anfordern, wenn wir schon dort sind. Ich vermute mal, dass Ihr Wagen seinen Geist aufgegeben hat?"

„Du vermutest richtig, Arnold. Endlich bin ich dieses Scheißauto los. Da gibt es nicht mehr viel zu reparieren, Gott sei Dank", brummte er seinen Assistenten an.

„Was, denken Sie, haben die Täter versucht, über den Wasserweg zu verladen? Meinen Sie, es könnte vielleicht ein Safe gewesen sein? Die sind doch gute vierhundert Kilo oder noch schwerer, abhängig von Modell und Größe...", wunderte sich Arnold.

„Was es auch immer sein mag, die Froschmänner werden uns dies spätestens in einer Stunde mitteilen können. Bis dahin sollten auch wir unsere ersten Recherchen abgeschlossen haben."

Arnold wollte gerade den Zündschlüssel drehen, um loszufahren, blieb aber verdutzt mitten in der Bewegung stehen, drehte den Kopf zum Inspektor und fragte verblüfft: „Froschmänner? Sie meinen doch nicht etwa, dass französische Beamte zu diesem Fall herangezogen werden müssen?"

Inspektor von Halden musste bei dieser Frage kurz laut auflachen und schaute Arnold gutmütig und etwas belustigt an.

„Selbstverständlich nicht, mein lieber Assistent. Froschmänner sind Taucher, in diesem Fall unsere eigenen Poli-
zeitaucher. Damit etwas aus dem Wasser korrekt geborgen
werden kann, müssen auch Leute unter Wasser die Dinge
entsprechend handhaben."

„Ach so, ja, diesen Begriff kannte ich noch nicht. Immer
wieder eine Freude, von Ihnen zu lernen." Arnold schmunzelte, schaltete den Motor ein und fuhr los.

5
Der Entscheid

Heute war es so weit, er hatte es endlich geschafft, sich so weit aufzuraffen, um wieder aus dem Haus zu gehen. Um ehrlich zu sein, hätte es wahrscheinlich noch viel länger gedauert, bis er aus seiner Grenzdepression herausgekommen wäre, wäre da nicht seine Tochter Maria und die Kleinigkeit mit dem Geld gewesen, denn die Schulden hatte er ja immer noch. Im Gegenteil, seine Situation hatte sich definitiv seit dem letzten Montag nochmals stark verschlechtert. Er fühlte sich in etwa wie ein Matrose auf einem sinkenden Schiff, der gerade erfolgreich ein großes Loch im Rumpf gestopft hatte, um Minuten später vom Kapitän persönlich zu erfahren, dass gerade das gesamte Heck des Schiffes abgebrochen wäre.

Christoph war schon immer der Überzeugung gewesen, dass er soweit ein solider Mann war, kein Held, kein speziell mutiger Mensch, aber auch nicht weinerlich und ständig in Deckung gehend. Da ihm aber die Optionen stetig auszugehen schienen, fing er langsam an, daran zu zweifeln, ob er aus diesem Schlamassel je wieder herausfinden würde. Das Wetter heute schien seine Laune auch fast perfekt widerzuspiegeln: stark bewölkt, windig und mit Aussicht auf viel Regen.

Er blickte immer wieder nervös auf das Armaturenbrett seines Opel Corsa hinunter, welches ihn wie ein quengelndes Kind permanent darauf aufmerksam machen wollte, was mit seinem Auto alles schieflief. Zum einen leuchtete die Tankanzeige auf, was nicht gerade sehr überraschend war, da er in letzter Zeit aus Geldnot möglichst wenig getankt hatte. Da viele Wege zu Fuß erreicht werden konnten und soweit er noch wusste, das Gehen nach wie vor kostenlos war, bevorzugte er diese Variante der Fortbewegung. Für gewisse Dinge musste er aber zwingend das Auto verwenden, beispielsweise für diesen Termin bei der Arbeitslosenversicherung, da der Standort schlicht zu weit weg war. Sein Armaturenbrett zeigte weitere Kleinigkeiten an, sodass sein fast leerer Tank nicht mehr sein dringendstes Problem war. Beispielsweise waren die Sensoren der Meinung, dass dringend wieder Öl nachgefüllt werden musste. Dies hatte er ebenfalls geflissentlich ignoriert, weil Christoph der Meinung gewesen war, es sei nicht nötig, nachzufüllen, da schließlich die Motorüberprüfungslampe ebenfalls leuchtete und somit neues Öl das Problem wohl kaum lösen würde. Selbstverständlich würden andere Menschen argumentieren, dass der Ölmangel durchaus auch seinen Beitrag zum Motorenproblem geleistet hätte, aber neues Öl würde den Motor nun auch nicht mehr reparieren. Ebenfalls nicht zur guten Laune beigetragen hatte am Dienstag ein Brief des Verkehrsamtes, welches ihn freundlich darauf hingewiesen hatte, dass er seinen Wagen wieder mal vorführen müsste.

Sein Plan war somit gewesen, den Termin so weit hinauszuschieben, dass er das Auto ohne weitere Kosten für die Arbeitssuche verwenden konnte. Dem gegenüber standen nun die diversen Mängel, welche darauf hinwiesen, dass das Auto womöglich diese Zeit gar nicht überleben würde. Denn er hörte auch immer öfters ein Klopfen im Motor und spürte, dass die Lenkung auch etwas schwammig geworden war. Des Weiteren leuchtete ein Scheinwerfer nur noch mit halber Kraft. Um das Ganze noch abzurunden, hatte sein Auspuff gewisse undichte Stellen, sodass das Auto beim Gasgeben laut blechern schepperte. Zusammengefasst könnte man sagen, dass das Auto – wie er – aus dem letzten Loch pfiff.

Immer wieder kehrten seine Gedanken zum letzten Montag zurück, als er von der Druckerei entlassen worden war. Christoph konnte es noch immer nicht fassen. An vieles konnte er sich schon gar nicht mehr erinnern, denn die Nachricht hatte ihn so heftig getroffen, dass er einfach in einen Schockzustand verfallen war. Er konnte sich nur noch marginal daran erinnern, dass er den Brief entgegengenommen, seinem Chef und der Assistentin noch die Hand gegeben hatte und daraufhin niedergeschlagen nach Hause gefahren war. An die Fahrt selbst konnte er sich nicht mehr erinnern.

Maria hatte er dann seinen Eltern für die nächsten Tage vorbeigebracht, da er sich für den Moment nicht mehr um sie hatte kümmern können, was ihn sehr geschmerzt hatte. Von dem Moment an bis heute, Donnerstag, war er in ein tiefes Loch gefallen und war zu nichts mehr imstande gewesen. Im Prinzip hatte er sich in seiner Wohnung verschanzt und Whisky getrunken, während er pausenlos hinter dem Fernseher gesessen hatte. Und obwohl er kaum Geld hatte, ließ er sich einfach immer wieder Essen ins Haus liefern, alles war ihm irgendwie einfach nur noch egal gewesen.

Heute Morgen war er zum Glück wieder in die Realität geholt worden und er schätzte sich sehr glücklich, Stefan als wahren Freund zu wissen.

Er wurde um neun Uhr durch das mehrfache Leuten an der Tür wachgerüttelt und aus dem Bett geworfen. Er hatte sich überhaupt nicht gut gefühlt – ein wenig verkatert und dehydriert – und hatte generell die Lust am Leben verloren. Mit schmerzendem Rücken, steifen Knien und Füßen und einem rasch übergeworfenen Morgenmantel war er schlussendlich zur Eingangstür geschlurft, um völlig überrascht Stefan vor sich zu sehen. Sein Aussehen musste wohl Bände gesprochen haben, denn Stefan hatte ihn etwas erschrocken angeschaut.

„Christoph, du meine Güte, was ist denn passiert?", fragte ihn Stefan besorgt, während er liebevoll seinen Arm um Christophs Schultern legte. Behutsam führte er ihn zurück in die Wohnung und auf sein Sofa. Stefans Blick schweifte ruhig über die Szenerie, um sich einen Überblick zu verschaffen. In der Wohnung herrschte ein gedämpftes, unheimliches Licht, die Luft hing schwer in den Räumen und man konnte verschiedenste, nicht gerade angenehme Düfte wahrnehmen. Christoph hatte sämtliche Vorhänge zugezogen. Das bisschen Licht, welches in der Wohnung noch herrschte, kam von Spalten der Vorhänge, wo inzwischen das Tageslicht durch drang, und vom noch immer eingeschalteten, inzwischen verstummten Fernseher. Es lief gerade Werbung, weshalb das Licht des Fernsehers schnell flackerte und ein unruhiges und unheilvolles Ambiente verbreitete. Am Boden lagen diverse Kleider, Unterwäsche und T- Shirts, welche achtlos hingeworfen worden waren.

Zuerst sah es so aus, als wären die Kleider wahllos überall in der Wohnung verteilt, wobei bei genauerer Betrachtung schließlich doch eine Art Muster zu erkennen war. Unglücklicherweise verwies das Muster nicht darauf, dass die Kleider beim Gang zur Dusche abgestreift worden waren, was darauf hingedeutet hätte, dass Christoph doch ab und zu mal eine Dusche genommen hatte.

Er konnte sich zumindest zugutehalten, dass er jeden Tag neue Unterwäsche angezogen hatte. Aber der Morgenmantel sah schon ziemlich mitgenommen aus und man konnte deutlich erkennen, welche Mahlzeiten er in den letzten Tagen zu sich genommen hatte. Auf der freien Sitzfläche neben Christoph sowie vorn auf dem Fernsehtisch stapelten sich die Kartons des Pizza-Lieferservice, am Boden verteilt lagen einige leere Chipstüten. In Richtung Küche konnte Stefan diverse Tropfen sowie eine größere, ausgetrocknete Lache erkennen, welche sich auf dem Boden gebildet hatte. Er hatte keine Lust herauszufinden, um was es sich handelte, da er davon ausging, dass der Boden klebrig war. Die Luft wirkte so dick, dass man sie beinahe mit einem Messer zerschneiden konnte.

Christoph selbst sah wirklich übel aus. Er hatte einen ungepflegten Dreitagebart, tief eingefallene Augen, etwas bleiche Haut sowie Essensflecken im Gesicht und auf seiner Kleidung. Die Frisur war komplett zerzaust und die Haare wirkten fettig. Stefan seufzte und nahm einen tiefen Atemzug, den er sogleich bereute, und wandte sich wieder Christoph zu.

„Da du nicht mehr allzu viel zu verlieren hattest, gehe ich davon aus, dass du entweder entlassen worden bist, oder dass es Maria noch schlechter geht. Welches von beiden ist es?", hatte er besorgt gefragt.

„Stefan, ich weiß einfach nicht mehr weiter. Jetzt habe ich so lange gekämpft und am Montag haben Sie mir gekündigt. Woher soll ich nun das Geld nehmen, um die Miete zu bezahlen sowie Maria mit Medikamenten zu versorgen?", hatte er Stefan müde und hoffnungslos gefragt.

Stefan wollte sich irgendwo hinsetzen, wusste aber nicht recht, wo, und entschied sich nach einem Moment dazu, einfach stehen zu bleiben.

„Das sieht wirklich nicht gut aus, Christoph, aber so kann es nicht weitergehen. Du musst dich doch noch um Maria kümmern. Du weißt doch, dass du jederzeit zu mir kommen kannst, wenn du Hilfe brauchst und ich denke, du brauchst jetzt ganz dringend Hilfe", entgegnete Stefan hilfsbereit und schritt entschlossen zu den Vorhängen, um diese mit einem Ruck – einen nach dem anderen – zu öffnen. Tageslicht strömte in die sonst sehr dunkle Wohnung und füllte den Raum wieder mit Leben. Es wurde so hell, dass Christoph kurzzeitig seine Hand schützend vor sein Gesicht hielt, weil die Sonne so blendete. Danach öffnete Stefan reihenweise die Fenster, woraufhin frische, kalte Luft hereinströmte und über Christophs Gesicht strich. Man konnte förmlich spüren, wie die Wohnung aufatmete und sich die Luftqualität rasch verbesserte, sodass der Reflex, sich die Nase zuzuhalten, langsam verging.

„Okay, Christoph, hör mir zu. Du steigst jetzt unter die Dusche und machst dich frisch. Danach ziehst du dir etwas Anständiges an und fährst zur Arbeitslosenversicherung, damit du wenigstens in nächster Zeit über die Runden kommst. Ich werde inzwischen kurz runtergehen und dir einen starken Kaffee machen. Diesen wirst du dir dann runterkippen, bevor du ins Auto steigst und damit dein Atem nicht nach einer Ladung Fisch stinkt, werde ich dir noch meine Spezialmundspülung bereitstellen. Hast du das soweit kapiert?", hatte ihn Stefan gefragt, bevor er nach einem kurzen Nicken seinerseits die Wohnung wieder verlassen hatte.

Er wusste nicht mehr, wie er's genau geschafft hatte, innerhalb von dreißig Minuten wieder wie ein normaler Mensch auszusehen, geschweige denn, ohne Schnittwunden im Gesicht den Bart abrasiert zu haben. Aber offenbar hatte ihm die Tatsache, dass es doch noch Menschen gab, die neben seinen Eltern zu ihm hielten, einen Energieschub gegeben. Vielleicht war es aber auch eher die Demütigung gewesen, die er verspürt hatte, als Stefan ihn in diesem Zustand gesehen hatte. Und er hatte sich natürlich während des Duschens auch ziemlich wegen der Unordnung in der

Wohnung geschämt. Er war nämlich grundsätzlich ein ordentlicher Mensch und die Wohnung hatte wirklich ausgesehen, als wäre sie von einem Irren bewohnt gewesen. Auf jeden Fall war er nach einer halben Stunde unten vor Stefans Wohnungstür gestanden. Dieser hatte ihm den Kaffee in die rechte und die Mundspülung in die linke Hand gedrückt. Während er versucht hatte, sich nicht am Kaffee zu verbrennen, gab ihm Stefan noch letzte Anweisungen.

„Hör zu, Christoph, ich werde danach nochmal in deine Wohnung gehen und den gröbsten Müll beiseiteschaffen. Sodass es, wenn du nach Hause kommst, nicht mehr wie auf einer Müllkippe aussieht. Wenn du fertig bist mit deinem Ausflug, dann komm mich doch am Abend nochmals besuchen, okay?", hatte Stefan seinen Vortrag abgeschlossen, ihm wieder beide Becher aus der Hand genommen und ihm viel Erfolg gewünscht.

Etwas benommen hatte Christoph dankend genickt und sich dann in Richtung Auto aufgemacht, ohne ein weiteres Wort zu verlieren. Als er ins Auto gestiegen war, hatte er so etwas wie Hoffnung und Zuversicht verspürt. Es hatte mit der Art und Weise zu tun, wie Stefan ihn ruhig, bestimmt und zielorientiert wieder auf die Schienen gehievt hatte. Es hatte sich ein wenig so angefühlt, als hätte der Vater den Sohn aus einer unangenehmen Situation geholt und ihm gezeigt, wie es weitergehen konnte.

Wieder knorzte das Getriebe laut vor sich hin, als er versuchte, den dritten Gang einzulegen. Mit einem leisen Fluchen und etwas Gewaltanwendung konnte er das Auto davon überzeugen, dass diese Gangwahl durchaus sinnvoll war. Es waren nur noch etwa fünf Minuten zur Arbeitslosenversicherung, dennoch hoffte er inständig, dass das Auto bis dahin durchhalten würde. Es herrschte zum Glück nicht allzu viel Verkehr, sodass sein klappriges Auto nicht viele Leute aufhielt. Mittlerweile fühlte er sich auch hellwach, was sicher mit dem Kaffee im Zusammenhang stand. Denn schließlich war Stefan ein ehemaliger Matrose, somit vermutete Christoph, dass die selbst gebrauten Kaffees ziemlich stark angerührt waren.

Er hatte ehrlich gesagt keine Ahnung, wie schnell die Versicherung seinen Lohn entschädigen würde. Seine Entlassung war im Nachhinein noch viel verkorkster gewesen als zu Beginn angenommen. Denn der Plan seines Chefs war gewesen, seine Firma einer anderen zu verkaufen und einen kleinen Teil der Angestellten weiter bei der neuen Firma zu beschäftigen. Das war zumindest die Aussage gewesen, die er am Montag so im Sitzungsraum vernommen hatte, bevor er komplett niedergeschlagen nach Hause gegangen war. Während seiner dreitägigen, depressiven Phase hatten sich aber noch entscheidende Dinge abgespielt. Die Firma, welche die Druckerei hätte übernehmen sollen, hatte sehr kurzfristig den Deal abgesagt, was sehr wahrscheinlich nicht rechtens gewesen war, aber es waren ja sowieso keine Mittel vorhanden, um beispielsweise eine Klage durchzuführen. Das hatte dazu geführt, dass sein Chef Konkurs angemeldet hatte, um noch das zu retten, was zu retten war, was ehrlich gesagt nicht mehr viel war. Denn normalerweise erhielt er seinen Lohn ein paar Tage vor Monatsende, sodass er gleich ein paar Rechnungen begleichen konnte, die einen mehr – wie beispielsweise die Miete – die anderen weniger wichtig.

Da er in den letzten paar Jahren nicht damit gesegnet worden war, besonders viel Geld auf dem Konto zu haben – also eigentlich gar kein Geld, sondern Schulden –, war der Lohn extrem wichtig gewesen, um auch die Miete rechtzeitig bezahlen zu können. Abhängig von den Prioritäten der zu leistenden Zahlungen kam ein Mensch, der chronisch wenig Geld hatte, zur entscheidenden Frage, ob es nun ein größeres Problem wäre, den Mietzins einmal nicht zu bezahlen. Diese Frage konnte man sich ungefähr dreimal leisten, bevor der Vermieter definitiv ungeduldig wurde, da die Kaution die fehlenden Zahlungen bald nicht mehr abdeckte. Und deshalb hatte er seinem Vermieter hoch und heilig versichert, dass er die nächste Miete auch wirklich bezahlen würde. Von den etwa zwanzigtausend Euro, die er vom Vater seiner Ex erhalten hatte, war nicht mehr viel übrig geblieben, da er einige ausstehende Rechnungen, die schon bei der Mahnung angelangt gewesen waren, gleich hatte begleichen müssen.

Wenn er sich die Sache so durch den Kopf gehen ließ, stellte er fest, dass es von den drei wichtigen Dingen, die er in nächster Zeit besorgen musste, für zwei sowieso nicht reichen würde. Zum einen müsste er wieder dringend einkaufen gehen, diese Besorgung erachtete er als sehr wichtig, da er und seine Tochter ohne Nahrungsmittel nicht überleben würden. Das würde selbstverständlich kein Luxuseinkauf werden, sondern er würde sich auf die Grundnahrungsmittel konzentrieren, um einfach genug zu essen zu haben. Somit blieben noch die Miete und sein Auto, wobei er, während er diesen Gedanken hatte, schon ziemlich sicher war, dass er das mit seinem Auto vergessen konnte. Denn wie es gerade rumzickte, würden die Reparaturen ohnehin sein Budget um ein Mehrfaches übersteigen und somit ein Vorführen überflüssig machen. Aber selbst, wenn er komplett auf sein Auto verzichten würde, reichte sein Geld für die Miete nicht mehr aus. Ihm fehlten einfach rund tausend Euro.

Etwas erschöpft und entmutigt Schritt er die Treppe des Gebäudes empor, wo der Arbeitslosenversicherungsbeamte bereits auf ihn wartete. Die etwas gelangweilte, aber durchaus nette Dame am Empfang konnte ihm gerade noch einen Termin anbieten, wobei sie nicht darauf verzichten konnte, ihn mehrfach darauf hinzuweisen, dass man sich normalerweise vorher anzumelden hatte. In Gedanken erwürgte er sie und dachte nur, dass er dies ja gerade eben machte. Er nahm auf dem freien Stuhl gegenüber dem Beamten Platz, während dieser ihm kurz die Hand gab und sich dann ebenfalls hinter den Schreibtisch setzte.

„So, Herr Brütsch, was können wir denn für Sie heute tun?", eröffnete der Beamte das Gespräch, während er kurz etwas in seine Tastatur reinhackte. „Ich habe leider nicht viel Zeit für Sie, da ich nach dem letzten Termin gleich ins Krankenhaus fahren wollte, meine Frau hat bald ihren Kaiserschnitttermin, wissen Sie, wir erwarten nämlich ein Baby", fügte er rasch hinzu und strahlte dabei vor Vorfreude.

„Ähm, ich gratuliere Ihnen ganz herzlich zu Ihrem Glück", begann Christoph zögerlich, der ob dieser Offenheit etwas aus dem Konzept gebracht worden war.

„Nun, Herr Steiner, mir wurde am Montag gekündigt, ich habe aber noch immer keinen Lohn erhalten und müsste ganz dringend Rechnungen begleichen", erklärte Christoph etwas müde, aber auf den Punkt gebracht seine erbärmliche Situation.

„Das nenne ich mal die Situation auf den Punkt gebracht", antwortete sein Gegenüber freundlich und voller Energie. Christoph konnte sich noch nicht wirklich einen Reim darauf machen, was für einen Beamten er vor sich hatte. Er konnte es nicht genau einschätzen, aber Herr Steiner wirkte so um die vierzig. Er hatte ein weißes Hemd, an dem der oberste Knopf offen stand, und ein dunkelblaues Jackett an. Die dicke, schwarze Hornbrille wirkte ein wenig streng, aber gleichzeitig auch etwas weise und intelligent. Die braunen Haare hatte er klassisch mit einem linken

Scheitel zurecht gestriegelt und sein Gesicht war glatt rasiert und wirkte leicht rundlich, aber nicht fett. Generell sah seine Haut aus, als hätte sie schon länger keine Sonne mehr gesehen; bleich und ein ganz wenig teigig. Die Hände lagen locker auf dem Tisch zusammengefaltet, der Oberkörper war leicht nach vorn gebeugt. Die Hände hatten gerade noch auf der Tischplatte Platz gefunden, denn links und rechts türmten sich Akten sowie Klebezettel, die strategisch über den gesamten Schreibtisch verteilt waren. Und wo die Klebezettel keinen Platz mehr gefunden hatten, diente der Rahmen des Bildschirmes als Zwischenablage.

„Der Prozess bei der Arbeitslosenversicherung verläuft in etwa so, Herr Brütsch, Sie füllen zunächst ein Formular aus, auf dem die wesentlichen Daten erfasst werden. Aufgrund der Situation und der Umstände kann ich Ihnen dann in etwa sagen, wann Sie frühestens mit den ersten Zahlungen rechnen können. Das können je nach Situation wenige Tage oder mehrere Monate sein", fuhr Herr Steiner fort, während er mit der rechten Hand eine Schublade unterhalb seines Schreibtisches öffnete und ein Formular hervorzauberte. Dieses reichte er Christoph mit einem freundlichen Lächeln und überreichte ihm gleichzeitig mit der linken Hand einen Kugelschreiber.

Das Formular war im Grunde genommen schnell ausgefüllt, denn es handelten sich hauptsächlich um die Personalien, wer sein vorheriger Arbeitgeber gewesen war und ob die Kündigung seinerseits oder von seinem Arbeitgeber ausgegangen war. Während er Zeile für Zeile auszufüllen versuchte, lehnte sich der Beamte leicht nach vorn und schien ganz aufgeregt zu sein.

„Haben Sie Kinder, Herr Brütsch?", fragte er Christoph ohne Umschweife und lächelte dabei gespannt.

„Ehm, ja, eine Tochter", beantwortete er die sonderbare Frage geduldig, während er versuchte, das Formular konzentriert auszufüllen, und hoffte, Herr Steiner würde es bei dieser Frage bleiben lassen, denn er kannte ihn zu wenig, um über Privates zu reden. Das schien ihn aber nicht zu stören, denn er plapperte einfach weiter über sein bevorstehendes Glück.

„Wissen Sie, wir haben lange darauf gewartet und nun haben wir bald ein kleines Mädchen. Ich bin schon ganz aus dem Häuschen. Schon seit Monaten bereiten wir uns vor, und letztes Wochenende habe ich gerade das Kinderzimmer fertig gestrichen, in einem sanften Pink, sieht echt süß aus", erzählte er munter weiter, während Christoph Mühe hatte, das Formular auszufüllen, und die Fragen mehrmals lesen musste, bis er diese verstanden hatte.

„Ah ja, sehr schön, das freut mich für Sie. Es hat sicher Spaß gemacht, das Zimmer zu gestalten", erwiderte er kurz und versuchte, ein wenig Freude für seinen Gesprächspartner aufzubringen, denn er wollte nicht unhöflich erscheinen und ihm die Vorfreude verderben. Zudem erhoffte er sich ein schnelleres Vorgehen bezüglich seines Arbeitslosengeldes, wenn er hier ein wenig mitspielte.

„Es war nicht einfach, einen Namen für unser kleines Glück zu finden. Die Auswahl ist riesig und man möchte schon einen passenden finden, nicht wahr?", fuhr er fort, und Christoph konnte spüren, dass Herr Steiner nur auf eine Gelegenheit wartete, den Namen nennen zu dürfen, weshalb er ihm den Gefallen tat und gleich nachfragte.

„Meine Tochter heißt Maria, wie werden Sie Ihre Tochter nennen?", fragte er ihn somit, blickte kurz auf und konnte regelrecht sehen, wie der Beamte vor Stolz strahlte.

„Nach langen Abenden mit Rotwein und etwas Musik haben wir uns dann für Julia entschieden. Der Name ist simpel, aber doch schön. Julia Steiner, wir finden, das passt gut zusammen, nicht?"

Das war nicht als Feststellung gemeint, sondern Herr Steiner wartete tatsächlich auf eine Antwort respektive auf eine Bestätigung, dass es eine gute Wahl war.

„O ja, da haben Sie recht, das ist wirklich ein schöner Name, passt gut, wirklich gut", nickte Christoph rasch bestätigend, widmete sich wieder seinem Formular und füllte die entsprechenden Stellen aus. In gewissen Lücken musste er wohl noch nachfragen oder er hatte die Angaben schlichtweg nicht.

„So, haben Sie das Formular fertig ausgefüllt? Dann geben Sie doch mal her". Freundlich streckte er seine Hand nach dem Formular aus, welches Christoph ihm auch sogleich überreichte.

„Hmm, okay, ich sehe. Ihnen wurde also am Montag gekündigt, der Monatslohn wurde Ihnen aber noch nicht ausbezahlt", murmelte Herr Steiner vor sich hin, während er das Formular durchlas.

„Genau, sehen Sie, normalerweise hätte ich noch drei Monatslöhne bekommen müssen, aber die Firma ging Konkurs. Somit werde ich diese Löhne wohl nicht mehr sehen. Ich brauche aber dringend den Lohn, um meine Miete zu bezahlen, die schon seit drei Monaten fällig ist", versuchte Christoph, seine Situation nochmals genauer zu schildern, in der Hoffnung, dass er so schneller zu den entscheidenden Antworten käme.

„Ach so, jetzt sehe ich Ihr Problem. Das ist natürlich eine etwas verzwickte Lage. Ich müsste die Konkursanmeldung des Unternehmens sehen und das Formular bearbeiten und dann bekämen Sie das Geld in etwa drei bis fünf Arbeitstagen", antwortete Herr Steiner mit ruhiger Stimme. Man konnte ihm ansehen, dass er für Christophs Lage durchaus Verständnis hatte.

„Ähm, drei Tage, bis Sie mir das Geld überweisen können?", fragte Christoph ungläubig nach.

„Im besten Falle … ja", entgegnete Herr Steiner. „Geht leider nicht schneller. Heute ist ja bereits Donnerstag. Bis Sie das Konkursformular haben, ist Freitag, dann muss ich die Daten noch eingeben und die Formulare fertig ausfüllen und kriege die Zahlung erst am Samstag frei, frühestens, wobei dann die Banken keine Überweisungen mehr machen", führte Herr Steiner seine Erklärungen aus.

„Ich kann es nicht fassen, so werde ich meine Wohnung verlieren. Ich bin schon drei Monate im Verzug. Ich habe eine schwerkranke Tochter, bitte, Sie müssen mir irgendwie helfen können."

Der Beamte schaute nervös auf seine Uhr und nickte Christoph zu.

„Ich verstehe Ihre Sorgen sehr gut, Herr Brütsch, und Ihre Situation tut mir wirklich leid. Ich wünschte, ich könnte mehr für Sie machen", fuhr er einfühlsam fort. „Es ist mir ein wenig unangenehm, aber ich muss mich jetzt echt beeilen, meine Frau ist bald dran und ich möchte die Geburt auf keinen Fall verpassen", erklärte er hastig und schien kurz in Gedanken festzusitzen. Dann zögerte er noch einen Augenblick und schaute Christoph wieder gutmütig an.

„Wissen Sie was, ich finde Sie sympathisch. Ich kann offiziell leider zurzeit nicht viel machen, außer die Formulare schon mal entgegenzunehmen." Hastig verstaute der Beamte die Formulare in einer Akte und legte sie auf der Tastatur des Computers ab, damit er diese auch als Erstes bearbeiten würde. Dann stand er auf, nahm die Sportjacke von der Lehne seines Stuhles und zog sie an. Anschließend holte er mit der rechten Hand eine Kassette aus einem Regal, öffnete diese geschwind und nahm fünf Scheine heraus.

„Herr Brütsch, aus dieser Kasse kann ich Ihnen leider nicht mehr als tausend geben, was in diesem Umstand ohnehin nicht rechtens wäre. Aber ich möchte nicht die Geburt meiner Tochter im Wissen erleben, dass ich einem so netten Herrn wie Ihnen in einer solchen Lage nicht helfen wollte."

Während er um seinen Schreibtisch herumschlenderte, drückte er die fünf Scheine in Christophs Hand und wandte sich schnurstracks zur Tür. „Ich hoffe, das Geld reicht für die Miete. Wissen Sie was, Sie brauchen es auch gar nicht zurückzuzahlen, betrachten Sie es einfach als Geschenk."

Herr Steiner öffnete die Tür, schaute hastig auf seine Uhr und wandte sich ein letztes Mal Christoph zu. „Oh Mann, jetzt muss ich mich aber wirklich beeilen. Den Weg nach draußen kennen Sie, ja? Super, wir sprechen uns nächste Woche nochmals, ciao!" Und mit diesen letzten Worten, ohne eine Antwort von Christoph abzuwarten, trat er aus dem Büro und verschwand hastig in Richtung Ausgang.

Christoph saß immer noch verdattert auf dem Stuhl und starrte fassungslos auf die Scheine, welche noch immer in seiner Handfläche lagen. Nach einem kurzen Zögern stopfte er die Geldscheine hastig in seine Hosentasche, stand auf und ging zurück zu seinem Auto, ein bisschen erleichtert, dass er nun die Miete zumindest für diesen Monat bezahlen konnte und mit etwas Glück würde nächste Woche weiteres Geld von der Arbeitslosenversicherung fließen. Damit würde er wahrscheinlich gerade so über die Runden kommen, aber bei Weitem nicht die Schulden abbauen können.

Bei seinem Auto wieder angekommen, öffnete er mit leichter Gewalt die mittlerweile etwas verklemmte Fahrertür, quetschte sich wieder hinter das Lenkrad und zog die Tür mit einem kräftigen Ruck zu, damit sich das Schloss auch wirklich verriegelte, was ihm auf Anhieb nicht ganz gelang. Als er den Zündschlüssel leicht drehte, meldete ihm das Auto prompt, dass immer noch eine Tür offen stand.

Das Auto war so billig gebaut und so alt, dass die Anzeige nur fähig war, zu melden, dass etwas offen war, aber nicht, was. Etwas verärgert öffnete er die Fahrertür erneut und ließ es dann richtig krachen. Mit einem Knall rastete die Tür schließlich ins Schloss und blieb diesmal verschlossen, was das Armaturenbrett auch bestätigte. Der Anlasser schien auch nicht mehr so gut zu funktionieren, denn er musste etwa dreimal das Auto stotternd neu starten, ehe sich der Motor mit einem schwer zu beschreibenden Geräusch quälend in Gang setzte. Es hörte sich in etwa so an, wie wenn der Motor aus Versehen lose Zahnräder verschluckt und angewidert wieder ausgespuckt hätte. Selbstverständlich gingen auch sämtliche Warnblinker und Motorwarnleuchten wieder an. Er überlegte sich kurz, ob er noch einkaufen gehen oder direkt nach Hause fahren sollte, und entschied sich, einfach mal loszufahren und seine Entscheidung dem Schicksal zu überlassen.

Nach etwa fünf Minuten hatte das Schicksal für ihn entschieden, aber in keiner der zwei Möglichkeiten, die er sich ausgedacht hatte. Es kam, wie es kommen musste, das Auto gab definitiv seinen Geist auf. Und dies musste natürlich auch ein wenig peinlich und spektakulär geschehen und möglichst vor vielen Leuten.

Selbstverständlich musste es ausgerechnet an einer großen Kreuzung rot werden, was in Anbetracht der Größe der Straße allerdings nicht verwunderlich war. Das Anhalten vor der roten Ampel war eigentlich nicht die schwierige Sache, obwohl das Auto mittlerweile nur mit einem lauten Quietschen zum Stehen kommen konnte, was darauf hindeutete, dass die Bremsbeläge oder die Bremsscheiben komplett durch waren. Als es wieder grün wurde, drückte er sanft auf das Gaspedal, worauf es einen lauten Knall gab und schwarzer Rauch aus dem Motorraum entwich. Christoph war so erschrocken, dass er sich den Kopf an der niedrigen Autodecke anstieß.

Sofort hatte er den Motor wieder ausgeschaltet respektive einfach die Zündung ausgestellt, da der Motor schon längst nicht mehr angeschaltet gewesen war. Da die meisten Verkehrsteilnehmer sehr sozial und fürsorglich aufeinander aufpassten, belohnte ihn der hintere Autofahrer mit einem kleinen Hupkonzert. Völlig entnervt und ein wenig bleich im Gesicht stieß Christoph die Autotür mit einem Ruck auf, stand auf, zeigte dem hinteren Fahrer den Mittelfinger und deutete auf den qualmenden Motor. Das ließ der in einen Anzug gekleidete Mercedes-Geländewagenfahrer nicht einfach so auf sich sitzen, zeigte Christoph ebenfalls den Mittelfinger und gab nochmals eins auf die Hupe. Hinter dem Mercedes quälte sich ein Golffahrer aus dem Auto, schloss seelenruhig die Fahrertür, wahrscheinlich weil er so muskulös war, dass niemand ihm wirklich etwas entgegnen wollte, und schlenderte gemächlich in Richtung Christoph, wobei er beim Vorbeilaufen mit der rechten Faust kräftig gegen die Fahrertür des Mercedes-Fahrers donnerte und dieser erschrocken den jungen, angehenden Bodybuilder anstarrte. Mit einer kleinen Geste der rechten Hand begrüßte er Christoph freundlich und deutete dann mit dem Zeigefinger auf den qualmenden Motor.

„Haben Sie die Zündung ausgeschaltet?", fragte er Christoph in ruhigem Ton.

„Das habe ich, ja", antwortete er dem jungen Mann hastig und etwas erleichtert.

„Ja, dann machen wir mal, dass der Wagen von der Straße kommt. Etwa hundert Meter weiter rechts findet sich eine Opel-Garage. Die gehört meinem Cousin. Der wird Ihnen sicher weiterhelfen können. Ich werde Ihren

Wagen bis dorthin abschleppen. Steigen Sie ein, nehmen Sie den Gang raus und ich schiebe Sie kurz auf den Gehsteig."

Christoph war sehr erleichtert, dass der Motorraum nicht brannte, sondern nur vor sich hin qualmte. Während er das Lenkrad in Richtung Bürgersteig drehte, schob der kräftige, junge Mann das Auto ruck, zuck auf den Gehsteig. Danach schlenderte er gelassen zurück zu seinem Golf und stieg wieder ein. Nachdem er seinen Wagen vor Christophs Wagen platziert hatte, nahm er ein Abschleppseil hervor und verband beide Enden fachmännisch an den dafür vorgesehenen Abschleppringen. In der Zwischenzeit hatten alle Fahrzeuge wieder zur Ampel aufgeschlossen inklusive des verärgerten Mercedes-Fahrers, der nun zuvorderst stand. Offenbar beobachtete der Fahrer gebannt im Rückspiegel, was nun Christoph und der junge Mann bewerkstelligten, denn dieser streckte daraufhin seinen muskulösen Arm aus und zeigte dem ungehaltenen Mercedes-Fahrer nochmals den Mittelfinger. Worauf dieser das Fenster herunterließ, tief Luft holte und beginnen wollte, loszuschreien, als er brüsk von den hinteren Autofahrern mit einem lauten Gehupe unterbrochen wurde. Denn der Mercedes-Fahrer hatte seinerseits nicht bemerkt, dass es inzwischen wieder grün geworden war, worauf er das Fenster wieder schloss und mit hochrotem Kopf hastig die Kreuzung überquerte.

Sie waren zum Glück recht schnell bei der Garage angekommen, ohne groß auf Hindernisse zu treffen. Gemeinsam hatten sie den alten Opel auf die Hebebühne gestoßen, worauf der Mechaniker sein Auto anhob und mit einer kleinen Lampe in der Hand damit begann, die Unterseite zu begutachten. Er hatte sich nicht getraut, die Motorhaube zu öffnen, da immer noch ein wenig Qualm rauskam und die Haube ziemlich heiß war. Er meinte aber, für die anderen

Prüfungen sei das kein Problem und Christoph solle doch im Warteraum hinten kurz Platz nehmen und sich, wenn er mochte, einen Kaffee genehmigen.

Der kleine Warteraum befand sich hinter einer Tür gleich neben der Werkstatt, von wo Christoph durch eine Glasscheibe direkt auf sein Auto starren konnte. Er nahm auf einem der drei weißen Stühle Platz, während er sich überlegte, ob er nun den Kaffee rauslassen sollte. Er entschied sich dagegen, da er der Meinung war, dass das Leben zu kurz für schlechten Kaffee sei, und nahm sich dafür eine Zeitschrift. Etwas entgeistert blätterte er durch die Autozeitschrift, während er den Mechaniker beobachten konnte, wie dieser immer wieder den Kopf schüttelte. Nach etwa zwanzig Minuten ließ der Mechaniker das Auto wieder runter und öffnete nun die Motorhaube, die genug runtergekühlt war, sodass er sie mit einem Lappen anfassen konnte. Der Rest des Qualms schoss hinaus und gab den Blick auf den Motorblock frei.

Er fummelte etwa fünf Minuten drinnen herum, bevor er sichtlich die Schultern hängen ließ und die Motorhaube wieder zuknallte. Er wischte sich sorgfältig die Hände am bereits verschmutzten Tuch und bewegte sich gemächlich Richtung Warteraum, wo Christoph entgeistert die schlechten Nachrichten erwartete.

„So, Herr Brütsch, ich konnte mir nun Ihren Wagen sorgfältig anschauen und habe leider nicht viele gute Neuigkeiten", begann der Mechaniker das Gespräch sehr freundlich. „Also, wenn ich ehrlich mit Ihnen sein soll, macht es eigentlich keinen Sinn mehr, dieses Auto zu reparieren. Da wäre es garantiert günstiger, Sie kaufen sich einen Gebrauchtwagen."

„Verstehe", entgegnete Christoph sichtlich enttäuscht. „Dann hat sich der Vorführtermin eigentlich erledigt", fuhr er etwas ironisch fort.

„Sie wollten den Wagen noch vorführen? Ja, das können Sie vergessen. Der Motor sowie das Getriebe sind im Eimer. Im Grunde genommen haben Sie einen Totalschaden", führte der Mechaniker die Diagnose seriös fort und genehmigte sich dabei einen von diesen hässlichen Kaffees.

„Ja gut, wenn der Wagen schon Schrott ist, was wollen wir da machen? Verkaufen lässt sich dieses Teil wohl kaum mehr. Haben Sie zufällig so etwas wie eine Abwrackprämie?", fragte Christoph vorsichtig, denn er hatte den innigen Wunsch, das Auto auf keinen Fall mehr anfassen zu wollen. Am liebsten wäre es ihm, er könnte diesen Schrotthaufen gleich hier in dieser Garage liegen lassen.

„Es gibt nicht mehr allzu viel, was wir hier wiederverwerten könnten. Allenfalls Teile der Karosserie. Die Reifen und Bremsen sind ebenfalls schon durch und die Batterie hat auch schon bessere Zeiten gesehen. Ich kann Ihnen hundertfünfzig geben", entgegnete der Mechaniker, während er den leeren Becher gekonnt im hohen Bogen in den Müll warf. Christoph nickte resigniert und war einfach nur froh, dass er wenigstens ein wenig Geld bekommen würde. Der Mechaniker händigte ihm die Summe bar aus, und sie einigten sich per Handschlag, dass der Opel nun nicht mehr seiner war. Er wollte Christoph noch einen Mietwagen anbieten, aber da er ohnehin zu wenig Geld hatte, verzichtete er dankend und meinte, dass er sowieso in der Nähe wohnen würde, was natürlich gelogen war.

Er benötigte fast neunzig Minuten, bis er endlich wieder vor seiner Wohnungstür stand, wobei er zögerte, hineinzugehen. Er wusste einfach nicht mehr weiter. Während dieses Spaziergangs hatte er alles gedreht und gewendet, wie er wollte, und hatte versucht, irgendeinen Ausweg aus der Situation zu finden. Eigentlich war es ja ganz einfach, er hatte hauptsächlich ein gewaltiges Geldproblem, das sich nicht innerhalb kürzester Zeit lösen ließ, auch wenn die Arbeitslosenversicherung vielleicht in fünf Tagen zumindest einen Teil seines ehemaligen Lohnes bezahlen würde. Er hatte einfach so viele Schulden, deren Fälligkeiten demnächst anstanden, dass er diese, selbst wenn er schnell wieder eine Stelle finde würde, nicht mehr rechtzeitig bezahlen konnte. Er würde somit seine Wohnung verlieren, was er auf keinen Fall wollte, denn seine Tochter hatte schon genug Mist erlebt. Aber das war ja nur die Spitze des Eisberges, denn er musste auch für seine Tochter die medizinische Versorgung sicherstellen und da reichte nun mal die Krankenkasse nicht aus. Es hatte auch nicht viel geholfen, dass ihn seine Bank während des Spazierganges angerufen hatte, um ihn freundlich darauf hinzuweisen, dass sie seine Kreditkarte nun gesperrt hätten. Mit dem letzten kleinen Essenseinkauf, den er immer noch in der rechten Hand hielt, hatte er wohl das Konto bis zum Maximum überzogen.

Seine linke Hand glitt in seine Hosentasche, wo er den Wohnungsschlüssel hervorzauberte und diesen zum Schloss führte. Langsam entriegelte er die Tür und trat sichtlich vom Tag benommen in seine Wohnung ein. Als die Tür wieder ins Schloss fiel, warf Christoph einen Blick auf das Sofa, welches nun aufgeräumt war. Generell war die gesamte Wohnung etwas sauberer geworden, wie Stefan es angekündigt hatte. Geistesabwesend packte er die Nahrungsmittel aus und verstaute sie an den entsprechenden Stellen. Er hatte nicht viel eingekauft, sondern nur das Nötigste und deshalb war er auch schon bald fertig. Nachdem er die Milch in den Kühlschrank gestellt hatte, drückte er die Kühlschranktür entschlossen zu und murmelte vor sich hin: „Ich brauche einfach Geld." Er trat wieder aus seiner Wohnung hinaus, schaute kurz auf seine Armbanduhr, die ihm drei Uhr nachmittags anzeigte, und schloss ab. Entschlossen schritt er die Treppenstufen bis zum Erdgeschoss hinunter und läutete an Stefans Tür, der nach wenigen Augenblicken auch schon öffnete und Christoph erwartet hatte.

„Stefan, wegen der Sache, die du mal angedeutet hattest. Ich bin dabei."

Stefan blickte ihn ernst an, nickte kurz und ließ Christoph herein.

6
Eine Bootsfahrt

Stefan öffnete die Augen, er lag noch im Bett, es war Freitagmorgen. Er musste gar nicht auf seinen Wecker schauen, um zu wissen, dass es kurz vor sechs Uhr war, denn seit er pensioniert war, erwachte er immer, bevor der Wecker losträllerte. Mit einem Knopfdruck deaktivierte er den Wecker, rieb sich mit beiden Hände die Augen und zog die Decke von seinem Körper. Er war schon immer ein starker Gewohnheitsmensch gewesen, auch als er noch als Matrose gearbeitet hatte.

Er hatte immer in etwa die gleiche Morgenroutine, um sich für den Tag einzustimmen. Zuerst setzte er sich auf die Bettkante, damit er die bereitstehenden Hausschuhe anziehen konnte und dabei gleichzeitig die Arme streckte sowie den Kopf kreiste, um seine Muskulatur zu aktivieren. Auf einer alten Matrosentruhe, gleich neben dem Bett, waren zum einen die Kleider für den heutigen Tag feinsäuberlich zusammengefaltet bereitgestellt. Zum anderen, gleich daneben, ruhten seine Morgensportsachen, bestehend aus einer alten Adidas-Trainingshose und einem Nike-T-Shirt, das etwas neuer war. Er zog rasch seine Sportklamotten an, denn er wollte in bequemen Kleidern jeweils den Tag einläuten und natürlich bereit sein für seine Morgen-Gymnastik.

Danach stand er auf und zog alle Vorhänge auf, um das spärliche Morgenlicht des Frühlings hineinzulassen. Dieses Jahr waren die Jahreszeiten irgendwie nicht entsprechend der Monate gewesen, der Januar und Februar waren extrem milde gewesen, was dazu geführt hatte, dass viele Blumen und Bäume zu früh in der Blüte gestanden hatten. Hingegen war dann die Temperatur im März wieder stark gesunken, sodass viele Frostschäden entstanden waren und die Temperaturen tagsüber etwas frisch geblieben waren.

Um neun Uhr musste er beim Hafen sein, er hatte Reto versprochen, dass sie heute Boot fahren lernen würden. Der Himmel war bewölkt, dafür war es, soweit er sehen konnte, ziemlich windstill und trocken. Es herrschten perfekte Bedingungen, da es auf dem See noch kaum Wellen hatte und bei diesem Wetter viele Leute keine Lust verspürten, mit dem Boot auszulaufen.

Seit geraumer Zeit verzichtete er auf den morgendlichen Kaffee und dies nicht unbedingt aus einer irrationalen Überzeugung heraus, sondern schlicht aus dem Grund, dass er schlechten Kaffee nicht mochte. Gute Kaffeemaschinen hatten aber ihren Preis und solche konnte er sich nun mal nicht leisten, deshalb ließ er sich auch jeweils einen Kaffee bei James machen, um dennoch in den Genuss dieses Getränks zu kommen. Es gab schließlich auch noch andere Wachmacher als dieses schwarze Gebräu. Er begann den Tag immer mit einem Kamillentee, denn Wasserkocher und Teebeutel waren günstig und das Getränk hatte eine ähnlich warme und wohltuende Eigenschaft wie der Kaffee.

Somit schlurfte er zur Küche und ließ etwas Wasser aufkochen, während er seine rote Lieblingstasse bereitstellte und einen Teelöffel Honig zur Versüßung hineingab. Seine Küche war immer perfekt aufgeräumt und sauber, denn er pflegte nach jeder Mahlzeit alles Koch- und Essgeschirr von Hand abzuwaschen, säuberlich abzutrocknen und alles wieder an seinem vorgesehenen Platz zu verstauen. Ebenfalls eine Marotte, die er sich als Matrose angeeignet hatte, denn auf vielen Frachtschiffen war der Platz der Besatzung sehr moderat, was dazu führte, dass sich alle an eine ausgezeichnete Ordnung hielten. Und wer sich nicht daran hielt, der wurde von seinen Kameraden freundlich, aber bestimmt daran erinnert.

Er goss das heiße Wasser in die Tasse und ließ den Beutel seine Arbeit tun, zwischendurch rührte er mit dem Löffel, damit sich der Honig schneller auflöste. Er blickte rasch auf die Küchenuhr, es war kurz nach sechs, also Zeit, um mit dem morgendlichen Training zu beginnen. Sobald es morgens etwas wärmer wurde, joggte er auch gern nach seinem Morgentee eine halbe Stunde, solange benötigt er etwa für die fünf Kilometer lange Tour im Quartier und dem nahegelegenen kleinen Waldstück. Zurzeit war es für ihn aber definitiv zu kühl, das wollte er sich dann doch nicht antun, und somit bestand sein Training aus Kraftübungen. In die Tür zwischen Küche und Wohnzimmer hatte er eine Art Reckstange montiert, die er bei einem Ausverkauf eines Sportgeschäftes ergattert hatte. Einen kleinen Ständer mit Hanteln hatte er mal im Altmetallcontainer per Zufall entdeckt. Er konnte wirklich beim besten Willen nicht verstehen, wie jemand Hanteln aus rostfreiem Stahl einfach wegschmeißen konnten, die hielten ewig, waren praktisch und zur Not konnte man diese auch zu einem guten Preis verkaufen.

Im Wohnzimmer hinter dem Sofa hatte er zusammengerollt eine Yogamatte verstaut. Diese nahm er nun hervor, breitete sie sorgfältig zwischen Fernseher und Couchtisch aus und begann sein erstes Set an Liegestützen zu absolvieren. Zwischendurch einen Schluck Tee nehmend wechselte er zur Reckstange, um sich ein Duzend Mal hochzuziehen. Während er sich den Hanteln für sein Bizeps-Training widmete, kam ihm der letzte Mittwoch wieder in Erinnerung, als er sich im Café befunden und Anna sich völlig niedergeschlagen zu ihnen gesetzt hatte.

James hatte ihr gleich einen Kaffee gebracht und ihr angeboten, darüber zu reden. Aber sie hatte sich einfach nur wortlos hingesetzt, dankend genickt und mit einem leeren Blick in die schwarze Brühe gestarrt. Anna war wirklich eine nette und sonst aufgestellte junge Frau Anfang dreißig und war vor etwa vier Jahren von der Slowakei hierher eingewandert. In ihren Stockschuhen konnte sie wirklich sehr elegant und gekonnt über den Gehweg gleiten und wirkte etwas größer als der Durchschnittsmann, wobei dieser Effekt natürlich durch das Ausziehen dieser Schuhe wieder normalisiert wurde. Sie hatte wunderschöne und gepflegte blonde Haare, die ihr über die Schultern reichten, manchmal zu einem sportlichen Pferdeschwanz zusammengebunden und manchmal, wie an besagtem düsteren Tag, offen gelassen. Ihre blauen Augen waren immer noch leicht wässrig und ihr Make-up hatte ebenfalls deutlich unter den Tränen gelitten. Er konnte sich eigentlich nicht erinnern, Anna jemals ungepflegt gesehen zu haben, wobei das auch dort nicht der Fall gewesen war. Sie war immer äußerst auf ihre Bekleidung bedacht, die Schuhe mussten zur Hose passen, welche oft Jeans in verschiedenen Farben waren, und die Weste selbstverständlich mit der Bluse oder dem Rollkragenpullover eine modische Symbiose eingehen.

Im Gegensatz zu vielen Frauen aus dem Ostblock fand sie farbigen und leicht kitschigen Schmuck nicht schön und bevorzugte vor allem Silberschmuck respektive oft einfach versilbertes Plastik. Aber echter Silberschmuck war schließlich auch teuer. Die Halsketten und Ohrringe waren aber exzellent ausgesucht, sodass es für das ungeübte Auge durchaus schwer zu erkennen war, dass es sich um billigen Modeschmuck handelte. Zum Ensemble gehörte selbstverständlich auch eine schicke und teuer erscheinende Handtasche, die einer Louis Vuitton zum Verwechseln ähnlichsah. Sie hatte auch eine feine, aber dennoch sportliche Statur, was wahrscheinlich vom vielen Yoga kam. Er hatte sie schon ab und an mit einer zusammengerollten Matte unter ihrem Arm gesehen. Anna war eine wirklich sehr hübsche Frau, die kein bisschen billig wirkte, was wohl auch einer der Gründe war, weshalb er sie so mochte und gern unterstützte.

Er hätte den Gedanken gern weiter gesponnen, doch der linke Bizeps meldete langsam, aber bestimmt, dass er genug bearbeitet worden war und nun die Bauchmuskeln an der Reihe waren, was Stefan nach einem weiteren kräftigen Schluck aus der Teetasse auch in Angriff nahm.

Man musste auch hinzufügen, dachte er, dass Anna wirklich wusste, wie mit Make-up umzugehen war, nicht wie viele andere Frauen, die einfach viel zu viel von den Farben auch noch falsch im Gesicht verschmierten. Jeder Strich saß und erweckte die Illusion, dass sie zwar durchaus geschminkt war, aber als hätte sie sich entschieden, heute nur ein leichtes Make-up aufzutragen. Kenner der Materie erkannten natürlich, dass deutlich mehr Arbeit dahintersteckte, aber für den Laien wirkte sie fast wie natürlich schön. Wie sie ungeschminkt aussah, konnte er nicht beurteilen, da er sie noch nie ohne Make-up gesehen hatte, da ihre Gesichtsproportionen aber alle in bester Ordnung zu sein schienen, dachte er, dass sie grundsätzlich schon ein schönes Kind sein musste.

Sie hatte es aber wirklich nicht einfach gehabt in letzter Zeit. Vor etwa vier Monaten hatte sie feststellen müssen, dass der Mensch, den sie liebte, sie komplett hinters Licht geführt hatte. Mit dem Schmerz zu leben, dass man durch eine andere ersetzt worden war, war das eine, aber nach Hause zu kommen, um herauszufinden, dass die halbe Wohnung über Tag leer geräumt worden war, war eine komplett andere Geschichte, insbesondere wenn man bedachte, dass nichts davon ihm gehörte. Übrig waren nur Dinge geblieben, die entweder kaputt waren oder einfach zu nichts taugten, weshalb er sie wohl auch liegen gelassen hatte, denn, wozu Schrott auf die Flucht mitnehmen? Sie hatte auch keinerlei Mittel gehabt, sich zu wehren, denn eine Anklage gegenüber einem Flüchtigen, der sich ins Ausland abgesetzt hatte, konnte Jahre dauern. Zum einen, um ihn zu finden und zum anderen, um ihn vor Gericht zu bringen. Geschweige denn die Anwaltskosten, die in keinem Verhältnis zum Wert der Sachen stünden.

Er machte sich wieder an seine Liegestützen, also Runde zwei seiner Morgenroutine von insgesamt drei Durchgängen, somit hatte er fast die Hälfte geschafft. Er fühlte sich nicht schlecht, je nach Tag ging es mal besser, mal schlechter. Wenn er sich wieder mal nicht so fit fühlte, nahm er eine seiner Tabletten, die, wie er heute Morgen festgestellt hatte, fast aus waren. Er musste somit bald wieder zur Apotheke.

Während er zwei leichte Hanteln aufhob und begann, seine Schultern zu trainieren, wobei er sofort bemerkte, dass die linke noch immer etwas ramponiert war, drehten sich seine Gedanken weiter um Anna. Nach diesem Vorfall war sie natürlich völlig fertig gewesen und hatte auch nicht mehr weitergewusst, denn sie hatte das gleiche Problem wie James, nämlich, dass ohne Arbeit das Visum nicht mehr gültig war. Zuvor war sie als Putzfrau angestellt gewesen, aber ihr war dann nahegelegt worden, sich damit einverstanden zu erklären, für einen noch tieferen Lohn zu arbeiten, wenn sie nicht entlassen werden wolle. Ihr Vorgesetzter hatte auch noch gemeint, dass sie eine hübsche Frau sei und sicher für andere Dienstleistungen gut vermittelbar wäre. Dem Typen hätte sie am besten mit einem Aschenbecher sämtliche Zähne ausgeschlagen, das wäre zumindest Stefans instinktive Reaktion gewesen.

Zum Glück war sie viel besonnener als er, hatte ganz einfach gekündigt und schnell viel Abstand zwischen diese Firma und sich gebracht, was aber zu einem Zustand der

Arbeitslosigkeit geführt hatte. Natürlich hatte sie gewusst, dass es sehr schwer werden würde, hier eine Stelle zu finden, als Einwanderin ohne wirkliche Ausbildung. Wie das Leben so spielte, hatte sie in ihrer Verzweiflung nach ein paar ergebnislosen Vorstellungsgesprächen eine Aufmunterung in Form eines Kaffees nötig gehabt und das Lokal aufgesucht, in dem James und er oft ein Schwätzchen hielten. Sie hatte sich damals an einen Tisch gleich neben seinem hingesetzt und mit leicht zitternder Stimme James um einen Kaffee gebeten, welchen er auch in wenigen Augenblicken freundlich an den Tisch gebracht hatte. James und Anna hatten irgendwie ins Gespräch gefunden und sich gegenseitig ihre Geschichte erzählt, worauf James ihr Stefan vorgestellt hatte.

Wie das Glück so wollte, hatte dieser tatsächlich die Möglichkeit gesehen, ihr zu helfen, da er noch immer Kontakt zu einem ehemaligen Matrosenkumpel gehabt hatte, der inzwischen in der Immobilienbewirtschaftung arbeitete, da er zu leicht seekrank wurde und sich das nicht bis zur Pensionierung hatte antun wollen. Er hatte immer noch ein paar Jahre vor sich, bevor der Ruhestand auch ihn einholen würde, aber bis dahin war er ein wertvoller Kontakt im Berufsleben. Das Ulkige war, dass sein Kumpel ebenfalls Stephan hieß, einfach mit „ph" anstatt mit „f", was zu Seemannszeiten zu witzigen Verwechslungen geführt hatte. Auf jeden Fall hatte er Stephan mit „ph" mehrere Male den Arsch gerettet.

Er hatte also noch ein paar Gefallen offen gehabt und für Anna Gebrauch davon gemacht. Denn Anna hatte keine Ahnung von der Immobilienbewirtschaftung, war aber eine äußerst kluge und lernbegierige Frau, die sich sehr schnell das nötige Wissen aneignen konnte. Das Anstellungsproblem hatte also gelöst werden können und Anna durfte weiterhin im Land bleiben, was sie aber von dem viel größeren Problem der Schuldenlast nicht befreit hatte. Es würde ein ganzes Stück dauern, bis sie mit ihrem Lohn das alles abbezahlt hatte. Aber zumindest hatte sie so etwas Zeit gewonnen, um weitere Pläne zu schmieden, und er hatte einer weiteren Person geholfen.

Sein T-Shirt war mittlerweile komplett verschwitzt und das Training abgeschlossen, was bedeutete, dass er alles sorgfältig wieder verstaute und, nachdem er im Schlafzimmer seine Sportbekleidung abgelegt hatte, unter die Dusche hüpfte. Er duschte immer lauwarm und zum Schluss eiskalt, um so den Körper richtig zu aktivieren. Er hatte er sich schon lange komplett daran gewöhnt, während andere dabei wie hyperventilierend nach Luft schnappten.

Er wischte mit einem Wasserschaber sorgfältig das Wasser von den Wänden und der Duschscheibe, damit er diese nicht so oft reinigen musste, denn das Wasser war hier stark kalkhaltig. Jetzt kam der beste Teil des Morgens, das Frühstück, bei dem er immer ordentlich zulangte. Er war der Meinung, dass ein gutes, reichhaltiges und schmackhaftes Frühstück die Grundlage für einen angenehmen und erfolgreichen Tag war. Deshalb sparte er an dieser Mahlzeit nicht, wobei er aber trotzdem acht darauf gab, gesund zu essen, was bedeutete, dass Dinge wie Weißbrot auf dem Tisch nichts verloren hatten. Der Orangensaft war, wann immer möglich, frisch gepresst, denn was Supermärkte als Orangensaft verkauften, war eine Schande. Genüsslich biss er in sein mit Butter und Honig beschmiertes Vollkornbrot und starrte dabei auf die Neuigkeiten des Morgens, die soeben auf seinen Laptop geladen hatte und dargestellt wurden. Es war nicht wirklich viel Spannendes dabei, ein paar Berichte über die aktuelle Wirtschaftslage und eine Analyse, weshalb die Aktienmärkte momentan unruhig waren, als ob diese Bankfritzen wirklich wüssten, was vor sich ging.

Die meisten selbst ernannten Anlageexperten sprachen von einer überfälligen Korrektur und einer sogenannten Phase für Kaufgelegenheiten, da die Unternehmen ja gut dastünden und somit die Aktien nach diesem Schluckauf wieder Gewinne bringen würden.

Für diesen Morgen hatte er sich auch noch Speck gebraten sowie zwei Spiegeleier gemacht, die er sich auch mit sichtlicher Freude in den Mund schob und zufrieden zerkaute. Mehrheitlich hatte er sich zwar vorgenommen, gesünder zu essen und auf Fleisch zu verzichten, aber dem Speck zum Frühstück konnte er manchmal einfach nicht widerstehen.

Die Sportnachrichten waren mehrheitlich über Fußball und Radsport, was ihn ohnehin nicht interessierte. Er schloss seinen Laptop und ließ seinen Blick über die Kommode schweifen, auf der ein Bild stand, das einen Mann in seinen Vierzigern zeigte, der gerade auf einem brasilianischen Fluss im Regenwald Kanu fuhr und dabei glücklich wirkte. Ihr letztes Telefongespräch war schon wieder eine Weile her. Er überlegte sich kurz, ob er Markus wieder einmal anrufen sollte, entschied sich aber dagegen, da der viel arbeitete und unterwegs war und er ihn nicht stören wollte. Außerdem verriet ein kurzer Blick auf die Wanduhr, dass es mittlerweile halb acht war und er sich an seinen Zeitplan halten musste, wollte er pünktlich am Hafen sein.

Der Bus brachte ihn pünktlich an die Station, welche nur etwa drei Minuten zu Fuß vom Hafen entfernt war, wofür er heute dankbar war, denn es war schon etwas frisch. Aber er hatte sich auch gut eingekleidet, als alter Matrose wusste er schon in etwa, was ihn erwarten würde und wie er sich vor dem Wetter schützen konnte.

Der Hafen war sehr klein und bot hauptsächlich kleineren Booten Platz, was das ganze Drum und Dran sehr angenehm machte, denn er hasste Angeber, die für ihre Fähigkeiten viel zu große Boote hatten. Es gab nur drei kurze Stege, welche hübsch von einer Kaimauer aus groben Steinen beschützt wurden. Der Ausgang des Hafens war direkt auf den See gerichtet, etwa im ersten rechten Drittel der gesamten Hafenbreite. Sein kleines Motorboot war am anderen Ende der Öffnung, nahe dem Ufer, was sehr praktisch war, da es dort am wenigsten Wellen gab und man so schnell wieder an Land kam.

Er war sehr stolz und zufrieden mit seinem bescheidenen, aus Holz gefertigten kleinen Kutter. Es mochte wie ein heruntergekommenes, altes Fischerboot aussehen, aber es war innen sehr gepflegt, was auch ein wichtiges Stichwort war, denn er hatte eine geschlossene Kabine, aus der man geschützt das Boot unter allen Wetterbedingungen steuern konnte. Der Schiffsmotor war sauber im Rumpf verbaut, das Ruder ebenfalls unter Wasser angebracht und von außen nicht auszumachen. Er betrachtete sein kleines Glück immer für ein paar Sekunden vom Hafeneingang aus bei der Straße und näherte sich dann seinem Boot mit einer inneren Zufriedenheit und einer gewissen Vorfreude.

Sein Schiff legte er immer mit dem Heck an den Steg an, da die Tür zur Kabine ebenfalls in diese Richtung zeigte. Er nahm seinen Schlüsselbund hervor und entriegelt das Schloss, trat ein, schaltete die Schiffsbatterie ein und begann, den Innenraum zu beheizen. Die Schiffsuhr zeigte kurz nach neun, Reto müsste also jeden Augenblick da sein, sofern er nicht verhindert war. Noch bevor er aus dem Fenster schauen konnte, um nach Reto Ausschau zu halten, klopfte eine Faust sanft an das Glas der Kabinentür.

„Hallo, Stefan, danke nochmals, dass ich mit dir Motorboot fahren lernen darf. Hier, habe dir einen Kaffee mitgebracht", fing Reto etwas aufgeregt an zu quatschen, schloss die Tür zur Kabine hinter sich, überreichte Stefan den Starbucks-Kaffeebecher und legte seinen Schal beiseite.

„Guten Morgen, Reto", entgegnete er, während er den Kaffeebecher skeptisch entgegennahm. „Du weißt aber noch, was ich dir über Kaffee erzählt habe?", mahnte er seinen Schüler.

„Ja klar, ich würde dir nie schlechten Kaffee bringen. Die haben da so ein Sonderangebot jetzt im Starbucks, Bohnen aus feinster Lese. Ich bin mir sicher, der schmeckt dir", entgegnete Reto überzeugt.

Immer noch etwas skeptisch, aber dankend, stellte er den Becher in eine Halterung.

„Okay, Reto, du weißt ja, was zu Beginn zu tun ist?", blickte er seinen Schüler fragend an, wobei dieser sofort nickte und sich daran machte, die Vorbereitungen durchzuführen, die zu machen waren, bevor man aus dem Hafen auslief. Nachdem sein Schüler eine Weile rumhantiert sowie dort und da Dinge angefasst und geprüft hatte, ging dieser nach draußen auf den Bug zu.

„Ähm, Reto, hast du nicht etwas vergessen?", unterbrach er ihn kurz, als er beobachtete, wie Reto daran ging, die Leinen zu lösen. Etwas verdutzt erstarrte der junge Mann in der Bewegung und schaute zu Stefan rüber. Man konnte sehen, wie die Gehirnzellen auf Hochtouren studierten, um herauszufinden, was vergessen worden war.

„Ja, ich muss doch die Leinen lösen, damit wir auch ablegen können. Den Rest habe ich geprüft, wir haben genug Treibstoff und es sind genügend Rettungswesten an Bord für zwei Personen", entgegnete er etwas verunsichert und schaute sich weiterhin um, wo der Fehler liegen könnte.

„Nehmen wir an, du löst jetzt alle Leinen", fing er an, seinem Schüler die Situation zu erklären, „und das Boot legt langsam ab, da es nicht mehr festgebunden ist. Wie korrigierst du den Kurs, falls du beispielsweise auf ein anderes angelegtes Boot zusteuerst?"

„Ach Scheiße, stimmt, immer den Motor zuerst einschalten, dann Leinen lösen", beantwortete Reto triumphierend die Frage und machte sich daran, dass Ablegemanöver nun richtig durchzuführen. Durch seinen Eifer wäre er fast über den kleinen Rucksack in der Kabine gestolpert, welchen er vorhin etwas unachtsam auf den Boden gelegt hatte, worauf er sich entschloss, nachdem er den Motor in Betrieb genommen hatte, den Rucksack unter dem Sitz zu verstauen. Die Leinen waren schnell gelöst und ein wenig nervös setzte sich Reto hinters Steuer, die rechte Hand verkrampft am Gashebel.

„Dann kannst du ja loslegen. Navigiere mal aus der Anlegestelle heraus und lege bei der Kaimauer gegenüber an, steuerbords", wies er Reto an und setzte sich backbords, um gemütlich den Manövern zuschauen zu können. Während sein Schiff langsam aus der Anlegestelle hinausglitt, schaute er über die Kaimauer hinweg auf den See hinaus und dachte dabei an das letzte Mal, als er Christoph in seiner Wohnung empfangen hatte.

Gestern spätnachmittags hatte Christoph also plötzlich vor seiner Tür gestanden, ziemlich niedergeschlagen, und hatte signalisiert, dass er gern bei einem Coup dabei wäre. Er war nicht wirklich überrascht gewesen von Christophs Entscheidung, da er ohnehin schon ein paar Andeutungen gemacht hatte und Christoph das Wasser bereits bis zum Hals stand. Er hatte ihm stumm einen Sitzplatz auf dem Sofa angeboten und ihm ein Glas Wasser in die Hand gedrückt. Nach einer Weile des Schweigens hatte Christoph ein wenig von seinem Tag erzählt, wobei er offensichtlich von der gesamten Situation frustriert war. Stefan hatte sich einfach für eine volle Viertelstunde angehört, was Christoph auf dem Herzen hatte und nur ab und zu nachgefragt, wenn er sich nicht ganz sicher gewesen war, wie sich etwas zugetragen hatte.

Während des weiteren Gesprächs hatten sie angefangen auszurechnen, wie viel sie wirklich benötigen würden, denn sie sprachen hier ja nicht von Millionen, sondern von einer doch immer noch überschaubaren Summe. Sie waren zu dem Schluss gekommen, dass sie so etwas zu zweit nicht bewerkstelligen konnten und sie weitere Personen benötigen würden, wobei er Christoph versichert hatte, dass er noch ein bis zwei Personen kennen würde, die auch dabei wären. Natürlich hatten diese Personen auch ein Geldproblem, was dazu führte, dass sie die Summe, die benötigt wurde, neu berechnen mussten.

In diesem Kontext konnte man aber kaum von Berechnen sprechen, da sie die Sache nicht wie Buchhalter angingen, die gerade versuchten, minutiös Bilanz zu ziehen, sondern eher wie Händler, die in etwa abschätzten, wie viel sie verlangen würden. Eine außenstehende Person würde Stefan und Christoph nur kopfschüttelnd anschauen und die Verwirrtheit des Gesprächs dem Bier, das sie mittlerweile geöffnet gehabt hatten, zuschreiben. Dabei war es wirklich wichtig, dass man die zu stehlende Summe bis zu einem gewissen Grad definierte. Und genau das hatte Stefan versucht, Christoph beizubringen, der den Sinn dieses Gespräches nicht ganz verstanden und etwas genervt wie auch frustriert an seiner Bierflasche genuckelt hatte. Gegen Ende des Abends hatten sie sich einigen können, dass sie noch ein wenig an den Ideen arbeiten würden und insbesondere zuerst ein paar weitere Personen ins Boot holen müssten. Nach etwa drei Flaschen Bier hatte er sich von Christoph verabschiedet und ihm versprochen, dass er sich nächste

Woche mit Neuigkeiten melden und sehr wahrscheinlich auch eine Idee haben würde.

Gemütlich stand Stefan wieder auf, denn er hatte erkannt, dass Reto ein bisschen zu schnell auf den Kai zusteuerte, und er wollte einen Aufprall vermeiden. Gelassen öffnete er die Fronttür der Kabine, die etwas schmaler war als der hintere Ausgang, es ihm aber erlaubte, so schneller zum Bug zu kommen. Er schritt nach vorn bis sein rechtes Bein die Reling berührte. Das Boot kam in einem etwas zu spitzen Winkel daher, sodass es Reto nicht mehr gelingen würde, korrekt parallel anzulegen. Als die Mauer noch etwa vierzig Zentimeter entfernt war, hielt er sich an der Kabine mit der linken Hand fest, während der rechte Fuß auf der Mauer Platz nahm und sanften Gegendruck gab, bis das Heck genügend Zeit hatte, sich korrekt zu drehen. Die Fender quietschten leicht beim Aufprall und das Boot stand nun still.

„Ja, nicht schlecht, Reto, du musst vorher den Gashebel auf neutral stellen und früher abdrehen, dann kommt das schon richtig", munterte er seinen Fahrschüler auf, der etwas enttäuscht über die eigene Leistung war.

„Ach, und noch was, Reto, du bist mit der linken Seite an der Hafenmauer, fällt dir da was auf?", fragte er ihn etwas belustigt und war gespannt auf die Antwort.

„Oh, das ist ja backbord, stimmt, ich sollte steuerbords anlegen", gab Reto etwas verdattert zu und wollte eben gerade wieder ablegen, um seinen Fehler zu korrigieren, als ihn Stefan unterbrach.

„Nee, warte kurz mit Ablegen. Siehst du die leere Anlegestelle mit dem durchgestrichenen P?"

„Ja, sehe ich, aber dort ist doch das Anlegen verboten, nicht?", fragte Reto kurz nach und kratzte sich dabei etwas ratlos am Kopf.

„Nein, das ist kein Problem, du darfst einfach nicht dort bleiben, aber Güterumschlag und Personen ein- wie aussteigen lassen ist erlaubt. Na, dann, leg mal los!", beschwichtigte Stefan kurz und kam wieder zurück in die beheizte Kabine, um sich wieder auf seine Seite zu setzten.

Reto fing an, abzulegen und seine Anweisungen in die Tat umzusetzen, wobei er nervös wirkte, aber dennoch das Boot sachte in die richtige Position brachte.

Während er seinen Fahrschüler beobachtete, wie dieser das Boot innerhalb des Hafens rummanövrierte, schweiften seine Gedanken wieder ab und er überlegte sich, was man für ein Ding drehen konnte, um rasch an etwas Geld zu kommen.

Eine Bank ausrauben beispielsweise klang im ersten Moment ziemlich verlockend, denn man konnte glauben, gleich sehr viel Geld mitnehmen zu können, aber das waren seiner Meinung nach nur Mythen. Und wenn man bis zum gefüllten Tresor käme, dann war bei der Ausgangstür meist Feierabend und man bekam eine kostenlose Fahrt ins nächste Gefängnis. Es musste mehr etwas sein, das kaum oder nicht bewacht war und auch in der Nacht gedreht werden konnte. Klar könnte man ein Nebengebäude mieten und versuchen, unterirdisch zum Tresor zu gelangen, weil es ja so einfach war – wie in den Filmen eben.

Nein, das war alles absoluter Quatsch, dachte er sich, während er weitere Optionen gedanklich durchging. Vielleicht doch einen Geldautomaten stehlen, wie es kürzlich ein paar Rentner gemacht hatten? Wie schwer konnte das schon sein? Aber da war schon das Stichwort, denn ein solcher Automat wog ganz schön was, den konnte man nicht einfach so wegtragen. Ganz zu schweigen von der Tatsache, dass solche Geräte praktisch immer mit einem Gebäude verankert waren und mit einer Kamera überwacht wurde, wer gerade Geld bezog. Aber was gab es sonst noch für sinnvolle Alternativen?, fragte er sich weiter und bemerkte, wie Reto fast ein anderes Schiff seitlich rammte.

„Junge, das ist kein Auto. Auf dem Wasser musst du vorausdenken, alles reagiert träge. Wenn wir Wind von Backboard hätten, hättest du das Boot schon ordentlich gerammt", versuchte er, das Fahrverhalten eines Bootes etwas näher zu erklären. „Du bist auch ständig dabei, die Richtung zu korrigieren, das bringt doch nichts. Das ständige Links- und Rechtsdrehen bei langsamer Fahrt ist bei vielen Motorboten normal, das nennt man gieren. Fahr einfach zu, passt schon."

„Alles klar, Kapitän, werde etwas weniger am Steuer arbeiten", bestätigte Reto die neue Order und versuchte sein Glück beim Anlegen ein zweites Mal, nachdem die Heckfender sachte hinten an der Kaimauer das Ende der Rückwärtsfahrt bestätigten. Da die Schiffsschraube nicht so weit rausragte wie das Heck selbst, war dies zum Glück kein Problem.

Unter Umständen könnten sie ein Geschäft ausrauben, wobei ihm gleich mehrere Dinge daran nicht gefielen. Die Kassen waren meist leer, womit Bargeld als Beute sehr wahrscheinlich wegfallen würde, und die Beute musste dann noch mühsam verhökert werden. Er verwarf somit die Idee auch sofort wieder und konzentrierte sich darauf, etwas zu finden, was direkt mit Bargeld zu tun hatte, wie beispielsweise einen Ticketautomaten oder eine Parkuhr. Nach der Bootslektion wollte er sowieso nochmals ins Café gehen und mit James darüber reden.

Reto hatte das Boot inzwischen gar nicht mal so schlecht am Steg angelegt, die Richtung war korrekt, nur die Sanftheit ließ noch etwas zu wünschen übrig.

„Wo soll ich nun hinfahren?", fragte Reto mit spürbar höherem Tatendrang also noch vor Kurzem.

„Wir fahren zurück und versuchen, sowohl vorwärts als auch rückwärts einzuparken, womit du anfangen möchtest, überlasse ich dir", wies er seinen Fahrschüler an und nahm ein paar Schlucke aus dem mittlerweile lauwarm gewordenen Kaffee. Er schaute kurz auf die Uhr, sie waren im Zeitplan, heute war Anlegen angesagt.

„Alles klar, Kapitän, lege ab und wir kehren zurück", antwortete Reto guter Laune und begann, das Schiff wieder zu bewegen.

Nach etwa einer halben Stunde und ein paar misslungenen Versuchen, das Boot korrekt rückwärts anzulegen, war die Fahrstunde auch schon wieder vorbei. Reto verknotete unter den Anweisungen von Stefan das Boot korrekt am Steg und beide machten sich in Richtung Bushaltestelle auf.

„Vielen Dank nochmals, dass ich mit dir üben kann. Wann würde es bei dir wieder gehen?", fragte Reto nach und zückte sogleich auch sein Smartphone, um den Termin eintragen zu können.

„Komm nächste Woche am Mittwoch um zehn an den Hafen, dann wird's spannend, wird mehr Wind geben. Du hast das heute nicht schlecht gemacht, dann bis zum nächsten Mal!"

„Ja, nächste Woche am Mittwoch geht bei mir. Gemäß Schichtplan muss ich dann nicht arbeiten, perfekt", prüfte Reto kurz seinen Kalender und trug die Fahrstunde ein.

Stefan gab Reto einen kräftigen Händedruck zum Abschied, lächelte ihm aufmunternd zu und ging zur Bushaltestelle. Reto verabschiedete sich ebenfalls dankend, steckte das Smartphone weg und spazierte zum Parkplatz, wo er sein altes Auto zwischen zwei Bäumen geparkt hatte.

Am späteren Nachmittag traf Stefan im Café ein und setzte sich wie gewohnt an seinen für ihn indirekt reservierten Platz und wartete auf James, bis dieser ihm wie gewohnt seinen Kaffee brachte.

„Hallo, Stefan, schön, dich wiederzusehen, hier bring ich dir schon mal den Kaffee. Möchtest du sonst noch etwas haben?", empfing James ihn freundlich, aber man konnte erkennen, dass er innerlich ziemlich angespannt war.

„Ja, grüß dich, James, herzlichen Dank für den Kaffee, den kann ich jetzt gut gebrauchen nach dem etwas geschmacklosen anderen Kaffee, den mir Reto aufs Schiff gebracht hat", entgegnete er James mit etwas besorgter Miene und verneinte die Frage nach einem weiteren Wunsch. Das Café war heute ziemlich leer, was wohl daran lag, dass das Wetter nicht gerade einladend war. Aber vielleicht hatten die meisten Menschen etwas Besseres zu tun, als an einem Freitagnachmittag Kaffee zu trinken, wie beispielsweise Geld verdienen und arbeiten. Dieses Lokal lief aber auch nicht besonders gut, da das Quartier einfach zu wenig bot, um genügend Laufkundschaft anzulocken. Es war wahrscheinlich nur eine Frage der Zeit, bis es dichtmachen musste, was natürlich bedeutete, dass sich James erneut eine Arbeit suchen musste.

Als dieser wieder zur Theke zurückschlenderte, um einen anderen Kunden zu bedienen, der ebenfalls mit Stefan das Lokal betreten hatte, konnte er erkennen, wie James leicht hinkte. Der Kunde war ein alter Herr mit braunem Hut und einer beigen Jacke, wie man sich einen typischen Rentner eben vorstellte, der am anderen Ende des Cafés mit einem lauten Ächzen und Gestöhne Platz genommen hatte. Die Schuhe waren ein hässliches graues Paar, welches definitiv orthopädischen Charakter besaß und meilenweit entfernt von jeder Ästhetik designt worden war. Die Hosen waren aus einem dunkelgrünen Manchester-Stoff, den seiner Meinung nach wohl nur noch alte Leute oder moderesistente Menschen trugen. Er schaute wie ein etwas verblödeter Dackel durch seine leicht verschmutze Hornbrille in die Runde, als ob er etwas sagen wollte, und entschloss sich dann, auf die Tischplatte zu starren, auf welcher er eine Gratiszeitung ausbreitete.

Stefan nippte an seinem Kaffee, da er noch zu heiß war, konnte er nicht gleich einen Schluck nehmen und schaute kurz zu Tür, wo Anna gerade hereingekommen war. Sie wirkte sichtlich frustriert und ein wenig ängstlich, war aber wie immer sehr gut angezogen. Eine willkommene Augenweide im Gegensatz zum mobilen Heftpflaster, das an der anderen Seite saß und sich gerade am Kaffee verschluckt hatte und keuchte. Er sah Anna freundlich an und gab mit einem kurzen Wink der linken Hand zu verstehen, dass sie sehr gern bei ihm Platz nehmen dürfe. Sie schien erfreut zu sein, dass er da war, und schwebte elegant zu seinem Tisch herüber, wo sie sich erleichtert hinsetzte. Als sich James mit einem weiteren Kaffee für Anna zu ihnen gesellte, waren nun alle Leute zusammen, die Stefan gehofft hatte, hier zu treffen, damit er eventuell über seinen Plan sprechen konnte.

„Scheint heute kein guter Tag zu sein, was? Du James hinkst leicht und Anna, ich denke, du hattest einen harten Tag. Frauen zuerst, was bedrückt dich heute, mein Kind?", fragte er mit sanfter Stimme und mimte den Pfarrer, in der Hoffnung, durch diese Komik beide etwas erheitern zu können.

„Ach nichts, es ist ja immer das Gleiche, meine Schulden werden nicht kleiner, in der Arbeit tuscheln die Leute hinter meinem Rücken und das letzte Date war ein Arschloch", fing Anna an, zu erzählen und schluchzte dabei leicht. „Ich meine, was soll ich denn noch machen? Ich arbeite hart und komme einfach nirgends hin. Und wenn ich nicht bald meine Schulden begleichen kann, dann verliere ich die Wohnung und ob ich meinen Job noch lange behalten kann, weiß ich auch nicht. Und dann habe ich nichts mehr." Sie fing leise an zu weinen, wühlte in ihrer Handtasche herum, bis sie schlussendlich ein Taschentuch in der Hand hielt, mit dem sie diskret die Tränen wegwischte. Sie alle nahmen stumm die Kaffeetasse in die Hand und wortlos, in Gedanken versunken, einen Schluck.

„Du machst nichts falsch, Anna, manchmal legt das Leben den besten Menschen die größten Steine in den Weg", versuchte Stefan, sie zu trösten, und berührte mit der rechten Hand ihre Schulter, wie ein Vater sein Kind trösten würde. „Wir kriegen das schon wieder hin, wir drei. Und James, was ist dir heute passiert?", fragte er seinen südafrikanischen Freund und schaute ihn besorgt an.

„Na ja, Stefan, wie du weißt, habe ich Schulden und die Leute, welchen ich noch Geld schulde, haben mich mehr oder weniger nett darauf hingewiesen, dass sie bald ihr Geld haben möchten", beantwortete er die Frage mit einer betretenen Stimme und starrte wieder niedergeschlagen auf die Tischplatte. Mit einem leichten Kopfschütteln fügte er hinzu: „Stefan, mir läuft einfach die Zeit davon."

„Kinder", begann er leise, aber bestimmt seine Rede, „ich weiß nicht, wie es euch geht, aber mir reicht es langsam. Ich habe mein Leben lang gearbeitet und dennoch kann ich mit meiner Rente kaum meinen Lebensunterhalt bezahlen. Bald werde ich meine Wohnung verlieren. Ich denke, es wird Zeit, dass ich mir nehme, was mir zusteht, ansonsten werde ich noch obdachlos."

„Falls du ein Ding drehen willst", begann James mit selbstsicherer Stimme, als wisse er genau, um was es ging,

„dann bin ich dabei. Ich habe sowieso nichts mehr zu verlieren. Wenn ich in den Knast komme, habe ich wenigstens ein Dach über dem Kopf", witzelte James vor sich hin, während er wieder einen Schluck von seinem Kaffee nahm.

„Wann fangen wir an?", fragte Anna beiläufig, während sie ebenfalls weiter an ihrer Kaffeetasse nippte. Er und James schauten sie ziemlich überrascht an, denn beide hatten nicht im Entferntesten mit einer solchen Antwort von Anna gerechnet.

„Was ist denn? Glaubt ihr etwa nicht, dass Frauen auch zu Diebe werden können?", schaute sie etwas verwundert in die Runde. „Und, welche Bank rauben wir aus?", fügte sie etwas belustigt hinzu.

„Wir rauben keine Bank aus, das würden wir nicht hinkriegen. Ich habe übrigens noch eine weitere Person, die ich unserem Team hinzufügen möchte, die ebenfalls dringend auf Geld angewiesen ist. Keine Angst, er ist auch ein anständiger Mensch wie wir alle, einfach nur verzweifelt", fügte er noch rasch hinzu. „Ich hatte eher an so etwas gedacht", fuhr er weiter fort und legte die Zeitung mit dem Artikel des gestohlenen Geldautomaten auf den Tisch.

7
Der Juwelier

Sie saßen nun beide im Büro des Oberinspektors, der wenig begeistert auf die Begründung wartete, weshalb Inspektor von Halden nun doch einen neuen Dienstwagen brauchte.

Er hatte seinen Vorgesetzten noch nie lachen sehen, nicht mal ein verhaltenes Grinsen, was unter anderem auch der Grund war, weshalb er sich nie für den Posten des Oberinspektors beworben hatte. Es schien eine echt zermürbende Arbeit zu sein, bei der man selten draußen war und es immer wieder mit dem Personal zu tun bekam, was für ihn auch kein Pluspunkt war, denn er mochte kleine Gespräche, die schnell zum Ziel führten. Sein Vorgesetzter war auch dementsprechend gezeichnet von der Arbeit, denn obwohl dieser etwa fünf Jahre jünger war, konnte man die Strapazen wortwörtlich von seinem Gesicht ablesen. Der berufsbedingte Bewegungsentzug tat sein Übriges, sodass sich mittlerweile ein ganz schöner Bauch gebildet hatte und als Abstandshalter zur Tischkante diente.

Die Augen wirkten schläfrig und versteckten sich hinter zwei dicken Brillengläsern, die durch den leichten Schmutz nicht mehr ganz transparent wirkten. Die bereits angegrauten Haare waren sauber zu Seite gekämmt und versuchten ihr Bestes, die Glatze, welche sich unabdingbar abzeichnete, zu verstecken. Die Uniform war absolut sauber und gepflegt, schien aber deutlich zu eng gewählt worden zu sein, denn die Knöpfe spannten sich gefährlich um den Bauch, und nur die starken Nähte hielten ein Bersten zurück. Auf dem Schreibtisch stand ein eher altertümlicher Flachbildschirm, der den Eindruck erweckte, aktiv Augenkrebs zu fördern, und kaum gegen das Tageslicht der Fenster anzukommen schien. Die Pixelfehler in der rechten oberen Ecke vervollständigten das Bild einer Polizei, welche nicht auf dem neuesten technischen Stand war und an allen Ecken und Kanten nach Geldern suchte. Die leicht gelblich angefärbte Tastatur perfektionierte das traurige und etwas eklige Bild. An der Wand hing ein Foto einer scheinbar gefolterten Frau, die bemüht war, ein natürliches Lachen hervorzubringen, was ihr kläglich misslang. Ihre Frisur war die Marke „einmal für einen Neustart abrasieren und herzhaft düngen, um eine schreckliche Kurzhaarfrisur zu züchten."

Aber die zwei traurigen Gestalten passten auch irgendwie zueinander wie das Unkraut zu den Blumen im Beet— eine eher komische und unfreiwillige Liaison.

„Also, Herr von Halden, was ist denn nun genau vorgefallen?", fragte er ihn völlig ruhig mit leicht vorgebeugter Haltung und ineinander gefalteten Händen. „Wie haben Sie es diesmal geschafft, ein Dienstfahrzeug untauglich zu machen?"

„Nun, Herr Oberinspektor, das hat sich wie folgt abgespielt", fing er ziemlich erbost an und legte ebenfalls seine Hände auf die Tischplatte. „Da kam dieser junge Lenker aus dem Nichts und überholte mich auf einer weiterführenden Spur, um sich dann vor meinen Wagen zu setzen und die Abzweigung zu nehmen", erklärte er hastig. „Dann habe ich natürlich sofort die Verfolgung aufgenommen und wollte ihn zur Rede stellen, als mein Wagen anfing, noch lautere Geräusche von sich zu geben.

„Einen Aufprall hatten sie also nicht", unterbrach ihn der Oberinspektor kurz und hakte nach, „sondern ihr Wagen ging bei einer Verfolgung einfach so kaputt."

Er wusste für einen kurzen Moment nicht, ob das als Frage oder als kurze Zusammenfassung zu verstehen war und er entschloss sich, die Geschichte einfach weiterzuerzählen.

„Genau, Herr Oberinspektor. Als ich Vollgas gab, meldeten sich plötzlich viele Teile meines Autos und ich hatte überall Warnsignale. Glücklicherweise konnte ich den Übeltäter aber dennoch stoppen. Den Wagen konnte ich danach allerdings nicht mehr starten."

Arnold schaute abwechselnd von Halden und dann wieder den Oberinspektor an und wusste nicht recht, ob er der Unterhaltung beitreten oder ob er einfach nur stummer Zuhörer bleiben sollte. Er entschied sich vorläufig für Letzteres und faltete geduldig die Hände in seinem Schoß.

„Und wo ist der Wagen jetzt?", fragte der Oberinspektor etwas missmutig.

„Den Wagen haben die Kollegen Karl und Bernd abschleppen lassen, wohin, ist mir noch schleierhaft. Möglicherweise direkt auf die Müllkippe, dort, wo der Wagen auch hingehört", beantwortete er die Frage etwas grimmig.

„Nun gut, ich werde den Bericht ja von den beiden noch erhalten", entgegnete der Oberinspektor mit einer Stimme, die darauf hinwies, dass das Thema vorerst abgeschlossen war.

„Dass Sie mir aber den nächsten Wagen sorgfältig fahren, der soll bis zu Ihrer Pensionierung halten", fügte er mit erhobenem Zeigefinger noch hinzu. „Wir können Ihnen schließlich nicht dauernd Fahrzeuge zur Verfügung stellen, auch wenn allesamt bis jetzt Gebrauchtwagen waren, zum Glück."

„Was?! Bis zur Pensionierung, das sind aber mehr als zehn Jahre", entgegnete er etwas erregt. „Dann sollten Sie mir aber auch einen Wagen geben, der etwas aushält", fügte er fordernd hinzu.

„Sie kriegen eines unserer Standarddienstfahrzeuge. Es ist nicht Ihre Aufgabe, Verbrecher per Auto zu verfolgen und zu stoppen. Sie sind Inspektor und verantwortlich dafür, dass wir wissen, *wen* wir festnehmen müssen", fuhr der Oberinspektor gelangweilt, aber bestimmt fort und fügte noch hinzu: „Seien Sie doch froh, es ist ein Neuwagen, neuestes Modell, eben dieses Jahr vom Band gelaufen. Was wollen Sie denn mehr? Uns sind die teuren Marken ausgegangen, aber dafür sind die Ersatzteile günstig und reichlich vorhanden."

Arnold verfolgte weiter interessiert die Unterhaltung und fragte sich gespannt vor Vorfreude, was sie denn für einen Wagen erhalten würden, der ja nur besser sein konnte als der vorherige. Inspektor von Halden holte gerade Luft, um dem Oberinspektor noch etwas zu entgegnen, wurde aber von ihm sofort wieder unterbrochen.

„So, Herr Inspektor, dann hätten wir das mit Ihrem Dienstwagen ja geklärt. Sie können die Schlüssel bei der Abteilung für Ausrüstung abholen, der Wagen ist bereits für Sie freigeschaltet. Und ... Wo wollen Sie denn hin, Herr von Halden?", fragte der Oberinspektor etwas verwundert.

Inspektor von Halden war gerade dabei aufzustehen, da er die Situation offensichtlich anders interpretiert hatte. Er ließ sich sofort wieder auf den Sessel fallen und sah den Oberinspektor etwas überrascht wie auch entgeistert an.

„Verzeihung, Herr Oberinspektor, ich dachte, die Andeutung mit der Abteilung war der Schlussakkord der Sprechstunde, bitte fahren Sie fort", entgegnete er leicht sarkastisch, um sich widerwillig erneut dem Gespräch zu widmen.

„Danke. Uns wurde noch ein Einbruch bei einem Juwelier gemeldet. Die Kollegen sind schon vor Ort, aber die Situation scheint etwas seltsam zu sein, denn es gibt keine eindeutigen Anzeichen, dass etwas gestohlen wurde."

„Wie meinen Sie das?", schaltete sich Arnold endlich in die Unterhaltung ein und lehnte sich fragend etwas nach vorn, was der alte Sessel sofort mit einem leichten Quietschen quittierte.

„Es scheint so, als wären alle Vitrinen intakt, aber der Juwelier behauptet, es wurden Dinge entwendet, und die Kollegen vor Ort wittern Versicherungsbetrug, Herr Fritsch", beantwortete der Oberinspektor die Frage. „Die Adresse und weitere Angaben wurden Ihnen schon auf dem elektronischen Notizbuch übertragen, damit Sie der Sache gleich nachgehen können. Na dann, viel Erfolg, Herrschaften", schloss der Oberinspektor das Gespräch ab und führte beide Hände mit den Handflächen nach oben, um Inspektor von Halden und Arnold anzuzeigen, dass sie sich nun erheben und der Arbeit widmen durften.

„Herr Oberinspektor", er und Arnold nickte ihrem Chef leicht zu und erhoben sich erleichtert von ihren Sesseln, um dem nächsten Kollegen die Türklinke in die Hand zu drücken, der etwas angespannt und bleich im Flur auf sein Gespräch wartete.

Inspektor von Halden bog in eine enge Quartierstraße ein, weil das neue Navigationssystems des Autos zu wissen glaubte, dass diese Strecke ihnen zehn Minuten Stau ersparen würde, aber nicht erwähnte, dass die Quartierstraße auch schlechte geparkte Autos beinhaltete, welche ein noch langsameres Fahren als die schon sehr langsamen dreißig erforderten. Der Oberinspektor hatte nicht gelogen, es war ein ganz neues Fahrzeug und gemäß Arnolds scheinbarer Allwissenheit auch tatsächlich ein diesjähriges Modell, erst gerade im Januar herausgekommen, mit angeblich allen Schikanen, die man sich als Autofahrer so wünschte.

„Ach du Scheiße, das darf doch nicht wahr sein. Können heutige Autofahrer echt nicht mehr einparken?", fluchte er, während er versuchte, um einen großen SUV herum zu navigieren, dessen Fahrer scheinbar das Konzept der Parkfeldmarkierung mehr als eine Empfehlung wahrzunehmen schien.

„Möchten Sie einen Strafzettel anbringen? Allein bei den Bußgeldern in dieser Straße könnten wir das Weihnachtsfest finanzieren", entgegnete Arnold leicht schmunzelnd und zückte sein imaginäres Bußgeldheft.

„Dann sollten wir gleich das gesamte Quartier durchgehen, vielleicht kommt genügend zusammen, damit uns der Oberinspektor ein anständiges Auto besorgen kann", entgegnete er mit einer leicht knurrenden Stimme und konnte die Engstelle dank der integrierten Sensoren endlich unbehelligt passieren. Das war zumindest der eine Vorteil an diesem Auto, Parksensoren und natürlich der Neuwagengeruch, wobei der sich nach ein paar harten Tagen Polizeiarbeit schnell verflüchtigen würde.

„Sie werden sehen, Herr Inspektor, der Wagen wird Ihnen noch ans Herz wachsen, der hat doch alles, was man braucht und riecht definitiv besser als Ihr alter BWM", grinste Arnold und schaute gelassen aus dem Fenster, das traurig wirkende Quartier betrachtend.

„Ich kann mir beim besten Willen nicht vorstellen, weshalb ich das hier nun verdient habe, wo ich doch immer so ein netter Mensch bin", argumentierte Inspektor von Halden vor sich hin.

„Sie verbreiten wahrlich nur Frohsinn, Herr Inspektor. Absolut unverständlich, dass Ihnen der Oberinspektor solch einen Wagen aushändigt, dabei haben Sie in den letzten fünf Jahren nur drei Einsatzfahrzeuge zu Schrott gefahren …", entgegnete Arnold leicht belustigt und versuchte, eine ernste Stimme zu imitieren.

„Was, drei Fahrzeuge? Das kann doch nicht sein, woher willst du denn das wissen?", widersprach er ihm völlig verwundert.

„Um vom besten Inspektor zu lernen, habe ich gleich Ihre Akte gelesen und Ihre brillanten Fälle studiert. Dabei bin ich auf den blauen BMW, den schwarzen Mercedes, den …"

„Ja, ja, schon gut, Arnold", unterbrach er seinen Assistenten schnell. „Du hättest es auch bei meinen brillanten Fälle belassen können, den Rest betrachte ich als Verbrauchsmaterial zur Fallaufklärung. Außerdem waren das Dienstfahrzeuge meiner Kollegen, bei meinem Auto lasse ich Vorsicht walten", grinste er zu ihm rüber. „Und nur einer der drei hatte einen Totalschaden, alles andere waren nur Beulen, um das klarzustellen!"

„Das würde ich auch nicht anders im Protokoll erwähnen", bestätigte Arnold mit gespieltem Ernst und schaute gleichzeitig nochmals auf das Navigationsgerät. „Da vorn sollte es sein, bei dieser Boutiquenstraße", fuhr er fort und zeigte mit der Hand leicht nach rechts auf den bereits geparkten Streifenwagen. Wobei geparkt etwas übertrieben war, denn es gab keine Parkplätze, da es sich um einen Altstadtteil handelte, traditionell mit Pflastersteinen und wenig Platz zwischen der einen und der anderen Straßenseite. Somit musste sich Inspektor von Halden hinter dem Polizeiauto und einem Betonpfosten hineinquetschen, wobei die Parksensoren andauernd darauf hinwiesen, dass nun gleich ein Aufprall bevorstünde, und dies mit einem penetranten Pfeifen meldeten. Aber mithilfe von Arnolds hilfreichen Handzeichen, der bereits in weiser Voraussicht aus dem Dienstfahrzeug ausgestiegen war, konnte der Skoda Rapid nach etlichen Lenkmanövern in der Parklücke versenkt werden.

Mit einem Ächzen stieg Inspektor von Halden aus und betrachtete die Szenerie. Es war eine typische, schmale Gasse, wie man sie aus Altstadtteilen kannte, eine Boutique reihte sich an die andere, ab und zu unterbrochen von kleinen Cafés und Imbissständen. Oberhalb der Läden waren meist Mietwohnungen oder Büros im Altbaustiel untergebracht für Menschen, die noch unisolierte Fenster als den Wohnstandard sahen und scheinbar Treppensteigen als ihr Fitness-Abo betrachteten, denn einen Lift gab es in den seltensten Fällen, nur schon aus Denkmalschutzgründen. Meist waren vier oder sechs Häuser aneinandergebaut, oft vier Stockwerke hoch, um ab und an von einer noch schmaleren Gasse getrennt zu werden, damit man vom einen Teil der Altstadt in den anderen kam.

Der Juwelier war in einem Eckhaus untergebracht, was ihm auf zwei Seiten Schaufenster bescherte und den möglichen Dieben zwei Angriffsflächen bot, wobei eines der Fenster zur Gasse hin nicht mehr transparent wirkte, da ein Pflasterstein in der Mitte steckte und die ganze Scheibe dadurch milchig geworden war. Das Äußere des Gebäudes wirkte alt und etwas heruntergekommen, was aber nicht an der Gesetzgebung lag, sondern wahrscheinlich eher daran, dass der Mieter nichts unternahm. Das Schild des Juweliers sah altbacken aus und das Metall war wohl schon länger nicht mehr poliert worden, sodass es stumpf wirkte. Die Eingangstür war eine dicke Eichentür, wie man sie noch aus der guten alten Zeit kannte und in solchen, ehemalig währschaften Gebäuden verbaut hatte. Der Versuch, eine solche Tür mit dem Fuß einzutreten oder mit der Schulter aufzusprengen, wurde zwangsläufig mit einem sofortigen Arztbesuch belohnt, gefolgt von wochenlangem Hinken oder dem Reiben der Schulter.

Das Schloss selbst hatte man natürlich der modernen Zeit angepasst, ansonsten hätte man die Tür genauso gut ausbauen können, denn die meisten Einbrecher hatten mittlerweile gutes Werkzeug dabei. Die Tür hatte deutliche Zugriffspuren in der Nähe des Schlosses sowie an weiteren

Sicherungspunkten entlang des Rahmens, welcher stark ab-gesplittert war, als man die Tür mit sehr viel Hingabe bear-beitet hatte. Wie genau, konnte er sich noch nicht erklären, er zweifelte aber daran, dass die Tür erfolgreich aufgebrochen worden war. Er konnte es kaum erwarten, den Juwe-lier kennenzulernen, nicht etwa aus heller Vorfreude, denn er konnte Juweliere nicht besonders gut leiden, aber weil er gespannt darauf war, was für einen Charakter er hier antref-fen würde.

„Hey, Arnold, wo willst du denn hin? Bist du denn mit den Arbeiten hier draußen schon fertig?", fragte er seinen Assistenten gespannt, während er mit seiner rechten Hand dessen Schulter ergriff, um ihn auszubremsen.

„Ich wollte gemäß Protokoll vorgehen und den Geschä-digten befragen, ist das nicht die normale Vorgehensweise, Herr Inspektor?", fragte Arnold etwas verwundert, wäh-rend er sich wieder zum Inspektor drehte.

„Doch, gemäß Protokoll schon, aber du bist ja hier, um etwas mehr zu lernen, als wir in den Büchern stehen haben, sonst hätten sie dich mir gar nicht zuweisen müssen", be-antwortete er die Frage gelassen und verschränkte die Arme vor der Brust.

„Das stimmt, Herr Inspektor, ich bin mit Ihnen hier, um von dem Besten zu lernen", Arnold zückte umgehend sein Smartphone aus der Jacke hervor und wartete begierig auf seine nächste Lektion.

„Deine Motivation gefällt mir, scheint noch nicht alle Hoffnung verloren zu sein", entgegnete er seinem Assis-tenten mit einem leicht spöttischen Unterton, während er weiter das Gebäude begutachtete.

„Das will ich schwer hoffen, denn die Ausbildung zum Inspektor war sozusagen ein All-in", grinste Arnold den In-spektor an und fing ebenfalls an, die Umgebung zu unter-suchen.

Er blickte in das Schaufenster hinein, um sich einen Überblick über die Auslage zu verschaffen. „Na, halb so wild, du hast ja noch zwei gesunde Hände", fuhr Inspektor von Halden fort, während er die wenigen Ringe und Halsketten genauer betrachtete.

„Selbstverständlich habe ich gesunde Hände, Herr Inspektor, gepflegt und sauber, alles andere wäre unhaltbar für die Uniform, die ich trage. Aber ich verstehe nicht, worauf wollen Sie hinaus?"

„Teller waschen wäre dein Plan B … Auch so kann man zum Millionär werden, oder so ähnlich", beantwortete er amüsiert die Frage seines Assistenten. „Und, Arnold, welche Einzelheiten sind dir aufgefallen? Oder möchtest du immer noch zuerst den Besitzer befragen?"

„Ich denke, an dem Punkt sind wir vorbei, danke, Herr Inspektor. Aber ich denke, dass das Geschäft nicht ganz so gut läuft, wie uns der Besitzer wahrscheinlich weismachen möchte", fing Arnold sein Plädoyer zu diesem Fall an und fuhr sogleich mit einem motivierten Unterton fort, wie ein Schüler, der gerade eine gute Lösung erarbeitet hatte.

„Das Gebäude sieht alt und ungepflegt aus, aber wichtiger ist die Auslage in den Schaufenstern, welche eher altbacken und karg wirkt. Man kann auch klar erkennen, dass einiges mehr an Schmuck früher dort ausgestellt wurde, denn die Kissen sind an gewissen Stellen noch immer stark eingedellt. Diese leeren Stellen wurden aber nie wieder mit neuen Stücken belegt", Arnold blickte von seinen Notizen hoch und schaute den Inspektor erwartungsvoll an, ob er die Indizien auch korrekt interpretiert hatte.

„Ausgezeichnet, Arnold, gut beobachtet. Nur eine Frage: Wie erkennst du, dass die Auslage schon länger nicht mehr ersetzt und nicht erst kürzlich gestohlen wurde? Meinst du, dieser Punkt könnte für diesen speziellen Fall von Bedeutung sein?", zwinkerte er seinem Assistenten zu und wartete mit einem leichten Schmunzeln im Gesicht auf dessen Antwort.

„Daran habe ich natürlich gedacht, Herr Inspektor!" Mit dem rechten Arm und offener Hand präsentierte er die Auslage lässig. „Die Dellen sind vom Sonnenlicht ausgeblichen, was bedeutet, dass diese Stellen länger nicht mehr mit einem Schmuckstück vor UV-Strahlung geschützt waren. Somit bin ich gespannt, was der Juwelier als vermisst melden wird." Arnold zeigte mit dem Finger auf diese Stellen, die wie beschrieben bleicher waren als an anderen Orten.

„Haargenau, du machst dich gut, Arnold. Da bin ich auch gespannt, was uns der nette Juwelier zu berichten hat", lobte er seinen Assistenten, wobei er in seiner Stimme nicht verbergen konnte, dass er, wie erwähnt, Juweliere nicht besonders leiden konnte.

„Danke, Herr Inspektor. Sollte ich über diesen Juwelier etwas Spezielles wissen oder mögen Sie diese Berufsgattung im Allgemeinen nicht?", hakte er beiläufig nach, während sie zur Tür schritten.

„Im mag sie im Allgemeinen nicht und ein inneres Gefühl sagt mir, dass ich diesen Herrn ganz besonders schlecht leiden werden kann." Er griff nach der Türklinke und überließ seinem Assistenten den Vortritt.

Das Innere des Geschäfts war nicht direkt düster, aber definitiv weniger ausgeleuchtet, als es in modernen Läden heutzutage eigentlich üblich war, aber zumindest sauber und gepflegt, bis auf die Unordnung, welche der Pflasterstein verursacht hatte. Eine kleine Tür hinter dem Tresen trennte den Laden wohl von der Werkstatt, wie er vermutete. Selbst die Kasse wirkte antiquiert, zwar elektronisch, aber mit alten grauen Tasten und die Kassenzettel, die produziert wurden, wie er anhand der weggeworfenen Fehlbelege beurteilen konnte, waren diese kurzen, kleinen Zettel mit verblasster blauer Schrift. Der ganze Boden war aus altem dunkelbraunem Parkett, der garantiert die letzten zehn Jahre weder eingeölt noch abgeschliffen worden war, sodass man erkennen konnte, dass die Stehschaukästen zeitweise an anderen Stellen gestanden hatten.

Der Juwelier war etwa Mitte fünfzig, ein groß gewachsen, dünner und bleicher Fisch mit randloser silberner Brille und streng zur Seite und glatt gekämmter Frisur aus den Sechzigern. Die braunen Haare waren definitiv billig nachgefärbt worden, denn man konnte die grauen Ansätze gut erkennen. Er hatte schwarze Lackschuhe an, eine dunkelblaue Anzughose, ein weißes Hemd und eine dazu passende dunkelblaue Weste, die scheinbar in der rechten Tasche eine goldene Taschenuhr beherbergte. Die Uhr selbst konnte man nicht sehen, aber die goldene Kette, welche elegant über der Weste hervorschimmerte, schon.

Die braunen Augen fixierten den bereits vor Ort stehenden Beamten mit einem herablassenden Blick, die Arme zu einer Denkerpose verschränkt, sodass die rechte Hand das Kinn stütze und die linke Hand dem rechten Ellenbogen Halt gab. Der dünne und pedantisch gepflegte Schnurrbart tat sein Übriges, um nur schon das Aussehen äußerst arrogant wirken zu lassen. Dieser Herr weckte den Eindruck, in der Zeit hängen geblieben zu sein, denn sowohl das Interieur wie auch die Beleuchtung schienen der Epoche von Thomas Edison entnommen worden zu sein, die Glühbirnen unterstrichen das Bild entsprechend.

Als der Juwelier die Schritte hörte, drehte er etwas genervt den Kopf und wandte sich Inspektor von Halden zu. „Guten Tag, ich nehme an, dass Sie der Inspektor sind. Schön, dass Sie es auch noch geschafft haben. Dann hoffe ich mal, dass Sie den Fall schneller lösen können als Ihr Kollege da", wobei er Arnold komplett ignorierte und sich nicht mal die Mühe machte, dem Inspektor die Hand zu geben. Der Beamte wirkte erleichtert, als er von Halden sah, grüßte ihn kurz und verschwand sofort nach draußen, ohne auch nur einen Blick zurückzuwerfen.

Na, das scheint ja ein gutes Omen zu sein, dachte sich von Halden. „Guten Tag. Herr Schindler, richtig? Das ist mein Assistent, Arnold Fritsch. Sie haben den Einbruch der Polizei gemeldet?", begann er die Vernehmung, während Arnold sein Notizgerät bereithielt und jetzt schon eine Miene verzog. Der Juwelier begrüßte Arnold noch immer nicht und beantwortete die Fragen des Inspektors mit einem überheblichen und leicht gelangweilten Unterton.

„Ja, der bin ich, und ja, das habe ich." Seine Augen fixierten den Inspektor weiterhin, die Antworten blieben kurz.

„Kurze Antworten, das gefällt mir. So können wir arbeiten. Um welche Zeit haben Sie den Einbruch bemerkt, und wann ist Ihnen der Diebstahl aufgefallen?", hakte er gleich nach, während er sein arrogantes Gegenüber ebenfalls fixierte und dabei absichtlich einen gelangweilten Ton anschlug, einfach, um Herr Schindler etwas zu provozieren. Arnold konnte sich ein kleines Grinsen nicht verkneifen und wartete ebenfalls scheinbar gelangweilt auf die Antwort, schaute aber mehr die Umgebung an und ignorierte den Juwelier. Dieser schien etwas irritiert ob der kuriosen Verhaltensweise, was ihn für ein paar Sekunden verunsicherte, bevor er sich wieder fassen konnte und etwas echauffiert eine Antwort gab. „Wie ich bereits Ihrem Kollegen erzählt habe, bin ich heute um halb neun erschienen. Normalerweise bin ich natürlich viel früher vor Ort, aber heute hatte ich noch einen wichtigen Termin, der …"

„Also um halb neun waren Sie da, um die Tür aufzuschließen", unterbrach Inspektor von Halden Herr Schindler abrupt. „Interessant … hmm … erzählen Sie weiter.

Bitte entschuldigen Sie die Unterbrechung", wobei er die Entschuldigung nicht wirklich ernst meinte.

„Ja, also, wie ich gerade erwähnte", begann der Juwelier sichtlich genervt, die Erzählung fortzusetzen, wobei er sich Mühe gab, den Anschein zu erwecken, als würde es ihn nicht treffen, „kam ich zur besagten Zeit an und entdeckte, dass die Tür aufgebrochen worden war. Da bin ich natürlich sofort rein, um …"

„Also, verzeihen Sie nochmals die kleine Unterbrechung, Sie sind, ohne zu zögern, in den Laden gestürmt?", unterbrach ihn von Halden, während er beobachten konnte, wie der Juwelier die Lippen zusammenpresste, bis sie langsam bleich wurden und seine Augen Giftpfeile verschossen. „Also, man könnte das auch als mutig bezeichnen oder wie konnten Sie sich sicher sein, dass der vermeintliche Einbrecher nicht mehr zugegen war?", schloss Inspektor von Halden seine Frage ab und wartete gebannt auf die Reaktion seines Gegenübers.

Arnold musste sich ein Lachen verkneifen und versteckte es hinter einem unterdrückten Husten. Der war gut, dachte er, wobei der Inspektor hier „mutig" als Synonym für dumm verwendete. Der Juwelier hielt sichtlich wütend inne, schaute den Inspektor an und blickte kurz zu Arnold rüber, um sich zu vergewissern, dass die Frage beendet war, und schien heftig darüber nachzudenken, was er als Nächstes sagen sollte. Denn er schien zu realisieren, dass er sich allenfalls in Widersprüche verstricken könnte und ein Strategiewechsel allenfalls nötig wäre.

„Nun ja, Herr Inspektor, als Juwelier hat man ein Auge für Details", fuhr er mit der gleichen, arroganten Strategie fort, weil er es wohl gewohnt war, die Mitmenschen so zu behandeln, „und ich konnte vor dem Eintreten erkennen, dass sich niemand mehr im Raum aufhielt. Die Werkstatttür nach hinten war zum Glück noch immer fest verschlossen, somit konnte sich ja niemand im zweiten Raum befinden", schloss er sein Plädoyer beinahe schon triumphierend ab und schaute wieder selbstgefällig in die Runde.

„Dass die Werkstatttür noch immer verschlossen war, konnten Sie aber erst feststellen, als Sie schon drinnen waren, denn durch die zerstörte Scheibe lässt sich das nicht erkennen und von der Eingangstür her haben Sie keinen Sichtkontakt", entgegnete Inspektor von Halden etwas gelangweilt, als würde er einem Unterstufenschüler etwas Selbstverständliches erklären. „Kommen wir nun zum Teil der möglicherweise entwendeten Wertsachen", fuhr er sofort fort, bevor der Juwelier die Gelegenheit hatte, seine Version zu seinen Gunsten aufzubessern.

„Das mit der Werkstatttür war natürlich wie folgt, Herr Inspektor", versuchte es Herr Schindler dennoch, denn dieser Typ schien definitiv mit dem Schiff untergehen zu wollen. Komme, was wolle.

„Verzeihung, aber, haben Sie die Täter zufällig gesehen?", platze es aus Inspektor von Halden hervor und er genoss innerlich, wie sein Gegenüber immer mehr den Geduldsfaden verlor.

„Nein, Herr Inspektor, das habe ich nicht, deshalb bin ich ja auch sofort …"

„Danke, Herr Schindler, den Rest haben Sie uns ja schon geschildert", unterbrach er den Juwelier sofort wieder, schaute in die Runde und blickte zu Arnold hinüber, der die Situation sichtlich genoss. „Arnold, mach schon mal die Aufnahmen für die Spurensicherung – von der Eingangstür, Werkstatttür und der, na ja, Auslage", wobei er das letzte Wort schleppend und achselzuckend aussprach, denn es gab ja nicht viele ausgestellte Schmuckstücke.

„Ja, Herr Inspektor, wird sofort erledigt." Pflichtbewusst drehte er sein elektronisches Notizbuch in der Hand, um es als Fotoapparat verwenden zu können, und fing an, die einzelnen Einbruchspuren penibel genau zu fotografieren.

„Wie Sie ja richtig erkennen konnten, besteht meine Auslage nur noch aus den Schmuckstücken, die ich noch im Safe hatte, denn der Rest wurde mir ja offensichtlich gestohlen", fuhr der Juwelier das Gespräch forsch und leicht entnervt fort.

„Gut, dann haben Sie ja bestimmt eine Liste sowie Fotos der fehlenden Schmuckstücke hier", entgegnete von Halden, wobei er ihn jetzt mit den Augen fixierte, da die nächste Frage ihn definitiv aus der Reserve locken sollte. „Noch eines, Herr Schindler", unterbrach er den Juwelier, als dieser in Richtung Tresen lief. Für einen kurzen Moment schien dieser erleichtert gewesen zu sein, doch nun konnte man dem Mann im Gesicht ablesen, dass er sehr angespannt war – wie ein Kind, das noch kurz daran geglaubt hatte, seine Lüge hätte funktioniert, aber nun doch noch ertappt werden würde.

„Ja, Herr Inspektor, was ist denn noch? Der Fall ist doch nicht so schwierig", entgegnete er dem Inspektor angriffslustig. Aber der Arme war schon in die sinnbildliche Bärenfalle getappt, er hatte es nur noch nicht realisiert. Arrogante Menschen waren sehr oft unsichere Zeitgenossen, die einen Angriff immer noch als die beste Verteidigung betrachteten, was in diesem Fall aber eher kontraproduktiv war. Denn Inspektor von Halden musste den Fall ja schließlich lösen und gegebenenfalls die Versicherung davon überzeugen, dass es sich tatsächlich um einen Einbruch gehandelt hatte, was einem natürlich schwerfiel, wenn man dauernd beleidigt wurde.

Im Hintergrund konnte er Arnold hören, wie er mit der Zentrale telefonierte. Das Gespräch war sehr kurz, was darauf schließen ließ, dass es sich um einen weiteren, kleinen

Fall handelte oder jemand von der Zentrale sie zurückrufen wollte – aus irgendwelchen Gründen. Ein neuer Auftrag wäre ihm am liebsten, dann müsste er sich nicht mehr mit dieser Farce von einem Juwelenraub abgeben, wobei er das Protokoll trotzdem noch würde schreiben müssen, außer, er würde es an seinen treuen Assistenten delegieren.

„Könnten Sie mir noch kurz erklären, weshalb Sie offensichtlich alten Schmuck unmittelbar nach einem Raubüberfall wieder in die Auslage legen, bevor die Spurensicherung die Einbruchsszenerie untersuchen konnte? Sie werden das Geschäft heute kaum öffnen können, solange wir noch daran arbeiten müssen, oder?"

Er konnte beobachten, wie es dem Juwelier sichtlich mulmig wurde und das Blut langsam, aber stetig aus seinem Gesicht floss und ihn erbleichen ließ. Er konnte förmlich an den Gesichtsverformungen erkennen, dass Herr Schindler fieberhaft nachdachte, was er als Antwort geben könnte. Mehrmals öffnete er den Kiefer, als ob er kurz einen klaren Gedanken fassen wollte, um dann doch das Sprechen abzubrechen und sich eine bessere Antwort zu überlegen.

„Herr Inspektor, also, wissen Sie, das war so", begann er verunsichert, eine weitere Schilderung zum Besten zu geben, schien aber sofort wieder innezuhalten, als wäre ihm der gedankliche Faden gerissen und er müsste die gesamte Geschichte von vorn berechnen.

„Herr Inspektor", wandte sich Arnold ihm zu, das Mobiltelefon wieder zum Notizblock umfunktioniert.

„Ja, Arnold, was gibt's?"

Von Halden löste den Blick vom Juwelier und drehte sich zu Arnold.

„Es war die Zentrale. Wenn wir hier fertig sind, dann haben wir ganz in der Nähe noch was Dringendes zu tun."

„Gut, danke dir, Arnold. Also, Herr Schindler, ich denke, wir wissen beide, wohin diese Sache führen wird. Sie können es sich einfach machen und gleich im Revier die Sache richtigstellen oder den steinigen Weg gehen, welcher aber kein besseres Ende verspricht", entgegnete er dem inzwischen kreidebleichen Juwelier trocken und drehte sich zur Tür.

„Herr Inspektor, ich verstehe nicht, was passiert nun?" Etwas nervös berührte der Juwelier den Oberarm von Inspektor von Halden, als wolle er ihn zurückzuhalten und die Sache zu einem anderen Ende führen, wobei er dies mit leicht zittrigen Händen tat.

„Wir sind hier fertig, Arnold", sagte von Halden, wobei er den Juwelier komplett ignorierte und einfach aus dem Geschäft hinaustrat, wo er mit einer leichten Genugtuung einen tiefen Atemzug nahm und zum Auto schritt.

8
Nacht und Nebel

Den perfekten Plan wird es nie geben, davon war Stefan schon immer überzeugt gewesen, denn man konnte einfach nicht alles berücksichtigen, was möglicherweise einen Einfluss auf die Ausführung einer Tätigkeit hatte.

Klar, wenn alles wie am Schnürchen lief, jedes Timing eingehalten wurde und alle Beteiligten in ihren Aktionen erfolgreich waren, dann – im Nachhinein – erzählte man mit geschwellter Brust, wie dank perfekter Planung alles so wunderbar geklappt hatte. Das fand er an so manchen Spielfilmen zwar unterhaltsam, aber ziemlich unrealistisch, wie etwa diesen peniblen Uhrenabgleich oder die sorgfältige Ausführung der Pläne mit etwa sechs oder noch mehr Personen. Und meistens, bis auf kleinere Problemchen, welche die Probanden dann doch irgendwie spontan zu lösen wussten, gelang alles perfekt. Nein, das war in der Realität niemals so, das hatte er in seinem Leben schon oft genug erlebt und früh begriffen, dass es keine perfekten Pläne gab, sondern nur sehr gute, welche auch ein bis zwei Fehler tolerierten, und am Schluss wurde sowieso die Hälfte improvisiert, weil eine Tür doch besser verschlossen war als geplant oder sonst was schieflief, denn nicht nur Menschen machten Fehler, auch die Ausrüstung konnte mal unerwartet versagen.

Er schaute kurz auf seine Uhr, es war knapp nach Mitternacht, also technisch betrachtet schon wieder Montag, in wenigen Stunden würden die ersten Menschen wieder arbeiten gehen, bis dahin mussten sie mit der ganzen Sache fertig sein. Er hatte absichtlich Sonntagnacht respektive Montagmorgen für die Ausführung ihres Planes ausgesucht, denn um diese Zeit waren am wenigsten Leute auf den Straßen, ideal, um unerkannt und unbemerkt einen Geldautomaten zu stehlen, also dessen Inhalt, der Automat selbst war ja eher uninteressant und verdammt schwer. Er ging zum Fenster hinüber und schaute in die Dunkelheit hinaus, hinüber, wo der Parkplatz ungefähr sein musste, denn die Sicht war wegen des dichten Nebels stark eingeschränkt, was aber für ihr nächtliches Vorhaben hervorragend war.

Nur die beißende Kälte hätte nicht unbedingt sein müssen, zudem war draußen alles klitschnass, da es den ganzen Nachmittag bis vor Kurzem immer wieder leicht geregnet hatte. Er konnte schemenhaft die geparkten Autos der Anwohner erkennen, welche kläglich von der alten Straßenlaterne beleuchtet wurden, gerade genug, um den vor Nässe glänzenden Lack ab und zu erkennen zu können. Bei diesem Wetter würden um diese Uhrzeit nur wenige Leute in der Stadt unterwegs sein. Da er ansonsten nichts Weiteres erkennen konnte, schob er den Vorhang wieder zurück und schlich durch die abgedunkelte Wohnung zur Küche. Dort goss er den fertig gebrauten Kaffee in eine alte Tasse und stellte das Gebräu auf den Seitentisch des Sofas, nachdem er noch rasch zwei Würfelzucker hatte hineinfallen lassen.

Seine Augen hatten sich schon ein wenig an das dämmrige Licht gewöhnt, sodass er ohne Schwierigkeiten die ausgelegten Sachen auf dem Sofa nochmals durchgehen und so sicherstellen konnte, dass er nichts vergessen hatte, bevor ihn die anderen in wenigen Minuten abholen würden. Er hatte sich für ein komplett dunkles Outfit entschieden, schwarze Trekkingschuhe, schwarze Jeans und eine schwarze Winterjacke. Ein Paar dünne Lederhandschuhe sowie eine Baumwollmütze, ebenfalls in Schwarz, komplettierten das vielleicht nicht unauffälligste, aber definitiv funktionellste Outfit. Er hatte sich entschlossen, alles schon anzuziehen, nicht etwa, weil er Angst hatte, er würde nicht rechtzeitig bereit sein, sondern weil er aus Spargründen die Wohnung generell eher schwach beheizte und für die Nacht die Heizung meist ganz abstellte. Da er im Erdgeschoss wohnte, gab es keine darunterliegende Wohnung, die ihm Wärme spenden konnte. Somit kam er nicht wirklich ins Schwitzen, selbst in dieser Vollmontur nicht. Er hob die Tasse an, blies ein wenig Luft darüber und nahm einen vorsichtigen Schluck daraus, während er die Werkzeuge, welche er mitnehmen wollte, nochmals durchging. Es war nicht viel, das Nötigste für alle Fälle – eine starke Akkubohrmaschine mit Metallaufsatz, diverse Schraubenzieher, ein Hammer und ein kleines Stemmeisen. Er ging in die Hocke und packte alles sorgsam in seinen schwarzen Rucksack, nachdem er zwei weitere Schlucke Kaffee getrunken und die Tasse abgestellt hatte. Zusätzlich hatte er noch ein starkes Seil, ein paar Kabelbinder sowie eine Taschenlampe bereitgestellt, welche er ebenfalls einpackte, die Lampe in ein Seitenfach, um schnellen Zugriff zu haben. Dabei ging er den Plan nochmals geistig durch.

Der erste Schritt beschrieb in etwa die Art und Weise, wie die Truppe zum besagten Geldautomaten gelangen würde, was per Auto geschehen würde, denn die öffentlichen Verkehrsmittel kamen aus verschiedenen, leicht verständlichen Gründen nicht infrage. Das Problem hatte darin bestanden, zunächst eines zu finden, denn er hatte keines und das Auto von Christoph hatte eben erst den Geist aufgegeben, des Weiteren konnten sich weder James noch Anna ein Fahrzeug leisten, also woher eines bekommen? Hierfür musste er wieder einmal seine Kontakte spielen lassen und hatte deshalb Stephan angerufen, seinen alten Kumpanen und jetzigen Vorgesetzten von Anna. Er konnte sich an das Gespräch vor drei Tagen noch genau erinnern.

Es hatte in der Leitung geknackt, und ein fröhliches und gut gelauntes „Grüß dich, du alter Haudegen, was brauchst du denn diesmal?" war Stefan aus seinem billigen Smartphone entgegengekommen, als sein alter Kumpel „Stephan mit ph" den Anruf entgegengenommen hatte.

„Ja, auch dir ein herzliches Hallo. Man darf ja auch mal anrufen, ohne was zu wollen, nicht?", entgegnete er seinem Kumpel schmunzelnd und fuhr gleich fort: „ Schließlich muss ich hin und wieder prüfen, ob du auch arbeitest, sonst wird meine Altersrente ja noch kleiner."

„Noch kleiner? Ist das überhaupt möglich? Wollen die dir etwa deine Essensmarken wegnehmen?", kam prompt die zynische Antwort vom Immobilienverwaltungschef. Beide fingen an zu lachen.

„Na, was kann ich für einen sprichwörtlich alten Mann tun?", fragte Stephan schmunzelnd, aber herzlich gemeint.

„Wenn du mir einen Gefallen tun könntest...", antworte Stefan langsam, aber bestimmt.

„Ja, das Gefühl kenne ich.", Stephan legte eine kurze Pause ein und fuhr fort: „Gern, womit kann ich dir helfen, Stefan? Was immer du brauchst, ich helfe dir gern, das weißt du ja."

„Ich brauche ein Auto fürs Wochenende. Du kriegst den Wagen gleich am Montagmorgen zurück. Hast du vielleicht einen Geschäftswagen ‚rumliegen'?", fragte er seinen Kumpel freundlich.

„Ja, das lässt sich einrichten. Wozu brauchst du den Wagen?", fragte er neugierig nach, wobei er aber Stefan keine Zeit zum Antworten ließ und gleich weiterschwatzte. „Vergiss es, brauch ich nicht zu wissen. Bring ihn einfach in einem Stück zurück, der Tank braucht nicht voll zu sein, geht aufs Haus!", lachte er gutmütig.

„Ich würde dich nicht um diesen Gefallen bitten, wenn ich den Wagen nicht wirklich brauchen würde, das weißt du ja", sprach er mit einer etwas ernsteren Stimme ins Telefon. „Du kriegst ihn unbeschadet und voll getankt zurück, das verspreche ich dir, bei meiner Ehre", fügte er noch hinzu.

„Ist bei dir alles in Ordnung, Stefan?", fragte Stephan besorgt nach. „Du weißt ja, du kannst jederzeit bei mir vorbeikommen, wenn du Hilfe brauchst. Das schulde ich dir!", fügte er ernst hinzu.

„Ach was, du schuldest mir gar nichts, woher denn?", entgegnete Stefan hastig.

„Doch, das tue ich. Was du für mich damals getan hast, werde ich niemals vergessen", unterbrach sein Kumpel ihn rasch und fuhr ruhig fort, „ich kenne dich, du führst wieder was im Schilde. Du brauchst mir nicht zu sagen, was du tust, nur, was du brauchst, okay?", fragte er besorgt nach.

„Es wird alles gut gehen, wie immer", antwortete Stefan.

„Ich weiß, aber tu mir einen Gefallen und pass auf dich auf, gell?", beschwor ihn Stephan und fügte hinzu: „Wonach auch immer du fischen magst, Petri heil!"

„Das mache ich, keine Sorge, bin ja nicht erst seit gestern auf der Welt", witzelte er. „Anna wird das Auto am Freitag mit ins Wochenende nehmen, ich werde ihr noch Bescheid geben", fuhr er fort.

„Kein Problem, werde alles bereitstellen. Sehen wir uns nächste Woche wieder mal im Café?", fragte Stephan noch kurz.

„Klingt gut, übliche Zeit, üblicher Tag?", entgegnete Stefan.

„Machen wir so, also mach's gut. Tschüss, Stefan."

„Danke, du auch und bis nächste Woche", schloss er das Gespräch.

Das mit dem Auto hatte er also geklärt, wobei er Anna noch hatte überzeugen müssen, dass sie nichts zu befürchten hatte, denn er kannte ihren Chef ja sehr gut und dieser wisse gar nicht, was sie vorhatten, zumindest nichts Konkretes, denn er wusste ja schon, dass irgendetwas lief, aber das hatte er ihr nicht mitgeteilt. Auf dem Weg hierher würde sie dann noch James aufgabeln, der unauffällig an einer Straßenkreuzung wartete. Nachdem sie auch noch ihn und Christoph abgeholt hätten, würde es dann direkt zum Zielobjekt in der Altstadt gehen, gleich bei einer Baustelle.

Ihm fiel gerade wieder ein, dass er Markus wieder einmal anrufen sollte, aber bei all diesem Planungsstress hatte er es einfach kurzzeitig wieder vergessen. Er hoffte inständig, dass es ihm gut ging und sie bald wieder Zeit füreinander finden würden. Vielleicht sollte er ihn jetzt kurz anrufen, bevor sie dieses Ding drehten. Aber er verwarf den Gedanken sofort wieder, denn er war sich nicht sicher, in welcher Zeitzone sich Markus gerade aufhielt und wollte es vermeiden, sich erklären zu müssen, weshalb er um diese Uhrzeit telefonierte.

Plötzlich klopfte es leise an seiner Tür und unterbrach ihn abrupt in seinen Gedanken. Er verschloss den Rucksack, legte diesen auf das mittlerweile leer geräumte Sofa und schlich zur Eingangstür. Er blickte vorsichtig durch den Türspion, was eigentlich überflüssig war, denn er erwartete um diese Zeit ja nur eine Person, und trotzdem erschrak er ein wenig, als er einen zweiten kleinen Schatten hinter Christoph ausmachen konnte.

„Was zum …", murmelte er vor sich hin, öffnete die Tür und ließ Christoph und zu seiner Überraschung auch Maria herein, die ebenfalls Teil der Truppe zu sein schien. Vorsichtig schloss er die Tür hinter ihnen wieder und wandte sich mit fragendem Blick Christoph zu.

„Hallo, Stefan", flüsterte Christoph, „ich wollte dir noch Bescheid geben, dass es ein Problem gibt und ich deshalb für heute absagen muss", fuhr er leise fort.

„Nein, sag bloß", entgegnete er sarkastisch, „und über welches Problem wollen wir zuerst reden?", wobei er anfing, Christoph von Kopf bis Fuß genau zu mustern, und dabei ganz leicht den Kopf schüttelte.

„Wie meinst du das?", flüsterte Christoph fragend.

„Wieso flüsterst du überhaupt? Außer uns ist doch niemand hier", entgegnete er ihm mit einem etwas genervten Unterton und fuhr gleich fort: „Aber sprechen wir zuerst über den Elefanten im Raum, wieso bist du kleiner Schatz hier? Solltest du nicht im Bett liegen?" Er sprach zwar freundlich zu Maria, die ihn mit einem kleinen, süßen Lächeln etwas verlegen anschaute, die Frage war aber eindeutig an Christoph gerichtet. Sie hatte sich wohl hastig etwas angezogen, denn das Ensemble schien etwas weniger gut zusammenzupassen als sonst. Unter ihrer dunkelblauen Jeans konnte er noch die helle Pyjamahosen erkennen, welche an den Enden über die kleinen weißen Turnschuhe schwappte. Das hellblaue Eisprinzessinnen-T-Shirt lugte unter dem dunkelgrünen Kapuzenpulli hervor, der wiederum von der offen getragenen, pinken und gut gefütterte Winterjacke ummantelt war. Die weiße Bommelmütze komplettierte das gewagte, aber insgesamt für die Witterung doch knapp funktionelle Outfit.

„Es tut mir leid, Sie sollte ja eigentlich im Bett sein, aber …" Christoph wollte den Satz zu Ende sprechen, aber da unterbrach ihn Stefan wieder.

„Ja, sollte, aber sie steht hier, und was hast du überhaupt an? Wir gehen nicht Tennis spielen!" Mit seiner linken Hand zeigte er demonstrativ auf die schwarze Adidas-Trainingshose, das dunkelblaue Nike-Sportleibchen und die Joggingschuhe mit weißer Sohle, welche zu allem Überfluss auch noch leuchtend neongrüne Elemente beinhalteten. Eine dunkle gefütterte Winterjacke hatte er mit der linken Hand über die Schulter gehängt.

„Du hast ja gesagt, funktionelle Kleidung", entgegnete er ihm. „Und, na ja, Marias Krankheit hat wieder zugeschlagen und ich konnte in dieser kurzen Zeit niemanden finden, der auf sie aufpassen würde, ich möchte sie nicht allein lassen, wegen der Medikamente und so, verstehst du?", erklärte er hastig und mit nach Verständnis suchenden Augen, während er seinen Arm um Maria legte.

Stefan wandte sich sorgenvoll Maria zu und fragte: „Geht es dir heute nicht so gut, armes Kind?"

„Nein, heute ist mir nicht so gut", murmelte sie verlegen, während sie ihre Hände hinter ihrem Rücken versteckte. „Aber ihr braucht nicht auf euren Pokerabend zu verzichten, ich kann ja in der Nähe sitzen und Papa gibt mir dann ab und zu die Medikamente." Sie riss ihre Hände plötzlich nach vorn zu ihrem Mund, als ein heftiger Hustenanfall sie packte.

Stefan starrte zuerst Maria und dann Christoph verdattert an. „Poker-Abend?" Er strich sich mit der rechten Hand über das Kinn und legte eine kurze Denkpause ein. „Wir brauchen vier Leute, sonst wird es noch schwieriger, das Ding durchzuspielen, und außerdem werden die anderen jeden Moment dazu stoßen", redete er vor sich hin, als könne er so besser nachdenken. „Na ja, dann kommt sie halt mit, ein wenig frische Luft tut sicher gut", schloss er seinen Gedankengang.

„Spinnst du?", schoss es aus Christoph heraus. „Wir können sie doch nicht mitnehmen!", entgegnete er Stefan in einem empörten Tonfall.

„Wieso denn nicht, Papa, ich kann auch Karten spielen und bin sogar besser als du im Poker", grinste sie selbstsicher in die Runde.

„Wir spielen aber nicht Karten, mein Schatz. Du kannst nicht mitkommen, Punkt!", sprach Christoph in einem ernsten Tonfall mit seiner Tochter.

„Sie spielt besser als du, echt jetzt?", grinste Stefan und wandte sich kurz Maria zu. „Wir spielen heute keine Karten, aber wir machen einen kleinen Ausflug in die Stadt, wie wäre das?", fragte er Maria in einem großväterlichen Ton.

Bevor Maria antworten konnte, kam ein bestimmtes „Nein, sicher nicht" aus Christophs Ecke.

„Ach, was soll denn schon passieren?", beruhigte ihn Stefan. „Du wirst den Wagen anstatt Anna lenken und bleibst dann mit Maria drinnen, bis wir fertig sind. Sollte jemand vorbeischauen, kannst du ja einfach losfahren, als wäre nichts", fuhr er erklärend fort. „Und im Auto ist es schön warm und ihr hört ein bisschen Musik und das war's", fügte er noch rasch hinzu.

„Ich weiß nicht, wollen wir die ganze Sache nicht auf ein anderes Mal verschieben? Ich habe irgendwie ein schlechtes Gefühl", entgegnete Christoph scheinbar am gesamten Plan zweifelnd.

„Natürlich hast du ein schlechtes Gefühl, es ist spät abends und du bist nervös, das ist normal. Aber besser als heute werden wir es nicht haben", erklärte Stefan rasch. „Es ist neblig und kühl, also wer ist schon da draußen, außer uns?"

„Ja, das stimmt schon. Aber ich will nicht, das ihr was zustößt", erklärte er sorgenvoll.

„Mir passiert schon nichts, Papa, ich kann auf mich aufpassen", sagte sie mit sanfter Stimme und fing wieder an zu husten.

„Aber du hast morgen Schule und wenn du mitkommst, wirst du todmüde sein, mein Schatz", entgegnete Christoph.

„Ich bin krank, Papa, ich muss nicht zur Schule, wenn ich nicht will … Und du kannst dann auch ausschlafen", erklärte sie mit einem leicht frechen Unterton. „Komm schon, Papa, ich kann nicht schlafen, lass uns was machen!" Sie schaute ihren Vater mit großen Kulleraugen an und wippte leicht hin und her.

Sie konnten die Lage nicht fertig ausdiskutieren, da plötzlich ein Paar Scheinwerferlichter vom Parkplatz in die Wohnung leuchteten und kurz ein unheimliches Licht hervorzauberten, welches gespenstisch wirkte, bis der Fahrer den Motor ausgeschaltet hatte. Sekunden darauf vibrierte Stefans Smartphone in seiner Hosentasche, worauf er es ergriff und die Nachricht „Sind draußen, James" las. Scheinbar hatte Anna James doch schon auf dem Weg abgeholt, wieder eine Änderung des Planes, dachte er sich. Aber was beklagte er sich schon. Es kam ja genau so, wie er es vorhergesehen hatte, nämlich, dass sich Pläne nun mal laufend änderten.

„Okay, ihr Lieben, es geht los!" Stefan steckte das Mobiltelefon zurück in die Hosentasche, eilte schnellen Schrittes auf das Sofa zu und schulterte seinen Rucksack.

Maria saß hinten in der Mitte, eingeklemmt zwischen Stefan und Anna, was sie aber nicht daran hinderte, als Einzige fröhlich vor sich hinzusummen und im Rhythmus mit ihren Beinchen im Takt zu schwingen. Sie war auch das einzige Mitglied dieser recht durchmischten Einheit, welches im Ernstfall nicht in den Knast müsste, weshalb die anderen Mitglieder relativ still und nervös die Autofahrt über sich ergehen ließen. Sein langjähriger Freund Stephan hatte ihnen kein schlechtes Auto zur Verfügung gestellt, weshalb er auch ein wenig beunruhigt über den finalen Zustand der Karre war, wenn sie das alles hinter sich hatten.

Der weiße Skoda-Octavia-Kombiwagen war keine drei Jahre alt und mit viel Komfort ausgestattet, schwarzes Interieur und Ledersitze, was ein luxuriöses Ambiente hervorbrachte. Der Nachteil war allerdings, dass der Firmenname in knallroten Lettern auf beiden Seiten des Autos prangte, was den Plan der Unauffälligkeit zunichtemachte, aber hoffentlich würde das der Nebel ein wenig wettmachen. Zwischendurch musste Maria immer wieder heftig husten, auch wegen der Heizung im Auto, welche die Luft unheimlich schnell austrocknete, weshalb Christoph ihm mal kurz Anweisungen gab, welche Medikament sie jetzt einnehmen müsste. Nützlich, dass es Tabletten waren, so war die Einnahme während der Autofahrt kein großes Problem. Um die Zeit der Wirkung zu überbrücken, hatte er ihr noch ein paar Lutschtabletten gegeben, die ein wenig Linderung brachten.

Christoph fuhr langsam durch die Stadt, sichtlich angespannt und hoch konzentriert, da die Sichtverhältnisse wirklich prekär waren. Anna lächelte immer wieder nervös in die Runde und schaute dann wieder aus dem Fenster, in der Hoffnung, die Fahrt würde bald ein Ende nehmen und sie könnten die Sache endlich hinter sich bringen. Sie war wie immer gut gekleidet, diesmal sportlich elegant mit dunklen Trekkingschuhen, schwarzen, engen Wintersporthosen sowie einer wasserdichten und windstoppenden dunkelgrauen Jacke mit Kapuze. Die hellgraue Mütze hatte sie vor der Abfahrt abgestreift und in der Jackentasche verstaut, genauso wie ihre dünnen schwarzen Fleece-Handschuhe. Die Haare hatte sie zu einem sportlichen Pferdeschwanz zusammengebunden, die Augen dezent, aber gekonnt geschminkt und die Lippen mit einem dunklen, roten Lippenstift angemalt. Zum Glück war sie als Wachposten engagiert und somit bestand fast keine Gefahr, dass sie schmutzig oder verschwitzt sein würde.

James hingegen war gekleidet, wie man sich einen Kriminellen auch vorstellen würde, also genau das Gegenteil davon, was sie darstellen wollten. Er war komplett in Schwarz gekleidet, von der Cargohose über den Kapuzenpulli bis zur Lederjacke, selbst die Mütze war schwarz und aus Baumwolle, schlicht gehalten. Hinzu kamen schwarze Lederhandschuhe, wie man sie üblicherweise für Einbrüche und Diebstähle verwendete, da sie robust waren und keine Fingerabdrücke hinterließen. Stefan schaute nochmals auf die Uhr, die leuchtenden Ziffernblätter zeigten kurz vor halb eins Uhr morgens an, sie waren perfekt in der Zeit und in der Tat, Christoph hielt an und schaute zurück.

„Hey, Stefan, ich glaube wir sind da, ist das der richtige Ort?", fragte er ihn aufgeregt.

Stefan schaute nach vorn durch die Windschutzscheibe und erkannte das umhüllte Gebäude, welches gerade umgebaut wurde, und beantwortete Christophs Frage: „Ja, das dort ist es, fahr zur Mulde und stell den Wagen gleich daneben." Er zeigte mit dem Finger auf die schon mit viel Schutt gefüllte Baustellenmulde, welche gleich neben dem Gebäude stationiert war. Er drehte den Wagen nach links und fuhr vorsichtig rückwärts neben die Mulde auf die Baustelle, sodass unglücklicherweise nur auf der Fahrerseite die Türen geöffnet werden konnten. Christoph wollte gerade den Fehler korrigieren, da klopfte Stefan kurz an seine Schulter und winkte ab. „Lass es, passt schon. Wir kommen auch so raus, lasst uns keine Zeit verlieren!" Er öffnete die Tür, stieg mit einem Ächzen aus und streckte seine rechte Hand aus, um zuerst Maria und dann Anna hinaus zu helfen. Christoph musste natürlich auch kurz aussteigen, damit James sich mühsam vom Beifahrersitz rüber auf den Fahrersitz hieven konnte und da er nicht gerade schmächtig war, konnte man seine Mühe sehen. Zum Glück hatte der Wagen ein Automatikgetriebe, sodass James zunächst seine

Beine auf die andere Seite legen konnte, um sich mit der linken Hand auf den Sitz des Fahrers stützen und mit der Rechten am Steuerrad ziehend rüber wuchten zu können.

Plötzlich ertönte ein lautes Hupen, das alle zu Tode erschreckte und James laut fluchen ließ. Er war vom Steuerrad beim letzten Kraftakt ausgerutscht und mit dem Arm an die Hupe geknallt. Mit einem letzten Ächzen schwang er sich aus dem Auto und lauschte wie die anderen in die Nacht hinein, in der Hoffnung, dass niemand nach dem Rechten sehen würde. Nach einem Moment schien der Schrecken wieder aus den Gliedern gefahren zu sein und alle schauten sich fragend und zugleich etwas erleichtert an, nur Stefan stand mit verschränkten Armen da, den rechten Fußballen auf- und ab wippend, und starrte James mit einem leichten Kopfschütteln an.

„Okay", begann Stefan leise und schaute in die Runde. „Maria, du kletterst am besten wieder ins Auto auf den Beifahrersitz, sonst erkältest du dich noch, dein Papa steigt auch gleich wieder ein", fuhr er fort und wartete, bis sie hastig ins Auto gehüpft war und auf dem Beifahrersitz Platz genommen hatte, diesmal, ohne die Hupe zu aktivieren. „Christoph, du steigst am besten auch gleich wieder ein und hältst von hier aus Ausschau. Wenn jemand in unsere Richtung gehen würde, sende mir einfach eine Kurznachricht. Mein Handy ist auf Vibration eingestellt, dann spüre ich, dass etwas nicht stimmt", wies er ihn an. Christoph nickte ihm zu und hakte kurz nach: „Was meinst du, wie lange ihr etwa brauchen werdet, damit ich weiß, ab wann ich mir Sorgen machen muss?"

„Wir sollten in etwa zwanzig Minuten fertig sein. Der Automat liegt am Ende dieses Gebäudes", beantwortete er rasch die Frage und wandte sich Anna zu, die leicht zitternd gebannt zuhörte und darauf wartete, dass sie ihren Teil zugeordnet bekam. Christoph stieg mittlerweile ins Auto und schloss die Tür zum Glück leise, sodass man nur ein schwaches Klacken wahrnehmen konnte.

„Anna, du kommst dann mit uns mit und läufst noch ein paar Meter weiter, sodass du die Kreuzung vorn im Blick hast. Am besten, du hast dein Mobiltelefon schon in der Hand. Tu einfach so, als würdest du dich mit deinem Smartphone beschäftigen, mit diesen Nachrichten Apps oder so, das fällt bei dir nicht auf", erklärte er ihren Part.

„Okay, Stefan, alles klar." Sie nickte zustimmend und griff mit ihren zittrigen Händen sogleich nach ihrem Smartphone. Stefan schulterte seinen Rucksack, den er bis jetzt vor seinen Füßen abgestellt hatte, und winkte James zu, sodass sie zu dritt auf dem Gehsteig dem Gebäude entgegenschlenderten. Er mit selbstsicheren Schritten, James etwas unsicher, immer wieder über seine Schultern blickend, und Anna vor Nervosität zitternd, denn ihre Kleidung und das Adrenalin waren ausreichend, um nicht zu frieren.

Sie mussten sich den Gehsteig mit dem sich in die Höhe streckenden Baugerüst teilen, dessen Stützpfeiler diesen von der Mauer zur Straße halbierten. Das Stahlskelett umwickelte das gesamte Gebäude bis ganz nach oben über das Dach, was man in der Nacht bei der Witterung allerdings nicht erkennen, sondern nur erahnen konnte. Stefan wusste es nur, weil er wie jeder anständige und professionelle Dieb die Umgebung schon einmal aufgesucht hatte, um das Ziel zu überprüfen und auf allfällige Schwierigkeiten vorbereitet zu sein. Das Gerüst war größtenteils von außen mit einer dunkelgrauen Staubschutzhülle versehen, die im leichten Wind wie eine Fahne Falten zeigte und das alte, sanierungsbedürftige Gebäude noch gespenstischer erscheinen ließ. Die gelb leuchtenden Baustellenlampen säumten den Gehsteig und warnten Fußgänger wie Radfahrer vor den Gerüstteilen, damit sich niemand daran verletzte, und tauchten den Weg in ein unheimliches Licht. Das Geschäftsgebäude befand sich am äußeren Teil der Altstadt, wo die Straßen noch einigermaßen breit und passierbar waren für Lastwagen und anderes schweres Gerät. Gleich bei ihrem Parkplatz fing die richtige Altstadt an, mit ihren engen Gassen und schmalen Wegen. Es gab zwei Mulden auf dieser Baustelle, die eine, bei welcher der Wagen jetzt stand, die hauptsächlich Ziegel und Isolationstücke des Daches auffing, und eine zweite am anderen Ende, an der auch der Geldautomat zu finden war, die mit einem dieser langen, trichterförmigen, orangen Rohre verbunden war, welche bis ins oberste Stockwerk reichte.

Obwohl es ein ziemlich großes Gebäude war, mussten sie nicht weit laufen, um den in die Mauer verbauten Geldautomaten zu erreichen, weit genug aber, sodass sie Christoph und das Auto durch den Nebel nicht mehr erkennen konnten. Stefan und James blieben stehen, während Anna ihnen zunickte und noch bis zur Straßenkreuzung weiterging, sodass sie gerade noch zu erkennen war. Sie lehnte sich elegant an einen Laternenpfahl und hielt das Mobiltelefon bereit, während sie die Gegend unauffällig beobachtete.

James und Stefan schauten sich den Geldautomaten etwas verdattert an, der zwischen den provisorischen Spanplatten in der Wand befestigt zu sein schien. Der Bildschirm war schwarz und leblos, darauf klebte ein weißer Zettel mit der Aufschrift „Außer Betrieb" und einer Seriennummer darunter.

„Wieso starrst du denn so fest nach draußen, Papa?", fragte Maria mit liebevoller Stimme, während sie ab und zu hustete und der leisen Musik des Radios lauschte, es liefen gerade rockige Lieder der Siebziger.

„Ich muss schauen, dass niemand kommt, was aber bei diesem Nebel echt schwer ist, mein Schatz. Komm, hilf mir, nach Leuten Ausschau zu halten", entgegnete er seiner Tochter mit sanfter und leicht müder Stimme. Maria berührte vorsichtig den Oberarm ihres Vaters und schaute an ihm vorbei aus dem Auto hinaus. „Stefan scheint der Ruhigste von allen zu sein und hat sicher Erfahrung in solchen Dingen, denen passiert schon nichts", erwiderte seine Tochter, ohne mit den Wimpern zu zucken.

„Wie meinst du das, Maria, was weißt du denn über unseren heutigen Abend?", hakte er beunruhigt nach und schaute seine Tochter verunsichert an.

„Nicht viel, aber ich denke, dass ihr was klauen geht, weil wir Geld brauchen", erwiderte sie verständnisvoll und lehnte ihren Kopf zärtlich an seinen Arm an.

Verdattert starrte er ihren kleinen Kopf an. „Woher weißt du das? Hat dir Stefan was erzählt? Dem werde ich …", fing er erzürnt und zugleich erschrocken an.

„Nein, nein", beruhigt sie ihn, „er hat mir nichts gesagt. Ich habe ihn nur gefragt, ob ihr was klauen geht und er hat mich nur angegrinst. Außerdem sind wir um diese Zeit unterwegs und wollen, dass uns niemand sieht. Ich kann es mir denken, Papa." Sie lächelte ihn an.

„Weißt du", begann er langsam, „ich tue so was wirklich nicht gern, weil ich ein anständiger Mensch bin. Und ich möchte, dass du verstehst, dass man solche Sachen normalerweise nicht tut." Er schwieg kurz und überlegte, wie er denn rechtfertigen sollte, dass sie gerade zu Dieben wurden. Er wollte nicht, dass seine Tochter so aufwuchs, sie sollte unschuldig die Kindheit erleben, weit weg von Elend, Misstrauen und Verbrechen. Aber seine Situation und die der anderen hatten sie hilflos gemacht, sie gerade dazu getrieben, das Zepter selbst in die Hand zu nehmen, wenn schon die Gesellschaft nichts unternehmen wollte.

„Du musst verstehen, dass ich keine Wahl habe. Wir brauchen das Geld für dich und für unsere Zukunft", fuhr er fort. „Wir nehmen aber nur so viel, wie wir auch wirklich brauchen, bis wir wieder auf eigenen Füßen stehen, verstehst du? Das heute ist ein Ausnahme."

Maria hustet wieder kurz, aber schon viel weniger, die Medikamente fingen an, zu wirken. „Das weiß ich doch, Papa, mach dir keine Sorgen."

Sie starrte angestrengt in die Dunkelheit, die von der Straßenlaterne in ihrer Nähe leicht unterbrochen wurde, und konnte einen großen Schatten erkennen, der sich ihnen im Schritttempo näherte. Aus dem Nebel links von ihnen schälte sich plötzlich ein Streifenwagen, der gemächlich etwa im Schritttempo lautlos dahinrollte und Christoph zur Salzsäule erstarren ließ. Bevor er sich jedoch Gedanken machen konnte, was er als Nächstes tun sollte, nach dem Handy greifen oder sich ducken, um nicht gesehen zu werden, verharrte er als Salzsäule, während der Streifenwagen keine sechs Meter vor ihnen zum Stehen kam.

Seine Gedanken sprangen wie wild hin und her, den Kopf in die Kopfstütze gepresst, in der Hoffnung, dass die B-Säule seines Wagens ihn unsichtbar machen würde, die rechte Hand seiner Tochter umklammert. Maria war ebenfalls mucksmäuschenstill. Christoph bewegte nur seine Augen, versuchte, die Situation zu analysieren und zu erkennen, was die Polizisten vorhatten, die kaum zu erkennen waren. Der eine schien immer wieder mal etwas vor seinen Mund zu nehmen. War es das Funkgerät, holten sie gerade Verstärkung, waren sie aufgeflogen, fragte er sich rasch.

Er atmete nochmals tief durch und versuchte, sich zu beruhigen. Er konzentrierte sich genau auf den Beifahrer, der kein Funkgerät in der Hand hielt, sondern einen Kaffeebecher und müde wie auch gelangweilt wirkte. Der Fahrer schien seinem Kollegen etwas mitzuteilen, worauf ein paar Sekunden später ein zweiter Kaffeebecher auftauchte. Der Fahrer nippte daran, während er die Gegend mehr schlecht als recht beobachtete. Mit zitternden Händen kramte Christoph vorsichtig sein Smartphone aus der linken Tasche und legte es behutsam auf seinem Oberschenkel ab, worauf es abrutschte und auf den Wagenboden zu seinen Füßen fiel. „Mist", presste er hervor, während er hoffte, dass die Polizisten das Herunterfallen nicht gehört hatten, welches für ihn plötzlich extrem laut gewesen war. Doch nichts regte sich im Streifenwagen, nur das rhythmische Hochheben der Kaffeebecher, offensichtlich der nötige Koffeinkonsum für eine anstrengende und lange Nachtschicht.

Christoph wollte gerade nach seinem Mobiltelefon greifen, da sprang seine Tochter hilfsbereit ein. „Ich mach das schon", flüsterte sie leise, und ihr Kopf verschwand bei den Pedalen, um Sekunden später das Smartphone hervorzuzaubern. Sie hielt es weiterhin in ihren Händen und flüsterte: „Ich schreib Stefan, dass ein Polizeiwagen kommt, gib mir einfach Bescheid, sobald sie losfahren."

Sie öffnete rasch den Nachrichtendienst und hatte flugs die Nachricht sendebereit auf ihrem Bildschirm, den Daumen knapp über der Sendetaste verweilend. „Schick die Nachricht jetzt schon ab", flüsterte er ihr entgegen, „sonst werden die nie Zeit haben, zu reagieren." Er brauchte nicht nachzufragen, ob sie die Nachricht jetzt schon abgeschickt hatte, denn kaum zehn Sekunden später ertönte laut ein Piepen und kündigte den Empfang einer neuen Nachricht an, was ihm nochmals das Blut in den Adern gefrieren ließ. Maria schaute ihn erschrocken an und stellte das Geräte mit einem kleinen Kopfschütteln auf Stumm, während er wie gebannt zum Polizeiauto hinübersah, damit rechnend, dass diese zwei Herren jederzeit aussteigen würden. Doch die

Streifenpolizisten schienen sich nicht groß für die Umgebung zu interessieren und waren tief in ein Gespräch verwickelt, wobei der Fahrer der Referent zu sein schien, während sein Kollege immer wieder zustimmend nickte und weiter an seinem Kaffee schlürfte.

„Stefan fragt, was die Streifenwagentypen machen", flüsterte sie ihm kurz zu, auf eine Antwort wartend. „Schreib ihm, wir geben ihnen Bescheid, sobald sie losfahren", antwortete er ihr mit unterdrückter Stimme, welche die Anspannung in seinem Körper sehr gut wiederspiegelte. Konzentriert schaute er zum Polizeiwagen hinüber, doch es schien eine Ewigkeit zu dauern, bevor die Insassen endlich die Kaffeebecher wieder wegsteckten und langsam die Fahrt aufnahmen und dabei nur knapp einen Meter vor ihnen vorbeifuhren, ohne sie zu entdecken, worauf Maria sofort die Nachricht versendete.

9
Die Baustelle

Genüsslich wuchtete er sich wieder hinter das Steuer seines fabrikneuen Wagens, schloss die Autotür mit einer schwungvollen Bewegung und rieb sich zufrieden die Hände, während sich ein großes Grinsen über sein Gesicht ausbreitete. Vielleicht würde der Tag doch nicht so beschissen werden, wie er zunächst gedacht hatte, obwohl das Wetter und die Temperaturen ihm noch immer arg an den Nerven zehrten. Überrascht schaute er aus dem Beifahrerfenster hinaus zu Arnold, der keine Anstalten machte, in den Wagen zu steigen, sondern scheinbar auf etwas wartend draußen stehen geblieben war. Gemächlich betätigte er mit seiner linken Hand den Schalter, welcher die Scheibe des Beifahrers nach unten fahren ließ, und lehnte sich Richtung Arnold, der mit der linken Hand auf das Telefon in seiner Rechten deutete. „Na, Arnold, keine Lust, zum Polizeiposten zurückzukehren und einen Kaffee zu trinken?", fragte er seinen Assistenten grinsend.

„Sie wissen ja, dass der Kaffee im Polizeipräsidium eigentlich ein Lösemittel für Kalkverunreinigungen ist, deshalb verzichte ich gern darauf", antworte er sarkastisch.

„Der ist auch prima, um Ölrückstände auf Motorradketten zu entfernen", fügte er hämisch an, „aber ich gehe davon aus, dass das nicht der Punkt ist."

Arnold lehnte sich ins Auto hinein, die linke Hand auf die Autotürkante gestützt, während die Rechte noch immer das Mobiltelefon hielt. „Korrekt, der Punkt ist, dass vorhin die Zentrale angerufen hat, während Sie den Juwelier durch den Fleischwolf gedreht haben", beantworte er die indirekte Frage seines Vorgesetzten.

„Und das hindert dich daran, ins Auto zu steigen? Möchtest du denn lieber spazieren gehen?", fragte er seinen Assistenten stichelnd.

„Eigentlich schon, ja", kam prompt die Antwort zurück, „denn der nächste Fall wäre etwa hundert Meter weiter die Straße runter und da ich weiß, wie gern Sie in engen Gassen Auto fahren, dachte ich, wäre ein Spaziergang angenehmer."

Inspektor von Halden schloss die Autoscheibe wieder, öffnete seine Fahrertür und wuchtete sich wieder ächzend aus dem Wagen. „Hundert Meter, sagst du, in die Richtung?" Er zeigte mit dem rechten Daumen über seine Schulter nach hinten, während er sich mit seiner linken Hand an der Dachkante des Autos festhielt.

„Genau, Herr Inspektor", nickte sein Assistent gelassen.

„Und was für ein Schrecken erwartet uns dort?", hakte Inspektor von Halden nach.

„Eine Baustelle, Komplettsanierung eines alten Gebäudes im viktorianischen Stil", erläuterte Arnold kurz.

„Viktorianischer Baustil?", erwiderte er skeptisch. „Und was sollen wir dort? Haben die ihre antiken Türgriffe verlegt?", fuhr er spottend fort.

„Gewissermaßen, Herr Inspektor. Ein Geldautomat ist scheinbar unplanmäßig abhandengekommen", erläuterte sein Assistent die Lage weiter.

„Hätte der Geldautomat etwa planmäßig abhandenkommen sollen?", fragte er etwas verwirrt nach.

„Die für Geldautomaten zuständige Firma hatte geplant, den Geldautomaten heute Morgen um acht Uhr abzuholen und der Mitarbeiter hatte dann festgestellt, dass dieser besagte Automat nicht mehr vor Ort war", erläuterte Arnold die Situation weiter.

Inspektor von Halden schaute kurz auf die Uhr und blickte zurück zu seinem treuen Assistenten. „Acht Uhr?", wiederholte er verdutzt. „Es ist jetzt ja bereits zehn Uhr und die haben zwei Stunden gebraucht, um festzustellen, dass ein großer, klobiger, schwerer Kasten nicht mehr am Ort steht, wo er stehen sollte?", stellte er ungläubig fest.

„Diese Einzelheiten sollten wir eben klären, aber kurz gesagt: Dieser besagte Mitarbeiter hat zunächst gedacht, sein Kollege hätte das schon erledigt und bis intern alles geklärt worden war und die Meldung bei uns eingehen konnte, sind nochmal zwei Stunden vergangen", erklärte Arnold weiter, sodass langsam etwas wie ein zusammenhängendes Bild der Situation entstand.

Mit einem Seufzer schloss Inspektor von Halden die Wagentür und mit einem kurzen Piepen bestätigte der Wagen, dass er ordentlich verriegelt worden war.

„Ich hoffe, du hast denen nicht gesagt, dass wir sofort dort sein werden", mahnte er seinen Assistenten.

„Selbstverständlich nicht. Habe denen gesagt, dass wir, sobald wir mit dem wichtigen Juwelierfall durch sind, uns der nächsten Mission widmen werden", antwortete Arnold gespielt entrüstet.

„Du weißt ja, was unsere nächste wichtige Mission ist, nicht wahr?", prüfte er das Wissen seines Schützlings.

„Aber natürlich", erwiderte Arnold beflissen und fügte in gespieltem Ernst hinzu, „als Nächstes müssen wir uns Kaffee besorgen. Ohne Koffein bewaffnet gehen wir nicht in den nächsten Kampf. Das würde gerade noch fehlen."

„Ausgezeichnet geschlussfolgert, Arnold, aus dir wird mal ein richtig guter Inspektor. Komm mit, ich kenne ein Café ganz in der Nähe, wo noch das anständige schwarze Gold gebraut wird." Sich auf den Kaffee freuend marschierte er in Richtung Baustelle, denn in einer Seitenstraße befand sich ihr Ziel.

„Morgen, Frederic, fühlst du dich auch so, wie du aussiehst", begrüßte ihn der fettleibige, glatzköpfige Besitzer des Cafés, während er gerade einen anderen Stammkunden bediente und das Wechselgeld überreichte.

„Was du von außen an mir sehen kannst, ist der hellste Sonnenschein im Kontrast dazu, was du in meiner Seele finden würdest", entgegnete er mürrisch und trat näher an den Tresen. „Wie ich sehe, hast du die Aufforstung aufgegeben", setzte er nach, während er sich durch sein blondes Haar strich. Er gab Paul die Hand zur Begrüßung, die dann auch kurz und freundlich zusammengedrückt wurde.

Paul war schon seit Jahren der Besitzer dieses kleinen, aber feinen Cafés in der Altstadt und in Bezug auf lange Tage mit komplizierten Fällen immer wieder einen Besuch wert. Trotz seiner etwas ruppigen Art war Paul ein äußerst angenehmer Mensch, immer ehrlich, manche würden sagen, zu ehrlich und hilfsbereit. Er hielt sein kleines Café immer peinlich sauber, genau so wie seine Arbeitskleidung und die weiße Schürze, die er trug, welche im Sonnenlicht schon fast blendete. Die Inneneinrichtung war einfach gestaltet, gemütlich eben wie zu früheren Zeiten: Währschafte Holztische mit zeitlosen Holzstühlen, die an den Lehnen und Füßen einfache Verzierungen hatten. Die Tische zierte ein kleines, weißes Tischtuch, welches diagonal aufgebracht worden war und so das Holz an den Ecken zum Vorschein brachte, garniert mit einer alten, leeren Cola-Flasche und jeweils ein bis zwei frischen Schnittblumen.

Die Fenster ließen Dreiviertel des Lichtes herein, das von den weißen, zur Seite weggebundenen Vorhängen mit Stickverzierungen nicht abgedeckt wurde, sodass man gut in die Straße spähen konnte, ohne sich von Passanten beobachtet zu fühlen. An der Holzdecke hingen einfache, altmodische Lampen, die ein warmes Licht auf den sauber polierten Kachelboden warfen. Der Tresen war sauber und präsentierte hinter dem Glas eine Auswahl an Kuchen und Keksen, die man zum Kaffee nehmen sollte, denn diese Leckereien waren hausgemacht und die Sünde immer wert. Paul hatte die fehlende Kopfbehaarung mit einem prächtigen dunkelschwarzen und gezwirnten Schnurrbart kompensiert und blickte freundlich durch seine kleinen, runden Brillengläser, die von einem silbernen Rahmen festgehalten wurden. Mit seinen ein Meter siebzig war er eher klein gewachsen, aber bärenstark, wie er schon oft beim spätabendlichen Armringen unter Beweis gestellt hatte. Unter der Woche schmiss er den Laden allein, was zwar zu manchen Zeiten anstrengend, aber durchaus machbar war. Ab Freitagnachmittag bis Sonntagnachmittag hatte er seine Tochter, die ihm für ein gutes Taschengeld und viel Trinkgeld aushalf, denn sie war ein hübsches Mädchen und das wusste sie auch auszuspielen.

„Die Aufforstung geht weiter, einfach nicht an den Stellen, die mir wichtig wären", lachend drehte sich Paul um und fing an, einen Kaffee rauszulassen. „Und was möchtest du zu deinem Kaffee haben?", fragte er Inspektor von Halden, während der Kaffee durch den Filter gepresst wurde und sich das schwarze Gold in der kleinen Kaffeetasse sammelte. Frederic schaute sich die Auslage prüfend an, blickte kurz zu Arnold rüber, der wie bestellt und nicht abgeholt rumstand und sich scheinbar nicht traute, sich ins Gespräch einzumischen. Also wandte sich von Halden wieder den Keksen zu.

„ Zwei von deinen Schokokeksen, bitte", beantwortete er schließlich Pauls Frage.

„Ausgezeichnete Wahl, mein Freund", erwiderte dieser glücklich und blickte nun zu Arnold. „Was kann ich Ihnen Gutes tun, junger Mann?", fragte er den ratlosen Arnold freundlich. Er blickte etwas verunsichert zu Inspektor von

Halden rüber und schien dann einen Entschluss gefasst zu haben.

„Ich nehme dasselbe wie Inspektor von Halden." Er wartete kurz, bis auch sein Kaffee gebraut war, nahm die Tasse und die Kekse dankend entgegen und setzte sich zu Inspektor von Halden, der es sich schon an einem Tisch bequem gemacht hatte. Zu Arnolds Überraschung gesellte sich der Chef des Hauses ebenfalls zu ihnen.

„Herr Inspektor", fing Arnold nach einer kurzen Pause an, „was machen wir nun wegen dem Juwelier? Sollten wir nicht noch weitere Beweise sicherstellen, dass es sich um Versicherungsbetrug handelt?", fragte er von Halden gespannt, denn er wusste immer noch nicht genau, was Sache war. Frederic nahm selenruhig die Tasse in die Hand, blies vorsichtig darüber, um den Kaffee etwas abzukühlen, und nahm einen genüsslichen Schluck daraus, stellte sie wieder ab und wandte sich Paul zu.

„Arnold ist mein neuer Assistent im Kommissariat", begann er das Gespräch mit Paul, wobei er Arnold vorerst noch außen vor ließ.

„Neuer Assistent? Du hattest ja noch nie einen! Was hat der Junge denn ausgefressen, dass er dich verdient hat?", erwiderte Paul belustigt.

Frederic sah Paul düster an. „Das habe ich dem Oberinspektor auch gesagt, aber der wollte nicht auf mich hören", entgegnet er sarkastisch.

Paul streckte Arnold die Hand entgegen. „Willkommen bei der Truppe. Nehmen Sie diesen alten Haudegen nicht zu ernst, dann klappt das schon", fuhr er augenzwinkernd fort, während er Arnolds Hand zum Gruß schüttelte.

„Herzlichen Dank für Ihren Rat, ich denke, das pack ich schon", kam Arnolds selbstsichere Antwort und er widmete sich wieder seinem Kaffee, der inzwischen die perfekte Trinktemperatur erreicht hatte. Auch Frederic nahm einen kräftigen Schluck, biss genüsslich in einen Keks und fuhr fort.

„Wir kommen gerade von diesem Juwelier dort hinten." Er zeigte mit seinem linken Daumen über die Schulter in die ungefähre Richtung, aus der sie gerade gekommen waren.

„Herr Schindler, was? Ein arroganter Idiot", schob Paul kurz dazwischen und nickte dabei mit dem Kopf.

„Genau der", nahm Frederic das Gespräch wieder auf, „wollte einen versuchten Einbruch zu einem vollständigen machen."

„Das hast du ihm ja wohl nicht abgenommen, oder? Dieser Versicherungsbetrüger", unterstrich Paul Frederics Erzählung.

„Selbstverständlich nicht. Ich habe ihm gesagt, er solle jetzt rasch zur Polizei gehen und die Sache klären. Wenn er bis Mittag keine Meldung gemacht hat, dann kann er mich erleben", erklärte Frederic mit einer brummigen Stimme weiter.

„Okay, dann notiere ich das so, jetzt weiß ich Bescheid. Das hätten Sie mir auch auf dem Weg ins Café erklären können", unterbrach Arnold die Unterhaltung kurz, tippte rasch etwas in sein Smartphone ein und nahm einen weiteren Schluck seines Kaffees.

„Hättest du ihn nicht mit Handschellen an meinem Café vorbeiführen können, das hätte mir den Tag echt versüßt", grinste Paul in die Runde.

„Es gibt immer ein nächstes Mal, Paul, keine Sorge", quittierte er die Bemerkung. „Weißt du, Arnold", begann er eine weitere Lehre für seinen Schützling, „es ist sehr wichtig, Orte zu kennen, an denen man entspannt an Kriminalfällen rumstudieren kann, zusammen mit Menschen, die dich auch verstehen und ab und an einen Tipp haben."

„Und wo wäre das?", unterbrach ihn Arnold kurz, der diese Frage nicht ganz ernst meinte.

„Der hat Charakter und Humor, er wird's noch weit bringen", fügte Paul belustigt hinzu.

„Ja eben, dieses Café beispielsweise, Witzbold", brummte er Arnold an und nahm den zweiten Keks in Angriff. „Nun zu dieser Baustelle, bei der ein Geldautomat zu fehlen scheint", fuhr er fort, wurde aber von Paul unterbrochen.

„Den Automaten an der Baustelle wollten die doch sowieso abmontieren, der ist seit Samstag außer Betrieb und für den Abtransport vorbereitet worden", erzählte er ihnen kurz.

„Hm, dann wird dieser leer gewesen sein", schlussfolgerte Frederic und nahm den letzten Schluck aus der Tasse.

„Wer würde denn schon einen leeren Automaten stehlen wollen?", fragte sich Arnold laut denkend und leerte seine Tasse ebenfalls.

„Das ist eine sehr gute Frage, Arnold. Das klingt nach einem spannenden Fall." Er schob sich den letzten Rest des Kekses in den Mund, reichte Paul ein bisschen Geld und erhob sich von seinem Stuhl.

„Na dann, bis zum nächsten Mal, Frederic." Paul nahm das Geld entgegen und erhob sich unter einem leichten Seufzer ebenfalls von seinem Stuhl.

„Immer wieder eine Freude, Paul." Er nickte ihm zu und wandte sich in Richtung Tür.

Arnold war mittlerweile ebenfalls aufgestanden. „Hat mich gefreut", schob er Paul zu und folgte Inspektor von Halden aus dem Café auf die Straße hinaus.

„Morgen, Herr Polizist! Meier, bin der Bauführer hier", stellte sich der Arbeiter mit Vorgesetztenfunktion kurz und trocken vor und gab dem Inspektor die Hand zum Gruß. Er konnte gerade noch rechtzeitig den Druck beim Händeschütteln erhöhen, sodass die kräftige Hand von Herrn Meier seine nicht zerdrückte und ihn wie einen Schwächling aussehen lassen würde, was er nicht mochte, denn das erschwerte meist die Verhandlungsposition. Er musterte den Bauführer kurz und stellte nichts Besonderes fest. Er war in etwa Anfang vierzig, etwa ein Meter fünfundsiebzig groß, kräftig und hatte pflichtgemäß einen gelben Baustellenschutzhelm an. Seine Kleidung war für den Beruf Standard und in seiner linken Hand hielt er ein Klemmbrett mit Ausschnitten von Bauplänen und diversen Notizen.

„Guten Morgen, Herr Meier, ich bin Inspektor von Halden und das ist Herr Fritsch, mein Assistent", grüßte er den Arbeiter zurück und zeigte mit dem Kopf in Richtung Arnold. Auch Arnold gab Herrn Meier kurz die Hand und Inspektor von Halden glaubte zu erkennen, wie sein Assistent den Druck eben nicht rechtzeitig erhöht hatte und somit sein ganzer Körper kurz vor Schmerz zusammenzuckte.

„Und Sie sind der Herr …?", wandte er sich dem zweiten Typen zu, der gleich neben dem Bauführer stand und etwas unbeholfen wirkte.

„Weber … bin für die Geldautomaten zuständig." Auch er gab Inspektor von Halden kurz die Hand und schüttelte anschließend gleich die von Arnold, der brav nickte. Herr Weber war in einen grauen Overall gekleidet, geschützt vor den kühlen Temperaturen durch eine schwarze Jacke mit Firmenlogo auf der Brust, welche bis auf Brusthöhe geöffnet war. Eine ebenfalls schwarze Baseball-Kappe mit dem gleichen Firmenlogo bedeckte seine beginnende Glatze, die er scheinbar mit etwas längeren Haaren an den Seiten zu kompensieren versuchte, was aber eher lächerlich wirkte. Seine braunen Haare wirkten auch dünn und ungesund, wahrscheinlich vom vielen Rauchen und Trinken, denn er konnte jetzt schon eine leichte Bierfahne erkennen und die gelbe Haut zwischen den Fingern, zwischen denen die Zigarette normalerweise gehalten wurde, deuteten auf einen starken Raucher hin. Er war groß gewachsen, sicher eins achtzig, aber dünn und seine mattgrauen Augen wirkten leicht trüb.

„Erzählen Sie mir kurz, was vorgefallen ist. Wann sind Sie heute zum ersten Mal hier gewesen, und was ist bis jetzt alles passiert?", wandte er sich dem leicht im Wind schwankenden Herrn Weber zu und erhoffte sich ein paar Informationen. Der Geldautomat-Spezialist schaute gedankenverloren auf seine schwarzen Arbeitsschuhe, kratzte sich an seinem Dreitagebart und schien nach gefühlten Minuten endlich die nötige Kraft gesammelt zu haben, um die Ereignisse preiszugeben.

„Na ja, also das war so. Ich bin um acht Uhr mit einem Kollegen und dem Transporter zur Baustelle gefahren", fing er an, schaute zur Wand mit der Aussparung und zeigte dann mit dem rechten Zeigefinger dorthin. „Und dann war kein Automat da. Also haben der Kollege und ich den Bauführer auf der Baustelle gesucht", fuhr er in einem monotonen, einschläfernden Tonfall fort. Herr Weber drehte sich langsam zu Herrn Meier rüber und nahm die Erzählung wieder auf: „Als wir ihn gefunden haben, hab ich ihn natürlich gefragt, ob sie den Automaten eventuell verschoben hätten oder ob jemand anders schon da gewesen sei."

„Ich habe ihm gleich gesagt, dass wir nichts mit dem Automaten zu tun haben und auch noch niemand da war", mischte sich Herr Meier kurz ein und hielt die freie Hand mit der Handfläche abweisend vor sich. Arnold protokollierte im Hintergrund alles auf seinem Smartphone und schaute ab und an in die Runde. „Ich will nur wissen, wie lange das noch dauernd wird und ab wann meine Leute an diesem Teil des Gebäudes weiterarbeiten dürfen", fügte er rasch hinzu und starrte den Inspektor fragend an.

Inspektor von Halden machte eine abwehrende Handgeste. „Dazu komme ich gleich."

„Es ist nur so, dass wir bereits eine Woche Verspätung haben, weil die Geldautomatenfirma uns den Abtransport letzte Woche versprochen hatte. Wir müssen jetzt weitermachen, ansonsten …", beharrte Herr Meier weiter auf seiner Position, doch Inspektor von Halden unterbrach ihn sofort wieder mit einem leicht verärgerten Unterton, dennoch geduldig wirkend: „Ich kann Sie ja verstehen, aber wir müssen erst mal unsere Arbeit machen, okay?"

„Also, Herr Weber", begann Inspektor von Halden, wurde jedoch sofort wieder unterbrochen.

„Können Sie mir wirklich nicht sagen, wann Sie fertig sind?", schnitt Herr Meier Herrn Weber das Wort ab. „Es gibt hier nicht viel zu sehen. Es ist einfach ein Loch und wir würden wirklich gern hier endlich weiterarbeiten", fuhr der Bauführer energisch fort.

„Und ich würde gern den Tag über Fälle lösen, bei denen hübsche Frauen meine Hilfe benötigen, aber stattdessen habe ich es meistens mit nicht sehr verständnisvollen Idioten zu tun. Wie Sie sehen, gehen unser beider Wünsche heute nicht in Erfüllung", sagte er dem sichtlich ungeduldigen Bauführer verärgert. „Heute können Sie die Arbeit hier gleich vergessen. Die Spurensicherung muss erst den Teil des Gebäudes wieder freigeben. Ich will ab jetzt niemanden mehr im Umkreis von sechs Metern hier sehen, habe ich mich klar ausgedrückt?", fragte er Herrn Meier, während er ihn mit seinen Augen fixierte. Dieser schluckte leer, schaute herausfordernd in die Runde, schien dann die Lage akzeptiert zu haben und bestätigte dies mit einem kurzen Nicken.

„Brauchen Sie mich noch hier?", fragte er kurz den Inspektor mit einer resignierten Stimme. „Meine Leute erwarten mich im Erdgeschoss für die Leitungen", fügte er noch hinzu und wies mit dem Klemmbrett in Richtung Haupteingang.

„Nur zwei Fragen habe ich noch, dann können Sie weiterarbeiten. Erste Frage", begann Inspektor von Halden, während er sein Gegenüber genau beobachtete. „Wurden heute Morgen irgendwelche Arbeiten hier noch verrichtet oder war Herr Weber der Einzige, der hier was zu tun hatte?"

„Nein, niemand hat hier gearbeitet. Genau deshalb haben wir dringend darauf gewartet, dass der Automat abgeholt wird, sonst können wir gar nicht arbeiten", beantwortete der Bauführer die Frage mit einem leicht gereizten Unterton. „Und die zweite Frage?"

„Wann sind Sie an der Baustelle eingetroffen?", fuhr er mit der zweiten Frage fort, wobei er diese Frage bewusst etwas beiläufig stellte, als wäre es mehr ein Protokolldetail, das nicht so relevant war. Er drehte sich deshalb leicht zu Arnold hin, der gerade fleißig am Protokollieren war.

„Am Montag gegen neun Uhr, unter der Woche gegen acht", beantworte er die Frage ehrlich.

„Besten Dank, Herr Meier, ich wünsche Ihnen noch einen produktiven Tag", bedankte sich Inspektor von Halden und schüttelte die Hand des Bauführers zum Abschied. Dieser gab auch Arnold kurz die Hand. „Ihnen auch", fügte er an, drehte sich auf dem Absatz um und marschierte leicht gestresst zum Haupteingang, wo ihn bereits zwei Arbeiter ungeduldig erwarteten.

„Nun zu Ihnen, Herr Weber", fuhr er seine Befragung fort, „ möchten Sie die Zeit noch korrigieren, zu welcher Sie angeblich heute hier erschienen sind? Sie wollen mir ja nicht wirklich weismachen, dass Sie sechzig Minuten lang den Bauführer gesucht haben, nicht?" Er behielt den abwesend wirkenden Weber scharf im Auge. Verunsichert und etwas verwirrt schaute er zuerst den Inspektor und dann Arnold an, der nur leicht grinsend zurückblickte.

„Wissen Sie, ich bin nicht Ihr Chef, mir ist es egal, ob Sie zu spät zur Arbeit erscheinen oder nicht. Es interessiert mich auch nicht, dass Sie scheinbar zum Frühstück Bier saufen. Ich will nur wissen, wann Sie hier aufgetaucht sind", fuhr Inspektor von Halden fort, in der Hoffnung, die Blockade im Gehirn des Technikers etwas gelockert zu haben.

„Ja, also, getrunken hab ich nur ein Bierchen, ehrlich", erläuterte Herr Weber etwas verunsichert.

„Sicher, und wann sind Sie nun hier eingetrudelt?", hakte Inspektor von Halden nach, offensichtlich der Bieraussage nicht trauend.

„Und mein Kollege ist gefahren. Ich bin nicht gefahren", fügte dieser noch hastig hinzu und schüttelte bekräftigend denn Kopf.

„Das würde ich Ihnen auch nicht raten, Herr Weber", entgegnete er und hakte erneut, diesmal etwas bestimmter nach. „Und die Ankunftszeit bitte?"

Dieser rieb sich nervös die Schultern. „Kurz vor neun. Aber könnten wir das für uns behalten?", fragte er noch schüchtern nach. Frederic und Arnold schauten sich kurz an, grinsten und widmeten sich wieder ihrem Verhöropfer, welches sicherlich nicht der hellste Stern hier in der Gegend war.

„Ich gehe davon aus, dass der Automat leer war, also kein Geld mehr darin war, stimmt das?", befragte er den Techniker weiter.

„Ich glaub schon, dass die leer sind", begann dieser sichtlich angestrengt nachdenkend. „Aber ich weiß es nicht. Ich bin nur für den Transport von der Firma zum Kunden und umgekehrt verantwortlich."

„Schön, dass Sie so viel Interesse an Ihrem Beruf zeigen, Herr Weber", entfuhr es Inspektor von Halden zynisch. „Können Sie mir sagen, wer der Kunde war? Also welcher Bank der Automat gehörte?", fragte er den geistig völlig überforderten Trottel, den er vor sich hatte.

„Ehm, also, nein, weiß ich nicht. Ich habe einfach die Adresse gekriegt, um den Automaten abzuholen. Mehr muss ich nicht machen", gab der Techniker als sehr informative Antwort zurück. Was ist denn das für ein Nullpeiler, dachte sich Inspektor von Halden.

„Herr Weber, Sie haben uns sehr geholfen, danke. Sie dürfen nun gehen", schloss der Inspektor das Gespräch sarkastisch ab und schüttelte dem Techniker kurz die Hand. Arnold gab sich nicht mal die Mühe, sondern gab ihm nur einen kurzen Wink zum Abschied. Herr Weber schien nachzudenken, drehte sich achselzuckend um und schlenderte leicht schwankend die Straße entlang zu einem weißen Transporter mit dem Logo auf der Heckscheibe, machte entgeistert die Beifahrertür auf und hievte sich hinein. Gemächlich fuhr das Fahrzeug los und verschwand hinter der nächsten Ecke.

Kopfschüttelnd wandte sich Inspektor von Halden wieder Arnold zu. „Ruf mal kurz in der Zentrale an und bring in Erfahrung, was wir wissen müssen", forderte er ihn leicht genervt auf.

„Selbstverständlich, Herr Inspektor. Welcher Bank das Teil gehörte, ob wenn ja, wann der Automat geleert wurde. Wird erledigt", entgegnete sein Assistent motiviert und beflissen, drückte ein paar Tasten und schwang sein Telefon ans Ohr.

„Ausgezeichnet, Arnold, eine Freude, zu sehen, dass du mitdenkst." Er wandte sich dem Tatort zu.

Das Gebäude war recht groß, ein stattliches Stadtgebäude aus früheren Zeiten, weshalb es auch noch Bestandteil der Altstadt war, doch er würde den Baustil nicht vollends in das viktorianische Zeitalter setzen, es war viktorianisch angehaucht, inspiriert könnte man sagen. Man sah zur jetzigen Zeit nun mal nicht viel von der Pracht, da der gesamte Komplex von einem Baugerüst umschlungen war, welches wiederum mit einer Art Tuch umspannt war, um Splitter und anderen Baustaub daran zu hindern, auf die Fahrbahn zu gelangen.

Die Baustelle war zwar lärmintensiv, aber nicht übertrieben, da zurzeit scheinbar die größten Arbeiten im Gebäude und nicht an der Fassade stattfanden. Offenbar, wie bei den meisten Arbeiten auch an anderen Baustellen, lief hier nicht immer alles, wie es sollte, denn er konnte gerade hören, wie der Bauführer lauthals fluchte und einen Arbeiter wütend zurechtwies, weil dieser offenbar das falsche Rohr eingesetzt hatte. Der Geldautomat respektive die Aussparung im Gebäude, wo dieser eigentlich stehen sollte, befand sich fast an der Ecke und sorgte dafür, dass das Gerät bündig zur Fassade aufgestellt werden konnte.

Die erste Etage des Baugerüsts war gut drei Meter hoch, sodass man bequem darunter stehen konnte und so zum Automaten gelangte. Rund um diese Aussparung waren Spanplatten an der Fassade angebracht worden, wahrscheinlich zum Schutz des Gebäudes in diesem Bereich. Oder um zu verhindern, dass die Fassade von Vandalen besprayt wurde, die sich vielleicht dachten, sie könnten sich verwirklichen, da die Wand sowieso erneuert wurde. Diese Spanplatten waren an den Kanten stark abgesplittert, nämlich genau dort, wo auch die Mauerwerk-Fixiereisen in die Wand eingelassen waren, welche den Automaten davor bewahren sollten, einfach abtransportiert zu werden. Diese Fixiereisen oder was davon übrig geblieben war, waren sehr wahrscheinlich mit Gewalt rausgerissen worden. Das Mauerwerk um die Halterungsschrauben schien gezielt abgemeißelt worden zu sein, mit einem Meißel oder ähnlichen Werkzeugen. Der Rest der Schraube, die kläglich aus dem Stein ragte, war zur Hälfte angeschnitten worden, höchstwahrscheinlich mit einem Bolzenschneider, und die zweite Hälfte war wohl bei der darauffolgenden Gewaltanwendung abgebrochen. Das Stromkabel, welches aus der Wand ragte und den Apparat mit der nötigen Energie versorgt hatte, wirkte an den Enden wie abgerissen, das konnte man an den verschiedenen Längen der Drähte und der zerrissenen Isolation erkennen. Am Boden waren eindeutig Schleifspuren zu erkennen, die in der Hälfte des Gehsteigs abrupt aufhörten und zweifelsohne nicht dem Tun der Baustelle zuzuordnen waren.

„Herr Inspektor,", Arnold kam wieder etwas näher, sein Smartphone in der rechten Hand haltend, „ich konnte in Erfahrung bringen, dass der Automat der Lokalbank gehört. Er wurde gerade erst am letzten Samstag entleert und abgeschaltet."

„Danke dir, Arnold. Hatten die sonst noch Informationen für uns?", fragte Inspektor von Halden nach, in der Hoffnung, mit mehr Informationen arbeiten zu können.

„Ehm, ja, die Taucher konnten bereits feststellen, dass ein Geldautomat der Lokalbank ein kleines Motorboot dort bei der Brücke versenkt hatte", verkündete sein Assistent stolz und überflog nochmals seine Notizen. „Des Weiteren konnten bis jetzt Aufnahmen von einer Sicherheitskamera in der Nähe der Brücke sichergestellt werden", fuhr er mit einer gewissen Begeisterung fort.

„Das sind ja richtig gute Neuigkeiten, also für uns, nicht für den Besitzer des Bootes natürlich", fügte er rasch hinzu. „Ich wette mit dir, mein lieber Arnold, dass es genau der

Automat ist, welcher hier mal gestanden hat", schlussfolgerte er weiter und winkte seinen Assistenten näher zu sich
heran.

„Arnold, was hältst du von der Sache hier?", fragte er
und machte mit seiner rechten Hand eine kreisende Bewegung, um den gesamten Bereich des Tatorts zu präsentieren.

Sein Assistent schaute sich die Umgebung und die Aussparung in aller Ruhe an, ging kurz in die Hocke, fühlte mit
der Hand die Schleifspuren und stand grübelnd wieder auf.

„Na, was fällt dir dazu ein, mein lieber Arnold, bin gespannt auf deine Analyse" Provozierend verschränkte von
Halden seine Arme und schaute Arnold gelassen an.

„Nun ja", begann der sein Plädoyer, „schwer zu sagen,
ob es Dilettanten oder sehr kreative und gut informierte
Diebe gewesen sind, die sich da zu schaffen gemacht haben", fuhr er fort.

„Interessante Theorie, mein Junge. Ich denke, die Rich-
tung gefällt mir. Jetzt enttäusche mich nicht", er hob den
Zeigefinger, gespielt mahnend, und verschränkte seine
Arme dann wieder.

„Ich enttäusche niemals, Herr Inspektor, ich verkalku-
liere mich vielleicht mal und auch das sehr selten", feixte er
zurück. „Normalerweise sind solche Geldautomaten so
stark verankert, dass das Sprengen der Kassettentür um einiges einfacher ist, als den gesamten Kasten herauszureißen."

„Das ist so, stimme ich dir zu", bestätigte er soweit
Arnolds Theorie.

„Ein Grund für die schwache Verankerung könnte die
Gebäudebeschaffenheit und der Denkmalschutz sein, deshalb der Kompromiss mit den vier Verankerungseisen",
schlussfolgerte Arnold weiter, wobei er leicht auf und ab
ging, als würde er eine Rede vor Gericht halten. „Die Frage

ist natürlich zum einen, wie konnten die das wissen und weshalb würde jemand einen leeren Automaten stehlen", stellte er die entscheidenden Fragen in den Raum.

„Gleich zwei Fragen und eine dritte versteckte, du machst die Sache spannend", meinte von Halden.

„Wie meinen Sie ›eine versteckte Frage‹?", frage Arnold etwas verwundert.

„Na ja, du sagtest: Wie konnten *sie* das wissen, also ein Indiz auf mehrere Täter, aber auch gleich wieder: *Wer* würde das stehlen, also ein Einzeltäter. Was denkst du, was der Fall ist?", fragte er sogleich zurück und war gespannt auf die Antwort.

„Ich gehe definitiv von mehreren Tätern aus. Allein ist so etwas nicht zu bewerkstelligen. Einer war sicher der Fahrer und ein weiterer kümmerte sich um den Automaten", analysierte er weiter.

„Und wie kommst du darauf, dass ein Fahrzeug im Spiel war, Arnold?", hakte er bei dieser Theorie nach.

„Die exakt um neunzig Grad zur Fassade wegweisenden zwei Reifenspuren, etwa zwei Meter von der Aussparung entfernt, Herr Inspektor", beantwortete er stolz die Frage.

„Ausgezeichnet! Mit diesem Wagen haben sie den Automaten rausgerissen und deshalb, korrekt geschlussfolgert, waren es mindestens zwei", zufrieden schaute er seinen Assistenten an. Er vertiefte sich kurz in Gedanken und überlegte, ob möglicherweise ein Zusammenhang zwischen dem versuchten Raub beim Juwelier und dem Geldautomaten-Abtransport bestehen könnte. Waren es möglicherweise dieselben Täter? Hatten sie zunächst versucht, den Juwelier auszurauben? Und als es den Dieben nicht gelungen war, hatten sie da bei ihrem Rückzug zufälligerweise den Automaten gesehen und die Möglichkeit erkannt?

„Herr Inspektor, haben Sie einen Schlaganfall oder denken Sie einfach angestrengt nach?", fragte ihn sein Assistent sarkastisch.

„Ich erstarre immer zur Salzsäule, wenn ich angestrengt nachdenke, Arnold, mein Gehirn kann nur entweder das eine oder das andere, nicht beides gleichzeitig", erklärte er seinem Assistenten ironisch grinsend.

„Das Alter?", hakte Arnold mit gespielter Verwunderung nach.

„Der Beruf, das wirst du auch noch erleben und noch früh genug", er zwinkerte ihm kämpferisch zu und schaute sich nochmals um. „Vielleicht hast du recht mit den Dilettanten", fuhr er fort und wandte sich wieder Arnold zu.

„Wie meinen Sie das?", fragte dieser nach und schaute sich ebenfalls nochmal um, in der Hoffnung, auf die gleiche Antwort wie der Inspektor zu kommen.

„Ich habe so das Gefühl, dass der Juwelier und der Geldautomat irgendwie zusammenhängen, ich weiß nur noch nicht, wie."

„Da könnten Sie recht haben, Herr Inspektor. Die Tatorte sind sehr nahe und die Delikte scheinen fast zur selben Zeit verübt worden zu sein. Meinen Sie, dass beide Taten geplant waren, also dass die Diebe auf Einkaufstour waren?"

„Hm, nein, Arnold, ich glaube eher, dass die eine Tat in die Hose ging und die andere spontaner Natur war", beantwortete er die Neugier seines Assistenten. „Nun gut, hier wären wir fertig. Nimm das bisschen Absperrband und mach eine Schlaufe um die Aussparung."

Er nahm ein Stück gelbes Polizeiabsperrband hervor, etwa acht Meter lang, das er immer bei sich in der Tasche trug, denn man wusste nie, wann man keine Lust mehr hatte, bis zum Wagen zurückzugehen. Er überreichte es Arnold. Während sein Assistent flink das Gerüst zur Hilfe nehmend den Tatort abriegelte, überlegte Inspektor von Halden weiter. Wieso wollten die Täter den Automaten in ein Boot verladen? Der Vorteil lag sicher in der lautlosen Fortbewegung mit Paddeln oder einem niedertourigen Motor und man hinterließ weniger Spuren, vorausgesetzt natürlich, dass man das besagte Boot nicht versenkte.

„Herr Inspektor, ist Ihnen aufgefallen, dass die Täter die in der Wand gelassenen Schrauben vom Stein befreit und angeschnitten haben?", wandte sich Arnold fragend an ihn, während er gerade sorgsam das Absperrband zweimal um einen Gerüstpfosten wickelte, bevor er zur nächsten Befestigungsstelle ging.

„Ja, das habe ich auch bemerkt. Es freut mich, dass es dir auch aufgefallen ist. Du machst dich gut", lobte er seinen Assistenten, er blickte kurz auf die Uhr, fast elf. Zeit, zum Polizeiposten zurückzukehren und sich erste Bilder der Videoüberwachungen anzuschauen.

10
Improvisationstalent

„Anna, mach dich unsichtbar", zischte Stefan zu ihr rüber, während er hinter einer Gerüstsäule, die mit viel Stoff umhüllt war, Deckung suchte. Viel Platz hatte er nicht, denn diese Stütze stand sehr nah an der Gebäudemauer, sodass er sich regelrecht dazwischen zwängen musste und sich danach kaum bewegen konnte.

Es reichte gerade dafür, nicht direkt von vorn gesehen zu werden, sollte jemand aber entlang des Gehwegs an ihm vorbeispazieren, dann würde er wohl entdeckt werden. James war um einiges jünger und kräftiger, was er auch ausnutzte und kurzerhand die Wand als Absprungbrett nahm und sich so wie in einem Parcours-Kurzfilm auf die erste Gerüstebene schwang, sodass er bäuchlings auf den Brettern mit dem Gerüst verschmolz. Aus den Augenwinkeln konnte er erkennen, wie Anna hinter einem geparkten Lieferwagen verschwand, der auf der anderen Straßenseite zur Hälfte auf dem Bürgersteig stand.

Keine halbe Sekunde später tauchte auch schon der Streifenwagen aus dem Nebel auf, fuhr gemächlich an ihnen vorbei und hielt an der Kreuzung an, keine sechs Meter von ihnen entfernt. Stefan wagte es kaum zu atmen, geschweige denn seinen Kopf zu drehen, somit linste er mit den Augen zum Polizeiwagen hinüber und hoffte, dass dieser bald eine Entscheidung treffen würde. Tatsächlich blinkte nach einer gefühlten Ewigkeit der rechte Blinker auf, doch der Streifenwagen machte keine Anstalt weiterzufahren, sondern zu seinem Schrecken öffnete sich die Beifahrertür und der eine Polizist stieg mit einem Ächzen aus dem Wagen aus. Stefan konnte fühlen, wie sein Herz in die Hose rutschte und sich regelrechte Schweißtropfen auf seiner Stirn bildeten. Verzweifelt prüfte er all seine Optionen, während er den Polizisten im Auge behielt. Er versuchte, James ausfindig zu machen und starrte kurz angestrengt nach oben zwischen den Gerüstbrettern hindurch, konnte aber bei dieser Dunkelheit nichts erkennen. Der Polizist schlenderte langsam auf die Baustelle zu und blickte dabei immer wieder mal in alle Richtungen, um sich scheinbar zu vergewissern, dass niemand sonst in der Gegend war. Er hielt eine Armlänge vor Stefan an.

Das war's, dachte er sich und erwartete jeden Augenblick, dass ihn der Wachmann ansprechen oder auch hervorzerren würde. Seine Gedanken rasten, sollte er selbst hervortreten und irgendwas sagen? So tun, als hätte er genau hier etwas fallen gelassen und versucht, es wieder hinter dieser Säule hervorzukramen? Technisch gesehen hatte er ja noch nichts Illegales getan, versuchte er, sich zu beruhigen, und wenn er jetzt hervortreten würde, dann könnte er dafür sorgen, dass die anderen verschont blieben, denn James würden sie sicher verhaften, er befand sich ja auf dem Gerüst und somit auf der Baustelle.

Er nahm einen tiefen Atemzug und wollte gerade hervortreten, als er zu seiner Überraschung feststellte, dass der Polizist noch einmal die Umgebung beobachtete, seinen Hosenstall mit einem erleichterten Seufzen öffnete und anfing, seine Blase an der Säule zu entleeren, genau dort, wo Stefan stand. Er konnte regelrecht spüren, wie der warme Strahl ihn immer wieder an beiden Füßen und Schienbeinen traf, was im Normalfall dafür gesorgt hätte, das er seinem Gegenüber kräftig eins übergebraten hätte.

Doch im Moment war er vor allem erleichtert, dass er zumindest bis jetzt noch nicht entdeckt worden war. Sein Gegenüber hatte wohl sehr viel getrunken, denn es schien nicht mehr aufzuhören – bis auf einen kurzen Unterbruch, den der Polizist für eine kleine Gasentweichung nutzte. Ein letztes Mal schaute sich der Polizeibeamte die Gegend an, drückte den Rest beflissen aus den Leitungen raus und versorgte die Sache zurück in seinen Stall, drehte sich auf dem Absatz um und schlenderte erleichtert wieder zu seinem Streifenwagen zurück. Kurz darauf bogen die beiden nach rechts ab und verschwanden wieder im Nebel.

„Himmel Arsch, war das knapp", fluchte er vor sich hin, während er sich wieder hinter der Säule hervorzwängte. Er schaute sich rasch um, konnte aber nicht viel erkennen, der Nebel war noch immer sehr dicht. Er prüfte kurz sein Smartphone und schrieb Christoph zurück, dass bei ihnen die Luft wieder rein war, und suchte James.

„James, wo bist du denn? Komm wieder runter, die Luft ist rein", zischte er in die Nacht hinein und hielt Ausschau nach Anna, die wenige Sekunden später wieder bei der Kreuzung auftauchte und einen Daumen nach oben zeigte, um zu signalisieren, dass alles in Ordnung war.

„Komme gleich", flüsterte James zurück. Vorsichtig, sich mit beiden Händen an der Gerüstkante haltend, ließ er seinen Körper hinunter, bis er mit gestreckten Armen am Gerüstboden hing, schaute nach unten und beurteilte kurz die fehlende Distanz bis zum Boden. Daraufhin ließ er sich fallen und fing den Fall perfekt auf, indem er sofort tief in die Knie ging, sodass nur ein ganz leichter Aufprall zu hören war, worauf er sich wieder vollständig aufrichtete und zu Stefan rüber huschte.

„Okay, was machen wir jetzt?", flüsterte er Stefan zu und deutete mit dem rechten Zeigefinger etwas verdattert auf den Zettel, der informativ darauf hindeutete, dass der Automat nicht funktionstüchtig war.

„Was meinst du mit ‚was machen wir jetzt'? Der Kasten ist nur außer Betrieb, sonst nichts. Geld ist ja immer noch drin", flüsterte Stefan etwas ungeduldig zurück. „Ach du

Scheiße, schau dir meine Schuhe an, voller Pisse. Seit wann pinkeln die Bullen auf der Straße?", fluchte er weiter.

„Hat er dich echt angepinkelt?", fragte ihn James etwas amüsiert und grinste ihn an.

„Natürlich nicht, das ist nur Kondenswasser von der Baustelle", konterte er sarkastisch, während er die Hosenbeine etwas hochzog und zuerst den rechten, dann den linken Fuß schüttelte, um ein bisschen vom Urin loszuwerden, der doch etwas streng roch.

„Und was jetzt, nehmen wir den Automaten mit?", fragte ihn James gespannt.

„Ja klar, du packst ihn an der einen Ecke und ich an der anderen, dann tragen wir das Teil bis zum Auto und verladen es im Kofferraum", entgegnete er zynisch, wobei das wohl bei James so nicht ganz ankam, denn dieser schaute den Automaten an, kratzte sich am Kopf und wandte sich wieder ungläubig an Stefan.

„Ich komme mit den Fingern hier nicht zwischen dem Automaten und der Mauer rein, wie …", wollte er fortfahren, wurde aber von Stefan rasch unterbrochen.

„Das war nicht ernst gemeint, Mann!", entfuhr es ihm etwas ungeduldig. „Wir brechen in die Geldkassette ein, entnehmen das Geld und fliehen. So einfach machen wir das", erklärte er rasch das Vorgehen. „Das Ding nimmst du nur mit, wenn du es nicht aufbrechen kannst, aber wir sind vorbereitet", verkündete er James selbstbewusst, legte seinen Rucksack vor seinen Füßen ab und kramte den Akkuschrauber sowie ein kleines gelbes Maßband hervor, das er vorher sauber aufgerollt hatte.

„Und was hast du nun genau vor?", fragte ihn James verwundert, als dieser den Akkuschrauber auf dem Boden liegen sah.

„Diese Maschinen respektive dieser Jahrgang und die Serie haben eine Schwäche", begann er zu erklären, während er zugleich mit dem Maßband vom linken Rand einen speziellen Abstand vermaß und dann von der Bodenkante aus ebenfalls Maß nahm. Die zwei sich überschneidenden Punkte markierte er dann mit einem roten, wasserfesten Filzstift, welchen er in seiner Jackentasche mitführte. Das Prozedere wiederholte er nochmals an zwei anderen Kanten des Automaten, sodass er am Schluss zwei Markierungspunkte hatte, etwa auf Kniehöhe und mit jeweils zwei Fingern Abstand zur Außenseite. „Weil das Gebäude so alt ist, konnten die kein Gerät hier hinstellen, welches normalerweise von der Rückseite, durch eine Öffnung im Gebäude, befüllt wird. Also mussten sie ein sogenanntes mobiles Gerät installieren, das von der Vorderseite her gewartet werden muss", erklärte er weiter, legte den Stift sowie das Maßband zurück in seine Jackentasche und hob den Akkuschrauber mit seiner Rechten vom Boden auf.

„Das wirft ehrlich gesagt mehr Fragen auf, als es beantwortet." James schaute ihn etwas verdattert an. „Also, zum einen: Woher weißt du das denn? Und zum anderen: Reichen zwei Löcher aus, um diesen Kasten zu öffnen?", fragte er Stefan ungläubig und klopfte sachte an die massive Stahltür als Demonstration, wie widerstandsfähig dieser Automat schien.

„Nicht bei allen. Nur die alten Modelle haben diese Schwäche und vor dir steht genau eines dieser Geräte. Und zur anderen Frage, mein Junge, ich hatte auch ein Leben, bevor wir uns trafen. Als Matrose triffst du so manche Leute – bei all den Ländern, die du bereist", erklärte er James hastig und setzte den Bohrkopf auf die erste Markierung, die rechterhand war. Die Oberfläche war gut aufgeraut, sodass er problemlos zu Bohren beginnen konnte, ohne ständig abzurutschen, denn er hatte vergessen, transparente Klebestreifen mitzunehmen. Diese könnte man auf einer glatten Oberfläche anbringen und so das Abrutschen des Bohrkopfes verhindern. Er begann, die Drehzahl des Bohrers behutsam zu erhöhen, bis er einen Punkt erreicht hatte, wo der Bohrkopf das Metall wegzufressen begann, ohne zu viel Geräusche zu verursachen. Das Loch, welches er bohren musste, brauchte nicht sehr groß zu sein, es musste nur für einen Schraubenzieher reichen. Er hielt nach einem kurzen Moment inne, lauschte in die Nacht hinein, um sich zu vergewissern, dass das Geräusch nicht zu laut war, und fuhr mit dem Bohren fort.

„Scheiße", fluchte Stefan, nachdem er gefühlt schon mehrere Minuten lang an der gleichen Stelle gebohrt hatte und nicht mehr weiter durchkam.

„Was ist denn, Stefan?", flüsterte James fragend und schaute die kleine Delle an, welche der Bohrer gerade mal geschafft hatte.

„Ich komme nicht weiter, irgendwie ist weiter hinten härterer Stahl verbaut, ich versteh das nicht", zischte er zurück und senkte die Bohrmaschine, um die bearbeitete Stelle grübelnd zu analysieren.

„Versuch's doch einfach am zweiten Punkt, vielleicht klappt es ja dort besser", munterte ihn James auf, nahm Stefan den Bohrer eifrig ab und fing sogleich an, die zweite Stelle zu bearbeiten. Auch hier passierte das Gleiche: Nach ein paar Millimetern war Schluss, und der Bohrer kam einfach nicht voran.

„Vielleicht, wenn ich mehr Druck ausübe und den Bohrer schneller laufen lasse …", schlug James vor und setzte den Bohrer wieder an. Fragend schaute er nochmals zu Stefan rüber, dieser nickte und fügte rasch hinzu: „Aber nur kurz, etwa zehn Sekunden, dann schauen wir nach, was wir haben."

James holte nochmals tief Luft, drückte mit seiner kräftigen Brust die Bohrmaschine mit aller Kraft gegen den Automaten, ließ diese auf der höchsten Drehzahl arbeiten und zählte innerlich langsam von zehn runter. Bevor Stefan etwas sagen konnte, kam auch schon, was kommen musste.

Nach wenigen Sekunden sprang das Bohrwerkzeug aus dem vorgebohrten Loch heraus und rutschte entlang der Automatenverschalung direkten Weges nach links in die angrenzende, mit Spanplatten verkleidete Wand, welche an der Kante beim Aufprall mit einem lauten Krachen absplitterte und das spröde Mauerwerk hervorbrachte. Die Bohrmaschine wurde dabei regelrecht aus James' Händen weggeschlagen und landete mit einem hörbaren Aufprall auf dem asphaltierten Boden des Gehweges, schlitterte einen halben Meter weg und wurde von der Gerüstsäule abrupt mit einem deutlich wahrzunehmenden, hellen Metallton gestoppt. Er selbst knallte mit seiner rechten Schulter mit voller Wucht gegen den Automaten und landete schlussendlich mit ausgestreckten Beinen bäuchlings auf den Boden. Stefan seufzte leicht, schüttelte den Kopf, schlenderte seelenruhig zu seiner Bohrmaschine, hob diese auf und beugte sich dann zu James runter, der etwas benommen und leise stöhnend am Boden lag.

„Alles in Ordnung?", fragte er ihn und streckte seine Hand helfend aus.

„Ja, geht schon, mein Handgelenk tut etwas weh und meine Schulter hat auch was abbekommen", beantwortete James die fürsorgliche Frage, richtete sich von allein auf und rieb sich mit der linken Hand seine ramponierte rechte Schulter. Dann prüfte er sein rechtes Handgelenk. Es schien nicht gebrochen zu sein, nur etwas gestaucht. Stefan konnte knapp durch den Nebel sehen, wie Anna zu ihnen rüber schaute und ihre Arme fragend öffnete. Er winkte kurz ab, dass alles in Ordnung sei, und widmete sich wieder dem eigentlichen Problem, nämlich, den Geldautomaten aufzukriegen. Anna drehte sich wenig überzeugt wieder weg und beobachtete die Kreuzung.

„Ich glaub, da kommen wir nicht durch", stellte James fest und schaute sich die Bohrstelle nochmals genau an.

„Ach, was du nicht sagst, wie kommst du denn bloß darauf? Hat dir das deine ramponierte Schulter mitgeteilt?", erwiderte Stefan verärgert. Etwas aufgewühlt und in Gedanken vertieft schaute er sich den Automaten nochmals genau an, berührte mit den Fingern sanft die kaum vorhandenen Bohrlöcher. „Gehärteter Stahl", murmelte er vor sich hin und drehte den Kopf nach links zur Mauerkante. „Hmm", fing er interessiert an, als er die Abbruchstelle genauer betrachtete.

„Was ist? Was machen wir jetzt?", fragte James Stefan aufgeregt und begutachtete ebenfalls das zersplitterte Holz und die abbröckelnde Mauer. Man konnte schwach eine dicke Gewindestange erkennen, die scheinbar in das Mauerwerk eingelassen und sehr wahrscheinlich mit dem Automaten verbunden worden war.

„Das wird die Automatenverankerung sein", fuhr Stefan fort, machte einen Schritt zum Mauerwerk und drückte mehr loses Gestein mit seiner Hand weg, sodass man nun die Verankerung deutlicher sehen konnte, die mittlerweile doch ordentlich angerostet war. Vermutlich deswegen, weil das Gestein so porös war, dass immer wieder Feuchtigkeit durch Nebel und Regen gut hatte eindringen und so den Stahl nach und nach hatte angreifen können. „James, schau mal, ob du nicht irgendwo in der Nähe etwas Werkzeug finden kannst."

„Meißel und Hammer?", fragte James grinsend.

„Meißel und Hammer", bestätigte er James' Vermutung mit einem kleinen Lächeln und einem scheuen Kopfnicken. Daraufhin wuchtete sich James wieder auf das drei Meter hohe Gerüst und verschwand beinahe lautlos im Nebel. Während James dabei war, Werkzeuge zu finden, was auf einer Baustelle nicht allzu schwer war, überlegte Stefan sich gerade, was sie mit dem Automaten machen sollten. Vor Ort aufknacken würde wohl nicht gehen, denn dieser war offensichtlich verstärkt worden. Sie waren jetzt etwa zehn Minuten vor Ort. Länger als zwanzig Minuten durfte die Aktion nicht dauern, ansonsten wurde es gefährlich. Er hatte wirklich damit gerechnet, diesen Scheißkasten bald offen zu haben, aber daraus wurde wohl nichts, er wollte aber seine Freunde nicht enttäuschen, denn sie alle brauchten dringend das Geld.

„Denk nach", flüsterte er sich selbst zu und schaute nach oben, wohin James verschwunden war. Bald würde James zurückkehren, dann musste er einen Plan haben oder zumindest ein Schritt weiter sein. Er spürte, wie seine Knochen wieder schmerzten und sein Magen rumorte, kein gutes Zeichen, er würde bald wieder zum Arzt gehen müssen, aber jetzt musste er einfach durchhalten. Der Schmerz steigerte sich schlagartig und lähmte ihn beinahe für ein paar Sekunden, ihm wurde auf einmal ganz heiß am Körper, überall brach Schweiß aus und seine Knie wurden weich, bis er dem Druck nachgab und mit dem Rücken zur Wand stöhnend zusammensackte. Mit der rechten Hand hielt er seinen schmerzenden Magen, während er mit aller Macht versuchte, nicht ohnmächtig zu werden und langsam ein- und ausatmete. Er fing langsam an, bis zehn zu zählen und konzentrierte sich nur auf die Atmung, jeden Atemzug bewusst ausführend. Er wartete, bis die Schmerzen schlussendlich langsam wieder nachließen. Er versuchte, sich wieder aufzurichten, hatte aber noch nicht die Kraft dazu, griff mit der linken Hand schnell in die Jackentasche und kramte zwei Tabletten hervor, schaufelte diese in den Mund und konnte die Medikamente mit Müh und Not ohne Wasser runterschlucken. Er fühlte sich schweißgebadet, seine Knie immer noch weich und die Stirn mit Schweißperlen bedeckt. Als er gerade geglaubt hatte, er hätte es überstanden, überkam ihm auf einmal ein weiterer kräftiger Schub von Krämpfen und Schmerzen, die seinen ganzen Körper paralysierten, er schnappte nach Luft, spürte, wie sein Rücken entlang der Spanplattenmauer zur Seite rutschte, und kurz bevor sein Kopf den Boden berührte, wurde alles schwarz um ihn herum.

Christoph blickte immer wieder nervös auf seine Uhr und beobachtete weiterhin konzentriert die Umgebung, damit er rechtzeitig reagieren konnte, falls wieder ein Polizeiauto oder sonstige unerwartete Passanten auftauchen würden. Sie waren gerade mal zehn Minuten hier, es fühlte sich aber fast wie eine Stunde an, so hoch war die Anspannung, nur seine Tochter schien gelassen zu sein, vielleicht wegen der Medikamente. Sie summte fröhlich ein paar Lieder vor sich hin, der Husten hatte zum Glück deutlich nachgelassen, und sie schaute ebenfalls immer wieder nach draußen, das Smartphone in den Händen.

Er hingegen rutsche nervös in seinem Sitz umher, kaute ab und zu an seinen Lippen und wusste einfach nicht, wohin mit seinen Händen, weshalb er sie abwechselnd verschränkte und dann wieder ans Lenkrad legte. Er hoffte inständig, dass die Sache bald gelaufen wäre und sie wieder nach Hause fahren konnten, denn es wurde ihm immer unwohler, dass seine Tochter dabei war. Wer nimmt schon sein Kind bei einem Raubzug mitten in der Nacht mit, dachte er sich. Er würde sich später selbst ohrfeigen, aber jetzt hatte er anderes zu tun. Er wurde jäh aus seinen Gedanken gerissen, als Maria ihn sanft am Arm berührte und dann auf etwas links auf der anderen Straßenseite deutete.

„Was ist, mein Schatz? Ich kann nichts erkennen", flüsterte er ihr zu und kniff die Augen zusammen, um etwas besser in den Nebel hineinstarren zu können, ergebnislos.

„Da drüben, in der Seitenstraße vor uns ist gerade ein Wagen stehen geblieben", flüsterte sie zurück, kniete sich auf den Beifahrersitz und richtete sich auf, um besser über das Armaturenbrett sehen zu können. Er schaute konzentriert in diese Richtung und konnte den Ansatz einer Seitenstraße erkennen, in der zwei gelbweiße Punkte leuchteten, die er nach ein paar Sekunden als Fahrzeuglichter identifizierte. Es war extrem schwierig, etwas zu erkennen, der Nebel in der Nacht verschluckte wirklich alles, es war, als starrte man an eine Wand, die rauchähnlich waberte und ab und an wellenartig etwas preisgab. Er war sich aber ziemlich sicher, dass es sich um ein Fahrzeug handelte. War das vielleicht dieselbe Patrouille, die eben vorher ihre Runden gedreht hatte?

Hatten die Polizisten doch etwas bemerkt und waren zurückgekommen, um die Gegend nochmals zu prüfen? Er wurde allmählich noch zappeliger, als er es sowieso schon war, und seine Gedanken fingen wieder an, wild zu kreisen. Wieso blieb der Wagen dort stehen? Das macht doch keinen Sinn, dachte er sich. Eine sich in der Nähe befindliche Straßenlaterne konnte kurz ihr Licht auf einen Teil des Fahrzeugs werfen, als sich der Nebel für einen kleinen Augenblick etwas lichtete. Christoph konnte zumindest für einen kurzen Moment erkennen, dass es sich um einen dunkelgrauen Kastenwagen handelte und nicht um ein Polizeiauto, was ihn teilweise beruhigte, andererseits aber auch neugierig machte, wer denn um diese Zeit mit einem solchen Gefährt unterwegs sein könnte. Dann plötzlich schien sich das Fahrzeug wieder ein wenig zu bewegen und schälte sich ganz langsam vollends aus dem Nebel und parkte dann rückwärts auf dem Gehweg, der sich auf der anderen Straßenseite befand. Eigentlich gab es nicht viel einzuparken, denn der Gehweg war leer. Maria und er blieben stocksteif im Auto sitzen und bewegten keinen Muskel, in der Hoffnung, die zwei Gestalten, welche sich im Kastenwagen befanden, würden sie nicht sehen. Der Fahrer stellte den Motor ab und schien sich energisch mit dem Beifahrer zu unterhalten, der nur hin und wieder die Hände hochwarf und den Kopf schüttelte, beide waren allerdings nur als schwarze Schemen wahrzunehmen.

„Papa, wer sind diese Leute?", fragte Maria leicht verängstigt. Auch sie schien zu merken, dass dies keine gewöhnlichen Gestalten waren.

„Ich weiß es nicht, mein Schatz, aber von der Polizei sind die bestimmt nicht", flüsterte er ihr zurück, während er die zwei Gestalten angestrengt beobachtete. Instinktiv drückte er sich sachte und langsam tiefer in den Sitz, sodass weniger von ihm durch die Windschutzscheibe zu sehen war. Mit seiner rechten Hand drückte er Maria langsam zurück in den Beifahrersitz, sodass auch sie kaum mehr zu sehen war.

„Was machen wir jetzt, Papa?", flüsterte sie leise und aufgeregt, während sie sich noch kleiner machte. „Soll ich Stefan eine Nachricht schicken?", fragte sie noch kurz nach.

„Noch nicht, aber du kannst die Nachricht schon mal vorbereiten", gab er ihr Bescheid und fokussierte seinen Blick auf den Fahrer, der gerade Anstalten machte, auszusteigen. Viel konnte er nicht erkennen, da der Typ komplett in Schwarz gekleidet war, inklusive Mütze und Handschuhe, so, wie sich Ganoven halt kleideten, um nicht erkannt zu werden. Die zerkratze Autotür wurde langsam und mit Bedacht geöffnet, danach glitt die Gestalt aus dem

Fahrersitz und schloss die Tür, ohne ein Geräusch zu machen. Er schien eher klein gewachsen zu sein für einen Mann, doch was diesem an Höhe fehlte, konnte er in der Breite locker wettmachen, er schien ein kräftiger Typ zu sein. Der Beifahrer, eine eher groß gewachsene und leicht kräftige Gestalt, ebenfalls komplett in dunkle Kleider gehüllt, kletterte aus dem Wagen, ohne ein Geräusch zu verursachen, und schien dem Fahrer etwas widerwillig zu folgen. Beide schauten sich kurz um, schienen vom geparkten Auto, in dem sich Christoph und Maria schwitzend befanden, keine Notiz zu nehmen, und schlichen sich entlang der Fassade in Richtung Altstadt, also in die entgegengesetzte Richtung von Stefan, James und Anna. Nach nur wenigen Sekunden war von diesen beiden dunklen Gestalten nichts mehr zu sehen.

„Ich glaube, die sind weg. Fragt sich nur, für wie lange", flüsterte Christoph Maria zu und entspannte sich ein wenig.

Stefan spürte, wie jemand an seinen Schultern rüttelte, mühsam öffnete er die Augen und erkannte James wie auch Anna, die sich besorgt über ihn beugten.

„Stefan, wach auf!", konnte er James immer wieder hören. Stefan drehte seinen Kopf und bemerkte, dass er seitlich am Boden lag. Vorsichtig, mit James' Hilfe, richtete er sich in eine Sitzposition auf. Sein Kopf fühlte sich noch immer leicht benommen an, doch seine Gedanken wurden schnell klarer, die Kraft kehrte zügig in seinen Körper zurück, und er konnte fühlen, wie die Krämpfe komplett verschwunden waren.

„Alles in Ordnung mit dir?", fragte ihn James besorgt, während dieser seine rechte Hand auf Stefans linke Schulter legte und ihm in die Augen starrte. „Du bist regungslos am Boden gelegen, als ich zurückgekommen bin, habe gleich auch Anna herbeigerufen. Was ist passiert?", wollte er wissen. Stefan schaute kurz zu Anna rüber, die mit einem besorgten, aber auch fragenden Gesicht vor ihm stand.

„Ach nichts", winkte er ab und gab sich alle Mühe, zu verbergen, dass er wackelige Beine hatte, als er sich entlang der Mauer langsam nach oben drückte und mit zitternden Knien schlussendlich vor ihnen stand. „Hab wohl nicht aufgepasst und bin über meine eigenen Füße gestolpert, ich Tollpatsch", log er ihnen etwas vor, sie schienen ihm das aber nicht wirklich abzukaufen, weshalb er rasch hinzufügte: „Ich bin keine dreißig mehr, ich werde alt, da kann das schon mal passieren." Etwas ratlos sahen sich James und Anna an.

„Ist dir wirklich nichts passiert, Stefan?", hakte diesmal Anna nach und legte ihre Hand liebevoll auf seinen Unterarm. „Vielleicht sollten wir die Sache abbrechen und alles noch mal überdenken?", fügte sie noch rasch besorgt hinzu.

„Kommt, wir müssen schnell weitermachen, wir haben nicht mehr viel Zeit", wechselte er rasch das Thema und versuchte, von sich abzulenken. „James", er wandte sich seinem südafrikanischen Freund zu. „Hast du die Werkzeuge gefunden?", fragte er ihn unbeirrt. James schaute ihn etwas zögerlich an, blickte zuerst auf die Füße von Stefan und über die Beine langsam bis ins Gesicht hoch, als würde er scannen, ob auch wirklich dieselbe Person vor ihm stand, welche er vor knapp fünf Minuten allein gelassen hatte. Er schien sich der Sache noch immer nicht ganz sicher zu sein, entschied sich aber trotzdem, die erbeuteten Werkzeuge zu präsentieren, in seiner Rechten hatte er einen Gummihammer, den man oft beim Steine verlegen verwendete, in der Linken einen Meißel.

„Gut, wir müssen die Holzwand auf beiden Seiten auf Wadenhöhe sowie auf der gegenüberliegenden Seite dieser Verankerung", er zeigte rasch auf die Stelle, die James bei

seinem Missgeschick bereits freigelegt hatte, „etwas wegreißen und dann die Mauer bearbeiten, bis wir die Eisen sehen." Noch immer etwas geschwächt schaute er sich hastig
um und zeigte dann auf seinen Rucksack, der neben Anna
an der Wand lehnte. „Anna, hol doch schnell das Stemmeisen aus dem Rucksack und hilf mir, den störenden Teil der
Holzwand wegzureißen."

Etwas zögerlich griff sie hinein, suchte ein paar Sekunden und hielt schlussendlich ein Stemmeisen in den Händen.

„Gib schon her, Anna!"
Er streckte ungeduldig seine Hand nach dem Eisen aus und
hätte es beinahe fallen gelassen, da seine Hände sich noch
immer ein wenig taub anfühlten. Er konnte gerade noch
rechtzeitig mit seiner anderen Hand danach greifen, sodass
es aussah, also wolle er gleich zum Stemmen ansetzen, aber
in Wahrheit überspielte er seine Kraftlosigkeit. Hastig
kniete er sich nieder und setzte das Stemmeisen mit der flachen Kante zwischen das Holz und die Steinmauer. Vorsichtig zog er daran, um sicher nicht abzurutschen, bis er
hören konnte, wie das Holz zu splittern anfing und sich
schlussendlich eine etwa handgroße Holzfläche knackend
löste, gerade groß genug, um an dieser Stelle mit der Mauer
zu arbeiten.

„Na also, geht doch", keuchte er und wandte sich James
zu. „Sieh mal nach, ob du hier auf das Eisen stößt", wies er
seinen Freund an und machte ihm Platz, sodass die Straßenlaterne ihr schwaches Licht auf die Stelle strahlen
konnte. Mit einem Achselzucken setzte James die Spitze
des Meißels auf die nun sichtbar gewordene Mauer des Gebäudes und schlug zwei-, dreimal kräftig zu, bis sich mehrere Steinsplitter lösten und tatsächlich wieder ein Verankerungseisen zum Vorschein brachten.

„Okay, du scheinst die richtige Höhe genommen zu haben, jetzt müssen wir nur noch die andere Seite machen", schlussfolgerte James. „Und wie willst du das Teil hier rausziehen, wenn wir alles vorbereitet haben?"

„Mit einem Fahrzeug, würd ich sagen, von Hand kriegen wir das nicht hin", gab Stefan seine Überlegung bekannt, wobei er sich Mühe geben musste, um scharf nachdenken zu können. Obwohl seine Kräfte rasch wiedergekommen waren, war nur schon das langsame Aufstemmen des Holzes sehr anstrengend gewesen.

„Und wie wollen wir den Geldautomaten mit dem Auto verbinden?", fragte Anna verwundert, die immer weniger an einen Erfolg der Unternehmung glaubte und etwas ratlos neben der Fassade stand.

Stefan schaute sich um, starrte einen Moment auf seine Füße und grübelte nach, was sie als Nächstes tun sollten, denn auch wenn sie die anderen Verankerungen freibekämen, ohne weitere Mittel war das Unterfangen in der Tat zum Scheitern verurteilt.

„Ich habe in der Baustelle einen Zurrgurt und einen Bolzenschneider gesehen, meinst du, das könnte helfen?", fragte James nach, als sich Stefan gefühlte Minuten nicht mehr zu Wort meldete.

Etwas von seinen Gedanken aufgeschreckt, nahm er James' Vorschlag an und hatte nun wieder eine Ahnung, wohin die Reise gehen könnte.

„Das ist perfekt!", entgegnete er James. „Anna, während James uns diese Dinge besorgen geht, verständige kurz Christoph, daß wir den Wagen brauchen, um den Automaten herauszureißen. Er soll schauen, ob und wo wir allenfalls das Zurrzeug festmachen können."

„Okay, Stefan, ich schreibe ihm kurz." Anna machte sich sogleich daran, Christoph eine Textnachricht mit der Bitte Stefans zu verfassen, während James zustimmend nickte und sich nochmals auf das Gerüst schwang, um abermals in der Dunkelheit zu verschwinden.

Immerhin haben wir wieder einen Plan, dachte sich Stefan, so können wir weiter improvisieren und möglicherweise doch noch alles zum Guten wenden. Er setzte das Stemmeisen auf der gegenüberliegenden Seite an und drückte bei beiden verbliebenen Stellen jeweils ein Stück Holz zur Seite. Er konnte spüren, wie ihm der Schweiß bei der letzten Verankerung regelrecht den Rücken hinunterlief, obwohl es kaum eine Minute gedauert hatte, doch die Anstrengung, das Eisen langsam und geräuscharm wegzuziehen, reichte völlig aus. Er schaute kurz zu Anna rüber, die noch immer mit Christoph zu kommunizieren schien. Sie hatte hierfür ihre eleganten Handschuhe ausgezogen, denn ansonsten würde der Touchscreen nicht funktionieren. Sie blickte kurz hoch und schaute zu Stefan. „Kann ich dir helfen?", flüsterte sie ihm zu und blickte von ihrem Mobiltelefon hoch.

„Nein, nein, geht schon. Muss nur noch ein bisschen Mauerwerk wegmeißeln und wir sind bereit", winkte er hastig mit leiser Stimme ab. „Und, was meint Christoph, klappt das mit dem Auto?", fragte er kurz nach, während er sich daran machte, die nächste Stelle möglichst leise frei zu meißeln, was ihm auch mehr oder weniger gelang. Das Mauerwerk war hier wirklich überall sehr spröde, zumindest oberflächlich, aber das reichte schon aus, um die Stellen genügend zu bearbeiten und um die Verankerungsschrauben gut sichtbar werden zu lassen.

„Christoph meint, dass das Auto nicht sehr geeignet sei. Es gibt nur den Abschlepphaken, aber den würde er nicht verwenden", meinte Anna leise. „Außerdem können wir doch auf keinen Fall dieses Auto nehmen, wenn es beschädigt würde, was dann?", fügte sie besorgt hinzu und starrte Stefan fragend an.

„Ja gut, der Wagen fällt ja nicht gleich auseinander, nur weil wir einen Geldautomaten statt ein Auto abschleppen", knurrte er zurück ohne dabei aufzusehen und fing an, eine weitere Stelle zu befreien. Ein paar Schläge später legte er das Werkzeug beiseite, wischte sich mit einem Stoff Taschentuch kurz den Schweiß von der Stirn und richtete sich mit einem Ächzen wieder auf. „Anna, frag Christoph, ob ihm vielleicht eine andere Lösung einfällt."

„Brauch ich nicht zu fragen", kam prompt ihre Antwort, „er wird in Kürze mit der Lösung hier sein, meint er", fuhr sie mysteriös fort, verstaute ungläubig das Smartphone wieder in ihrer Sportjacke und zog die Handschuhe wieder an.

„Ja, was meint er denn damit?", fragte Stefan sie verwundert und blickte nach oben, wo James gerade dabei war, wieder runter zu klettern, den Zurrgurt um den Hals gelegt, den Bolzenschneider in der freien Hand.

„Kein Ahnung, er hat nur gemeint, er komme gleich, er habe möglicherweise was gefunden, das uns helfen könne", versuchte sie, die Situation zu erklären und schaute gespannt in die Richtung, aus der Christoph auftauchen müsste, hören konnte man noch nichts. James landete abermals katzenhaft, ohne nennenswerte Geräusche zu verursachen, und präsentierte lächelnd seine Beute.

„Okay, James, schneide die Schrauben mit dem Bolzenschneider im Mauerwerk durch, danach legen wir den Zurrgurt um alle vier Punkte, die dann noch immer etwas aus dem Automaten rausschauen", erklärte er schnell das Vorgehen und übergab die weitere Arbeit an James.

„Alles klar", sagte James und nickte motiviert, setzte bei der ersten Schraube an und drückte mit voller Kraft zu. Es gab ein leises Knacken und beide schauten sich das Ergebnis rasch an. Die Schraube war etwa zu drei Vierteln durchtrennt, hielt aber noch zusammen. Wahrscheinlich war die

Klinge gegen Ende abgerutscht. James wollte gerade neu ansetzen, doch Stefan winkte ab. „Macht nichts, die Schraube ist genügend durch, die bricht dann beim Rausreißen. Mach die anderen drei und dann legen wir den Gurt um."

Es vergingen kaum sechzig Sekunden, da war James auch schon mit den restlichen Schrauben durch und legte den Bolzenschneider auf den Boden. Dann ergriff er den Zurrgurt und führte ihn von oben zwischen dem Geldautomaten und der weggemeißelten Mauer hindurch, um die erste Schraube herum, nach rechts zur nächsten Schraube, wobei er dafür sorgte, dass zwischen der ersten Schraube und der zweiten die Schlaufe bis zur Mitte des Automaten durchhing. Das Gleiche wiederholte er mit den unteren Schrauben und verknotete die zwei Enden dort, wo sich die obere und untere Schlaufe in der Mitte des Geldautomaten wieder trafen – so, dass noch zwei einen Meter lange Enden übrig blieben, welche dann am Auto festgemacht werden konnten. James stellte sich diesbezüglich ziemlich flink an und war im Nu fertig.

„So, das hätten wir, und was jetzt?", fragte James an Stefan gewandt.

„Und jetzt warten wir auf Christoph, der jeden Augenblick mit dem nötigen Großwerkzeug auftauchen sollte", beantworte Stefan James' Frage mit leicht angespannter Stimme. Alle drei starrten in den Nebel hinaus und warteten gebannt.

11
Der Katzenklub

Sein Magen meldete sich mit einem lauten Knurren, was von Arnold mit einem Grinsen quittiert wurde. Instinktiv fasste er sich mit seiner linken Hand an den Bauch, welcher schon seit Längerem rumorte, und blickte kurz auf die Uhr, es war bereits halb eins. Sie saßen beide im leicht abgedunkelten Videolabor der Polizeistation, ausgestattet mit gut gepolsterten, schwarzen Bürostühlen, die leider für seinen Geschmack etwas kurze Rückenlehnen hatten. Vor ihnen nebeneinander aufgestellt waren zwei große Monitore angebracht, auf der linken Seite wurde das Video abgespielt, auf der rechten konnte man an zig verschiedenen Knöpfen rumschrauben, um möglichst viel aus dem bestehenden Videomaterial herausholen zu können.

Auf dem hellgrauen Tisch lagen eine Tastatur, eine Maus sowie eine Drehknopf-Einheit, um den Film in verschiedenen Geschwindigkeiten laufen lassen zu können, welche Arnold gerade zwischen seinem Daumen und Zeigefinger sorgfältig bediente. Der Raum selbst war eher klein und karg eingerichtet. Rechts von ihnen war ein hoher Schrank, in dem weitere Elektronik steckte sowie verschiedene Abspielgeräte für jedes erdenkliche Format, von der altmodischen Videokassette über Tonbänder bis hin zu modernen Speicherkarten. Gleich hinter ihnen war die Tür und zur Linken ein kleines Fenster, welches mit dicken Vorhängen sowie einem elektrischen Rollladen abgedunkelt werden konnte. Sie hatten nur die Vorhänge zugezogen, sodass noch ein wenig Sonnenlicht auf die Bedienelemente fiel, das Licht hatten sie gelöscht.

An der Decke war ein Ventilator angebracht, der frische Luft von draußen hereinbringen sollte, doch die Filter waren mittlerweile so verstopft, weil niemand diese wechselte, dass kaum noch Luft den Weg in den stickigen Raum fand und so das Fenster regelmäßig aushelfen musste.

Sie beide starrten nun schon seit über einer Stunde auf die Filmaufnahmen, die eigentlich nur eine abwechselnd dichte, graue Suppe präsentierten, nämlich den Nebel von gestern Nacht, der ja bis zum Morgen angehalten hatte. Sie hatten die zwei einzigen Aufnahmen erhalten, die bezüglich der Tatorte relevant waren: Eine, welche eine Zufahrt in ein Parkhaus gleich neben der Brücke überwachte und etwa die Hälfte der Brückenzufahrt im Fokus hatte, was herzlich wenig war und eine weitere von der Baustelle, die am Gerüst befestigt gewesen war, um Diebstähle zu vermeiden, da immer wieder mal Material wie Kupfer oder Werkzeuge entwendet wurden und das dem Bauführer langsam auf die „Eier" ging, wie er Inspektor von Halden noch völlig entnervt erklärt hatte, bevor er widerwillig das Bildmaterial herausrücken musste.

Die Aufnahmen zeigten jeweils die letzten achtundvierzig Stunden, sie mussten sich allerdings pro Aufnahme nur etwa dreißig Minuten ansehen, um zu wissen, dass sie nun kaum etwas hatten. Inspektor von Halden hatte vor längerer Zeit vom polizeiinternen Bildtechniker mal einen kleinen Kurs bekommen, weil er jeweils Videoaufnahmen selbst untersuchen wollte, ohne auf die Abteilung warten zu müssen, was ihm schon manchmal zugutegekommen war. Im Prinzip hatte er gelernt, wie man Bildmaterial digital vorfiltern konnte, sodass man nur die relevanten Minuten anschauen musste. Hierfür gab es immer wieder mal Softwareupdates mit optimierten Algorithmen, die das Rauschen von tatsächlichen Begebenheiten unterscheiden konnten.

In ihrem Fall war das stetige Nebelrauschen irrelevant und somit hatte er den Filter so konfiguriert, dass nur die Abschnitte gezeigt werden sollten, bei denen Bewegung erkannt wurde. Er wollte auch, dass Arnold das lernte, weil er es als wichtig empfand, später jemanden zu haben, der diese todlangweilige und anstrengende Arbeit übernehmen konnte.

„Halte mal kurz an!", wies er Arnold an und nahm einen tiefen Atemzug.

Arnold hielt die Aufnahme sofort an und blickte verwundert zuerst den Inspektor und dann das Bild an. Angestrengt kniff er die Augen zusammen und spulte ganz langsam zurück, praktisch Bildaufnahme für Bildaufnahme, um jedes Detail erkennen zu können. Er beugte sich weiter nach vorn, bis die Nase beinahe den Bildschirm berührte, und lehnte sich entgeistert wieder zurück.

„Herr Inspektor, ich kann nichts erkennen, was haben Sie gesehen?", fragte Arnold voller Neugier und schaute weiter angestrengt den Bildschirm an, wobei er abwechseln ein paar Sekunden vor- und dann wieder zurückspulte.

„Ich habe eine Gelegenheit erblickt", beantwortete er die Frage seines Schützlings, streckte sich, bis ein Knacken zu hören war, und stand mit einem Seufzer auf. Etwas verwirrt blickte Arnold zu ihm hoch. „Was meinen Sie damit?"

„Du hast ja meinen Magen gehört und auf den Aufnahmen ist nichts zu erkennen", erklärte er ruhig, aber hungrig und fügte hinzu: „Jetzt ist eine gute Zeit, um Pause zu machen, wir gehen etwas essen."

Arnold nickte zustimmend, fuhr das System herunter und stand ebenfalls auf, erleichtert, dieser Tätigkeit vorläufig nicht länger nachgehen zu müssen.

„Und wohin gehen wir?", fragte Arnold mit einer gewissen Vorfreude.

„Ich habe wohl die falschen Worte gewählt, mein junger Freund", brummte Inspektor von Halden unheilvoll zurück und öffnete die zum trostlosen Flur führende Tür. „Ich meinte natürlich, wir gehen uns ‚ernähren'!", fügte er hinzu und trat hinaus, erleichtert, etwas bessere Luft einatmen zu können.

„Um Gottes Willen, Sie haben doch nicht etwa vor ...?", begann Arnold entmutigt und schloss die Tür hinter ihnen.

„Doch, wir gehen in der Kantine essen", grinste von Halden Arnold hämisch an und schritt den Flur runter in Richtung Fahrstuhl, dicht gefolgt von seinem Assistenten.

„Die Ethik scheint beim Essen verloren zu gehen, wir müssen dem Volk dienen und es schützen, aber wer schützt unsere Innereien?", fragte Arnold mit gespieltem Ernst und machte mit der Hand eine kreisende Bewegung über seinen Verdauungstrakt.

Sie waren mittlerweile beim Fahrstuhl angelangt, der sich gerade öffnete und zwei Polizisten ausspuckte, die sie kurz grüßten. Dann schritten sie schnell in Richtung der Büros.

„Hast du in ihren Augen gelesen?", fragte er Arnold belustigt. „Die kamen gerade von der Kantine, Angst und Schrecken sitzen noch tief", fügte er grinsend hinzu.

„In der Akademie hörte ich nur davon, aber die Leute so zu sehen, das erzeugt bei mir tiefes Grauen" konterte sein Assistent, sie beide stiegen in den Fahrstuhl und fuhren nach oben.

„Es ist wie in der Survival-Woche oder im Dschungel. Du musst nur wissen, was essbar ist und was nicht, dann überlebst du", schmunzelte Inspektor von Halden und wartete, bis der Fahrstuhl mit einem Ruck der Aufforderung, den Weg nach oben in Angriff zu nehmen, nachkam.

„Vermeide am Montag beispielsweise immer den Fisch, es sei denn, du möchtest dir Zwangsurlaub einhandeln", erklärte er seinem Assistenten weiter.

„Sollte man dem Fisch nicht im Allgemeinen aus dem Wege gehen, wie er dort doch misshandelt wird?", meinte Arnold spöttisch und beobachtete die digitale Anzeige, die gerade das zu erreichende Stockwerk ankündigte. Mit einem Ruck hielt der Fahrstuhl an und die Türen öffneten sich langsam, um ihnen den Weg frei zu geben. Der Geruch der Kantine stürzte ihnen regelrecht entgegen, es herrschte Hochbetrieb, viele Tische waren schon besetzt.

„Die Suppe kannst du auch gleich vergessen, sonst bleibst du mir den Rest des Nachmittags auf der Toilette", schob er nach und fuhr sogleich fort, „am genießbarsten ist der Reis mit Hühnerfleisch und etwas Gemüse, welches sie trostlos an der Salatbar als Lebensmittel deklariert haben." Zusammen schritten sie zur Salatbar, die sich in der Mitte zwischen den warmen Speisen und den Kassen befand. Er und sein Assistent stapelten die entsprechenden Zutaten auf die typisch weißen Kantinenteller, welche sie sich gleich zu Beginn der Essensausgabe geholt hatten.

„Kann man der Salatsoße trauen?", fragte Arnold misstrauisch, in der Hoffnung, dem Salat etwas Geschmack zu verleihen.

„Nimm lieber reines Olivenöl, ist vielleicht nicht so geschmacksintensiv, hat dafür andere Vorteile", beantworte er rasch die Frage seines Assistenten und nahm eine kleine Wasserflasche aus dem Kühlschrank, die er sorgsam auf seinem Tablett platzierte. Er stellte es auf der Metallablage ab, die zur Kasse führte.

„Sie meinen, ich behalte dafür mein Essen bei mir", schmunzelte Arnold und ergriff sich eine Cola. „Die ist für den fehlenden Geschmack, in Cola habe ich Vertrauen!"

Er gesellte sich neben Inspektor von Halden, der darauf wartete, dass die Kassierdame das Wechselgeld unbeholfen aus den Kartonröhrchen rausbrach und in die Kassen füllte. Sie war dünn und klein gewachsen, hatte einen schlecht geschnittenen Bob, viel zu dick aufgetragene Wimperntusche und eine schreiend bunte Bluse, welche zur kantigen, roten Brille passte, die ihr einen strengen Blick verpasste. Sie sah sehr viel älter aus als sie eigentlich war, was vom vielen Rauchen und der strengen Mimik kam. Er hatte sie noch nie leiden können, insbesondere, da das Essen wirklich nicht schmeckte.

„Wieso kommen eigentlich so viele Leute hierher? Wegen der Aussicht?", fragte Arnold verwundert und blickte um sich, während die Bedienung ihm einen giftigen Blick zuwarf.

„Guten Tag, das macht dann zwölf fünfzig, bitte", wandte sich die Kassiererin Inspektor von Halden zu, der gerade dabei war, das entsprechende Geld heraus zu kramen.

„Weißt du, Arnold, du hast hier zwei Typen Polizisten. Die einen wie wir, die wissen, wie man um die Minen herumläuft, und die anderen, welche die sprichwörtlichen Minen trotzdem essen und das Ganze dann mit Magenverstimmungsmitteln wieder ausbalancieren", fuhr er in seiner Erklärung fort, zählte das Geld auf seiner Handfläche nochmals und überreichte es der Dame, die mittlerweile rot vor Wut war und sich gerade noch beherrschen konnte.

„Danke, mein Herr", entgegnete sie verbissen und verstaute das Geld in der Kasse.

„Die sollten eine Apotheke hier oben einrichten, die würden ein Vermögen erwirtschaften", fügte sein Assistent beiläufig hinzu, schob sein Tablett nach vorn und händigte der Dame einen Geldschein aus, die diesen mit verbissenen Lippen entgegennahm. Nach einem kurzen Moment gab sie einem grinsenden Arnold das Wechselgeld und kümmerte sich sofort um den nächsten Gast. Sie war sichtlich froh, als sie sich von ihr entfernten.

Karl und Bernd saßen an einem Tisch gleich neben einem Fenster und machten gerade Anstalten, aufzustehen.

„Sind gerade fertig geworden!", rief Karl ihnen zu und winkte sie herbei, während er den letzten Schluck Mineralwasser aus seinem Glas trank. Sein Kollege Bernd hatte bereits seinen Platz aufgeräumt und war aufgestanden, in beiden Händen sein Tablett haltend. Arnold nahm dankend Platz. „Na, haben sie dir ein weiteres Auto gegeben oder fährst du in Zukunft Fahrrad?", stichelte Karl.

„Die haben so viel Vertrauen in mich, dass sie mir sogar einen Neuwagen zur Verfügung gestellt haben", grinste Inspektor von Halden zurück und fügte an: „Wenn du lange genug Wagen abschleppen lässt, kriegst du möglicherweise auch mal einen Bonus." Er nahm dankend Platz.

Karl lachte kurz auf, winkte abschließend ab und machte sich, das Tablett in einer Hand haltend, mit seinem Kollegen auf den Weg in Richtung Ausgang.

Inspektor von Halden nahm einen Bissen seines Mittagessens und verzog sogleich das Gesicht. Wie kann man den Reis nur so versauen, dachte er sich, das Zeug musste ja nur für eine bestimmte Zeit in Wasser kochen, ein Kind könnte das besser. Arnold schien auch nicht besonders begeistert zu sein und spülte die erste Kostprobe sogleich mit ein wenig Cola herunter.

„Fassen wir doch mal zusammen, was wir haben", begann Inspektor von Halden, das Gespräch aufzunehmen, und schaufelte zeitgleich sein Essen in den Mund.

„Ein Verbrechen", antwortete Arnold ohne zu zögern und deutete auf seinen Teller. „Aber ich denke, Sie meinen den Fall mit dem Kastenwagen und dem Geldautomaten", ergänzte er rasch und nahm ebenfalls wieder einen Bissen.

„Die Schuldigen sind ja bei diesem Verbrechen schnell gefunden. Wir haben zumindest schon mal einen Haufen Beweismittel, die uns helfen sollten, Motive und Personen im Laufe der Zeit identifizieren zu können."

„Das ist korrekt, Herr Inspektor. Wir wissen, dass ein eigentlich leerer Automat von der Baustelle gewaltsam entwendet und höchstwahrscheinlich mittels des genannten Fahrzeugs, welches wir auf der Brücke gefunden haben, dorthin transportiert worden ist", fing Arnold mit der Analyse an.

„Und dort wurde ein Versuch gestartet, den Automaten über Wasser umzuladen, der, wie wir wissen, gänzlich misslungen ist", ergänzte Inspektor von Halden die Zusammenfassung der Geschehnisse.

„Leider haben wir keinerlei Anhaltspunkte, wer die Täter sein könnten, da nichts aus den Überwachungsbändern zu entnehmen ist", schlussfolgerte Arnold weiter und nahm kräftige Schlucke aus seiner Cola-Flasche.

„Das stimmt so nicht ganz, meiner junger Freund", unterbrach er ihn. „Wir können davon ausgehen, dass es mehrere Täter gewesen sein müssen und es sich somit um eine geplante Tat handelt, die aber dilettantisch durchgeführt worden ist, da die Täter höchstwahrscheinlich nicht viel Ahnung von der Sache gehabt haben", korrigierte er seinen Assistenten.

„Da haben Sie wohl recht, Herr Inspektor", sagte Arnold und wirkte in Gedanken vertieft. „Es stellt sich auch die Frage, ob der Juwelier und der Automatenraub zusammenhängen wie Sie bereits mal erwähnt haben", fragte er sich und schaute dabei auf seinen Teller.

„Gute Frage, Arnold. Das weiß ich leider auch nicht. Es kann sein, es können aber tatsächlich auch andere Täter gewesen sein. Aber mein Bauchgefühl sagt mir, dass die irgendwie zusammenhängen. Wie, das werden wir noch herausfinden …" Er stocherte etwas entgeistert in seinem Essen rum und fügte hinzu: „Als Nächstes müssen wir mal feststellen, was mit dem VW-Kastenwagen war."

„Meinen Sie, ob er gestohlen war oder die Tatsache, dass eventuell genau dieses Gefährt am Vorabend möglicherweise bei Ihnen in der Nähe geparkt hat?", fragte ihn Arnold spitzfindig und zugleich amüsiert.

„Arnold, ich glaube, ich habe soeben ein gute Aufgabe für dich gefunden", erwiderte er grinsend.

„Ich gehe nicht davon aus, dass *Sie* zum Wohnblock fahren werden, um die Leute mit der Frage zu belästigen, ob sie in der Nacht Gestalten erkannt haben", schlussfolgerte Arnold mit einem kleinen Seufzer.

„Du hast es erfasst, scharfsinnig wie immer. Es ist auch keine Bestrafung", fügte er noch hinzu.

„Eine Belohnung aber auch nicht", konterte Arnold gleich.

„Die Belohnung ist der Stolz, einen Fall gelöst zu haben, und der Finanzausgleich Ende des Monats", erwiderte er sogleich und widmete sich nun der zweiten Hälfte seines Tellers, in der Hoffnung, dass wenigstens die Bohnen die Kochkünste dieser Nahrungsmittelsadisten überlebt hatten.

„Ich werde mich darum kümmern, ob der Wagen als gestohlen gemeldet wurde … und von wem", ergänzte Arnold noch kurz die Aufgabenaufteilung. Sein Handy vibrierte.

„Wie kannst du uns bei einem so wundervollen Essen mit deinem Mobiltelefon stören", fragte er Arnold grinsend und blickte ihn gespielt finster an.

„Entschuldigen Sie bitte, was für ein Fauxpas", meinte Arnold und versuchte, geschockt zu wirken.

„Wer ist es denn?", hakte von Halden nach und blickte fragend zu seinem Assistenten.

„Der Oberinspektor", antwortete Arnold kurz.

„Ja, dann wollen wir ihn doch nicht zu lange warten lassen, sonst kriegt er wieder hohen Blutdruck", wies er Arnold an und machte eine Geste, dass er das Gespräch entgegennehmen sollte.

Arnold nahm das Smartphone in die Hand und schaute Inspektor von Halden nochmals an. „Wieso ruft er *mich* an?"

„Weil ich ihm gesagt habe, dass ich eine neue Vorzimmerdame habe und diese die Anrufe für mich entgegennimmt, deshalb", antwortete er amüsiert.

Arnold schüttelte den Kopf mit einem leichten Grinsen und nahm mit einem selbstbewussten „Fritsch am Apparat!" das Telefonat an.

Während sich Arnold unterhielt, stopfe von Halden den Rest seines Mittagessens in sich hinein und spülte den unbefriedigenden Nachgeschmack mit einem Glas Wasser runter. Zumindest war er nun satt und sein Magen für die nächsten Stunden damit beschäftig, eventuell vorhandene Nährstoffe zu verarbeiten. Er ging eher selten in die Kantine essen, da das Essen einfach scheußlich war, weil nun mal die meisten Kantinen eine Monopolstellung besaßen und somit die Motivation, gutes Essen zu liefern, relativ klein war. Deshalb verbrachte er seine Mittagspause entweder mit einem guten Sandwich vom Imbissladen um die Ecke oder er besuchte eines der vielen Restaurants, die er mittlerweile gut kannte.

„Herr Inspektor", meldete sich Arnold wieder bei ihm und verstaute sein Mobiltelefon in der Hosentasche. „Es gibt einen neuen Fall beim Katzenklub", fuhr er fort. „Dort wurde offenbar eine Person tot aufgefunden. Der Ort wurde bereits von unseren Jungs abgesperrt, nun kommen wir zum Zug", erklärte er weiter.

„Hm, der Katzenklub, der ist ja nicht so weit weg von der Altstadt", grübelte er nach und bemerkte, wie Arnold gerade aufstehen wollte, aber noch nicht aufgegessen hatte. „Wo willst du hin?", fragte er ihn sogleich verwundert.

Arnold verharrte in einer halb gebeugten Stellung und schaute Inspektor von Halden verwundert an. „Der Oberinspektor hat gesagt, wir sollen uns gleich auf den Weg machen, die Kollegen warten schon auf uns", erwiderte er langsam.

„Ach, iss doch zuerst dein köstliches Mittagessen fertig. Wohin soll denn der Tote in den nächsten fünfzehn Minuten schon hingehen?" Mit der offenen Hand wies er auf den Stuhl und deute seinem Assistenten an, sich wieder hinzusetzen.

„Sie mögen es, mich leiden zu sehen", schmunzelte Arnold und würgte den Rest seiner Mahlzeit hinunter.

Inspektor von Halden stellte seinen Dienstwagen gleich neben dem geparkten Polizeiwagen ab, nachdem er dem Polizeikollegen sein Marke gezeigt und dieser dann die Absperrung kurz zur Seite geschoben hatte. Der Klub selbst hatte nur einen Gehsteigparkplatz, der bereits von einem Auto besetzt wurde, einem dunkelgrauen, großen Mercedes mit abgedunkelten Scheiben und sauber polierten Felgen – ummantelt von Niederquerschnittreifen. Sie mussten auf der gegenüberliegenden Straßenseite auf einem der zwei verfügbaren Parkplätze, die für ein Geschäft bewilligt worden waren und den Bürgersteig abschnitten, parken. Inmitten der Straße hatte der Polizeikleintransporter der Forensik provisorisch seinen Platz eingenommen, die Forensiker selbst waren wohl alle im Gebäude. Seine Kollegen hatten den Straßenabschnitt gleich ganz gesperrt. Verkehrspylonen standen auf der Straße und stützten das gelbe Kunststoff-Absperrband auf dem Weg vom einen Gebäude zum jeweils Gegenüberliegenden.

„Ist die Arbeit als Inspektor immer so ereignisreich?", fragte Arnold verwundert und öffnete seine Beifahrertür.

Mit einem Ächzen öffnete Inspektor von Halden seine Fahrertür und schaute kurz zu Arnold rüber: „Es läuft zurzeit fast schon zu viel, mein junger Freund. Ich habe kein gutes Gefühl", beantwortete er die Frage nachdenklich und wuchtete sich aus dem Fahrzeug. Sie drehten sich beide gleichzeitig um und betrachteten die Szenerie des Tatorts, die sich vor ihnen ausbreitete.

„Die Autoreifen des Mercedes sind aber sehr tief gelegt. Müssen die Felgen den Boden berühren?", fragte Arnold sarkastisch.

In der Tat waren zumindest die Reifen auf der Fahrbahnseite platt. Der Katzenklub – oder wie er mit roter Neonröhrenbeschriftung auf der Fassade des ersten Stockes gleich oberhalb des Eingangs beschriftet war: „The Cat's Club" – war ein Etablissement am Rande der Altstadt, keine zehn Gehminuten von der vorhin besuchten Baustelle entfernt. Die Worte zierten auf der Linken eine blau leuchtende, aus Neonröhren zurechtgebogene Katze und auf der Rechten eine gelb leuchtende Peitsche. Um diese Tageszeit waren die Röhren nicht eingeschaltet, man konnte aber die Farbe anhand des Materials erkennen. Auf der linken Seite des Gebäudes befand sich eine Gasse, welche die beiden Gebäude voneinander trennte und eine Verbindung zur nächsten Straße bildete. Auf der anderen Seite war das Gebäude an ein weiteres angebaut, so wie man halt dicht an dicht in einer Stadt baute. Auffällig war die weinrot bemalte Fassade, die dem ganzen Gebäude ein gewisses Etwas einhauchen sollte. Die unteren großen Panoramafenster waren mit Folie verdunkelt worden, sodass man nicht hineinsehen konnte, denn der Besitzer wollte schließlich, dass die Gäste für die halbnackten Frauen auch bezahlten. In den darauffolgenden Stockwerken waren bei allen Fenstern die Vorhänge zugezogen worden, es handelte sich wohl kaum um Wohnungen, sondern um an Prostituierte vermietete Zimmer.

Die Bar unten diente sozusagen als Vermittlungsstelle. Den Haupteingang bildete eine dunkelgraue Tür, welche von einem billig wirkenden, roten, aus Stoff bestehenden Vordach geschützt war, ähnlich, wie es bei Hotels manchmal zu sehen war. Der Besitzer bemühte sich offensichtlich, seinen Klub als etwas Edles zu verkaufen, denn er hatte vor der Tür, zur Hälfte über den Bürgersteig reichend, einen roten Teppich ausgerollt, der in den Lusttempel einladen sollte. Links und rechts von der Tür waren in der Mauer Haken angebracht worden, welche die weinroten Velour-Absperrungen festhielten, die in zwei Absperrpfosten am Kopf des Teppichs mündeten. Die dritte Kordel hing schlaf am rechten Absperrpfosten hinunter und konnte als elegante Barriere vom Türsteher jeweils eingehakt werden, um den Eingang zu versperren. Auf dieser Straße war um diese Zeit an einem Montagmorgen nicht viel los, denn alle Klubs, Bars und Restaurants hatten geschlossen, und die Liebesdamen hatten ihre Arbeit noch nicht aufgenommen, speziell natürlich nicht, wenn die Polizei vor Ort war. Es fing wieder an, leicht zu regnen.

„Na, dann wollen wir mal", brummte von Halden und marschierte zum Polizisten hinüber, der vor der Tür Wache hielt.

„Die Kollegen warten schon drinnen im vierten Stock", begrüßte sie der noch recht junge Wachposten und machte einen Schritt zur Seite, um ihnen Platz zu machen. Sie betraten beide nacheinander den Klub, geradeaus ging es zu den Toiletten und gleich nach links in die Bar, welche noch immer ein wenig streng roch, vom Alkoholkonsum und anderen Ausdünstungen. Der Raum war hell erleuchtet, nicht etwa wegen der Barbeleuchtung, die eher ein schummriges Ambiente erschaffen sollte, sondern wegen der Lichtstrahler, welche die Forensiker für ihren Vorbereitungsbereich aufgebaut hatten. Die Bar befand sich auf der rechten Seite, dahinter die berüchtigte Wand mit einer großen Auswahl an Alkohol, auf dem dunklen Tresen standen diverse Aschenbecher verteilt, rundherum waren die Hocker strategisch angeordnet. Entlang der Fensterfront und weiter in Richtung Privatbereich waren Polstergruppen mit kleinen Cocktailtischen aneinandergereiht. Im hinteren Bereich, verdeckt durch einen schwarzen Vorhang, welcher durch die Polizeikräfte beiseitegeschoben und befestigt worden war, befand sich die Treppe für die oberen Etagen. Auf dem Boden war ein weißes Schutzfleece angebracht worden, um mögliche Verunreinigungen am Equipment und an den Schuhen zu vermeiden.

„Grüß dich, Roger, wie geht's uns heute?", begrüßte er den Chef-Forensiker mit einem Kopfnicken und schüttelte ihm die Hand, nachdem dieser seine Latexhandschuhe ausgezogen und den Mundschutz nach unten gedrückt hatte.

„Viel zu tun, mein alter Freund, danke der Nachfrage", lächelte er zurück und gab auch gleich Arnold die Hand zum Gruß.

„Arnold Fritsch, freut mich", meinte Arnold.

Roger Lüthi war ein netter Kerl, trotz seiner Beschäftigung, die oft mit unschönen Dingen zu tun hatte. Er war ein drahtiger Mensch, eher der Bürotyp, und mit seinen achtundvierzig Jahren ein höchst erfahrener Forensiker, einer der besten, sagten viele.

„Seid ihr oben schon fertig oder müssen wir uns auch umziehen?", fragte von Halden Roger freundlich.

„Ich befürchte, ja. Wir haben schon viel gemacht, haben aber auf dich gewartet, bevor wir den Leichnam verschieben, sodass unser bester Inspektor die Situation wie vorgefunden betrachten kann", zwinkerte er Frederic mit einem breiten Grinsen zu und deutete auf zwei kleine Stapel, die anscheinen für sie bereitgestellt worden waren.

„Okay, Arnold, wir müssen uns wohl in neue Mode schmeißen. Dann kannst du gleich mal erleben, wie richtige Forensik funktioniert", wies er seinen Assistenten an und begann zunächst, sich den weißen Overall überzustülpen. „Wir können gleich vom Besten der Branche lernen", fügte er noch hinzu.

„Selbstverständlich, klingt höchst interessant, kann es kaum erwarten, Herr Inspektor", erwiderte Arnold mit einer unübersehbaren Vorfreude, verstaute hastig sein Mobiltelefon und fing auch an, die Schutzkleidung anzuziehen. Zu dem weißen Overall kamen noch Überschuhe, ein Mundschutz sowie Handschuhe hinzu. Dieses Outfit verhinderte sehr zuverlässig, dass das Personal, welches den Tatort betrat, diesen mit Spuren wie Speichel oder Haaren verunreinigen konnte. Roger setzte ebenfalls den Mundschutz auf und streifte ein neues Paar Latexhandschuhe über.

„Wenn mir die Damen bitte folgen würden", witzelte Roger und ging voraus, um ihnen den Weg zu weisen.

Das Treppenhaus war ebenfalls verdunkelt worden, indem dicke, dunkelrote Vorhänge vor den einzigen Fenstern pro Stockwerk aufgehängt worden waren, die Licht hereinlassen könnten. Das Licht kam von schwachen Schirmlampen, die schon mal besser Zeiten gesehen hatten und teilweise nur noch an ihren Drähten von den Wänden hingen. Es roch muffig, alt, und die Stufen knarzten unter jedem

Schritt, das Holz war wohl schon eine Ewigkeit nicht mehr ersetzt worden. Die ersten zwei Stockwerke beherbergten Wohnungen. Eigentlich waren es jeweils zwei Wohnungen, aber im Milieu war es üblich, die einzelnen Zimmer den Prostituierten teuer zu vermieten, so hatte man anstatt zwei plötzlich sechs oder sieben Wohnungen pro Etage. Wegen der Masken war das Atmen ein wenig erschwert, sodass alle drei, als sie oben angelangt waren, etwas ins Schnaufen gekommen waren.

Früher hätte Inspektor von Halden noch mehr Mühe bekundet, doch seit er regelmäßig Joggen ging, hatte sich seine Ausdauer spürbar verbessert.

„Hier, nehmt diese Notizblöcke, wenn ihr möchtet, der Stift ist auch gleich dabei!" Roger kramte zwei kleine, neuwertige Notizblöcke hervor und überreichte einen Arnold und den anderen Frederic. Ein kleiner schwarzer Bleistift war am Kopfende des Blocks in einer Schlaufe befestigt.

„Um halb eins hat uns die Putzfrau angerufen und über den grausigen Fund informiert", fing der Forensiker an, die Situation zu erklären.

„Ist sie auch für die Reinigung des Lokals zuständig?", hakte Inspektor von Halden kurz nach.

„Nein, sie ist nur für die Reinigung der Wohnung von …", Roger kramte selbst kurz nach seinem Notizblock, murmelte etwas vor sich hin, blätterte ein paar Seiten weiter und fuhr fort, „… Matej Biskup verantwortlich, ein Tscheche gemäß Ausweis, aber ich denke, das wird nicht seine echte Identität sein."

„Wohl kaum", bekräftigte von Halden die Aussage des Forensikers.

„Wie ihr sehen könnt, wurde er in seinem Wohnzimmer mit drei Schüssen in die Brust getötet. Laut dem Stand der Dinge ist das auch die Todesursache", fuhr er fort, nachdem sie alle drei die Wohnung betreten hatten.

„Was käme denn bei einem solchen Anblick noch als mögliche Todesursache infrage?", wandte sich Arnold interessiert an Roger und trat vorsichtig etwas näher.

„Ausgezeichnete Frage, mein junger Freund", erwiderte der Forensiker mit leichter Freude. „Frederic, ich habe das Gefühl, dass sie dir den Richtigen zugewiesen haben, der Junge gefällt mir", fuhr er, dem Inspektor zugewandt, fort. „Wir konnten noch keine Anzeichen für eine Vergiftung feststellen, selbstverständlich gibt es Substanzen, die erst bei einer Autopsie erkennbar sind, andere wiederum sind auch dann noch äußert schwer zu finden." Während der Forensiker sein Erklärungen abhielt, schaute sich Inspektor von Halden ein wenig um.

Das Wohnzimmer war sehr geräumig, denn die oberste Wohnung nahm das ganze Stockwerk in Beschlag und war als Studioappartement designt worden. Wenn man aus dem Gebäude rausblickte, befand sich der Haupteingang ganz links, praktisch bündig mit der Mauer zum anderen Gebäude, im Treppenhaus war genügend Platz für einen Schuhschrank sowie zwei große Topfpflanzen der Familie Ficus, die dank eines Dachfensters viel Licht erhielten. Gleich links vorn in der Ecke befand sich ein Sprudelbad, gebaut auf einem kleinen Sockel und mit rotem Velour-Teppich überzogen, scheinbar als Kontrast zur weißen Designwanne, welche den Blick nach außen ermöglichte, während man badete.

Der gesamte Boden der Wohnung bestand aus einem teuren, hellen Marmorgestein, das leicht glänzte, was darauf hindeutete, dass es versiegelt war. Gleich neben der Lustpfütze stand eine große aus schwarzem Leder überzogene Polstergruppe, davor lag ein heller Kurzhaarteppich, der mittlerweile etwas rötlich geworden war, denn genau darauf lag die Leiche, den Kopf leicht zur Seite geneigt, die Hände ausgestreckt, die Beine leicht auseinander, auf dem Rücken liegend. Gleich neben der Eingangstür scharf rechts befand sich ein großes Bad, eine Tür weiter das übergroße Schlafzimmer. Am Ende der Fensterfront war die offene Küche mit großem, aus dunklem Granit bestehendem Bartresen, gesäumt von drei, mit rotem Velour überzogenen Barhockern mit verchromten Füßen. Die gesamte Wohnung wirkte luxuriös, alles nur vom Feinsten, was man angesichts des Gebäudes selbst nicht erwarten würde. Zu seinem Erstaunen waren alle Wände mit weißem Putz versehen, er hätte irgendwie eine exotischere Farbe erwartet.

„Aber wieso würde man jemanden vergiften und danach erschießen?", hakte Arnold verwundert nach.

„Das kann mehrere Gründe haben", ergriff Inspektor von Halden das Wort. „Beispielsweise versucht man, jemanden tödlich zu vergiften, aber etwas geht schief, dann muss man die Arbeit eben anders erledigen."

„Oder der Mörder versucht, von sich abzulenken und die Tat nach etwas anderem aussehen zu lassen", fügte Roger belehrend hinzu.

„Verstehe, sodass wir beispielsweise anstatt nach einem Profikiller eher nach Gelegenheitsgaunern suchen würden." Arnold nickte und betrachtete den Verstorbenen genauer.

„Was ist mit seinem Kopf passiert, hat er sich beim Fallen den Kopf am Couchtisch angeschlagen?", bohrte Arnold weiter und deutete mit dem Zeigefinger auf eine Stelle am Hinterkopf, an der viel vertrocknetes Blut klebte.

„Exakt, das wäre nach den jetzigen Erkenntnissen ebenfalls meine Theorie. Die Wunde, der Winkel und der Abstand zum Tisch passen hierfür perfekt zueinander", ergänzte der Forensiker und bekräftigte somit die Analyse von Arnold.

Die Augen von Herr Biskup waren etwa halb offen und starrten ins Leere, sein dunkelblaues Hemd hatte er an den

Armen hochgekrempelt und die Knöpfe bis zur Brust offen gelassen, um die schwere, silberne Halskette in Kombination mit den Brusthaaren präsentieren zu können. Das Hemd war ursprünglich sauber in den dunkelblauen Jeans verstaut gewesen und hing nun teilweise, wahrscheinlich durch den Sturz verursacht, heraus. Ein silberner Totenkopf als Gürtelschnalle verzierte den breiten, schwarzen Ledergürtel, welcher die Hose am schlanken Bauch festhielt.

Der Oberkörper war sehr kräftig, genau so wie die Arme, was darauf hindeutete, dass das Opfer viel Zeit im Fitnessstudio verbracht haben musste und eventuell mit Substanzen nachgeholfen hatte. An den Füßen trug er elegante, dunkelschwarze Lederschuhe mit schwach profilierten Sohlen, welche von dünnen, schwarzen Stoffsocken begleitet wurden. Die schwarzen Haare waren kurz geschnitten, die Seiten noch kürzer gehalten, und an der linken Schläfe war eine kleine Narbe zu sehen.

„Ich denke eher, dass der Typ serbischer Herkunft ist oder was meinst du, Roger?", fragte Inspektor von Halden seinen Kollegen, während er die Leiche weiter studierte.

„Diese Vermutung ist mir auch schon durch den Kopf gegangen", gab dieser offen zu und wies mit dem Zeigefinger auf die offene rechte Hand des Opfers. „Wie ihr sehen könnt, hat dieser junge Herr einen silbernen Ring und am Finger daneben eine aufgehellte Stelle, was darauf hindeutet, dass er noch einen Ring getragen hat."

„Kamen die Schüsse aus derselben Waffe oder waren es mehrere Schützen?", wollte Inspektor von Halden wissen und stellte sich etwa dorthin, wo der Schütze gestanden haben könnte.

„Ich kann das noch nicht beurteilen, aber es scheint zumindest dasselbe Kaliber zu sein, neun Millimeter. Ob es ein Revolver oder eine Pistole war, müssen die Ballistiker untersuchen. Sobald wir die Projektile haben, können wir mehr dazu sagen", erklärte der Chef-Forensiker ruhig und wies auf das Blut und die Einschusslöcher in der Rückenlehne des Sofas.

„Demzufolge wurden keine Hülsen gefunden", stellte Inspektor von Halden fest.

„Das ist korrekt. Daraus zu schließen, dass es sich um einen Revolver gehandelt haben muss, wäre aber noch zu früh", berichtete Roger weiter.

„Was meinst du, Arnold, wie ist das hier vonstatten gegangen?", wandte er sich seinem Assistenten zu und verschränkte gespannt die Arme vor seiner Brust. Roger drehte sich ebenfalls interessiert um und schaute Arnold gutmütig an.

Arnold schaute sich die Einschusslöcher an und betrachtete nochmals genau, wo die Leiche lag. „Das Opfer muss gekniet haben, ansonsten wären die Schüsse in der Wand, was bedeutet, dass dieser Mann hingerichtet wurde. Das weist auf eine persönlich motivierte Tat hin", schlussfolgerte er und schaute gespannt in die Runde, den Notizblock in Bereitschaft haltend.

„Wie groß ist der Kerl in etwa, eins achtzig?", wandte sich Frederic rasch Roger zu.

„Wir haben ihn kurz vor eurer Ankunft vermessen, er ist ein Meter zweiundachtzig groß und dürfte um die fünfundneunzig Kilo wiegen, das müssen wir allerdings noch prüfen, sobald wir ihn im Leichenschauhaus haben", beantwortete er Frederics Frage gelassen und blickte wieder in die Runde.

Frederic schaute wieder zu Arnold.

„Kein schlechter Anfang, aber das war ja erst der offensichtliche Teil. Erkläre uns, wie die Hinrichtung verlaufen sein könnte und wie die Täter in die Wohnung gekommen sein könnten", forderte er seinen jungen Assistenten auf, die Analyse fortzusetzten.

„Ich denke, der oder die Täter hat oder haben ihre Waffen erst gezogen, als Herr Biskup auf dem Sofa saß", fuhr Arnold fort. „Wahrscheinlich hat er auf den Knien darum gebeten, eine weitere Chance erhalten zu können – oder dass sie ihm mehr Zeit für etwas geben sollten. Offenbar wurden sie sich nicht einig, worauf der Täter auf kurze Distanz Herrn Biskup erschossen hat." Arnold platzierte sich neben Inspektor von Halden und hob seine rechte Faust auf Hüfthöhe, als würde er eine imaginäre Pistole in der Hand halten. „Vom Winkel her hat dieser von der Hüfte aus geschossen, hätte er die Waffe auf normaler Höhe gehalten, wären die Schüsse auf dem Sitzpolster anstatt in der Rückenlehne gelandet." Dann blickte Arnold plötzlich zur Eingangstür und marschierte mit entschlossen Schritten in den Flur hinaus, um in die Ecke oberhalb der Tür zu blicken. Er nickte sich selbst bestätigend zu und kam in den Raum zurück.

„Die Tür wurde entweder freiwillig geöffnet oder mit einem Zweitschlüssel entsperrt, ich kann kein gewaltsames Eindringen feststellen. Das Opfer und die Täter haben sich demzufolge gekannt", schloss Arnold stolz sein Plädoyer und wandte sich kurz dem Chef-Forensiker zu. „Gab es Meldungen wegen Schüssen oder Lärm?"

„Herr Fritsch, das ist nicht unsere Aufgabe", beantwortete dieser Arnolds Frage lachend. Arnold grinste verlegen: „Stimmt, das wäre ja dann unser Teil."

„Herr Inspektor, soll ich gleich mal die Nachbarschaft befragen? Vielleicht können wir so noch weitere Informationen einholen", fragte Arnold den Inspektor beflissen.

„Das kannst du dir sparen, mein Junge. Es wird uns niemand die Tür aufmachen und wenn doch, dann hat niemand etwas gesehen oder gehört", entgegnete er und brachte seinen übermütigen Assistenten zurück in die Realität. Arnold wollte sogleich widersprechen, doch Inspektor von Halden unterbrach ihn: „Wir werden unsere Pflicht selbstverständlich tun und schicken zwei Polizisten, die diese Arbeit machen werden. Sie wird aber höchstwahrscheinlich ergebnislos verlaufen. Wir kümmern uns um die wichtigen Dinge, mein ungeduldiger, junger Freund." Er hob die rechte Hand und machte eine beruhigende Geste. „So weit hast du aber recht, Arnold. Die Täter und das Opfer haben sich gekannt", er kniete nieder und schaute den Toten nochmals genau an, konnte aber keine weiteren entscheidenden Einzelheiten ausmachen. „Du kannst ihn jetzt umdrehen, wenn du möchtest", sprach er zu Roger gewandt.

„Gern, aber hilf mir doch rasch dabei, der Kerl ist kein Leichtgewicht", entgegnete Roger und kniete sich auf Schulterhöhe des Opfers nieder. Gemeinsam drehten sie das Opfer zur Seite, konnten aber bis auf den blutdurchtränkten Teppich und die drei Austrittswunden nichts Besonderes feststellen. Frederic fasste nacheinander in die eine und dann in die andere Gesäßtasche der Jeans, konnte aber nichts finden. Vorsichtig legten sie das Opfer wieder auf den Rücken.

Danach tasteten Roger und er die vorderen Taschen ab, konnten aber ebenfalls nichts entdecken.

„Da waren die Täter wohl schneller oder er trug tatsächlich nichts bei sich", schloss Inspektor von Halden die Aktion ab und stand mit einem Ächzen wieder auf, seine Latexhandschuhe leicht rötlich verschmiert vom Blut des Opfers.

„Die Austrittswunden haben eine typische Größe von Neun-Millimeter-Geschossen, was meine erste Vermutung bestätigen würde", schloss Roger ebenfalls seine Untersuchung ab.

„Ob es ein Revolver oder eine Pistole war, wird im ersten Moment nicht so zentral sein. Die Waffe wird sowieso nicht registriert und somit nicht rückverfolgbar sein. Dem nachgehen werden wir aber trotzdem müssen", seufzte Inspektor von Halden.

„Wie es aussieht, war das Opfer wahrscheinlich der Puff-Meister. Mich wundert es allerdings, dass er so luxuriös leben konnte", hakte sich Arnold in die Unterhaltung ein und stand prüfend vor einem Gemälde. „Ist das nicht ein Max Liebermann?", fragte Arnold verwundert in die Runde.

Inspektor von Halden schritt neugierig zu seinem Assistenten hinüber und begutachtete das Ölgemälde, welches zwei Reiter an einem Strand zeigte und an der Wand zur Küche hing.

„Ich bin kein Kunstexperte, Arnold, aber ich denke nicht. Es sieht mir eher wie eine sehr teure, detailgetreue Kopie des Originals aus. Solche Gemälde kosten, auch wenn sie nicht das Original sind, gut und gern über dreißigtausend Euro", beantwortete er Arnolds Frage und begutachtete weitere Kunstgegenstände. Es gab ein weiteres Bild etwas weiter hinten, das ein großes Haus zeigte – gemäß Unterschrift handelte es sich um den Künstler Paul Cézanne. Auch hier handelte es sich um eine kaum vom Original zu unterscheidende Kopie, zumindest für den Laien.

„Bezüglich des Puff-Meisters hast du recht, Arnold. Wie es aussieht, hat er wohl zu viel Geld für seine eigenen Eskapaden abgezweigt, was der lokalen Verbrecherorganisation, die ihn wahrscheinlich gesponsert hat, nicht besonders gepasst hat", versuchte er weiter, das hier Vorgefallene Stück für Stück zusammenzusetzen.

„Die *Gäste*", wobei Arnold das Wort Gäste betont süffisant aussprach, „waren wohl Handlanger der besagten Organisation, die das fehlende Geld einkassieren wollten."

„Für einen Kaffeeplausch waren die wohl nicht hier", fügte Roger hinzu, der immer noch neben dem Opfer stand und den Inspektor wie Arnold bei der Arbeit beobachtete.

„Der Typ hat seine Auftraggeber also beschissen. Das Geld wird er nicht nur mit den Frauen gemacht haben, da sind auch harte Drogen im Spiel", überlegte er weiter. „Sie sind ihm wohl nicht sofort auf die Schliche gekommen, sonst hätte er sich das alles nicht aufbauen können. Er wird zwei Bücher geführt haben", führte er seine Gedanken weiter.

„Das Geld wird wohl weg sein, aber meinen Sie, Herr Inspektor, dass sowas wie die Bücher hier noch versteckt sein könnte?", fragte Arnold gespannt.

„Wer genau bescheißen will, ohne dabei erwischt zu werden, muss sich die Zahlen aufschreiben. Er wird das kaum auf einem Computer gemacht haben. Irgendwo in dieser Wohnung ist Herr Biskups Meisterplan versteckt." Mit einem erhobenen Zeigefinger bekräftigte Inspektor von Halden seine Aussage und blickte in Richtung Schlafzimmer.

12
Der Glücksbringer

James, Anna und Stefan standen auf dem Bürgersteig und schauten in den dichten Nebel hinein, von wo Christoph höchstwahrscheinlich jeden Augenblick kommen würde. Und tatsächlich, es tauchten plötzlich zwei helle Lichter auf, gefolgt von einem dunkelgrauen Kastenwagen, der gleich auf ihrer Höhe hielt. Für einen Augenblick erstarrten die drei vor Schreck, bis sie erkannten, dass Christoph hinter dem Steuer saß. Dieser stellte den Motor ab, öffnete leise die Fahrertür und stieg vorsichtig aus, ohne die Tür richtig zu verschließen.

„Woher hast du denn das Teil, Christoph?", fragte ihn James unvermittelt, starrte zuerst den Wagen und dann Christoph ungläubig an.

„Ihr werdet es kaum glauben", flüsterte der aufgeregt. „Zwei schwarz vermummte Typen haben vor unserer Nase auf der anderen Straßenseite diesen Wagen geparkt und sind dann in die Altstadt verschwunden", erzählte er hastig und verhaspelte sich beinahe.

„Haben die euch gesehen?", fragte Anna ängstlich.

„Nein, glaube ich nicht. Die haben irgendwie gestritten und sind dann hastig davongelaufen, ohne den Wagen abzuschließen", beantwortete Christoph flüsternd die Frage und schaute in die Runde.

„Über was haben die denn gestritten?", hakte Anna naiv nach.

„Woher soll ich denn das wissen, ich hab die nicht gefragt! Maria und ich haben uns so gut es ging versteckt, bis die Typen weg waren", zischte er zurück.

„Wo ist Maria? Ist sie im Wagen?", fragte Stefan verwundert und durchsuchte mit seinen Augen die Kabine des Wagens, ergebnislos.

„Ich habe sie im Auto zurückgelassen und ihr gesagt, dass ich ihr gleich per Handy Bescheid geben würde, was läuft", wandte er sich Stefan zu.

„Du hast deine Tochter allein im Wagen gelassen?", empörte sich Anna und wollte gleich zu einer Schelte ausholen, wurde aber von Christoph sofort unterbrochen.

„Selbstverständlich habe ich sie im anderen Wagen gelassen. Schon schlimm genug, dass sie bei diesem Raubzug dabei ist, da braucht sie ja nicht in einem gestohlenen Fahrzeug zu sitzen, oder?", keifte er, was Anna dazu veranlasste, einen kleinen Schritt zurückzumachen und die Hände abwehrend nach vorn zu halten.

„Schon gut, du hast ja recht. Es tut mir leid, ich meinte es nur gut", versuchte sie, Christoph wieder zu beruhigen und entschuldigte sich.

„Ist der Wagen leer?", mischte sich Stefan in die Unterhaltung ein.

Christoph blickte verdattert zu Stefan rüber und wusste im ersten Moment nicht, was er sagen sollte, diese Frage hatte er nicht erwartet.

„Ja, glaub schon", begann er vorsichtig und blickte zum Wagen zurück, als könne er durch das Blech blicken. „Auf dem Beifahrersitz waren zwei Fast-Food-Tüten, im Laderaum vielleicht ein paar Werkzeuge", kamen die Informationen langsam aus ihm heraus.

„Hat der Wagen eine Anhängerkupplung?", wollte Stefan rasch wissen.

„Ja", kam die sehr kurze Antwort von Christoph.

„Perfekt. Gut gemacht. Wir haben nicht viel Zeit. Wir müssen uns jetzt wirklich beeilen. Habe echt keine Lust, herauszufinden, wer diese Typen sind und wem der Wagen gehört", flüsterte Stefan hastig in die Runde. „Christoph, hüpf in den Wagen und park ihn rückwärts zum Automaten", wies er ihn an und dreht den Kopf zu James. „Du suchst uns noch zwei dicke Bretter, damit wir den Automaten besser in das Fahrzeug wuchten können."

„Ich nehme einfach zwei Bretter vom Gerüst, die sind dick und halten einiges aus", nickte James Stefan zu und machte sich abermals auf den Weg zum Gerüst.

„Komm mit, Anna, ich werde dir die Bretter runterreichen …" James winkte Anna zu sich heran und kletterte erneut empor.

„Christoph, ich werde dich einweisen", flüsterte Stefan Christoph noch zu und stellte sich nahe der Mauer neben dem Automaten auf, um bereit zu sein. Er war froh, dass die Sache bald abgeschlossen sein würde, wobei er dann noch herausfinden musste, was sie nun mit dem Automaten und dem gestohlenen Wagen machen wollten. Zurzeit hatten sich mehr Probleme angehäuft, als sich Lösungen präsentiert hatten. Er konnte im Augenwinkel schemenhaft erkennen, wie James vorsichtig ein Gerüstbrett runterhängen ließ, während Anna breitbeinig festen Stand suchend das Brett gerade noch so in Empfang nehmen konnte, dass sie es senkrecht auf dem Gehweg abstellen konnte, ohne zu viele Geräusche zu verursachen.

Vorsichtig lehnte sie es dann an die Gebäudemauer und vergewisserte sich, dass es nicht verrutschen würde, da kam auch schon das zweite Brett auf sie zu. Christoph hatte den Wagen schnell in Position gebracht und fuhr nun im Schneckentempo rückwärts, Stefans Handzeichen, die er im schwachen Licht gerade noch so erkennen konnte, genau folgend, während er in den Rückspiegel schaute,. Die Hinterreifen des Wagens kletterten die steile Kante des Bürgersteiges hoch und blieben dann, etwa eine Armlänge vom Gerüst entfernt, stehen, nah genug, um die Schlaufe des

Zurrgurtes über die Anhängerkupplung zu legen. Stefan zerrte nochmals daran, um sich zu vergewissern, dass alles saß. Dann schritt er nach vorn zur Fahrertür. Christoph hatte die Scheibe schon vor dem Rückwärtsfahren runtergelassen, damit er allfällige Befehle von Stefan hören konnte.

„Hör zu, Christoph, jetzt gilt es. Wir müssen das Teil rausrupfen, also kannst du schnell losfahren und durch die plötzliche Spannung sollte sich das Gerät von der geschwächten Verankerung lösen. Soweit alles klar?", sprach er die Aktion mit Christoph ab.

„Alles klar. Gibst du mir ein Signal, wann ich aufhören soll?", fragte er noch kurz nach.

„Genau, wenn ich meine Arme vor meinem Gesicht kreuzend schwenke, dann brich bitte sofort ab. Nicht, dass uns der Automat noch irgendwie blöd umkippt oder so, klar?", beantwortete er Christophs Frage, klopfte ihm durch das Fenster hindurch auf die Schulter und schlich wieder zurück zum Geldautomaten.

„James und Anna, geht ein bisschen zur Seite, für den Fall, dass die Gurte nachlassen oder irgendwelche Splitter fliegen", flüsterte Stefan ihnen noch kurz zu, worauf sie ein paar vorsichtige Schritte von der Abschleppkonstruktion weg machten.

„Ach, und Anna, schreib doch Maria kurz eine Nachricht, dass alles in Ordnung ist, nicht, dass sie sich noch Sorgen macht oder Angst kriegt", fügte er noch rasch hinzu.

Anna nahm daraufhin ihr Mobiltelefon wieder in die Hand. Er hob den linken Daumen, sodass Christoph diesen im Rückspiegel erkennen konnte, und gab ihm das Signal, zu starten. James starrte gespannt auf die Zurrgurte und blickte ab und zu zum Automaten, in der Erwartung, dass gleich die ganze Kiste rausgezerrt werden würde. Christoph ließ den Motor aufheulen und einen Wimpernschlag später gab es einen hörbaren Knall, als alle vier Verankerungspunkte praktisch gleichzeitig nachließen. Der Automat machte einen leichten, hörbaren Satz nach vorn, war aber noch nicht weit aus der Wand gekommen. Christoph gab weiterhin kräftig Gas und die Reifen drehten immer wieder durch, jedes Mal, wenn die Zurrgurte wieder die volle Spannung aufgebaut hatten, worauf der Kasten wieder eine Fußlänge nach vorn rutschte und der Kante des Bürgersteiges immer näher kam. Stefan ruderte wie wild mit den Armen, doch Christoph konnte ihn offenbar nicht sehen, worauf er zur Fahrertür sprintete und ihm rasch auf die Schulter klopfte, gerade noch rechtzeitig, wie er feststellen konnte. Der verursachte Lärm hielt sich erstaunlicherweise in Grenzen, dennoch verharrten all vier wie erstarrt in ihren Positionen und lauschten in die Nacht hinein, ob sich vielleicht doch jemand nähern würde. Nach etwa einer Minute, die sich anfühlte wie eine Ewigkeit, konnten sie sich wieder aus ihrer Starre lösen. Christoph stieg wieder aus dem Wagen aus und sie versammelten sich um den Geldautomaten, der zehn Zentimeter vor der Bürgersteigkante zum Stehen gekommen war.

„Was nun?", flüsterte James und schaute in die Runde. Stefan begann, den Zurrgurt wegzumachen und deutete mit seiner Rechten in die Richtung, wo die Bretter an das Gebäude angelehnt waren.

„Christoph, mach den Laderaum auf. Danach werden wir die Bretter als Rampe benutzen." Während Christoph die Ladetüren behutsam öffnete, half Anna Stefan, die Zurrgurte von der Anhängerkupplung und dem Geldautomaten zu entfernen. James schlich zu den Brettern hinüber und nahm eines in die Hand. Er ächzte leise, denn diese zwei Meter fünfzig langen und dicken Bretter waren alles andere als leicht.

„Okay, leg das Brett so hin, dass es eine Rampe vom Bürgersteig aus direkt auf die Ladekante gibt", wies Stefan James an und fasste sogleich das eine Ende des Brettes an, um es vorsichtig auf die Ladekante des Wagens zu legen. James platzierte das andere Ende sauber auf den Bürgersteig, den Geldautomaten am Fuß berührend und leicht zur Seite versetzt, da er wusste, dass das zweite Brett auch noch dorthin musste.

„Sag mal, hast du dich bepinkelt?", fragte ihn Christoph mit gerümpfter Nase, der nun ganz nahe bei ihm stand und auf die nassen Hosen wies.

„Nein, Christoph, das war einer dieser dämlichen Bullen von vorhin", erklärte er verärgert. „Der hat wohl zu viel Kaffee getrunken und gegen das Gerüst gepinkelt. Ein Glück, dass ich gleich dahinter gestanden bin, nicht?"

„Ach so, ich dachte schon, du wärst inkontinent", fügte Christoph schadenfroh hinzu und machte einen Schritt zur Seite. James lachte leise auf und Anna schüttelte nur mitleidig den Kopf.

„Anna, schau mal in den Wagen, ob du so was wie Umzugsdecken findest", flüsterte James ihr zu.

„Wieso denn, hast du Angst, wir würden den Kasten zerkratzen?", fragte sie verwundert zurück und machte eine ausholende Geste, die den ganzen Geldautomaten umfasste. Sie wies auf die völlig zerkratzte Metallseite des Gerätes.

„Nein, aber so lässt sich das Teil leichter die Rampe hochschieben", entgegnete er ihr rasch, während er gerade das zweite Brett brachte.

„Außerdem müssen wir das Teil noch kippen, die Decken werden den Aufprall etwas dämpfen", ergänzte Stefan rasch, während er das Ende des zweiten Brettes sorgsam neben das des ersten auf der Ladekante platzierte. Anna nickte und verschwand im Laderaum, um wenige Augenblicke später stolz mit drei Decken in den Händen wieder nach vorn zu kommen.

„Hier, ich glaube, sowas habt ihr gesucht, nicht?", grinste sie und breitete die Decken sorgsam, mit der Hilfe von Christoph, auf der improvisierten Holzrampe aus. Sie konnten so drei Schichten anlegen und die Bretter waren unter den dicken Wolldecken nicht mehr zu erkennen. Stefan fragte sich, ob das gut gehen konnte, der Automat würde sicher fünfhundert Kilo wiegen, was sie nicht mehr aufrichten konnten, falls etwas schieflaufen sollte. Zumindest musste er sich keine Sorgen um den Wagen machen, da er ihnen ohnehin nicht gehörte.

„Okay, James und Christoph, ihr stellt euch je auf eine Seite der Rampe und zieht am Automaten, bis er auf den Brettern gelandet ist. Ich werde von der anderen Seite her stoßen und mit dem Stemmeisen nachhelfen", wies er seine Mannschaft an, schmiss die Zurrgurte weit in den Laderaum und hob das Stemmeisen auf, welches sie noch am Boden deponiert hatten. James und Christoph machten sich bereit, beide fassten die Oberkante des Gerätes. Stefan eilte zur Rückseite des Automaten und fand einen Spalt zwischen Boden und Gerät, an dem er das Stemmeisen vorsichtig einsetzte. Er betete insgeheim, dass seine Kollegen viel Kraft hatten, denn er hatte sich noch immer nicht vom Schock von vorhin komplett erholt und spürte, dass ihm die Kraft fehlte. Er würde sich durchbeißen müssen. Seine beiden Hände griffen fest um das Ende des Stemmeisens, hierfür ging er leicht in die Hocke, wie beim Gewichtheben, und stemmte seine linke Schulter gegen den Automaten.

„Passt auf, dass ihr die Finger nicht dazwischen habt, wenn das Teil fällt, klar? Also, los", flüsterte er ihnen zu und stemmte mit aller Kraft. Seine Knöchel wurden weiß, und er konnte James stöhnen hören. Kurz bevor er dachte, dass seine Knie nachgeben würden, rutschte der Geldautomat vor und kippte plötzlich schneller als ihm lieb war nach vorne, um mit einem dumpfen Knall auf die Rampe zu fallen. Er konnte hören, wie eine der Ladetüren von der Wucht zurückschwang und Christoph im Rücken traf, worauf sich dieser leise fluchend umdrehte und die Tür diesmal korrekt arretierte. Mit einem leisen Stöhnen richtete sich Stefan wieder auf und vergewisserte sich schnell, dass es allen gut ging. „Seid ihr in Ordnung, niemand verletzt?", fragte er nacheinander James und dann Christoph. Beide nickten und zeigten einen nach oben gerichteten Daumen.

„Passt auf die abgebrochenen Schrauben auf", wies James die anderen an und drückte auf der einen Seite die Schraube in den Automaten hinein, die dann mit einem leisen Klirren im Gehäuse verschwand. Christoph erledigte rasch das Gleiche auf der anderen Seite. Das Gewicht des Automaten hatte deutlich sichtbar die Federung des Wagens nach unten gedrückt, die Bretter schienen den Aufprall gut weggesteckt zu haben und waren praktisch nicht verrutscht. Stefan legte das Stemmeisen rasch zur Seite und winkte James sowie Christoph zu sich hinter den Automaten.

„Meinst du, wir können das Teil die Rampe hochschieben. Wie schwer ist es? Fünfhundert Kilo?", wandte Christoph verunsichert ein, bei dem mittlerweile auf der Stirn auch Schweißperlen zu sehen waren.

„Wir haben hier ja eine Rampe, Christoph, da schiebst du nicht mehr das ganze Gewicht. Und da sie jetzt fast waagerecht ist, müssen wir das Teil eigentlich nur noch in den Laderaum schieben", erklärte Stefan geduldig und setzte die Hände auf dem Automaten an.

„Das sind jetzt vielleicht noch hundertachtzig Kilo, mein Freund. Zu dritt sollte das machbar sein", ergänzte

James und machte sich ebenfalls bereit, den letzten Kraftakt zu absolvieren. Christoph und James konnten den Automaten von der Seite her schieben, Stefan musste die Rampe selbst verwenden, was für ihn die Sache erschwerte. Er nickte den anderen beiden zu und wie auf ein unsichtbares Kommando fingen sie alle an, kräftig zu stoßen. Der Automat glitt langsam die Rampe empor in Richtung Laderaum. Als der Kasten die Hälfte seines Gewichtes im Wagen hatte, wurden die Bretter von der Ladekante aus plötzlich in die Höhe gedrückt, sodass sie den Bürgersteig nicht mehr berührten, was dazu führte, dass Stefan auch plötzlich in die Höhe gedrückt wurde, worauf er nicht gefasst gewesen war. Sein rechter Fuß rutschte von der Rampe, um dem mittlerweile wieder sichtbaren Holz die Gelegenheit zu bieten, sein Schienbein zu ramponieren. Sein Fuß fand unvermittelt das Ende der Talfahrt beim Aufprall auf dem Straßenbelag und konnte die Wucht nur dadurch aufhalten, indem er einfach einknickte, worauf Stefan seitlich wegkippte und mit Schmerz verzogenem Gesicht zu Boden fiel.

Christoph und James bemerkten es erst, nachdem sie den Automaten fertig reingedrückt hatten und sich die Last nicht mehr auf den Brettern befand, wodurch diese polternd auf den Boden sowie auf den Fuß von Stefan fielen, der gerade noch einen Aufschrei unterdrücken konnte.

„Stefan, alles in Ordnung?", flüsterte James besorgt, als er ihn am Boden sah, und kniete sofort neben ihm nieder. Christoph hob das Brett, das sich gerade auf dem Fuß von Stefan ausruhte, rasch hoch und legte es sorgfältig ab.

„Verfluchter Mist. Jaja, geht schon, hab mir nur den Fuß verstaucht", fluchte Stefan leise vor sich hin und hielt sich nun mit schmerzverzerrtem Gesicht seinen Knöchel. „Ist der Automat wenigstens drin?", hakte er rasch nach und hob den Kopf in Richtung Laderaum.

„Ja, knapp, aber es passt, wir können die Türen schließen", flüsterte ihm James zu. Christoph wollte sich gerade daranmachen, doch Stefan unterbrach ihn kurz.

„Schmeißt noch die Bretter rein, möglicherweise können wir sie noch mal brauchen", befahl er den zweien rasch und schaute Anna an. „Komm, hilf mir kurz hoch", flüsterte er ihr zu und winkte sie herbei. Anna packte ihn am Oberarm und mit vereinten Kräften konnte er sich wieder aufrichten. Er schaute Anna an und nickte dankend. Sie wirkte sehr besorgt und ängstlich, ihr war definitiv nicht mehr wohl bei dieser ganzen Sache.

„Wir haben es fast geschafft, Anna", versuchte er, sie zu beruhigen, und lächelte sie an. Christoph und James beeilten sich, die Bretter möglichst lautlos in den Wagen zu wuchten, und schlossen dann mit einem leisen Klick die Ladetür. Alle drei schauten nun Stefan an und erwarteten weitere Instruktionen.

Er hätte nicht gedacht, dass sie so weit kommen würden, doch nun mussten sie den Automaten an einen schlauen Ort schaffen, wo sie unentdeckt daran arbeiten konnten. Auf jeden Fall mussten sie so schnell wie möglich von hier weg, am besten an den Stadtrand, hierfür bräuchten Sie etwa zehn Minuten mit dem Auto, ihm würde bis dahin schon was einfallen.

„Anna, du fährst den Firmenwagen von vorhin und folgst uns einfach. So kannst du ein Auge auf Maria werfen und ihr seid schnell weg, wenn was schiefläuft", wies er Anna leise an. „Häng dich einfach an uns dran, sobald wir an dir vorbeifahren."

„Alles klar. Christoph, hast du den Schlüssel?" Anna drehte sich zu Christoph um.

„Die stecken", flüsterte er zurück. Daraufhin marschierte Anna los.

„Christoph, du fährst den Transporter."

Der Nebel war immer noch sehr dicht, sodass Christoph nicht sehr weit sehen konnte und gezwungenermaßen langsam fahren musste, obwohl er gern viel schneller gefahren wäre. Stefan saß ganz rechts auf dem Beifahrersitz und James in der Mitte. Sie waren alle sichtlich froh, die Baustelle verlassen zu haben, denn die Gefahr erwischt zu werden war mit jeder Minute, die sie dort verbracht hatten, rasant angestiegen. Zudem wollte niemand den Kerlen begegnen, denen dieser Wagen eigentlich gehörte.

Im Seitenspiegel konnte Stefan schwach die Lichter des weißen Skoda sehen, der gerade von Anna gefahren wurde, die ihnen gemäß Plan einfach folgte. Er hatte Christoph angewiesen, die Straße zu nehmen, welche bergab zum Fluss führte, der diese schöne Stadt teilte. Der Grund war simpel, sie konnten so ohne groß Gas zu geben in der Nacht dahingleiten, denn ihre Last in Kombination mit der Schwerkraft war Antrieb genug. Sie waren nicht mehr sehr weit von der Brücke entfernt, die Straße war leer, zumindest soweit sie sehen konnten.

„Stefan, ich glaub, da stimmt was mit der Lenkung nicht, der Wagen steuert irgendwie leicht nach rechts", unterbrach Christoph die angespannte Stille im Wagen und warf Stefan einen kurzen Blick zu.

„Wie meinst du das? War das schon vorher so oder erst jetzt eben", fragte er Christoph verwundert und hoffte inständig, dass nichts mit dem Wagen war, denn sie konnten sich keine Panne leisten.

„Bei der Baustelle war noch nichts, aber jetzt wird es immer schlimmer, irgendwas stimmt nicht", beantwortete er kurz die Frage und konzentrierte sich wieder darauf, den Kastenwagen möglichst leise die Straße runterzufahren.

„Ich merke auch was", schaltete sich James in die Konversation ein. „Ich glaube, der Wagen humpelt ein wenig."

„Ja, ich spüre es jetzt auch. Christoph, halt mal kurz an", wies Stefan ihn an. Christoph nickte, fuhr etwas näher an den Bürgersteig heran und hielt mit einem leisen Quietschen an. Stefan öffnete leise die Beifahrertür und glitt möglichst lautlos von seinem Sitz, wobei er ein Ächzen gerade noch unterdrücken konnte. Es war immer noch sehr dunkel, sie hatten exakt zwischen zwei Straßenlaternen angehalten, was gut war in Bezug auf ihre Tarnung, aber schlecht, um einen Wagen zu inspizieren. Er musste allerdings nicht lange suchen, um seine Vermutung bestätigt zu sehen, denn er konnte trotz der Dunkelheit klar erkennen, dass sie vorne rechts einen Platten hatten. Das hatte ihnen gerade noch gefehlt. Er öffnete wieder die Beifahrertür und steckte den Kopf hinein.

„Kollegen, wir haben einen Platten", gab er James und Christoph die Diagnose bekannt. „Ich sag kurz Anna Bescheid", fügte er noch hinzu und wollte sich gerade abwenden.

„Hey, warte kurz", flüsterte James ihm rasch zu und hielt ihn an der rechten Schulter fest. „Was machen wir denn jetzt?"

„Wir werden trotzdem noch weiterfahren, bis zur Brücke ist es nicht mehr weit, das schaffen wir gerade noch", brummte er rasch zurück, wurde aber noch von Christoph zurückgehalten. „Ja, Christoph?", wandte er sich etwas genervt dem Fahrer zu.

„Ja, und was dann? Was machen wir auf der Brücke?" Christoph schien sichtlich nervös zu sein, er hatte ja auch Grund genug.

„Das wirst du schon sehen, mein Junge", antwortete Stefan geheimnisvoll, zwinkerte mit dem rechten Auge und schlich hastig nach hinten zum Wagen, in dem Anna ebenfalls sehr nervös am Steuer saß. Sie hatte bereits die Scheibe der Beifahrertür runtergelassen und blickte zusammen mit

Maria fragend hinaus. „Was ist los bei euch?", fragte sie mit nervöser Stimme, wobei sie das Lenkrad immer noch mit beiden Händen festhielt.

„Wir haben einen Platten und werden etwas langsamer fahren", beantwortete er ihre Frage und versuchte, möglichst ruhig zu klingen, um Anna zu beruhigen.

„Einen Platten? Aber so können wir ja nicht weiterfahren! Was hast du vor?", hakte sie beunruhigt nach.

„Wir fahren jetzt noch bis zur Brücke, dann fällt mir schon was ein, keine Sorge", erklärte er selbstsicher weiter, nickte ihr zu und schlenderte, ohne auf eine Antwort zu warten, zurück zum Kastenwagen. Hastig stieg er ein und schloss behutsam die Beifahrertür, mit seiner linken Hand machte er eine Geste nach vorn, um Christoph zu signalisieren, dass er nun weiterfahren konnte. Vorsichtig fuhr Christoph wieder an, glücklicherweise ging es immer noch leicht bergab, sodass er trotz des Plattens kaum beschleunigen musste. Kaum zwei Minuten später flachte die Straße ab und sie erreichten die Brücke, sie war schemenhaft auszumachen. Vor ihnen bestand die Straße nur noch aus Kopfsteinpflaster, was dazu führte, dass der Wagen unangenehm zu schwanken anfing und die Felge hörbar am Pflaster kratzte.

„Fahr bis zur Brückenmitte und halt dann an!", wies er Christoph an und studierte immer noch fieberhaft, was sie als Nächstes machen sollten. Er blickte etwas verloren und ratlos zu James rüber. James erwiderte seinen Blick und schien zu bemerken, was in Stefan vorging. Er lächelte ihm aufmunternd zu, was ihm gefühlsmäßig etwas half, ihn aber bei der Ausarbeitung eines neuen Plans nicht wirklich weiterbrachte. Im Schneckentempo erreichten sie die Mitte der Brücke und hielten an, nicht wissend, was sie als Nächstes tun sollten, wobei James der Einzige war, der ahnte, dass er keinen Plan mehr hatte. Um noch ein paar Sekunden Zeit zu gewinnen, stieg Stefan aus und verschaffte sich einen Überblick der Situation. Sie waren in der Mitte der Brücke, sodass sie weder das eine noch das andere Ufer erkennen konnten und somit auch vor neugierigen Blicken geschützt waren. Elegante, kugelförmige Laternen säumten den Weg und schimmerten schwach durch den Nebel hindurch. Das nasse Kopfsteinpflaster reflektierte scheu das bisschen Licht, das noch den Boden erreichte, und tauchte die Szenerie in ein mystisches Leuchten. Für kurze Zeit blendeten die Scheinwerfer von Annas Wagen, die abrupt abstarben, nachdem der Motor abgestellt worden war. Alle stiegen aus und versammelten sich zwischen dem Kastenwagen und dem weißen Skoda, gebannt darauf wartend, was Stefan für einen weiteren Plan hatte, denn ihr Unterfangen schien langsam aussichtslos. Anna stand mit Maria zusammen, leicht frierend, die Arme vor der Brust verschränkt und starrte erwartungsvoll in die Runde. Christoph wirkte eher niedergeschlagen und blickte runter auf seine mittlerweile nass gewordenen Turnschuhe. Maria wirkte leicht müde, hatte aber nach wie vor ein freundliches Lachen bereit, und James machte nach wie vor einen motivierten Eindruck und versuchte, alle bei Laune zu halten.

„Na ja, also bis zur Brücke hätten wir es ja mal geschafft, nicht schlecht, oder?", grinste James in die Runde und wandte sich dann Stefan zu. „Und, wie geht es weiter, Stefan?"

Stefan räusperte sich kurz und schaute nacheinander alle an. „Ich wollte bis wir hier ankommen, einen Plan haben, aber die Wahrheit ist, ich hab keinen." Er legte eine kurze Pause ein. „Heute ging einfach zu viel schief, kaum hatten wir das eine Problem gelöst, tauchte ein anderes auf", fuhr er langsam und in einem leisen Tonfall fort. „Wenn jemand weiterweiß, bin ich offen für Vorschläge, ansonsten schauen wir einfach, dass wir von hier wegkommen, bevor wir noch erwischt werden. Es tut mir leid, dass es nicht so geklappt hat, wie ich euch versprochen habe", schloss er seine entmutigende Rede und steckte die Hände in die Hosentaschen. Stille kehrte ein, niemand wusste so recht, was er oder sie sagen sollte, und alle starrten demotiviert vor sich in den Boden.

„Wir sind ja hier auf einer Brücke, nicht wahr?", fragte Maria plötzlich in die Runde und alle drehten sich überrascht zu ihr.

„Ja, sind wir", bestätigte James trocken die Feststellung von Maria und wusste nicht so recht, worauf das kleine Mädchen mit der Aussage hinauswollte.

„Liegt es denn nicht auf der Hand?", fügte sie charmant und selbstsicher hinzu. „Können wir nicht einfach ein Boot nehmen?", fragte sie in die Runde. Alle schauten sich überrascht an und waren nicht sicher, was sie zu dieser Frage beisteuern sollten.

James' Gesicht hellte sich spürbar auf und er zauberte wieder ein Lächeln auf sein Gesicht. „Ja, wieso nicht? Entlang des Flusses sind immer wieder Bootsplätze zu finden", brach er das Schweigen der Erwachsenen, die gerade von einem Kind die möglicherweise rettende Idee erhalten hatten.

„Tolle Idee, Schatz, wir verladen den Automaten einfach auf ein Boot und gleiten lautlos im Wasser dahin", lobte Christoph seine Tochter und legte stolz seine Hand auf ihre Schulter.

„Und verwischen gleich noch unsere Spuren", fügte Anna kurz hinzu und erntete einen überraschten Blick von Christoph.

„Was ist?", erwiderte sie Christophs Blick. „Habt ihr noch nie Filme gesehen, wo Leute auf der Flucht durch Flüsse schwimmen, damit man ihre Spur verliert?"

James überquerte hastig die Brücke und lehnte sich tief über das Geländer, um besser erkennen zu können, was sich unten am Fluss befand, und kehrte mit einem zufriedenen Lächeln zur Gruppe zurück.

„Hey, Leute", flüsterte er aufgeregt in die Runde. „Gleich dort unten ist ein Bootssteg, ich denke, dort werden wir fündig."

„Die Idee ist ja schön und gut, liebe Freunde, aber wie wollt ihr den Automaten überhaupt auf das Boot bringen?", dämpfte Stefan kurz die Vorfreude seiner Mannschaft. „Wir haben es gerade noch mit Ach und Krach hingekriegt, das Teil in den Laderaum rein zu wuchten. Wie wollt ihr denn das Teil zum Bootsplatz runtertragen, geschweige denn auf das Boot verladen?", gab er weiter zu bedenken. Es herrschte wieder Stille in der Truppe, alle schienen nachzudenken.

„Wir könnten den Automaten über das Geländer direkt zum Boot runterlassen", unterbrach Christoph die Stille und erntete zustimmendes Nicken.

„Und wie willst du das Teil über das Geländer wuchten?", hakte Stefan nicht sehr überzeugt nach, obwohl es ihm gefiel, dass seine kleine Truppe scheinbar gut zusammen improvisieren konnte.

„Wir haben ja noch die zwei Bretter im Wagen", fuhr James fort. „Wir wenden den Wagen, sodass der Laderaum zum Geländer zeigt, und dann stellen wir die Bretter so hin, dass sie eine Rampe vom Wagen auf das Geländer bilden."

„Hm, klingt gut." Stefan fing langsam wieder an, daran zu glauben, dass sie es schaffen könnten.

„Wir haben ja auch noch den anderen Wagen. Wenn wir den Zurrgurt unter dem Geländer durch von hinten wieder hochnehmen, können wir den Kasten einfach mit dem Auto hochziehen", fuhr James eifrig fort.

„Mit dem Auto können wir aber den Automaten nicht runterlassen, er ist zu leicht und wäre schnell beschädigt. Denn vom Geländer aus fällt das Teil gut zwei Meter, bevor wieder Spannung auf dem Zurrgurt wäre", wandte Stefan ein, denn er wollte auf keinen Fall den Firmenwagen seines geschätzten Kollegen jetzt noch beschädigen.

„Dann hängen wir den Zurrgurt einfach um, so können wir den Automaten mit dem Kastenwagen runterlassen."

„Wir brauchen aber trotzdem noch ein weiteres Seil, James. Die Person im Boot muss den Automaten von unten mit einem Seil führen können." Alle schauten sich kurz um, wobei niemand wirklich suchte, denn wo sollte schon plötzlich ein Seil zu finden sein?

„Was machen wir jetzt?", fragte Christoph wieder mit einer enttäuschten Stimme.

„Können wir auch ein Seil aus Metall benutzen?", kam eine Stimme aus dem Laderaum. Maria war unterdessen unbemerkt in den Laderaum geklettert und hinter dem Automaten verschwunden, während sie alle fieberhaft an dem Plan gearbeitet hatten. Sie kletterte wieder vorsichtig heraus, in der einen Hand das Ende eines Stahlseiles haltend, und zeigte mit dem Zeigefinger der anderen darauf. „Würde das auch gehen?", fragte sie gespannt in die verblüffte Runde.

„Ähm, ja klar, das ginge auch, sicher", James kratzte sich ungläubig am Hinterkopf. „Und das Seil hast du im Laderaum gefunden? Wo war es denn?", fragte er rasch nach, erstaunt, dass der Rest es nicht gesehen hatte.

„Unter der grünen Kunststoffblache dort", sie zeigte in den Laderaum, wobei aber niemand was erkennen konnte, da es hierfür viel zu dunkel und das Innenraumlicht nach einer Weile von selbst erloschen war.

„Da ich wohl der Einzige bin, der etwas von Booten versteht, werde ich mich um unser neues Transportmittel kümmern, während ihr den Automaten bereit macht." Stefan wollte sich auf den Weg machen, ihm fiel aber noch eine Kleinigkeit ein: „Und, ähm, bitte lasst den Kasten nicht einfach auf mich fallen, ja?", brummte er ihnen noch entgegen und verschwand noch immer leicht hinkend im Nebel.

„Okay, Christoph, fahr den Wagen so hin, wie wir es besprochen haben, und du, Anna, fährst dann gleich neben ihn", übernahm James die Führung. Er winkte Maria zu sich hin, sodass sie nicht im Weg stand, und hielt ihre Hand. Christoph nickte eifrig und huschte zurück auf den Fahrersitz, startete den Motor, der nur leicht stotternd in die Gänge kam, und fing an, vorsichtig den Wagen in die richtige Position zu manövrieren. Der Platten erschwerte die Arbeit, denn zum einen musste Christoph etwas mehr Gas geben, um das Gewicht zu bewegen, und zum anderen kratzte die Felge immer wieder hörbar am Kopfsteinpflaster. James half ihm dabei, indem er in Sichtweite des Rückspiegels stand und mit Handzeichen zu verstehen gab, wann Christoph genügend rückwärts gefahren war. Unterdessen war Anna in den Skoda geklettert, parkte den Wagen gekonnt in einem Zug parallel zum Transporter und wartete auf weitere Anweisungen, während Christoph und James hastig die Holzbretter in Position brachten. Maria stand neben dem Geländer und schaute zum Fluss hinab. James nahm hastig das Stahlseil aus dem Transporter und führte es unter dem Geländer hindurch und auf der Flussseite wieder zurück zum Laderaum, wo er es an einem Ankerpunkt, der am Geldautomaten für Transporte gedacht gewesen war, so gut es ging, festmachte. Das andere Ende packte Christoph und er befestigte es am Abschlepphaken des Skoda. Der Zurrgurt wurde ebenfalls am Ankerpunkt des Geldautomaten befestigt und sorgte zugleich dafür, dass das Stahlseil noch fester saß.

„Christoph, ich werde die Bretter in Balance halten, sobald der Automat auf dem Geländer ist", zischte James zu Christoph rüber, der gerade damit fertig war, das Stahlseil zu befestigen. „Dann musst du das Stahlseil vom Skoda lösen und es am Transporter festmachen, alles klar?"

„Jaja, alles klar. Ich schau mal nach, wo Stefan bleibt", flüsterte er rasch zurück und huschte zum Geländer hinüber. Das Wasser wirkte in der Nacht pechschwarz und der Bootssteg verschwand immer wieder im Nebel, sodass er Stefan nur schemenhaft wahrnehmen konnte. Aber es schien, als hätte er ein kleines Motorboot mit offener Kabine gefunden, sodass der Automat im Heckbereich des Bootes knapp Platz haben würde. Er konnte erkennen, wie Stefan die Leinen löste und langsam mit der leichten Strömung des Flusses zur Brückenmitte trieb, geführt mit einem Paddel, das er offenbar im Boot gefunden hatte. Das Boot war, wie es schien, aus Kunststoff gebaut, weiß lackiert und hatte eine Windschutzscheibe, die nur im Sitzen vor dem Wind schützte. Es sah schon recht mitgenommen aus. Stefan hatte die grau scheinende Plane im Heckbereich des Bootes auf den Boden gelegt, dort, wo nun noch Platz vorhanden war, was für den Automaten mit seinen fünf hundert Kilos kein Hindernis darstellen würde.

„Okay, Anna, Stefan wird bald in Position sein, du kannst anfangen, den Automaten zu ziehen. Wenn ich Stopp rufe, hältst du bitte an!", wies er Anna kurz an und bedeutete James, dass er sich bereit machen konnte, die Bretter zu halten.

Anna rollte vorsichtig nach vorn, bis das Seil vollständig gespannt war, und starrte konzentriert in ihren Rückspiegel, um sicherzugehen, dass sie Christophs Anweisungen nicht verpassen würde. Er hielt weiterhin den Daumen hoch, das Zeichen, dass sie nun weiterziehen konnte. Der Wagen heulte langsam auf und sie spürte, wie die Last mit einem leichten Ruck in Gang gebracht wurde. James ließ den Automaten nicht aus den Augen und beobachtete gebannt, wie dieser mit einem leicht hörbaren Schleifgeräusch auf die Bretter gezogen wurde, welche er vorsichtshalber mit beiden Händen festhielt, damit sie nicht verrutschten. Der Zurrgurt baumelte über die Brüstung in die Tiefe hinab und berührte fast das Wasser. Er konnte hören, wie der Motor immer wieder etwas aufheulte, worauf der Geldautomat wieder einen Satz nach vorn machte und so langsam, aber stetig die Rampe raufgezogen wurde.

„Christoph, wir können hier nicht weiter hoch, ich muss die Bretter hochstemmen, während Anna gleichzeitig die Spannung hält", zischte er rüber.

„Anna, stopp!", flüsterte Christoph Anna hastig zu, die den Zug beibehielt, aber nicht weiter zog. „Anna, wenn ich ‚Los!' sage, dann zieh ein wenig, sodass das Seil gespannt bleibt, aber nicht mehr, okay?", wies er sie an. Sie streckte kurzerhand ihren Arm aus dem Auto raus und zeigte mit dem Daumen nach oben, was Christoph fast nicht erkannt hätte, da sie nach wie vor ihre schwarzen Handschuhe trug. Christoph und James fassten je ein Brett am Ende an, wo diese den Transportraum erreichten, und hoben sie langsam an und nutzen den Hebeleffekt. Beide ächzten hörbar ob der Last, denn trotz Hebeleffekt war das Ganze verdammt schwer, aber sie mussten die Bretter zum Glück nur etwa bis auf Bauchhöhe anheben. Das Seil blieb weiterhin gespannt, nützte ihnen aber nichts mehr, da die Kante des Automaten das Geländer erreicht hatte und somit der Zug die Last nun einfach nach unten statt in Richtung Wasser drückte.

„Anna, du kannst die Spannung wegnehmen", keuchte James und hoffte inständig, dass sie ihn hören würde, was sie zum Glück auch tat. Das Seil verlor sofort an Spannung.

„Okay, Christoph, wir müssen gemeinsam die Bretter hin- und herbewegen und nach vorn drücken, bis der Automat etwa in der Mitte ist", wies James Christoph an, der ebenfalls Mühe mit der Atmung hatte. Es reichte knapp für ein kurzes Nicken.

„Okay, ich gebe den Takt an. Links, rechts, links, rechts", stöhnte James und gemeinsam wippten sie hin und her, wobei die Bretter zentimeterweise nach vorn rutschten und das Gewicht schnell immer leichter wurde, das es nun vollständig vom Geländer getragen wurde.

„Stopp, stopp, stopp, nicht weiter, sonst kippt uns das Ganze jetzt schon ins Wasser", unterbrach James die Übung hastig und übernahm das Brett von Christoph, sodass er nur eine leichte Last spürte und sicher kontrollieren konnte, dass der Automat dort blieb, wo er bleiben sollte. Die Bretter drückten bereits zwei sichtbare Dellen in das Geländer, die Last war wohl doch etwas zu viel, sie mussten sich beeilen.

„Christoph, schnell, hänge das Kabel vom Auto an den Transporter. Nimm nicht die Anhängerkupplung, das Seil rutscht sonst weg. Nimm den Abschlepphaken. Dann steig ein und sei bereit, schnell Gegenzug zu geben." James atmete immer noch schwer von der Anstrengung, seine Arme zitterten bereits ein wenig, aber die Last war zum Glück nicht mehr so schlimm. Christoph setzte die Anweisungen von James behände um und verschwand hastig auf den Fahrersitz des Kastenwagens.

„Anna, sieh rasch nach, ob Stefan bereit ist", rief er über seine Schulter. Einen Augenblick später konnte James Anna beim Geländer sehen, wie sie nach Stefan Ausschau hielt.

„Ja, er ist bereit und hat das Zurrseil in den Händen. Er ist ziemlich genau unter der Brücke", rapportierte sie aufgeregt und schaute nervös abwechselnd James an und dann wieder runter, wo sich Stefan befinden sollte, was er von seiner Position aus nicht erkennen konnte.

„Okay, auf drei hebe ich die Bretter hoch. Bist du bereit, Christoph?", wollte sich James noch vergewissern, denn er konnte hören, wie Christoph verzweifelt versuchte, den Motor anzulassen. Er konnte hören, wie Christoph mehrfach fluchte, dreimal mit der Faust das Steuerrad bearbeitete und beim sechsten Versuch endlich den Motor in Gang brachte. James holte nochmals tief Luft und hob die Bretter an.

Was als Nächstes geschah, könnte man als Symphonie von Fehlschlägen bezeichnen, eine Aneinanderreihung von Ereignissen, die so nicht geplant gewesen waren – und alles zusammen in wenigen Sekunden. Der noch planmäßige Teil war, dass der Geldautomat tatsächlich den Weg nach unten fand. Der unplanmäßige Part waren die drei aufeinanderfolgenden, lauten Rumser, die zu hören waren, als zum einen der Automat sehr unsanft auf dem Bootsboden auftraf, zum zweiten die Stoßstange wie der Abschlepphaken abgerissen wurden und diese Teile dann mit voller Wucht gegen das Geländer knallten, sodass das ganze Geländer anfing zu vibrieren. Die Metallteile verfehlten James Füße um Haaresbreite, der gerade noch zur Seite hechten konnte. Das unsanfte Auftreffen des Geldautomaten auf dem kleinen Motorboot resultierte in einem gewaltigen Loch, das sehr schnell Flusswasser ins Boot spülte. Stefan musste sich eigentlich keine Gedanken darüber machen, ob er noch Zeit hatte, das Boot zurück zum Ufer zu paddeln, denn er wurde von der Wucht einfach über Bord katapultiert und fiel mit einem ebenfalls hörbaren Aufklatschen ins Wasser. James glaubte, ein „Himmel Arsch…" gehört zu haben, bevor Stefan ins kalte Nass befördert wurde und schnaubend, aber sehr geschwind, wieder zurück zum

Bootssteg schwamm, klitschnass aber zum Glück in Sicherheit. Die zwei Bretter, welche James in den Händen gehalten hatte, waren ruckartig in die Höhe gedrückt worden, als das volle Gewicht des Automaten verlagert worden war, und hätten ihn beinahe am Kopf erwischt, wäre er nicht zuvor sowieso wegen der fliegenden Metallteile zur Seite gehechtet. Die Bretter waren laut donnernd gegen das Geländer geknallt und schlussendlich mit einem hörbaren Klatschen ins Wasser gefallen. Christoph hatte nicht mehr rechtzeitig bremsen können und war unsanft in das gegenüberliegende Geländer geknallt, welches den Transporter der gesamten Länge nach vorne stark eingedrückt hatte. Durch den plötzlichen starken Ruck hatte er Vollgas gegeben, was natürlich beim Verlust des Abschlepphakens dazu geführt hatte, dass er einen gewaltigen Satz nach vorn getan hatte.

Maria eilte sofort zu ihrem Vater, um zu sehen, ob alles in Ordnung war. Anna und James standen wie erstarrt da und schauten sich ungläubig an, verzweifelt nachdenkend, was in diesen wenigen Sekunden eben gerade geschehen war.

„Oh mein Gott, wir müssen weg hier", flippte Anna aus und wendete den Skoda eilig für die Flucht. Christoph hüpfte aus dem Fahrersitz und riss Maria an der Hand haltend eiligst zu ihrem Fluchtwagen. Beide wuchteten sich geschwind auf die Rücksitze.

„James, mach schon, wir müssen weg. Wir gabeln Stefan gleich dort vorn auf, er wird am Brückenende sein", flüsterte Christoph James schon fast panisch zu und winkte ihn hektisch herbei. James ließ sich das nicht zweimal sagen und stieg ebenfalls schnell ein. Kaum hatte er die Tür geschlossen, fuhr Anna auch schon hastig los und blieb am Brückenende stehen, sodass alle nach vorn geworfen wurden, da sie sich noch nicht angeschnallt hatten.

Keine zwei Sekunden später tauchte auch schon Stefan im Nebel auf, klitschnass und frierend und sichtlich verärgert. Er riss die Beifahrertür auf und quetschte sich auf den Sitz, triefend vor Nässe. Er schaltete sofort die Sitzheizung an.

„Fahr los, Anna. Ich muss nach Hause, mich umziehen, sonst fang ich mir noch eine Erkältung ein", brummte er sie an, ohne ein Wort zu verlieren, was soeben geschehen war, während er frierend den Sicherheitsgurt anlegte. Die Situation war so absurd, dass niemand recht wusste, was er sagen sollte. Alle befanden sich noch unter Schock und wollten nur noch so schnell wie möglich weg von hier.

„Wieso sind denn diese Fast-Food-Tüten hier im Fahrzeugboden?", fragte Stefan verwundert in die Runde.

„Ich hatte Hunger und wollte was essen, während ihr das Umladen unternommen habt", entgegnete Maria in die völlig erstaunte Runde.

„Du hast doch nichts davon gegessen, mein Schatz? Man isst nicht das Essen von wildfremden Leuten, du weißt ja nicht, was die mit sich rumschleppen", belehrte er rasch seine Tochter und war sichtlich besorgt um sie.

„Nein, Papa, hab ich nicht, ich wollte die Tüten aber trotzdem mitnehmen."

„Wieso denn das?", erwiderte James verständnislos.

„Weil sie voller Geld sind", erwiderte Stefan seelenruhig, der inzwischen eine dieser Tüten geöffnet hatte und ein Bündel Geld in den Händen hielt.

13
Der Elefant

Gestern Abend hatte er noch rasch eine Trainingseinheit eingelegt und den Fehler gemacht, zu glauben, dass er sechzig Kilo beim Bankdrücken ohne Hilfe stemmen konnte. Heute hatte er dafür den heftigsten Muskelkater seit Langem. Er wollte sich aber nicht beklagen, denn er hatte – sportlich betrachtet – die letzten Monate doch sichtbare Fortschritte erzielt und war obendrein sehr zufrieden mit seinem neuen Dienstwagen. Er schaute nochmals auf die Uhr: kurz vor neun!

Arnold sollte bald wieder zurück sein, dachte er sich und nahm einen weiteren Schluck des scheußlichen Kantinen-Kaffees zu sich, wobei er sogleich sein Gesicht verzog. Er hatte nicht besonders gut geschlafen, was er eigentlich nach dem Training meist tat, und trank deshalb bereits seinen zweiten Kaffee. Er bereute es jetzt schon, dass er sich nicht die Zeit genommen hatte, eine anständige Tasse Kaffee beim seinem Lieblings-Bistro zu holen, aber der Schaden war schon nicht mehr abzuwenden.

Vor ihm lag der kurze Bericht der Taucher inklusive der Fotoaufnahmen des versenkten Bootes, welches mittlerweile im Trockendock war und auf die Unterschrift für die Verschrottung wartete, denn eine Reparatur war für den Besitzer kaum lohnenswert, da die Kosten bald einer Neuanschaffung glichen und der besagte Besitzer sein dreißigjähriges Boot nicht versichert hatte. Die kurze Untersuchung hatte ebenfalls bestätigt, dass der Geldautomat zum einen leer, aber nicht aufgebrochen worden war, was darauf schließen ließ, dass die Diebe tatsächlich nur den Apparat ohne Beute ergaunert hatten. Somit betrug der Versicherungsschaden, wenn überhaupt nur den Wert des Automaten, denn der Apparat war von der Betreiberfirma bereits zur Entsorgung freigegeben worden. Er leerte denn Kaffeebecher mit einem großen Schluck und schmiss diesen angewidert in hohem Bogen in den Papierkorb, wo er wieder herausfiel, da die Putzfrau diese Woche krank gemeldet war und der Müll von der Stellvertretung noch nicht geleert worden war. Genervt erhob er sich von seinem Sessel und versenkte den Becher sorgsam. Sein Blick fiel auf die kleine Akte ganz rechts auf seinem Schreibtisch, die noch hängig war und sich um den Fall des Juweliers drehte. Dass es hier um einen versuchten Versicherungsbetrug ging, daran bestand kein Zweifel, somit musste Herr Schindler mit Konsequenzen seitens der Versicherung rechnen, und da es sich nur um einen Einbruchsversuch handelte, würden sie auf ihrer Seite wohl auch nicht viel unternehmen, denn sie waren so schon genug ausgelastet.

Im Prinzip würde die Polizei der Versicherung den Einbruchsversuch bestätigen und diese würden für die Reparaturen aufkommen, denn Herr Schindler hatte ja zumindest eine Gebäudeversicherung, der Fall war somit abgeschlossen. Er hatte nur die Kopie der Akte bei sich, das Original hatte er schon heute Morgen der internen Stelle vorbeigebracht, um von dieser Banalität nicht weiter belästigt zu werden. Er spürte innerlich, dass der Raub bei der Baustelle mit dem Juwelier zusammenhing, und auf sein Gespür hatte er sich schon immer verlassen können. Er konnte aber noch keine Verknüpfung herstellen, sie hatten noch nichts, weder eine Spur noch einen Gegenstand oder Aussagen, welche die zwei Fälle in Verbindung bringen würden. Das wird sich aber sicher bald ändern, dachte sich von Halden.

Er ging zum Fenster und schaute gedankenverloren hinaus zur nächsten Gebäudefassade, die gerade vor zwei Monaten frisch gestrichen worden war, weshalb sie noch sauber wirkte. Der Mord im Katzenklub beschäftigte ihn selbstverständlich am meisten, denn ein Mord hatte nun mal immer oberste Priorität, insbesondere in den ersten Tagen, denn da konnte man noch am meisten Spuren finden und sichern, bevor die Verdunkelungsgefahr rapide stieg. Die wahre Identität des Opfers hatten sie noch nicht ausfindig machen können, sie gingen aber weiterhin davon aus, dass der Name Matej Biskup erfunden oder eine gestohlen Identität war. Selbstverständlich hatten alle Bewohner respektive Arbeiterinnen sowie Nachbarn nichts gehört und nichts gesehen, was ihn nicht sonderlich überraschte.

Was ihn dahingegen sehr überrascht hatte, war der Fund einer schallgedämpften Pistole, Marke Glock, welche die Leute der Forensik im Handschuhfach des nicht als gestohlen gemeldeten Kastenwagens gefunden hatten. Dieser Fund beschäftigte ihn nun schon den ganzen Morgen – aus verschiedenen Gründen. Auch wenn die Sexarbeiterinnen ohnehin nicht mit der Sprache herausrücken würden, war es zumindest verständlich, dass wirklich niemand was gehört haben konnte. Roger hatte mit ersten Tests bestätigen können, dass dies mit sehr hoher Wahrscheinlichkeit die Mordwaffe war. In der Wohnung waren keine Hülsen gefunden worden, was wohl bedeutete, dass jemand diese vor dem Eintreffen der Polizei entwendet hatte, entweder die Täter selbst oder ein dritter Unbekannter, der seine eigenen Interessen verfolgte.

Das waren natürlich hervorragende Nachrichten gewesen, ermittlungstechnisch zumindest. Er schlenderte zurück zu seinem Schreibtisch und ließ sich in seinen Sessel fallen, der hörbar unter der Last knirschte und dringend wieder einmal ersetzt werden musste. Er analysierte weiter die Situation und kam zum Schluss, dass der Kastenwagen mit der Baustelle und dem Katzenklub zusammenhängen musste. Eventuell hingen sogar alle drei Fälle miteinander zusammen, überlegte er sich. Er gab aber rasch auf, da ihm ja noch immer eine Spur für die Verbindung fehlte. Im Nachhinein war es ein Fehler gewesen, dass er seinem Instinkt letzten Sonntagabend nicht gefolgt war und den besagten Wagen in seiner Nachbarschaft ignoriert hatte. Andererseits, was hätte sich den groß geändert, fragte er sich wiederum, denn der Wagen war nicht als gestohlen gemeldet worden und es war nun mal kein Verbrechen, in der Nacht nach Hause zu kommen.

Selbstverständlich wohnten die Täter nicht in diesem Block, davon konnte er nun ausgehen, was er zur damaligen Stunde aber nicht hatte wissen können. Der Fakt, dass er den Wagen aber bemerkt hatte, würde ihnen hoffentlich bald sehr viel weiter helfen, denn durch diese Tatsache hatte er sich Gedanken machen können, welche Route das Fahrzeug von seiner Nachbarschaft zu den besagten Tatorten genommen haben könnte. Dummerweise waren praktisch alle Videoaufnahmen der Straßenüberwachung des Nebels wegen nutzlos, außer natürlich die Kameras, welche in Tunnels installiert waren, weshalb er seinen treuen Assistenten Arnold auch vor etwa einer Stunde losgeschickt hatte, um diese Videos zu besorgen.

Es wäre selbstverständlich wesentlich schneller vonstattengegangen, wären die Überwachungskameras mit der Zentrale der Verkehrssteuerung vernetzt gewesen, glücklicherweise hatten die Verbrecher höchstwahrscheinlich genau die Tunnels ausgesucht, welche noch mit alter Technik arbeiteten und die Bildaufnahmen lokal speicherten. Er erhoffte sich einiges von den Aufnahmen, im Idealfall sogar die Gesichter der beiden Täter, diesmal würden aber nicht sie das Material sichten, sondern die Videoanalyse-Spezialisten der Polizei. Arnold hatte ihn auch etwas belustigt darauf hingewiesen, dass er ihn auf dem Laufenden halten könnte, wenn Inspektor von Halden bereit wäre, ins neue Jahrtausend zu wechseln und sich ebenfalls die entsprechenden Kommunikationsmittel auf seinem Smartphone zu installieren. Das hatte von Halden knurrend verneint. Wenn etwas dringend wäre, könne er ihn ja anrufen.

Gestern hatten sie auch noch in Erfahrung gebracht, wem der Wagen eigentlich gehörte, einem Unternehmen für Dampfbäder und Saunas, welchem sie heute noch einen Besuch abstatten würden. Er hatte bewusst darauf verzichtet, dort anzurufen, denn er wollte die Reaktion des Besitzers vor Ort sehen, wenn dieser ihm dann erklären musste, weshalb er denn nicht gemerkt hatte, dass sein Wagen seit zwei Tagen fehlte. Sie würden heute auch noch einmal zum Mordtatort fahren müssen, denn sie hatten die Buchhaltungsbücher nicht entdecken können, und er war immer noch felsenfest davon überzeugt, dass es diese gab. Zumindest hatten sie den Safe gefunden, welcher sehr professionell im Kleiderschrank von Herrn Biskup in eine Zwischenwand integriert worden war, für den Laien nicht sichtbar, für einen erfahrenen Detektiv wie ihn schon machbar.

Er hätte es aber auch fast übersehen, wäre der Tresor nicht von den Mördern beim Aufbrechen beschädigt worden, sodass leichte Kratzspuren an der Abdeckung sichtbar gewesen waren. Wie angenommen hatten die Täter den Tresor komplett leer geräumt gehabt. Sie würden höchstwahrscheinlich nie herausfinden, was alles darin verborgen gewesen war, er ging aber davon aus, dass ein großer Bestandteil Bargeld gewesen sein musste, höchstwahrscheinlich aber nicht genug, denn sonst wäre Herr Biskup jetzt ziemlich sicher noch am Leben. Sie hätten ihn wahrscheinlich schon aufgemischt – als Warnung –, aber sie hätten ihn hier weiterarbeiten lassen, solange er wieder genügend Gewinn abgeliefert hätte. Über die Summe ließ sich ebenfalls nur schwer spekulieren. Wie bei dieser Branche durchaus üblich, könnte es sich um mehrere Zehntausend gehandelt haben.

Er wurde jäh aus seinen Gedanken gerissen, als es plötzlich an seiner Tür klopfte und wenige Augenblicke später Arnold rasch hereintrat.

„Herr Inspektor, ich hoffe, ich störe Sie nicht bei irgendetwas Wichtigem", begrüßte ihn sein Assistent und schloss hinter sich wieder die Tür, bevor er weiter in den Raum trat.

„Habe nur weiter über den Fall nachgedacht, Arnold, nichts Weltbewegendes also", entgegnete er sarkastisch und legte die Akte beiseite. „Und, konntest du die Aufnahmen sichern und den Spezialisten übergeben?", hakte er neugierig nach.

„Jawohl, Herr Inspektor. Von beiden besagten Tunnels waren die Aufnahmen vorhanden. Ich habe diese angefordert und umgehend in die Zentrale gebracht", beantwortete er zügig die Frage des Inspektors und suchte vergebens nach einer Sitzgelegenheit.

„Ausgezeichnet, Arnold. Und hast du betont, dass die Untersuchung auch eilt?", fragte er nach.

„Das habe ich. Ich sagte diesen Herren, es ginge um den Tod."

„Um den Tod", wiederholte Inspektor von Halden ungläubig. „Meintest du nicht, um Leben und Tod?"

„Unser Opfer ist ja schon tot und ich wüsste nicht, wessen Leben wir zu retten versuchen", beantwortete Arnold hastig die Frage.

„Hm, da hast du natürlich recht", stimmte er seinem jungen Assistenten zu. „Gut, das wird eine Weile dauern, bis die was haben", fuhr er fort. „Was sollten wir in der

Zwischenzeit machen, was meinst du?", fragte er Arnold herausfordernd und verschränkte seine Arme vor der Brust. Arnold hielt inne und überlegte einen kleinen Moment, bevor er sich räusperte und Inspektor von Halden wieder anblickte.

„Ich denke, wir sollten dieser Firma für Dampfbäder und Saunas einen kleinen Besuch abstatten, damit wir bezüglich des Wagens noch weitere Informationen reinholen können", sprach Arnold seine wohl überlegten Gedanken aus und wartete gespannt auf die Antwort seines Chefs.

„Hm, und was ist mit dem Tatort?", fragte er ihn herausfordernd.

„Was soll mit dem sein, Herr Inspektor?", kam rasch die Gegenfrage von Arnold, der scheinbar nicht genau wusste, worauf von Halden hinauswollte.

„Wir haben ja noch immer etwas Entscheidendes nicht gefunden und ich denke, ich habe eine Idee, wo wir suchen sollten", entgegnete er geheimnisvoll.

„Sie meinen doch nicht etwa diese mysteriösen Buchhaltungsbücher?", sprach Arnold seine Gedanken gespielt schockiert aus. „Sie bleiben also dabei?", fügte er noch rasch hinzu.

„Lieber Arnold, ich kann dir sagen, dass ich schon immer auf mein Bauchgefühl vertrauen konnte, weshalb ich auch jetzt dort stehe, wo ich stehe", belehrte er seinen Schützling, „und mein Bauchgefühl sagt mir, dass diese Bücher existieren und dass wir sie auch finden werden", schloss er seine Rede ab, lächelte Arnold zu und stand auf.

„Ich werde selbstverständlich weiter an meinem Bauchgefühl arbeiten, Herr Inspektor." Arnold wandte sich zur Tür. „Dann gehen wir jetzt zum Katzenklub, ich hol Ihnen den Wagen, Herr Inspektor."

„Das solltest du, ja. Auf dein Bauchgefühl hören und den Wagen holen", brummte er zurück und nahm seine Jacke vom Kleiderhaken.

Verunsichert blieb Arnold abrupt stehen und blickte zurück. „Also doch nicht der Katzenklub?", fragte er den Inspektor zaghaft.

„Doch schon, aber erst, nachdem wir den Sauna-Heini besucht haben", fuhr Inspektor von Halden fort, schritt zur Tür und öffnete sie langsam.

„Immer wieder eine Freude, von Ihnen zu lernen und mit Ihnen zu arbeiten, Herr Inspektor." Arnold holte die Schlüssel aus seiner Tasche und schritt nun ebenfalls zur Tür.

„Das sollte es. Es sollte aber mehr eine Ehre als eine Freude sein", brummte er Arnold mit gespieltem Ernst an und beide marschierten den grauen Flur hinunter in Richtung Parkplatz.

Die Firma für Saunas und Dampfbäder lag im Industriequartier am Rande der Stadt, etwa zwanzig Minuten mit dem Auto entfernt, wenn kein Verkehr herrschte, was um diese Zeit auch der Fall war. Er hätte ein gepflegteres Gebäude erwartet, mit Banner und einer kleinen Ausstellung der Geräte, so, wie man sich ein Geschäft für Bäder nun mal vorstellte. Zu seiner und Arnolds Verwunderung war das Unternehmen aber ein schäbiges Büro im Erdgeschoss, eingeklemmt zwischen einem Elektrofachgeschäft auf der linken und einer Vertragswerkstatt auf der rechten Seite. Generell wirkten alle Firmen in dieser Straße heruntergewirtschaftet und nicht sonderlich vertrauenswürdig, als ob sie gar nicht wirklich hervorstechen wollten. Gleich vor dem Geschäft parkte ein neuer Dreier-BMW, silbergrau mit sauber polierten Chromfelgen und den obligatorisch abgedunkelten Heckscheiben. An den Fenstern des Geschäftes prangte in ursprünglich weißen Lettern die Aufschrift „Dragic's Bäder & Saunas", wobei einige Buchstaben schon etwas mitgenommen wirkten und der Leim sich langsam löste. In der transparenten Eingangstür hing ein altmodisches Schild an einem Saugnapf, worauf in kursiver, roter Schrift auf weißem Hintergrund „Offen" stand, um zu signalisieren, dass doch Kundschaft möglicherweise willkommen wäre. Drinnen brannte ein altmodisches, gelbes Industrielicht und sie konnten gut zwei Personen erkennen, die an Schreibtischen saßen und miteinander plauderten. Arnold parkte vor dem Elektrofachgeschäft, da dort noch ein Platz frei war, und stellte den Motor ab.

„Sieht wahrhaftig einladend aus, Herr Inspektor", unterbrach Arnold ironisch die Stille.

„Du sprichst mir aus der Seele. Sieht mir mehr wie eine Westernfassade aus, wir sollten vorsichtig sein", entgegnete Frederic warnend und wuchtete sich mit einem leichten Ächzen aus dem Auto, denn der Muskelkater hatte sich sofort wieder gemeldet.

„Was meinen Sie mit einer Westernfassade, Herr Inspektor?", hakte Arnold rasch nach, nachdem er ebenfalls einiges eleganter das Fahrzeug verlassen hatte.

„Dass der Laden stinkt, mein junger Freund." Er warf einen kurzen Blick in das Elektrofachgeschäft und konnte einen Mann mit schütterem Haar und einer auf seiner Nasenspitze tanzenden Lesebrille, gesichert durch eine Nackenschnur, erkennen, der sie beide misstrauisch musterte, um dann wieder in einer Tür zu verschwinden.

„Wundervolle Nachbarschaft", brummte Frederic vor sich hin und schlenderte mit Arnold zur Tür des Sauna-Geschäftes. Als sie beide eintraten, klingelte eine altmodische Klingel, die mechanisch mit der Tür verbunden war, und kündigte ihre Anwesenheit an, worauf die zwei Herren das Gespräch sofort unterbrachen. Beide waren zwielichtige Gestalten, passend zum Ambiente im Laden.

Der weiße Steinboden hatte schon bessere Zeiten erlebt und war mehr schlecht als recht sauber gehalten. Es roch stark nach Zigarettenrauch und die Wände waren schon entsprechend grau-gelblich verfärbt. An einer Wand war ein Regal für Kataloge angebracht, gefüllt mit Broschüren für Saunas und Dampfbäder. Des Weiteren waren Muster für Holzverkleidungen sowie für Armaturen an diversen Stellen zur Präsentation aufgehängt oder montiert worden. Die einst weiße Decke war deutlich grau und die Lampenschirme waren ganz offensichtlich vor Ewigkeiten zuletzt gereinigt worden.

Beide Herren schienen serbischer Herkunft zu sein, was zum einen an den wenigen Wortfetzen, die sie noch mitbekommen hatten, erkennbar war, aber auch an ihren Nachnamen, welche auf einem Schild bedruckt auf ihren Schreibtischen aufgestellt waren. Sie waren beide ähnlich gekleidet, mit eleganten Schuhen, schwarzen, sauberen Jeans und weißen Hemden, die in die Hosen gesteckt worden waren, um die Sicht auf die elegante Gürtelschnalle nicht zu verwehren. Beim Jüngeren der beiden prangte ein Schlangenkopf darauf, beim vermutlichen Geschäftsführer ein Tigerkopf. Gekrönt war das Outfit mit schweren goldenen Halsketten, die sichtbar unter den nicht bis nach oben zugeknöpften Hemden hervorschienen. Die in Haargel getränkten, dunklen und kurz geschnittenen Haare vervollständigten das Bild. Die Jacketts hingen über der Stuhllehne und versteckten die Tatsache ein wenig, dass das Büromaterial antiquiert wirkte. Das Büro selbst war ansonsten überschaubar, die Tür in den hinteren Bereich war zugezogen und versperrte die Sicht in weitere Bereiche. Der ältere der beiden zog noch einmal kräftig an seiner Zigarette und drückte sie dann in dem bereits überfüllten Aschenbecher aus, der gleich vor ihm ruhte, leicht vor sich hin qualmend. Dann stand er mit einem Räuspern auf und wandte sich Inspektor von Halden und Arnold zu. „Guten Tag, meine Herren, willkommen. Was kann ich für Sie tun?"

Seinen dicken Bauch konnte Inspektor von Halden nun deutlich sehen, was beim Sitzen weniger aufgefallen war.

„Inspektor von Halden und mein Assistent, Arnold Fritsch. Wir hätten nur ein paar kleine Fragen. Als Erstes, sind sie Herr Dragic?" Er gab dem etwas überraschten Herrn die Hand zur Begrüßung und wartete auf eine Bestätigung.

„Ja, der bin ich. Um was geht es?", fragte Herr Dragic in leicht gebrochenem Deutsch, wobei er Arnold zu ignorieren schien, der mittlerweile sein Smartphone gezückt hatte und bereit war, sich Notizen zu machen.

„Um nichts Wichtiges, keine Sorge", versuchte Inspektor von Halden, sein Gegenüber etwas aufzulockern. „Wir haben Ihren dunkelgrauen VW-Transporter gefunden und hätten ein paar Fragen dazu", fügte er an und beobachtete Herr Dragic genau, während er den zweiten Herren stets im Auge behielt.

Etwas verdutzt blickte dieser kurz zu seinem Mitarbeiter hinüber, der kaum merklich mit den Achseln zuckte und weiter gelassen die Konversation mitverfolgte.

„Sie haben den Transporter gefunden?", fragte Herr Dragic ungläubig nach und schien Zeit schinden zu wollen, vermutlich, um eine plausible Geschichte zu fabrizieren.

„Genau", antwortete Inspektor von Halden ebenfalls sehr knapp und wartete wieder gespannt auf die nächste Antwort.

„Woher wollen Sie wissen, dass es mein Transporter ist?", konterte der Serbe leicht provozierend und lächelte verschmitzt.

„Er ist auf ihren Namen zugelassen." Er lächelte leicht zurück und verschränkte seine Arme vor der Brust. „Wir haben den Transporter verlassen auf einer Brücke gefunden", fügte er noch kurz hinzu.

Herr Dragic fluchte kurz etwas auf Serbisch, lächelte den Inspektor wieder an und öffnete seine Arme.

„Ah, gut, dass Sie da sind. Jemand hat wohl meinen Transporter gestohlen. Hatte viele Besprechungen und ist mir noch nicht aufgefallen", erläuterte er kurz mit einem schelmischen Unterton.

„Wie kann einem zwei Tage lang ein fehlendes Fahrzeug *nicht* auffallen", unterbrach Arnold verblüfft die Unterhaltung und blickte verwundert in die Runde. Herr Dragic schien diese Frage nicht sehr zu amüsieren, er behielt aber die Fassung und lächelte weiter. „Habe viel zu tun, viele Geschäfte, da kann das schon mal passieren. Möchte Wagen als gestohlen melden, bitte sehr. Wann kann ich Fahrzeug abholen kommen?", fragte er kurz nach und ignorierte Arnold wieder völlig.

„Er wurde Ihnen also gestohlen. Dann müssen Sie zum Revier kommen und eine Anzeige erstatten. Nur so können wir den Fall abhaken und Sie kriegen dann Ihren Wagen zurück", entgegnete Inspektor von Halden kühl, aber ebenfalls mit einem leichten Lächeln auf den Lippen.

„Okay, okay. Werde am Nachmittag vorbeikommen und Anzeige machen. Danke, dass Sie vorbeigekommen sind. Kann ich sonst noch was für Sie machen?", fragte er Inspektor von Halden nicht wirklich ernst gemeint.

Er blickte kurz zu seinem Assistenten, der sein Smartphone wieder verstaut hatte, da es ohnehin nichts zu notieren gab, und wandte sich wieder Herr Dragic zu. „Das wäre dann alles." Er drehte sich um und schritt langsam zur Tür, blieb aber kurz davor noch stehen. „Nur eine Kleinigkeit,

Herr Dragic. Sie müssten dann auch kurz zu Protokoll geben, wo sie die letzten zwei Tage waren."

„Verstehe nicht, was hat das mit dem Auto zu tun?", fragte er genervt nach und warf die Hände in die Luft.

„Nichts, aber ich möchte das aus ermittlungstechnischen Gründen wissen und werde das der Zentrale melden. Ich wünsche den Herren noch einen schönen Tag." Er drehte sich auf dem Absatz um, öffnete die Tür, worauf diese bescheuerte Klingel wieder erklang, und sie schritten hinaus zurück zum Wagen. Beide stiegen gemächlich wieder ein und Arnold startete den Wagen.

„Waren die beiden möglicherweise am Mord beteiligt?", fragte Arnold neugierig nach, während er den Wagen gekonnt wendete.

„Ich denke nicht. Eher Mittelsmänner, zuständig für Ausrüstung und Geldwäscherei", erklärte Inspektor von Halden kurz, während er sich anschnallte. „Wir werden nicht allzu viel in Erfahrung bringen können. Herr Dragic kann ja alles abstreiten, da der Wagen als gestohlen gemeldet wird", fuhr er mit seiner Erklärung fort.

„Was ist mit den Aussagen, die der Herr in der Zentrale noch machen muss?", fragte Arnold gespannt.

„Die werden uns nichts nützen. Er kann ja angeben, was er will, nachweisen können wir ihm das schwer und selbst, wenn er den Wagen zur Verfügung gestellt haben sollte, ist dies noch kein Kapitalverbrechen. Höchstens Beihilfe zum Raub. Am Mord beteiligt gewesen zu sein, kann er komplett abstreiten."

„Weshalb haben Sie dann darauf bestanden?", wunderte sich Arnold.

„Weil die Art von Typen mich nervt und ich wollte ihm den Tag etwas schwerer gestalten", grinste Inspektor von Halden zurück.

„Nicht schlecht", lächelte Arnold zurück. „Verkaufen die überhaupt Dampfbäder oder ist das alles nur Fassade?", hakte Arnold verwundert nach und fuhr noch nicht los.

„Doch, doch, die verkaufen das schon. Zumeist an Puffs oder andere Immobilienbesitzer, die auch von der Sorte sind. Alles unter der Hand und in Bar versteht sich. Die werden aber auch noch mit anderen krummen Geschäfte ihre Kröten verdienen", erklärte er seinem Assistenten geduldig.

„Verstehe, und wo fahren wir als Nächstes hin? Teepause oder Tatort nochmals durchsuchen?", fragte er Inspektor von Halden beiläufig. Er schaute kurz auf die Uhr, es war etwa halb zehn. Sie würden rund fünfzehn Minuten bis zum Tatort benötigen. Mittlerweile hatte sich die Wolkendecke stark gelockert und einzelne Sonnenstrahlen brachen durch und tauchten die Landschaft in ein friedliches Licht.

Immerhin um einiges besser als gestern mit diesem beschissenen Nebel, dachte sich von Halden und wandte sich Arnold zu. „Was du mir gestern gebracht hast, war schon nicht schlecht, aber ich zeig dir, wo du in Zukunft richtig guten Tee zum Mitnehmen kriegst, mein junger Freund."

„Hab ich mir schon gedacht, dass ich mit dem Tee von gestern nicht die vollständige Kundenzufriedenheit erreicht habe", feixte Arnold zurück.

„Für die vollste Kundenzufriedenheit brauchst du den vollsten Geschmack von erlesensten Teeblättern". Er hob den Zeigefinger zur Belehrung und schaute Arnold gespielt ernst an.

„Dass alles andere überhaupt als Tee qualifiziert wird, ist eine Schande", stieg Arnold in die aberwitzige Diskussion mit ein. „Es müsste als heißes Wasser mit Beigeschmack betitelt werden", fügte er noch rasch hinzu.

„Selbst das ist noch zu schön formuliert. Wo geht der Geschmack nur hin?". Er blickte nostalgisch durch die Windschutzscheibe.

„Es wird Zeit, dass Sie mich von der Dunkelheit ins Licht führen, Herr Inspektor. Auf zur Teestube!".

Arnold hob auch den rechten Zeigefinger und fuhr los.

Er schlürfte zufrieden an seinem Teebecher, der feiner wirkte als die üblichen To-Go-Behältnisse, die es sonst immer gab. Es war ein edler Becher, halb matt mit einer dunkelgrünen Kolorierung und integrierter Wärmeisolierung, um sich beim Tragen desselben nicht die Hand zu verbrennen. Die Anti-Verschüttungsabdeckung war nicht aus Kunststoff wie sonst üblich, sondern aus edlem Bambusmaterial mit einer Klappe, sodass man den Becher komplett verschließen konnte, wenn man in Bewegung war. Es gab nur eine Teestube in der Stadt, die das zu bieten hatte. Dafür hatten sie nur einen kleinen Umweg in Kauf nehmen müssen. Weiter war ein aus Bambus fein geflochtenes Teesieb enthalten, welches die vollwertigen Teeblätter im heißen Wasser hielt und nach gegebener Wirkzeit unkompliziert entsorgt werden konnte.

„*Das* ist Tee, Arnold, und nichts anderes", sprach er seine Gedanken aus und trank einen weiteren Schluck von seinem edlen Getränk.

„Sie haben nicht gelogen. Ich denke nicht, dass ich je wieder gewöhnlichen Tee trinken kann." Auch Arnold nahm einen weiteren Schluck, während sie sich die Wohnung von Herr Biskup erneut genau anschauten. Der Leichnam war natürlich schon längst weggeschafft worden, nur ein gelbes Aufstellschild mit einer Nummer drauf markierte noch die Stelle, wo dieser gelegen hatte. Und natürlich wies das eingetrocknete Blut auf dem Teppich unmissverständlich darauf hin, dass hier etwas vorgefallen war. Das Sofa war von den Forensikern sorgsam aufgeschnitten worden, um die Projektile zu suchen und gegebenenfalls zu sichern. Die Polizei hatte alle Absperrbänder entfernt, bis auf die zur Tür der Wohnung, denn im Rest des Gebäudes gab es nun mal nichts mehr zu sichern. Es roch noch immer stark nach diversen Chemikalien der Spurensicherung und nach eingetrocknetem Blut. Für die weitere Tatortuntersuchung mussten sie nicht mehr die komplette Ausrüstung wie gestern tragen, denn die Spurensicherung selbst war bereits abgeschlossen, dennoch zogen Inspektor von Halden und Arnold Latexhandschuhe an, um die Gegenstände, welche sie noch anfassen mussten, nicht zusätzlich mit Spuren zu belasten. Die Schuhsohlen hatten sie vor dem Eintreten mit einer Bürste kurz gereinigt, um nicht unnötig viel Dreck in die Wohnung zu tragen.

„Und wo sollen wir die Suche von Neuem beginnen, Herr Inspektor?", fragte Arnold kurz, während er den Blick über die ganze Wohnung schweifen ließ.

„Wieso verwenden nicht alles Take-aways diese Becher?". Er hob den Becher und zeigte ihn demonstrativ Arnold, der neugierig den Becher bestaunte und seinen ebenfalls untersuchte.

„Was meinen Sie denn genau, Herr Inspektor?"

„Die anderen Becher sind immer viel zu dünn, sodass selbstverständlich die Hitze des Getränkes durchdringt und allen beim Trinken die Hand verbrennt. Es ist ja nicht so, dass die Geschäfte nicht wüssten, dass sie heiße Getränke verkaufen", argumentierte er über seinen Becher hinweg und schlenderte mit suchendem Blick in der Wohnung umher.

„Deshalb kann man ja diese Kartonschützer ranmachen, oder nicht?", brachte Arnold ein valides Gegenargument und folgte Inspektor von Halden.

Er hielt kurz inne und betrachtete eine dunkelbraune schlichte Elefantenstatue aus Naturholz, die auf einer massiven Holzsäule thronte. Der Elefant war liegend dargestellt, den Kopf leicht zur Seite geneigt und den Rüssel um seine Vorderbeine gelegt, als würde er schlafen. Die Statue war etwa so groß wie ein Basketball und etwa auf Hüfthöhe ausgestellt.

„Das ist ja gerade das Problem. Zum einen haben die meistens nur die Größe dieser Kartonärmel, welche natürlich nur für eine Bechervariante genau passt. Sobald du ein kleines Getränk bestellst, rutsch das verdammte Ding ständig", fing er genervt an zu erklären. „Da man ja schon weiß, dass die meisten einen solchen Karton nehmen werden, wieso nicht gleich einen anständigen Becher verwenden?" Das Holz der Statue war unbehandelt, aber sehr glatt geschliffen, sodass es angenehm anzufassen war. Die Holzmaserung war fein und elegant, passte zu den Kurven des Körpers und fügte sich geschmeidig ins Bild, als hätte der Holzschnitzer den Elefanten in die Holzmaserung integriert. Inspektor von Halden strich mit der Hand weiter über den Rücken des Elefanten und kam mit dem Kopf ganz nahe an das Holz heran. Er glaubte, eine ganz feine Linie rund um den höchsten Punkt des hinteren Rückens zu erkennen, die nichts mit einer Holzmaserung zu tun hatte.

„Und was ist mit den Kunststoffdeckeln und dieser extrem kleinen Trinköffnung? Man sieht regelrecht, dass es ein Kompromiss aus Faulheit und Dummheit war."

„Wieso meinen Sie, Herr Inspektor? Das Getränk bleibt heiß, es wird beim Gehen oder Autofahren nicht verschüttet und man kann gelegentlich daraus trinken", widersprach

Arnold verwundert und trat ebenfalls ganz nahe an den Elefanten heran, in der Hoffnung, etwas entdecken zu können.

„Kannst du mir in die Augen schauen und behaupten, dass du dir noch nie an diesen Bechern die Zunge verbrannt hast?", fragte er seinen Assistenten und blickte ihn kritisch an. Arnold sah zurück.

„Ehrlich gesagt, nein. Habe mir schon zig Mal die Schnauze verbrannt. Ich gebe Ihnen in diesem Punkt recht", entgegnete Arnold und betastete ebenfalls vorsichtig das Objekt, jedoch ohne Fortschritte zu erzielen.

„Es ist unmöglich, die Temperatur vor dem Trinken abzuschätzen, bis es zu spät ist", entrüstete sich Inspektor von Halden weiter und nahm sein Taschenmesser hervor. Er deutete mit der Klingenspitze auf die feine Rille auf der Elefantenstatue.

„Genial!", entfuhr es Arnold, der nun ebenfalls die filigrane Linie erkannte und anerkennend nickte. Vorsichtig versuchte er, den oberen Teil zu drehen, um den scheinbaren Deckel aufzuschrauben, das Holz gab aber nicht nach und Arnold hielt wieder inne. Inspektor von Halden führte die Klinge vorsichtig genau der Rille entlang und drückte jeweils leicht hinein, bis plötzlich ein Abstand zwischen Ober- und Unterteil der Rille zu sehen war. Nun drückte er die Messerspitze hinein und nutzte das Messer als Hebel, um das Holz weiter hochzudrücken, bis sie ein leises Ploppen hören konnten und der Deckel sich von der Statue gelöst hatte. Vorsichtig legte er das Holzstück auf den Esstisch, der gleich neben ihnen stand. In der Statue war eine etwa vier Zentimeter große Bohrung, die tief hineinführte, zu erkennen darin war – eng zusammengerollt – ein Notizpapier.

„Mach zuerst ein Foto dieser Situation, dann werde ich vorsichtig den Zettel rausziehen", wies er Arnold an und wartete, bis sein Assistent mit seinem Smartphone ein paar Beweisfotos geschossen und das Gerät wieder in der Jackentasche verstaut hatte. Vorsichtig zog Inspektor von Halden an der sauber zusammengerollten Papierrolle und hielt schlussendlich diese in seiner Hand. Ein Lächeln breitete sich über seinem Gesicht aus und er fühlte sich bestätigt.

„Wir wissen aber noch nicht, was drinsteht, Herr Inspektor. Möglicherweise ist es nicht das, wonach wir suchen", entgegnete Arnold rasch und wartete geduldig, bis Inspektor von Halden die Rolle vorsichtig auf dem Esstisch ausgebreitet hatte. Sie konnten eine Tabelle erkennen mit einer Reihe von langen Zahlenfolgen, die auf den ersten Blick nichts aussagten, aber ziemlich sicher ein Code waren.

„Tja, Arnold, mein Bauchgefühl halt", zwinkerte er ihm zu, verstaute den Notizzettel sorgsam in einer Klarsichttüte, die er kurz zuvor aus seiner Jackentasche hervorgezaubert hatte, und gemeinsam verließen sie wieder die Wohnung, das Beweismittel in den Händen haltend.

14
Eine zweite Chance

Den Morgensport hatte Stefan ausnahmsweise ausgelassen und er trank nun seinen Kamillentee, während er die Zeitung studierte. Am Dienstag war zu seinem Erstaunen eine andere Geschichte auf der Titelseite gewesen, als er gedacht hatte, nämlich die eines Mordes. Ihr Geldautomaten-Raubzug hatte es nur auf die dritte Seite geschafft, er war aber froh, dass ihnen bis dahin noch niemand auf die Schliche gekommen war.

Der Bericht hatte ihn zum einen erleichtert, weil er über einen erfolglosen Raub berichtet hatte, der nur kleinen bis mittleren Sachschaden verursacht hatte, was bedeutete, dass die Polizei nicht ihre vollsten Anstrengungen verwenden würde, um sie zu suchen. Mit Verblüffung hatte er weiter gelesen, dass der Automat ohnehin leer gewesen war, was sie beim Knacken des Apparates, hätten sie diesen erfolgreich transportiert, nicht mit Begeisterung festgestellt hätten. Glücklicherweise war das Boot, welches sie so kunstvoll mithilfe des Automaten auf den Grund des Flusses versenkt hatten, uralt gewesen und hatte kaum noch Wert besessen. In der Mittwochszeitung von heute waren sie nirgends zu finden und andere wichtige Themen hatten die Seiten gefüllt, wie beispielsweise ein neues Café, das in der Altstadt eröffnet wurde. Oder noch brisantere Neuigkeiten wie ein Bericht über einen erfolgreichen lokalen Stahlverarbeiter, der Nischenprodukte in seiner kleinen Werkstatt herstellte.

Die Wolken ließen heute die Sonne nur zaghaft hindurchscheinen, was in etwa seine Stimmung repräsentierte. Er hatte sich zum Glück bei der unfreiwilligen nächtlichen Schwimmaktion keine Erkältung zugezogen, obwohl er erst

gut zwanzig Minuten, nachdem sie Hals über Kopf losge-
fahren waren, klitschnass zu Hause angekommen war. Er
hatte erbärmlich gefroren und sofort alles ausgezogen und
sich im Bett verkrochen. Dank eines Zufalls und der Neu-
gierde von Maria waren sie nicht leer ausgegangen, denn in
den Tüten waren etwa fünfzigtausend Euro in kleinen und
mittleren Scheinen gewesen. Seinen Anteil hatte Christoph
ihm persönlich am Montagabend vorbeigebracht, was ihn
über seinen arg ramponierten Fuß hinweggetröstet hatte,
denn er konnte seine Miete bezahlen sowie die bitter benötigten Medikamente wiederbeschaffen. Christoph selbst
hatte auch erleichtert gewirkt und dennoch wieder sorgenvoll in die Zukunft geblickt.

Er nahm einen weiteren Schluck seines heißen Tees und
schob die Zeitung beiseite. Das Geld würde ihnen nicht
lange reichen, denn alle hatten weitaus höhere Schulden,
aber sie hatten Zeit gewonnen. Seinem Fuß ging es wieder
etwas besser, er musste aber nach wie vor humpeln, was ihn
störte und weshalb er bis heute darauf verzichtet hatte,
nach draußen zu gehen. Aber heute musste er, denn er hatte
nichts mehr im Kühlschrank und das Aspirin war ihm ausgegangen. Ab und zu verspürte er noch diese Krämpfe,
welche ihn bei der Baustelle so übermannt hatten, sie hatten
sich aber wieder deutlich gelegt, sodass er seinen Alltag einigermaßen zufrieden bewältigen konnte.

Er blickte wieder kurz auf sein Telefon, das schon den
ganzen Morgen auf dem Tisch lag, denn er hatte sich vorgenommen, heute Markus anzurufen, aber immer wieder
davon abgesehen, indem er sich einredete, dass er ihn nicht
stören wolle. Außerdem würde Markus schon bald anrufen,
wie er es bisher immer getan hatte. Ihn beschlich aber immer mehr ein mulmiges Gefühl, denn es war schon eine
ganze Weile her, seit sie miteinander telefoniert hatten.

Möglicherweise ist Markus wieder auf einer längeren Geschäftsreise und hat deshalb noch keine Zeit gefunden, dachte er sich.

Er nahm das Telefon in die Hand und tippte die Nummer ein, zögerte aber noch, auf die Taste für den Verbindungsaufbau zu tippen. Er machte sich Sorgen und das gefiel ihm nicht, denn es brauchte schon viel, bis es soweit war, denn Markus war ein Abenteuermensch genau wie er und hatte schon allerhand erlebt, so schnell passierte dem nichts. Er atmete nochmals tief ein und rief an.

Die Verbindung wurde aufgebaut und es klingelte. Es kam ihm wie eine Ewigkeit vor, aber nachdem es acht Mal geklingelt hatte, knackte es in der Leitung und die Stimme von Markus drang aus dem Telefon. Doch bevor er ihn begrüßen konnte, merkte er, dass es nur der Anrufbeantworter war und er konnte nur leer schlucken. Er überlegte sich kurz, eine Nachricht zu hinterlassen, entschied sich aber dagegen, unterbrach die Verbindung und legte das Telefon voller Sorgen wieder beiseite. Er atmete nochmals tief ein und schob die Gedanken an Markus bewusst weg.

Er trank seine Tasse in einem letzten Zug leer, schaute kurz auf die Uhr, es war halb acht, und schritt entschlossen ins Badezimmer, um sich fertig zu machen. Angezogen war er schon, er hatte sich gemäß seiner Stimmung eher dunkel angezogen, also schwarze Jeans, schwarzes T-Shirt und schwarzer Kapuzenpulli komplettiert mit einer schwarzen Lederjacke. Nur die Schuhe waren dunkelgraue Joggingschuhe, weil diese einfach bequem waren, um beispielsweise einzukaufen oder sonst in der Stadt rumzulaufen. Mit normalen Schuhen bekam er nach einer Weile immer Schmerzen an den Füßen, speziell unter den Fersen. Heute brauchte er keinen Regenschirm mitzunehmen, denn gemäß Wettervorhersage blieb es trocken bei angenehmen zwölf Grad.

Nachdem er seine Zähne fertig geputzt hatte, zog er die besagten Turnschuhe für den aktiven Lebensstil der älteren Herren an, legte sich seine schwarze Lederjacke um und schritt aus seiner Wohnung.

Der Weg zum Supermarkt schien ihm heute besonders weit, das lag einfach daran, dass er vorsichtig gehen musste, sodass er nicht humpelte und seinen Fuß nicht weiter verletzte. Er schlenderte mehr als zu gehen, aber er hatte ja auch Zeit, versuchte er, sich einzureden, aber er hasste es, nicht fit zu sein. Des Weiteren fühlte er sich im Weg, immer wieder überholten ihn Leute energisch, als würde er sich diese Gangart aussuchen. Nachdem ihn auch noch eine junge und nicht unattraktive Joggerin fast über den Haufen gerannt hatte – sie war um die Kurve gekommen und hatte ihn wegen seiner dunklen Kleidung fast nicht gesehen – war er froh, endlich beim Supermarkt angekommen zu sein.

Unzufrieden riss er den nächstbesten Einkaufswagen aus der Entnahme heraus, um sich fast einen Hexenschuss einzuholen, da er zu spät merkte, dass die Plastikmünze für das Lösen der Kette nur teilweise im Schloss drinnen war. Er fluchte leise vor sich hin, stopfte den Plastikchip nochmals entschieden in den Schlitz hinein und zog die Kette raus, bevor er den Wagen nahm. Wie immer hatte er ein paar Coupon-Zettel dabei, heute für Kartoffeln, welche er letzte Woche leider nicht hatte kaufen können, aber diese Woche konnte er sich was Leckeres kochen. Natürlich hatte er wieder den Einkaufswagen erwischt, der stetig nach links zog, weil das Rad immer wieder blockierte, aber er war nun mal schon zu weit drinnen, um den Wagen zu wechseln.

Er konnte Reto noch nirgends sehen, dafür wieder diesen pickelgesichtigen Klugscheißer, der gerade besserwisserisch einer jungen Angestellten lang und breit erklärte, wie man die Dosen korrekt in das Regal einzufüllen hatte.

Glücklicherweise hatte er sich in diesem Moment entschieden, dass er diese Woche nur frische Sachen essen wollte und somit keine Dosen brauchte. Er steuerte zurück zur Gemüseabteilung und fuhr beinahe in einen anderen Einkaufswagen hinein, der von einem energischen, mittelalten Mann zügig in Richtung Fleischabteilung gestoßen wurde. Dieser schnaubte nur gehässig und schüttelte den Kopf, als sei Stefan gerade in eine Einbahnstraße von der falschen Richtung her reingefahren. Was für ein Idiot, dachte sich Stefan und bereicherte seinen noch fast leeren Einkaufswagen mit weiterem frischen Gemüse und Früchten. Er hoffte, er würde Reto noch treffen, um seine geheime Ration an Lebensmitteln zu erhalten, er wusste nicht, wie lange dieser Deal andauern würde, denn in nicht allzu weit entfernter Zukunft würde Reto die Bootsprüfung machen und dann konnte Stefan ihm nichts mehr bieten. Nach etwa zwanzig Minuten war er mit dem Einkauf auch schon wieder fertig und schob seinen gefüllten Einkaufswagen in Richtung Kasse, wo der Klugscheißer wieder bei den Self-Check-out-Kassen stand. Da eine der normalen Kassen gerade frei war, musste er sich das zum Glück nicht antun und packte seinen Einkauf auf das Förderband, was er aber bei der Begrüßung der Kassiererin gleich wieder bereute, als sie kräftig schnäuzte, bevor sie mit den infizierten Händen das Gemüse einscannte. Vielleicht würde er doch noch zu seiner Erkältung kommen, dachte er sich und versuchte, beim Zahlen diskret einen möglichst großen Abstand Kassiererin zu halten.

Die Einkaufstüten wirkten auf einmal wieder schwer, was er sich auch etwas kosten ließ, aber er hatte sich schon länger nichts Spezielles mehr gegönnt und freute sich darauf. Er schritt auf den Parkplatz und wollte gerade in Richtung Café gehen, als er Reto beim Rauchen erblickte.

Er winkte ihm kurz zu und schlenderte in seine Richtung.

„Morgen, Stefan", begrüßte ihn Reto herzlich. „Wieso gehst du so vorsichtig?", fragte er leicht besorgt nach.

„Guten Morgen, Reto", grüßte er zurück und stellte seine Einkaufstüten auf dem Mauervorsprung ab, sodass er sich beim Wiederaufheben seines Einkaufes nicht bücken musste. „Habe mir den Fuß geprellt, ist dumm gelaufen, wird aber schon wieder", erwiderte er rasch und setzte sich neben Reto. Dieser nahm einen letzten Zug aus seiner Zigarette und drückte sie dann im Aschenbecher neben ihm aus. Er griff hinter sich ins Gebüsch und zauberte einen Plastiksack hervor, den er lächelnd Stefan überreichte.

„Herzlichen Dank, Reto, und was gibt es heute Leckeres?", fragte er zufrieden nach und betrachtete diskret den Inhalt der Tüte.

„Ich konnte etwas Fleisch zur Seite legen, welches du aber heute verbrauchen musst, es läuft langsam ab, und eine Flasche Wein konnte ich auch noch abzweigen", berichtete Reto stolz und zeigte mit dem Finger auf die entsprechenden Lebensmittel. Ein paar Packungen Erdnüsse sowie Bio-Tomatensoße war auch noch dabei. Vorsichtig verstaute er diese Gaben in seinen Einkaufstüten.

„Wollen wir diesen Freitag noch eine Runde mit dem Boot drehen, Reto?"

„Sehr gern, Stefan, ich bräuchte noch dringend ein paar Lektionen, habe mich bereits für die Prüfung in drei Wochen angemeldet", antwortete Reto begeistert und nahm einen Schluck aus seiner Cola-Flasche, die er neben sich stehen hatte.

„Hmm, drei Wochen, das ist aber schon bald, da solltest du dir schon noch etwa sechs Lektionen reindrücken", antwortete er Reto kritisch und war nicht vollständig überzeugt, dass das machbar war.

„Das sollte ich schaffen. Habe einen Fahrlehrer gefunden, der von meinem Vorfall nichts wusste, und konnte schon eine Lektion machen. Dank dir fahr ich nun schon recht gut, sodass ich mit dem Fahrlehrer schon gezielt auf die Prüfung üben kann", erläuterte Reto hastig und klang noch immer überzeugt, dass er es schaffen würde.

„Na gut, dann hast du ja die sechs Lektionen, das kriegen wir schon hin", bekräftigte er die Aussage von Reto und ließ seinen Blick über die Umgebung schweifen.

„Freitag um zehn Uhr?", hakte er noch kurz nach und blickte zu Reto hinüber.

„Das passt mir. Super, freue mich!", erwiderte Reto freudig, stand auf und streckte sich ein wenig.

Auf dem Parkplatz – diskret am Rande – hielt ein gepanzertes graues Fahrzeug an und ein kräftiger Mann in Uniform geschützt mit einem Visierhelm stieg aus dem Fahrzeug aus, in der rechten Hand hielt er einen kleinen schwarzen Koffer, der per Handschelle mit seinem Handgelenk verbunden war. Über seiner dunkelblauen Uniform hatte er eine schwarze Schutzweste an, am Gürtel trug er einen Schlagstock sowie einen Pfefferspray, eine Pistole konnte Stefan nicht erkennen. Zügig schritt der sicher ein Meter neunzig große und muskulöse Wachmann zur Tür des Lebensmittelladens und verschwand im Inneren.

„Hey, Reto, seit wann habt ihr Geldtransporte? Ich sehe den Typen zum ersten Mal", wandte er sich Reto zu und wartete gespannt, wann der Kerl wieder aus dem Geschäft raustreten würde.

„Die hatten wir schon immer, meistens am Samstagabend. Normalerweise kommen sie aber über die Lieferrampen. Der hintere Bereich ist aber für ein paar Wochen wegen Renovierungsarbeiten geschlossen, weshalb auch die Lieferlastwagen größtenteils auf den Parkplatz müssen", erklärte Reto die Situation ohne zu zögern. „Besonders am frühen Morgen kann es so echt mühsam werden mit der Logistik", fügte er noch rasch hinzu.

„Wieso denn?", fragte Stefan neugierig nach.

„Na ja, weil wir nun mal am Morgen unsere Waren kriegen und dann alle Paletten über den Haupteingang geführt werden müssen. Das alles, bevor wir um halb acht öffnen, echt ein Stress. All die Arbeiter, die dann kommen, helfen auch nicht. Sind meistens nur im Weg", wetterte er weiter über die Situation und leerte seine Flasche in einem Zug.

„Ah, verstehe. Hoffentlich sind die bald fertig mit den Umbauarbeiten. Der Job ist ja so schon hart genug", versuchte er, Verständnis für Reto zu zeigen, wobei er gedanklich bereits an einem neuen Plan arbeitete.

„Ja, Ende nächster Woche sollte alles wieder beim Alten sein."

„Gut zu wissen", murmelte Stefan vor sich hin und stand ebenfalls auf, sein Hintern war auf der harten Betonmauer fast eingeschlafen. Kurz darauf trat auch schon der Sicherheitsmann heraus – wieder zügigen und sicheren Schrittes – und erreichte sein Fahrzeug in kurzer Zeit. Eifrig wurde die Fahrertür geöffnet und der Herr wuchtete sich mit einem gewaltigen Satz in den Fahrersitz. Sofort schloss er die Tür und verriegelte diese von innen. Nach ein paar Augenblicken fuhr der gepanzerte Wagen auch schon wieder los.

„Dann mach ich mich wieder auf den Weg, Reto. Bis am Freitag, zehn Uhr", verabschiedete er sich von seinem jungen Freund und ergriff seine Einkaufstüten.

„Alles klar, bis bald und dir einen schönen Tag, Stefan!" Reto machte einen kleinen Wink mit der rechten Hand und schlenderte zurück zum Lebensmittelladen.

„Danke, gleichfalls", erwiderte Stefan und begab sich in Richtung Café.

Er war schon etwas warmgelaufen, dennoch konnte er noch nicht so schnell gehen, wie er gern würde, aber der Gedanke an einen frischen, genussvollen Kaffee half ihm, die mittlerweile etwas schwer gewordenen Einkaufstüten zu ignorieren. Des Weiteren ließ ihm der Gedanke der Geldkassette keine Ruhe. Es schien so einfach und doch so schwer, an das Geld zu kommen. Zum einen war er sich ziemlich sicher, dass Geld abgeholt wurde und nicht etwa gebracht, denn an einem Samstag gingen viele Leute einkaufen und somit stieg der Bargeldbestand beträchtlich, auch wenn heute viel öfter mit der Karte bezahlt wurde. Einen solchen Koffer wegzuschaffen war sehr einfach möglich, das Ding konnte man ja zu Fuß ohne Mühe tragen und in Sicherheit bringen. Das Hauptproblem war, an den Koffer selbst zu kommen, ohne jemanden verletzen oder mit einer Waffe bedrohen zu müssen, denn dazu war er einfach nicht fähig und diese Grenze würde er nie überschreiten. Er war mittlerweile beim Café angelangt und schritt schnurstracks zu seinem Lieblingstisch, der leer auf ihn wartete. Erleichtert stellte er seine Einkaufstüten auf dem Boden ab und nahm mit einem kleinen Seufzer Platz.

James hatte ihm kurz zugenickt, während er gerade zwei Gäste bediente, die etwas schrullig wirkten und scheinbar Mühe bekundeten, sich zu entscheiden. Neben diesem merkwürdigen Paar saß wiederum ein junger Mann mit Laptop in der Ecke und Stefan fragte sich, ob es nicht derselbe wie letzte Woche war. Am Tisch neben ihm saßen zwei Geschäftsmänner, die eifrig etwas besprachen und dabei immer wieder Dinge auf ihre Notizblätter kritzelten. Beide trugen einen Anzug, weshalb er vermutete, dass diese mittelalten Herren im Finanzwesen tätig waren – oder vielleicht nicht, es war schwer feststellbar. Der Starbucks-Schriftsteller-Imitator schien ganz in seinen Bildschirm vertieft zu sein und tippte eifrig in seine Tastatur hinein. Ab und zu unterbrach er seine Tätigkeit, drückte die Hornbrille mit seinem Zeigefinger zurecht, nahm einen Schluck Kaffee und misshandelte sogleich weiter seine Tastatur.

Zwei chinesische Frauen drückten sich gerade Croissants in den Rachen und spülten das Gebäck regelmäßig mit ihrem Cappuccino runter, die Pausen dazu nutzend, sich selbst zu fotografieren und zu kichern. Sein Blick schweifte zurück zu dem Paar, das James noch immer bediente. Die Frau war etwa fünfzig, rundlich, hatte eine rote strenge Brille auf und die braunen Haare eng nach hinten zusammengebunden. Ihre Bekleidung war schrecklich bunt: Rosa Turnschuhe, giftgrüne, enge Hosen und ein vor bunten Farben explodierender Faserpulli mit geschlossenem Rollkragen. Er vermutete, dass ihr Gegenüber der Ehemann war, denn er wirkte etwas unsicher und erdrückt vom Leben, schien einen Hauch älter zu sein und war komplett in Pastellfarben eingekleidet, nur die blauen Turnschuhe und sein grauschwarzes Haar brachten Abwechslung in die Farbtrostlosigkeit. Er trug eine silberne Brille und wurde fortlaufend bezüglich seiner Bestellung von seiner Ehefrau lieblich, aber bestimmt korrigiert, sodass er am Schluss nicht mehr wusste, was er nun bestellen durfte.

„Hey, James, das Übliche bitte", unterbrach er von weitem das Gespräch und James atmete erleichtert auf. Die Frau blickte Stefan entrüstet und zugleich herablassend an.

„Mein Herr, Sie werden auch gleich bedient", schnauzte sie Stefan an und wandte ihren Blick wieder James zu, der am liebsten zu Stefan rüber wollte, ohne unhöflich zu wirken.

„Sobald ihr Mann aufgehört hat, zu stammeln, und seine Gedanken sortiert hat, kann er ja bestellen, aber ich kann nun mal keine zwanzig Minuten warten, bis Ihr Findungsprozess abgeschlossen ist", erwiderte er ruhig und winkte James zu sich, der sich nun endlich lösen konnte.

„Herr Kellner, wir haben noch nicht fertig bestellt", bellte die Frau James hörbar an, sodass das ganze Café die Unterhaltung mitzuhören hatte.

„Komme gleich zurück, verehrte Frau, ich bringe dem Herren nur schnell seinen Kaffee", antwortete James höflich und huschte hinter die Kaffeemaschine.

„Also, das ist doch unerhört, wir waren zuerst an der Reihe", entrüstete sich die Frau weiter, wobei ihr Ehemann etwas verlegen in die Runde schaute.

„Sobald Ihr Mann herausgefunden hat, was für einen Kaffee er gern möchte, kann er ihn ja bestellen", versuchte Stefan, die sichtlich schnaubende Frau zu beruhigen.

„Mein Mann weiß, was er will", entgegnete sie brüsk.

„Ist das der Grund, warum er es nicht aussprechen darf?", konterte er gelassen und konnte ein leises Lachen von James hören. Sie schien nicht ganz verstanden zu haben, was er damit gemeint hatte, denn bis auf ein paar böse Blicke wusste sie nichts zu erwidern.

„Möglicherweise hat er sie damals in einem besseren Zustand geheiratet und ist seitdem erblindet, weshalb er den Fortschritt nicht bemerken konnte", meinte Stefan, wobei er das Wort *Fortschritt* bewusst sarkastisch aussprach. Mittlerweile hörten alle gebannt dem Gespräch zu, einige Gäste konnten sich ein Grinsen nicht verkneifen. Die Frau bäumte sich auf, stemmte die Hände in die Hüften und starrte Stefan bitterböse an, sie schien diesmal den Wink verstanden zu haben, den sie ganz und gar nicht lustig fand.

„Sie sind ja ein Flegel. Sie sehen auch nicht mehr jung aus und etwas verwittert, Sie brauchen gar nichts zu sagen", griff sie Stefan kampfeslustig an und schaute in die Runde, nach Applaus suchend, wurde jedoch von den Gästen nur angestarrt.

„Die natürliche Verwitterung ist Bestandteil der Reifung, meine liebe Dame. Aber zumindest bin ich noch nicht farbenblind, ansonsten würde ich mich vielleicht aus Versehen ähnlich kleiden wie Sie." Gelassen drehte er sich zu James um, der gerade dabei war, seinen Kaffee zu bringen und ein Lachen unterdrücken musste.

„Herr Kellner", schnaubte sie James an. „Ich verlange, dass Sie diesen Herren aus dem Café entfernen, er ist eine Zumutung für alle Gäste hier." Energisch wies sie mit ihrem gestreckten Arm zuerst auf Stefan und dann mit einer schwungvollen Geste auf die Tür. James stellte die Kaffeetasse vorsichtig ab, blickte dann zu der unzufriedenen Frau hinüber und schlenderte zu ihrem Tisch.

„Was darf ich nun bringen?", fragte er die beiden freundlich und schaute abwechselnd die Frau und dann den Mann an.

„Sie verstehen schon unsere Sprache, nicht wahr?", provozierte sie James und starrte ihn wütend an.

„Hey, James, bring doch dem Herren einen Cappuccino zum Mitnehmen, geht auf mich, sonst verdurstet der Arme noch, und einen Schokoladenkuchen für die Frau, sie ist unterzuckert, auch zum Mitnehmen, den bezahlt aber sie."

James drehte sich auf dem Absatz um und verschwand den Cappuccino vorbereitend mit einem breiten Grinsen wieder hinter der Theke. Die Frau starrte zuerst James und dann Stefan völlig verdattert an und hatte Mühe, sich zu fangen, wahrscheinlich auch, weil so mancher Gast hinter vorgehaltener Hand kicherte.

„Also, das lasse ich mir nicht bieten. Sie können scheinbar auf unser Geld verzichten. Komm, Fred, wir gehen." Verschüchtert und sichtlich enttäuscht stand der Mann auf und wandte sich zum Gehen. James war gerade mit dem Kaffee fertig geworden und huschte geschwind zu dem Herrn hin.

„Hier, für Sie von dem Herrn da. Ich wünsche Ihnen noch einen schönen Tag!" James übergab Fred den Becher grinsend und schlenderte an der Frau vorbei ohne sie eines Blickes zu würdigen direkt zu Stefan rüber. Völlig sprachlos und vor Wut schäumend stapfte sie hinaus, den armen Mann an der Hand zerrend. Dieser blickte den Becher hochhaltend kurz zurück und bedankte sich mit einem Lächeln.

„Na, James, du scheinst die speziellen Gäste geradezu anzuziehen", lächelte er, nahm einen genüsslichen Schluck von seinem Kaffee und verbrannte sich dabei beinahe die Zunge.

„Grüß dich, Stefan. Schon das zweite Mal diese Woche, am Montag hatte ich leider nicht deine Hilfe", lächelte James zurück und setzte sich neben Stefan hin. „Wie geht es deinem Fuß?"

„Er pocht ein wenig, war heute einkaufen, wird schon wieder. Konntest du ein paar Dinge abbezahlen?", fragte er James vorsichtig.

„Ich konnte meine Wohnung behalten und ein paar Schulden begleichen", antwortete James mit gedämpfter Stimme und blickte ins Lokal, um zu prüfen, ob jemand etwas brauchte.

„Wie viel Zeit hast du so gewonnen?", hakte Stefan kurz nach und trank einen weiteren Schluck von seinem Kaffee.

„Ein paar Monate vielleicht. Es ist nicht viel übrig geblieben und verdienen tue ich nicht wirklich viel. Wenn ich den Job verliere, dann halte ich nicht lange durch." James schaute düster auf die Tischplatte runter.

„Das heißt, wir müssten uns nochmals um Geld bemühen. Ich halte ein wenig länger durch, aber auch nicht ewig. Scheißmickrige Rente", fluchte er leise und stützte sich leicht nach vorn gebeugt mit beiden Unterarmen auf dem Tisch ab.

„Du heckst doch nicht etwa was Neues aus, oder? Ich meine nach dem Fiasko von letztem Mal", fragte er Stefan mit ernster Miene.

„Was meinst du mit Fiasko' Das war Improvisationstalent vom Feinsten. Außerdem, ich war ja derjenige, der schwimmen ging, was beklagst du dich denn?", entgegnete er nicht ganz ernst gemeint und schaute James an. Sie beide starrten dann für einen Augenblick ins Leere und sammelten ihre Gedanken, denn das letzte Abenteuer war schon irrsinnig nervenaufreibend gewesen. Es war so ziemlich alles schiefgelaufen, was hätte schieflaufen können. Ein großes Glück, dass sie nicht erwischt worden waren respektive noch nicht! Das würde sich noch zeigen.

„An was hast du denn gedacht?", nahm James das Gespräch wieder auf.

„An eine Geldkassette, mein junger Freund."

„Eine Geldkassette?", fragte James etwas verwirrt nach und schien nicht komplett zu verstehen, was Stefan meinte. Doch er konnte die Antwort nicht abwarten, denn es betraten gerade drei neue Gäste das Lokal.

„Komme gleich wieder", flüsterte er Stefan zu und stand auf.

„Keine Sorge, Arbeit geht vor!" Er hob seine Tasse zum Gruß und trank einen weiteren Schluck. Wie könnten wir das Ding drehen, stellte er sich selbst die Frage und vertiefte seine Gedanken wieder. Den Ort hatten sie ja schon mal, nämlich den Lebensmittelladen, er wüsste sonst nicht gerade, wo solche Transporte stattfanden. Des Weiteren war die Gelegenheit günstig, denn wegen der Baustelle konnte der Transport nicht unter optimalen Sicherheitsbedingungen durchgeführt werden, was ihnen in die Hände spielte. Aber sie hatten nur zwei Wochen, um das Ding durchzuziehen, dann würde der Bau abgeschlossen sein. Das Hauptproblem war der Wachmann, der den Koffer mit einer Handschelle gesichert hielt. Man konnte das Teil also nicht einfach wegreißen und davonrennen. Auch würden sie nicht viel Zeit haben, ein paar Sekunden vielleicht, zwischen dem Haupteingang des Lebensmittelladens und des Transporters. Er musste einen Weg finden, die Distanz zu vergrößern, um mehr Zeit zu gewinnen sowie schnell die Kette zu trennen, ohne zu viel Aufmerksamkeit zu erregen. Sie würden wieder alle zusammenarbeiten müssen, allein oder zu zweit funktionierte ein solcher Coup nicht. Ein weiteres Problem war, dass sie nicht genau wussten, wann der Typ das Geld abholte, denn gemäß Aussage von Reto war es meistens samstags und manchmal mittwochs. Doch sie hatten nur noch zwei Mittwoche und Samstage, um ihr Glück zu versuchen, was bedeutete, dass sie pokern mussten. Er würde auf Samstag tippen, da an diesem Tag die Wahrscheinlichkeit für einen Erfolg am höchsten war, aber auch bedeutend mehr Leute vor Ort sein würden, was den Faktor der Unauffälligkeit stark erschwerte.

James hatte gerade die neuen Gäste fertig bedient und schlenderte wieder zurück zu Stefan, diesmal blieb er aber stehen, da ein Tisch die Rechnung forderte und er mit einem Nicken zusagte, dass er gleich bei ihnen sein würde.

„Meinst du mit Geldkassette einen Geldtransport?", fragte er Stefan flüsternd und mit leichter Anspannung.

„Genau das meine ich", nickte Stefan bestätigend. „Und ich weiß auch schon wo und wann, muss aber noch ein paar Details ausarbeiten", fuhr er ruhig fort.

„Ein paar Details? Meinst du damit, dass der Koffer auch wirklich Geld drin hat oder dass am besagten Tag auch wirklich ein Transport stattfindet?", fragte James sarkastisch nach, blickte in die Runde und schlenderte zum Tisch am anderen Ende des Cafés, um die das Geld entgegen zu nehmen. Stefan trank weiter seinen Kaffee, der mittlerweile die perfekte Temperatur hatte. Sie würden wahrscheinlich ein paar Werkzeuge und andere Dinge benötigen, um dieses Ding drehen zu können, gut, dass er entweder noch drei oder zehn Tage Zeit hatte, alles zu planen und zu organisieren. James kam wieder zurück und setzte sich neben Stefan.

„Genau, ein paar Details", beantwortete er James' Frage von vorhin mit einem leichten Lächeln. „Hast du Anna schon gesehen?", fragte er neugierig, denn er hatte seit dem letzten Coup nichts mehr von ihr vernommen.

„Nein, aber normalerweise kommt sie am Mittwoch spät nachmittags hier vorbei. Soll ich ihr gleich von der Hiobsbotschaft berichten?"

„Falls ich nicht nochmal hier vorbeikomme, dann ja. Kannst sie ja schon mal fragen, ob sie auch dabei sein will. Ich denke, der Plan würde besser funktionieren, wenn sie dabei wäre. Also gib dir ein wenig Mühe", beschwor er James, denn er brauchte wahrscheinlich das ganze Team wieder. Eine hübsche Frau dabei zu haben hatte in Bezug auf Ablenkungsmanöver sicher seine Vorteile, speziell, wenn das Opfer männlich war. Außer der Wachmann wäre homosexuell, dann müssten sie improvisieren.

„Alles klar, ich werde sie einweihen. Ich weiß aber selbst kaum was. Hast du nicht ein paar Infos mehr für mich?", hakte James sichtlich neugierig nach und dämpfte wieder seine Stimme.

Stefan überlegte kurz, was er jetzt schon preisgeben sollte, denn einen Plan hatte er ja noch nicht. Ruhig trank er seine Kaffeetasse leer und stellte sie behutsam wieder ab, während James bereits ungeduldig mit den Händen spielte.

„Die Geldübergabe ist bei dem Lebensmittelladen, in dem ich immer einkaufen gehe. Du weißt schon, etwa fünfzehn Minuten von hier, in der Nähe vom kleinen Park. Dort holen sie jeden Samstagabend kurz vor Ladenschluss die Einnahmen ab", begann er den Teil des Plans zu erläutern, den er hatte.

„Das Gute ist, dass sie wegen einer Baustelle nicht mehr die gleichen Sicherheitsstandards einhalten können und sich so für uns eine Gelegenheit eröffnet, auf die Schnelle viel Geld zu holen", fuhr er mit gedämpfter Stimme fort, hielt kurz inne, als zwei weitere Gäste das Lokal betraten und sich an den Tisch neben ihnen setzten. Es waren Polizeibeamte, die wohl kurz eine Kaffeepause einlegen wollten, denn sie sprachen von irgendwelchen Urlaubsplänen des einen, welche der andere toll fand.

„Also, James, ich melde mich wieder bei dir". Stefan stand auf, nahm seine Einkaufstüten in die Hände und spürte seinen lädierten Fuß sofort wieder.

„Alles klar, Stefan, bis zum nächsten Mal!" James nickte ihm zu und drehte sich zum Tisch mit den zwei Polizisten.

„Guten Tag, meine Herren, was kann ich Ihnen bringen", fragte er die Beamten höflich, während Stefan langsam durch das Café ging und nach draußen verschwand.

15
Der Italiener

Er war nach wie vor arbeitslos und daran würde sich so schnell auch nichts ändern, er hatte ja seinen Job erst vor Kurzem verloren, also würde es auch eine Weile dauern, bis er etwas Neues finden würde. Von der Arbeitslosenversicherung hatte er auch noch nichts gehört, was bedeutete, dass er noch weiter auf sein Arbeitslosengeld warten musste und somit kein Einkommen hatte. Glücklicherweise hatte seine Tochter das Geld in den Tüten entdeckt, ansonsten wüsste er nicht, wie er die anstehenden Rechnungen begleichen sollte, wobei das Geld leider nicht reichen würde. Er musste sich also bald Gedanken machen, welche Rechnungen er bezahlen musste und bei welchen er auf eine Verwarnung ausweichen konnte.

Entgeistert blickte er wieder kurz aus dem Fenster, mittlerweile war die Bewölkung der Sonne gewichen und diese erhellte den Tag mit einem angenehmen Frühlingsschein, welcher durch seine Fenster hereinbrach. Er konnte die Stimmung aber noch nicht wirklich aufnehmen, denn seit Stunden klickte er sich durch die Jobinserate im Internet für Stellen im Druckereigeschäft, aber wie er vermutet hatte, waren diese äußerst dünn gesät, denn die Druckereien waren nicht gerade im Expansionskurs, um es milde zu formulieren. Er konnte die Suchabfrage auf verschiedensten Jobplattformen adaptieren wie er wollte, doch die Ergebnisse blieben ernüchternd. Frustriert legte er den Laptop beiseite und schlenderte zur Küche, wo er sich einen heißen Tee zubereitete sowie etwas Schokolade aß, welche er sich nun kurzfristig leisten konnte, wo er doch so spontan zu Geld gekommen war.

Seine Gedanken schweiften umher und blieben bei Anna hängen, als sie beim Versenken des Automaten schnellstmöglich die Flucht angetreten hatten. Seit diesem Abend konnte er Anna nicht mehr aus seinen Gedanken verbannen, immer wieder musste er an sie denken. Sie ist auch eine hübsche Frau, dachte er sich, selbstbewusst und hat einen guten Geschmack bezüglich Mode, was auch nicht immer selbstverständlich war.

Er musste kurz laut fluchen, als er gedankenverloren einen Teil des heißen Wassers neben die Tasse goss und sich dabei seine linke Hand verbrühte. Sofort setzte er seine Tasse ab und kühlte seine lädierte Hand unter dem kalten Wasserstrahl des Wasserhahnes. Er wartete einen kleinen Moment und stellte dann das Wasser wieder ab, nahm seine Teetasse in die Hand, nachdem er mit einem Tuch die nassen Oberflächen abgewischt hatte, und schlenderte zurück zu seinem Sofa, wo er sein Getränk auf den Couchtisch stellte. Er griff zur Fernbedienung und schaltete seinen Fernseher ein, es lief gerade eine Sendung über Gemüsebeete, was ihn nicht die Bohne interessierte, worauf er weiterschaltete und auf den Sportsender stieß, der gerade Golf übertrug, was ihn noch kälter ließ. So zappte er weiter, ohne auf etwas Vernünftiges zu stoßen, denn es war viertel nach elf und somit nicht Hauptsendezeit. Genervt schaltete er die Kiste wieder ab und verfluchte alle Sender, die nur solchen Schrott ausstrahlten, denn sie ließen ihn wieder mit seinen Gedanken allein.

Hatte Anna ihm zugelächelt an jenem Abend, an dem sie sich alle wieder verabschiedet hatten, oder war sie nur erleichtert gewesen, dass die Sache vorbei war? Er spielte mit dem Gedanken, sie zum Essen einzuladen, aber kein Abendessen, das wäre zu klar eine Verabredung, viel mehr spontan zum Mittagessen oder zum Kaffee, also etwas Unauffälligeres. Heute wäre es zumindest gut machbar, denn seine Tochter hatte einen Schulausflug und würde mittags nicht nach Hause kommen. Er nahm entschlossen sein Smartphone in die Hand, öffnete den Kurznachrichtendienst und legte sein Gerät sofort wieder verunsichert neben sich aufs Sofa ab. Nervös faltete er seine Hände zusammen und ließ seine Daumen kreisen, seine Gedanken kreisten mit. Wohin würde er sie überhaupt einladen wollen? Ihm fiel gerade kein geeignetes Lokal ein. Wieso überhaupt einladen? Man konnte sich ja einfach zum Mittagessen treffen und unverbindlich zusammenkommen, spann er den Gedanken weiter. Unruhig stand er wieder auf und schritt zum Fenster, um seinen Blick nach draußen schweifen zu lassen.

Er schaute einen Moment lang zu, wie die Straßenkehrmaschine im Schritttempo das Quartier vom am Boden liegenden Müll befreite, und widmete sich einem Handwerker, der gerade ein Garagentor reparierte und immer wieder seine Arme in die Luft warf. Scheinbar gingen die Reparaturen nicht reibungslos vonstatten. Er holte nochmals tief Luft, ging zurück zum Sofa und ergriff sein Mobiltelefon. Er verfasste eine kurze Nachricht, las sie nochmals durch, drückte auf Senden und geriet dann sogleich ins Schwitzen. Was hatte er nur getan? Sicher würde sie ihn mit einer kleinen Ausrede abschmettern oder noch schlimmer, erst gar nicht darauf antworten. Er musste sich sofort ablenken und schaltete den Fernseher wieder ein.

Das Ergebnis war natürlich wieder das Gleiche, denn die Sendungen waren ja noch nicht vorbei, also entschloss er sich, etwas mehr über den Gemüseanbau in Erfahrung zu bringen, während er immer wieder nervös auf das Smartphone blickte, welches er sorgsam auf den Couchtisch gelegt hatte. Er konnte echt nicht nachvollziehen, weshalb sie so hohe Fernsehgebühren bezahlen mussten, denn die zu bietenden Inhalte schwankten von abstrus bis zu geistig minderbemittelt.

Anstatt eine ernsthafte Sendung zu erschaffen bei der im Detail auf alle Aspekte des Gemüseanbaus eingegangen wurde, sah er nun ein Gespräch mit einem Hobby-Bauern, der über die Jahre schon fast selbst zu Kompost geworden war und immer wieder seinen Brokkoli präsentierte. Er zuckte zusammen, als sein Telefon sich plötzlich meldete, und ließ die Fernbedienung beinahe fallen. Hastig legte er diese beiseite und griff zu seinem Smartphone. Anna hatte geantwortet.

Seit sein Wagen den Geist aufgegeben hatte, war er wohl oder übel auf die öffentlichen Verkehrsmittel angewiesen, was ihn nervte, denn er fuhr nicht gern mit dem Bus. Um diese Zeit jedoch war er nicht besonders voll, da die meisten ja schon bei der Arbeit waren, was die Reise etwas angenehmer gestaltete. Anna hatte einen Italiener vorgeschlagen, der ganz nah an ihrer Arbeitsstelle war und scheinbar gut sein sollte. Er war etwas nervös und hoffte, dass er die richtige Kleiderwahl getroffen hatte. Er hatte sich nicht zu sehr herausputzen wollen, sodass es nicht seltsam werden konnte, weshalb er sich klassisch für Jeans, Poloshirt und einen Pullover entschieden hatte, vervollständigt mit schönen Turnschuhen, denn für die Stadt waren diese am bequemsten. Seine leichte Frühlingsjacke hatte er auf seinen Schoß gelegt, da es im Bus wie immer viel zu warm war. Noch zwei Stationen, dann musste er aussteigen und etwa drei Minuten gehen, was zumindest angenehmer war, als noch hastig einen Parkplatz suchen zu müssen – so kurz vor Mittag.

Er überlegte sich kurz, was er essen wollte, da sich sein Magen mit einem leisen Knurren meldete.

Wahrscheinlich eine Pizza, die hatte er schon lange nicht mehr gehabt, zumindest keine gute, weshalb er hoffte, dass das Restaurant eine gute Wahl war. Zumeist waren die Gestaltung und der Inhalt eines grünen Salates Vorboten dafür, wie gut der Koch wirklich war und was man von ihm erwarten durfte. Waren die Blätter kaum zerkleinert, wurde der Kopfsalat also praktisch als Ganzes verwertet, lieblos mit den typischen großen Tomatenscheiben garniert und mit einer Standard-Salatsoße ertränkt, dann waren bei Christoph alle Signale auf Alarm.

In Gedanken vertieft hätte er beinahe die Station verpasst, stolperte etwas unbeholfen zur Tür und stieg hastig aus, bevor der Bus sogleich wieder davonbrauste. Er marschierte die Straße hinunter und dann um die Ecke, so, wie er sich die Strecke auf seinem Smartphone gemerkt hatte, die er sich scheinbar falsch gemerkt hatte, wie er wenige Schritte später feststellen musste. Er schaute nervös nochmals nach und erkannte seinen Fehler: Er war von Anfang an in die falsche Richtung gelaufen, weshalb er jetzt vor einem Friseursalon anstatt vor einer Pizzeria stand. Hastig kehrte er um und marschierte noch schneller den gleichen Weg zurück, dann die korrekte Straße entlang, um wenige Minuten später endlich beim Restaurant anzukommen, wo Anna bereits auf ihn wartete.

„Hallo, Anna, entschuldige bitte die Verspätung, bin in die falsche Richtung gegangen. Ich hoffe, du musstet nicht zu lange warten", begrüßte er sie freundlich und versuchte, so gut es ging, zu verbergen, dass er leicht außer Atem war.

„Hallo, Christoph", grüßte sie zurück, legte ihre Hände auf seine Oberarme und gab ihm je einen Begrüßungskuss auf die Wangen, worauf er überhaupt nicht gefasst gewesen war. Er konnte die Geste gerade noch rechtzeitig erwidern.

„Nein nein, bin auch eben gerade gekommen und dachte schon, ich wäre zu spät dran", fuhr sie fröhlich fort und sie beide begaben sich in das Restaurant, wobei er selbstverständlich wie es sich gehörte ihr den Vortritt ließ und die Tür aufhielt, bevor sie am Fenster einen freien Platz fanden. Sie war wieder bezaubernd angezogen und geschminkt, elegant-geschäftlich, aber ohne zu dick aufzutragen, wie es eine Frau mit Stil nun mal korrekt machte. Sie hatte nicht zu hohe, schwarze Absatzschuhe aus feinem Leder an, gepaart mit eleganten schwarzen Strümpfen aus feiner Qualität, zumindest was das anbelangte, was er von hier aus ohne sie anzufassen beurteilen konnte. Schwarze Stoffhosen, eine weiße Bluse und ein dunkelgraues Jackett rundeten das Paket ab. Was den Schmuck betraf, hatte sie auch eine dezent Wahl getroffen, eine leichte Halskette, eine schicke kleine Uhr sowie runde Ohrringe, alles in Silber, sodass er sich gleich etwas schäbig vorkam. Im Nachhinein hätte er vielleicht doch das schwarze Hemd anziehen sollen, aber jetzt war es nun mal zu spät.

„Wie geht es dir so?", fragte er sie interessiert, doch bevor sie antworten konnte, wurde sie vom Kellner unterbrochen.

„Guten Tag, meine Dame und mein Herr. Was darf ich Ihnen zu trinken bringen?", fragte sie der überaus freundliche Mann mit seinem italienischen Akzent und nahm den Notizblock hervor.

„Für mich ein Wasser mit Kohlensäure, bitte", beantwortete Anna rasch die Frage und nahm die Speisekarte, die rechts von ihr lag, in die Hände.

„Für mich ebenfalls", bestellte auch er hastig und widmete sich ebenfalls der Speisekarte.

„Sehr gern." Der Kellner ging eiligen Schrittes in Richtung Tresen zurück.

„Nicht schlecht, danke", ging Anna auf Christophs Frage ein. „Ich konnte einfach nicht so gut schlafen in den letzten zwei Nächten. Mache mir Sorgen, dass vielleicht doch noch was passiert", erzählte sie weiter und schaute ihn mit sanften Augen an.

„Ich bin auch etwas unruhig. Hoffentlich wächst bald Gras über die Sache!" Er konnte mir ihr fühlen. Es waren wirklich unruhige Nächte gewesen, ständig die Angst, dass vielleicht doch die Polizei plötzlich vor der Tür stehen und ihn mitnehmen würde. Die Tat war auch erst zwei Tage her, also würde es noch eine Weile dauern, bis niemand mehr nach den Tätern suchen würde.

„Auch wegen dem Geld", fuhr Anna flüsternd fort. „Ich traue mich gar nicht, es auf die Bank zu bringen. Die meisten Rechnungen habe ich einfach per Postschalter beglichen, denn da kann man noch bar einzahlen."

„Ich musste auch schauen wie ich es mache", bestätigte Christoph. „Habe nur einen kleinen Teil auf die Bank gebracht und damit ein paar Dinge erledigt", fuhr er fort. „Aber meine Einkäufe und andere Erledigungen mache ich mit Bargeld."

„Ich …", weiter kam Anna nicht, denn der Kellner brauste bereits wieder heran.

„Einmal Mineralwasser für die Dame", kündigte der fröhlich wirkende Kellner ihr Getränk an und schenkte ein wenig in das Wasserglas ein, „und einmal für den Herrn", fuhr er fort und vollführte das gleiche Prozedere.

„Wissen Sie schon, was Sie essen möchten?" Abermals zückte der Kellner seinen kleinen weißen Notizblock.

„Bist du schon so weit, Anna?", fragte Christoph schüchtern nach, denn er hatte sich noch nicht entschieden und wollte noch etwas Zeit gewinnen.

„Ich denke schon. Ich hätte gern die Pizza mit scharfer Salami und einen gemischten Salat zur Vorspeise", bestellte Anna schnell ihre Mahlzeit und legte die Speisekarte wieder beiseite.

Hastig notierte der Kellner alles und wandte sich Christoph zu. „Und der Herr?"

„Gern einen grünen Salat und eine Pizza Prosciutto." Er hätte gern noch etwas länger in der Speisekarte gelesen, doch er wollte einfach, dass der Kellner wieder wegging, weshalb er halt das bestellte, was er immer bestellte, wenn er nicht wusste, was er bestellen sollte.

„Sehr gern, dankeschön." Der Kellner brauste wieder davon.

„Du wolltest mir noch was sagen, Anna?", fragte er vorsichtig nach, nachdem sie wieder unter sich waren.

Sie lächelte ihn kurz an. „Ich bin seit der Sache die ganze Zeit wie auf Nadeln, kenne aber niemanden, mit dem ich reden könnte. Bin froh, dass du dich bei mir gemeldet hast", erzählte sie ihm erleichtert und nahm kurz einen Schluck Wasser.

„Kann dich gut verstehen. Werde auch ganz verrückt, so allein in der Wohnung", pflichtete er ihr beruhigend bei.

„Oh, und wie geht es Maria?", fiel sie ihm schnell ins Wort.

„Ganz gut, sie hat heute einen Schulausflug und isst deshalb mittags woanders. Ansonsten geht sie sehr erwachsen mit der ganzen Situation um. Sie ist entspannter als ich. Bin schon ein wenig stolz auf sie. Andererseits habe ich natürlich immer noch ein sehr schlechtes Gewissen, dass sie dabei war", sprudelte es aus ihm heraus, froh darüber, endlich mit jemandem reden zu können.

„Sie ist wirklich ein mutiges und schlaues Kind", lobte Anna seine Tochter. „Dank ihr haben wir die Sache noch retten können", fügte sie noch rasch nickend hinzu.

„Ja, sag bloß, sonst wären wir noch schlimmer dran!" Er lachte kurz auf. Sie beide starrten einander verlegen an und ließen ihre Blicke dann durch das Lokal wandern.

Er seufzte. „Wie soll es bloß weitergehen?", fragte er gedankenverloren. „Bald werde ich wieder pleite sein, wenn die Arbeitslosenversicherung weiterhin nichts von sich hören lässt."

„Oje. Wie läuft es mit der Jobsuche?", fragte sie ihn besorgt.

„Da ich in einer aussterbenden Branche gearbeitet habe, nicht so gut. Praktisch alle Druckereien kämpfen bereits und können es sich nicht leisten, neue Leute einzustellen. Wenn es so weitergeht, werde ich mich wohl oder übel umschulen müssen, was natürlich wieder Zeit und Geld kostet", fasste er seine beschissene Situation kurz zusammen. Er schaute verloren auf die Stelle, wo bald hoffentlich sein Essen stehen würde.

„Mach dir nicht zu viele Sorgen. Ich bin sicher, es wird eine Gelegenheit kommen. Vielleicht kann dir Stefan helfen? Er hat mir auch diese Stelle besorgt, obwohl ich nichts von der Immobilienbewirtschaftung verstehe", versuchte sie, ihn aufzumuntern, was ihr auch tatsächlich gelang und ihm ein Lächeln entlockte.

„Ja, wir werden sehen. Und wie gefällt es dir bei deinem Job?", fragte er neugierig nach.

„Ist ziemlich stressig im Moment. Viele Wohnungen werden übergeben oder abgegeben und ich lerne immer noch. Aber die Tage sind kurz, wenn man viel zu tun hat", erzählte sie munter von ihrer Arbeit und er hörte ihr einfach nur zu. Die Zeit schien wie im Flug zu vergehen, denn plötzlich kam wieder der Kellner vorbei und unterbrach Anna bei ihren Erzählungen.

„So, einmal die Pizza mit scharfer Salami für die Dame und ein gemischter Salat", betete er die Bestellung nochmals runter, während er sorgsam den heißen Teller auf die Tischplatte und den Salat daneben platzierte, „und für den Herrn eine Pizza Prosciutto und einen grünen Salat, guten

Appetit!" Und mit dem Startschuss fürs Essen verschwand er auch schon zum nächsten Tisch, wo sich gerade vier neue Gäste gesetzt hatten, die energisch über etwas diskutierten.

Christoph wünschte Anna einen guten Appetit und fing an, seine Pizza zu zerschneiden. Der grüne Salat sah zumindest gut aus, italienisch, und die Soße schien hausgemacht zu sein, was schon mal ein gutes Zeichen war. Die Pizza hatte einen klassischen dünnen Boden mit einem sauber gebackenen Rand, sodass dieser noch essbar war, ohne sich wegen Trockenheit gleich in Staub aufzulösen. Der erste Biss schmeckte hervorragend, er musste sich dieses Restaurant merken.

„Schmeckt gut hier, danke für den Tipp. Kommst du öfters hierher?", fragte er Anna, während er sich einen weiteren großen Bissen in den Mund schob und sich konzentrierte, sauber und anständig zu essen, um auf keinen Fall abstoßend zu wirken.

„Weniger oft als ich gern würde", witzelte sie zurück. „Aber ab und zu, wenn die Zeiten etwas weniger hektisch sind, essen der Chef, ein Mitarbeiter und ich dann hier, wobei der Chef mich meistens einlädt." Genüsslich nahm sie auch ein Stück der Pizza.

„Urlaub wäre wieder mal schön, kann es mir halt leider nicht leisten", begann er, das Gespräch in eine andere Richtung zu lenken. „Schade, jetzt, wo ich Zeit hätte", fügte er mit einem leicht ironischen Unterton hinzu.

Anna lachte kurz auf. „Bei mir ist das leider auch nicht drin. Ich habe schon Ferientage, aber einfach kein Geld. Mit meinem Lohn könnte ich knapp über die Runden kommen, doch mit den Schulden, die ich habe, bin ich froh, wenn ich die nächsten Monate überstehe."

„Wo würdest du am liebsten hin, wenn du könntest?", fragte er sie unvermittelt und war gespannt auf ihre Antwort.

Sie schien einen Moment zu überlegen, nahm einen kleinen Schluck Wasser und blickte Christoph an.

„Ich weiß es nicht so genau, an einen schönen Sandstrand in der Wärme, dann wäre ich schon glücklich", beantwortete sie seine Frage.

Er wollte auch gleich seine Meinung zum Besten geben, wurde aber jäh wieder vom Kellner unterbrochen. „Meine Dame, mein Herr, wie schmeckt es Ihnen? Sind sie zufrieden?", wollte er pflichtbewusst von seinen Gästen wissen und lächelte sie dabei freundlich an.

„Alles bestens, danke", brachte Anna hinter vorgehaltener Hand hervor, um das Kauen elegant zu verbergen.

Christoph schluckte hastig, wobei er sich beinahe verschluckt hätte, und brachte ein krächzendes „Sehr gut" hervor, worauf der Kellner zufrieden wieder abschwirrte. Reflexartig angelte er nach seinem Wasserglas und spülte den Rest runter, bevor er noch husten musste. Er überspielte die Situation, indem er ihr zunickte und so tat, als würde er kurz überlegen, und inständig hoffte, dass der Hustenreiz, der sich in seinem Hals bildete, bald weggehen würde, damit er wieder mit kräftiger Stimme antworten konnte. Er nahm einen weiteren Schluck Wasser und räusperte sich kurz zweimal, um sicherzustellen, dass alles wieder in Ordnung war.

„Einen schönen Strand mit Strandpalmen und türkisblauem Wasser, das wäre was", schwärmte auch er und sie beide stellten sich das vor ihrem inneren Auge kurz vor.

„Ich wäre auch nicht abgeneigt, mal Australien oder Neuseeland zu besuchen, es soll dort auch sehr schöne Landschaften geben. In Neuseeland würden mich auch die

Filmsets interessieren, wo Herr der Ringe gedreht wurde", fügte er weiter hinzu und hoffte, dass sie ähnlich empfand.

„Ich liebe diese Filme, ich schaue sie sicher einmal im Jahr an." Ihre Begeisterung war deutlich in ihren Augen zu sehen.

„Aber natürlich nur die verlängerte Version, die Kinoversion schaue ich schon lange nicht mehr", fügte er hastig hinzu.

„Ich mach das auch so", lächelte sie ihn an und nahm einen Bissen von ihrem Salat.

„Und wie steht es mit Fantasy und Science-Fiction bei dir im Allgemeinen?", fragte er vorsichtig nach. Denn er war ein absoluter Fan, man könnte auch sagen, ein richtiger Nerd. Seine Exfrau hatte seine Leidenschaft nie geteilt, aber um ehrlich zu sein, sie hatte allgemein keine Leidenschaften gehabt. Er hätte das gern mit jemanden geteilt, aber nur zwei Leute aus der Druckerei hatten ähnliche Interessen gehabt und sie hatten sich auch jeweils über Mittag ein wenig ausgetauscht. Es hatte jedoch nie für mehr gereicht, wie beispielsweise einen gemeinsamen Kinoabend oder sogar einen Besuch bei einer Comic-Convention. Seine Tochter war noch zu jung und interessierte sich mehr für die Filme, welche halt in ihrem Alter gerade angesagt waren, wie beispielsweise „Die Eiskönigin". Davon konnte sie nicht genug kriegen, was ihn aber nicht im Entferntesten interessierte.

„Na ja, ich traue mich oft nicht, es zuzugeben, aber bei dir habe ich ein gutes Gefühl. Ich liebe Science-Fiction", gab sie etwas schüchtern zu und lächelte verlegen.

„Cool, echt cool. Ich finde das toll, wenn Frauen diese Art Filme mögen", gab er freudig zu und seine Augen strahlten vor Begeisterung.

„Es sind ja nicht nur die Filme", flüsterte sie ihm geheimnisvoll zu, „ich lese auch gerne die Comics."

Beide lächelten einander zufrieden an und widmeten sich wieder ihrer Pizza. Er hatte sie erst zwei Mal gesehen, glaubte aber, sie dennoch schon sehr gut zu kennen. Er verstand sich generell schneller mit Mitmenschen, die im Bereich der Filme und Literatur seinen Geschmack teilten, denn das waren vereinende Grundwerte der Fantasie. Insbesondere, weil man sich als erwachsene Person nicht immer traute, zuzugeben, dass man dieses Genre mochte. Er war richtig froh, sich getraut zu haben, ihr zu schreiben, es war ein schöner Mittag, er fühlte sich entspannt und genoss seine Pizza. Annas Mobiltelefon, das sie neben der Handtasche auf dem Fenstersims abgelegt hatte, vibrierte kurz. Sie las die Mitteilung durch und ihr Blick schien sorgenvoll.

„Was ist los, Anna?", fragte er sie besorgt und hoffte, dass es nichts Schlimmes war.

„Weiß ich noch nicht genau. Stefan hat mir gerade geschrieben, ob ich nach der Arbeit noch kurz ins Café kommen könne. Er müsse mit mir was besprechen."

Er konnte sich auch keinen Reim darauf machen.

„Um welche Zeit machst du heute Schluss, dass ihr noch in ein Café geht?", wunderte er sich. Er konnte auch nicht verstehen, was Stefan mit Anna besprechen wollte, was er nicht mit ihm durchgehen konnte.

„Am Mittwoch mache ich immer um vier Schluss", erklärte sie kurz und las die Nachricht nochmals verwundert durch.

„Ich hoffe, es ist nicht wegen letztem Sonntag, dass wir doch noch Schwierigkeiten bekommen", fing sie nervös an, zu überlegen, was sie im Café erwarten könnte.

„Das glaube ich nicht, sonst hätte er dich sicher angerufen oder so", versuchte er, sie zu beruhigen, klang aber nicht überzeugend. Plötzlich vibrierte auch sein Mobiltelefon in der Hosentasche. Verwundert nahm er es hervor und öffnete die Nachricht, welche ebenfalls von Stefan war. Darin stand das Gleiche; dass er etwa um vier im Café vorbeischauen sollte.

„Stefan?", fragte sie ihn und zeigte mit ihrer Hand auf sein Telefon.

„Ja, er hat mir das Gleiche geschrieben. Offenbar weiß er nicht, wie man eine Nachricht an verschiedene Empfänger gleichzeitig verschickt, sonst hätte er sich nicht die Mühe gemacht", schlussfolgerte Christoph bezüglich der zeitversetzten Einladung zum Gespräch.

„Hat er James auch eine Nachricht geschickt?", wunderte sich Anna, was eine durchaus berechtigte Frage war, denn dann wäre genau das ganze Team wieder involviert.

„Sollen wir nachfragen, was er denn wolle oder was los sei?", überlegte sich Christoph vorsichtig und blickte dabei Anna fragend an. Sie zuckte unsicher mit den Schultern und wusste auch nicht recht, was zu tun war.

Er entschloss sich, den Rest seiner Pizza zu essen, was nur noch wenige Bissen waren, und sie tat es ihm gleich, dabei waren sie beide in Gedanken versunken.

„Hm, vielleicht", begann Christoph, wurde aber jäh vom Kellner abgewürgt, der inzwischen fast lautlos an ihren Tisch gehuscht war.

„Sie sind fertig? Hat alles geschmeckt?", fragte er seine Gäste und begann, die Teller abzuräumen, nachdem er ein bestätigendes Nicken von beiden erhalten hatte. Zur Demonstration, dass Christoph satt und zufrieden war, rieb er sich mit der flachen Hand den vollen Bauch. „Kann es noch ein Dessert sein oder vielleicht ein Kaffee?", hakte der Kellner freundlich und pflichtbewusst nach.

„Für mich einen Cappuccino."

„Für mich ebenfalls", beschloss Anna und der Kellner verschwand mit einem zufriedenen Lächeln.

„Du wolltest was sagen", erinnerte ihn Anna mit einer lieblichen Stimme daran, dass er ja unterbrochen worden war.

„Ja, stimmt, ich wollte sagen, dass ich Stefan jetzt doch noch schreiben werde. Er wird ja wohl kurz zurückschreiben können, worum es ungefähr geht, sonst macht mich die Sache noch den ganzen Nachmittag verrückt", führte er seinen Satz zu Ende und schrieb Stefan kurz eine Nachricht. Anna war ebenfalls gespannt auf die Antwort und sie schauten sich wieder nervös an. Um ihre Unruhe etwas zu verbergen, nahm sie kurz einen Handspiegel in die Hand und kontrollierte ihr Make-up, wobei es immer noch perfekt saß und somit das Nachziehen des Lippenstifts nicht nötig war, sie es aber dennoch tat. Wenige Augenblicke später vibrierte sein Telefon wieder und hastig nahm er es in die Hand.

„Er meint, er hätte eine Idee, die er mit uns besprechen möchte", erklärte er Anna kurz darauf, die schon auf ihrem Sitz nervös hin und her rutschte.

„Was meint er mit einer ‚Idee', etwa ein neues Ding?", fragte Anna neugierig.

„Keine Ahnung, aber wenn, dann hoffe ich, dass es besser wird als das letzte, weil ich mich davon noch kaum erholt habe", entgegnete er ihr ernst und runzelte besorgt die Stirn.

„Na ja, es kann ja kaum noch mehr schiefgehen", witzelte Anna mit unruhiger Stimme und war dankbar, als der Kellner ihre zwei Cappuccinos vorbeibrachte.

16
Die Villa

Eigentlich hatte er Dringenderes zu tun als zu unbedeutenden Fällen herangezogen zu werden, nur um das Offensichtliche herauszufinden, aber er war nun mal Inspektor und es war seine Pflicht, ob es ihm passte oder nicht. Etwas genervt stellte er das Auto zur Hälfte auf dem Bürgersteig ab, denn beim Wendeplatz am Ende der Straße war eine Parkverbotstafel angebracht worden und er konnte diese schlecht als Vertreter des Gesetzes ignorieren. Der Wendeplatz war zugleich auch das Ende dieser Quartierstraße und mündete in einen Landwirtschaftsweg.

Der heutige Tatort war eine Villa im wohlhabenden und ruhigen Quartier am Rande der Stadt. Das Besondere an dieser Straße war, dass nur auf der einen Seite Bauland war, auf der anderen Straßenseite begann schon wieder die Landwirtschaftszone, sodass der Eigentümer dieses Prunkstücks nur zwei Nachbarn hatte. Die Häuser waren an einer ganz leichten Hangneigung gebaut worden, sodass man zumindest auf der Terrasse einen gewissen Ausblick haben sollte, dachte er sich. Es war bereits ein Streifenwagen vor Ort, der ebenfalls auf dem Bürgersteig Platz gefunden hatte. Arnold war auch schon da, in der einen Hand einen Becher und in der anderen eine Tüte, er wirkte frohen Mutes und lächelte leicht. Inspektor von Halden schaute kurz auf die Uhr, es war etwa Viertel vor zehn, perfekt also für eine kleine Zwischenverpflegung, was sein Gemüt etwas aufhellte. Er stellte den Motor ab, öffnete die Fahrertür und wuchtete sich mit einem leichten Stöhnen aus dem Dienstwagen.

„Guten Morgen, Arnold", begrüßte er seinen Assistenten, winkte ihm zu und schloss seine Autotür mit einem satten Druck, was er sogleich bereute, da sich sein Muskelkater wieder meldete, der nochmals etwas schlimmer geworden war.

„Guten Morgen, Herr Inspektor. Wie geht es Ihrem Muskelkater?", fragte Arnold etwas belustigt und überreichte Inspektor von Halden den Teebecher.

„Entwickelt sich prächtig, mein junger Assistent, und verlangt nach einem Dauerwohnrecht, wie es scheint", brummte er zurück, nahm den Becher dankend entgegen und setzte vorsichtig zu einem ersten Schluck an.

„Arnold, was ist das?", fragte er verwundert und hob den Becher demonstrativ.

„Tee, Herr Inspektor", beantwortete Arnold die Frage hastig und wollte ihm sogleich die Tüte reichen.

„*Das* nennst du Tee?", hakte er erbost nach und roch nochmals daran.

„Ich hatte leider keine Zeit mehr, die gute Teestube aufzusuchen, Herr Inspektor", gab Arnold kleinlaut zu. „Dafür soll das Croissant ausgezeichnet sein", fügte er rasch hinzu, öffnete die weiße Tüte mit dem Bäckerei-Logo und zauberte ein großes Croissant hervor. Inspektor von Halden nahm das Gebäck entgegen und biss herzhaft hinein. Er kaute vorsichtig wie ein Connaisseur und schluckte genüsslich.

„Das ist ein gutes Croissant. Du hast einen Teil wieder gutgemacht", nickte er zufrieden.

„Ich würde Sie nie auf ganzer Linie enttäuschen, Herr Inspektor", grinste Arnold triumphierend.

Die Villa war komplett mit einer hohen Natursteinmauer umgeben, die teilweise von grünen Pflanzen überwuchert war. Dort, wo der Garten die Mauer noch nicht erobert hatte, konnte man auf dem Mauersims einbetonierte Metallspitzen erkennen, die ein Darüberklettern mit schweren Schnittwunden bestrafen würden. Am Stamm einer großen Esche, die hinter der Mauer prächtig heranwuchs, konnte Inspektor von Halden zwei Überwachungskameras erkennen, welche die Mauer links und rechts im Blick behielten, sie waren aber für das ungeschulte Auge kaum zu entdecken, da ihr Gehäuse eine dunkle Farbe hatte. Ein wuchtiges, schmiedeeisernes Tor, weiß lackiert mit Verzierungen und spitzen Eisen, verwehrte ihnen den Weg in das Grundstück. Von hier aus konnte man nur wenig vom Haus erkennen. Neben dem prunkvollen Tor war eine weitere Öffnung in der Mauer, in der Form einer mächtigen Tür aus massivem Holz, die höchstwahrscheinlich einen Stahlkern hatte. Ebenfalls in die Mauer integriert war der Briefkasten und eine Klingel, selbstverständlich überwacht von einer weiteren Sicherheitskamera.

Inspektor von Halden drückte kurz auf den silbernen Knopf und wartete, bis sich jemand meldete. Nach einem kurzen Moment und seiner Identifikation durch die Kamera wurde ihnen die Tür mit einem leisen Surren geöffnet. Der helle Kiesweg war durch einen schmalen Rosenstreifen von der Einfahrtsstraße zu den Garagen getrennt und führte in einer leichten Rechtskurve zur Haustür. Alle drei weißen Garagentore waren geschlossen und im rechten Winkel zur Villa gebaut worden, bündig mit der Grenzmauer zur Landwirtschaftszone. Gleich daneben, im Schatten, außer Sichtweite und scheinbar möglichst weit weg vom Herrschaftssitz, waren die Mülltonnen verstaut.

„Wissen wir schon irgendetwas von diesem Fall oder muss ich mich tatsächlich erst noch von der Streife aufklären lassen?", brummte er seinen Assistenten an, der bis jetzt noch keine Anstalten gemacht hatte, ihn über die Situation aufzuklären. Denn per Funk hatte er nur erfahren, dass es sich um einen möglichen Raub handelte und dass ein Streifenwagen bereits vor Ort war. Daraufhin hatte er einfach eine Adresse erhalten.

„Verzeihung, Herr Inspektor, wo bleiben denn meine Manieren als Ihr treuer Lakai", entschuldigte sich Arnold hastig mit gespielter Beflissenheit und zückte rasch sein Smartphone.

„Ich rate dir, das rasch nachzuholen, sonst reicht das Croissant bei Weitem nicht, die eine Hälfte gutzumachen", belehrte er seinen Schützling ebenfalls nicht ganz ernst gemeint und blieb stehen.

„Wieso bleiben Sie denn stehen, Herr Inspektor?", fragte Arnold verwundert nach und blieb ebenfalls auf halbem Weg zur Haustür stehen.

„Du sollst mich vorher aufklären, nicht vor den Leuten natürlich, was macht denn das sonst für einen Eindruck, mein Junge?", brummte er ihn an und verschränkte seine Arme demonstrativ.

„Natürlich, Herr Inspektor, wo habe ich nur meine Gedanken?", entschuldigte sich Arnold hastig und überflog seine Notizen. „Gemäß meinen Angaben hat die Streife die Putzfrau hier im Haus in Gewahrsam, weil sie anscheinend einige Kunstobjekte gestohlen haben soll. Die Eltern sind erst heute Morgen um neun von einer Geschäftsreise zurückgekommen. Zu Hause ist gemäß ihrer Aussage nur der Sohn gewesen, der aber tief und fest in seinem Schlafzimmer geschlafen hat und vom Raub nichts mitbekommen haben soll. Die einzige fremde Person mit Zugang ist die Putzfrau", ratterte er seine Notizen eiligst runter und wandte seinen Blick wieder zurück zum Inspektor.

„Danke, Arnold", er schaute sich kurz um und wandte sich wieder seinem Assistenten zu. „Dann gehört das Fahrrad, welches bei den Mülltonnen hingestellt worden ist, wahrscheinlich der Putzfrau."

„Fragen Sie mich oder ist das eine Feststellung?", wollte Arnold wissen und steckte sein Smartphone wieder weg.

„Ich möchte, wenn es nicht zu viel verlangt ist, dass du anfängst, den Fall mit mir zu lösen", knurrte er Arnold an und wippte ungeduldig mit seiner Fußspitze.

„Natürlich".

Er überlegte kurz. „Könnte aber auch das Fahrrad der Familie sein, nicht?", kam die Gegenfrage.

„Ein Damenfahrrad? Ich dachte, die haben nur einen Sohn", bemerkte er sarkastisch und schlenderte zu den Mülltonnen. „Der Mutter wird es kaum gehören, nicht so ein billiges Modell", ergänzte er seine Beobachtung.

„Möchten Sie jetzt schon den Müll untersuchen, Herr Inspektor? Sollten wir nicht zuerst mit den Zeugen und Opfern reden?", fragte er hastig nach und folgte dem Inspektor zügig zu den Containern.

„Ich möchte mich zuerst ein wenig vorbereiten, mit Verlaub, Arnold, dann hat man eventuell ein paar Trümpfe in der Hand, wenn es um Details geht und das möchte ich dir beibringen", erklärte er kurz und öffnete den Deckel der Tonne. Darin waren zwei große Müllsäcke noch immer leicht geöffnet, sodass er den Inhalt erkennen konnte. Ein Haufen Partybecher, Bierflaschen – offenbar hielten die Leute nicht viel von Recycling – und auch Hochprozentiges. Er nickte zufrieden und ließ Arnold ebenfalls einen Blick darauf werfen, der dann auch nickte, aber selbst nicht sicher war, was sie gerade entdeckt hatten.

„Ein schweres Verbrechen", witzelte Arnold und schloss den Deckel wieder.

„Nicht zu recyceln, ja, aber das ist nicht der Punkt, wie ich dir bald zeigen werde", entgegnete er geheimnisvoll und strich sich übers Kinn.

„Ich bin gespannt auf meine heutige Lektion, Herr Inspektor." Sie beide machten sich wieder auf den Weg zur Haustür und klingelten, um Einlass zu erbitten.

„Sind wir eigentlich schon weiter, was die Gesichtserkennung der Kameraaufnahmen der Tunnels betrifft?", fragte Inspektor von Halden unvermittelt und drehte sich leicht zu Arnold, der gerade darauf antworten wollte, als die Tür aufging.

„Guten Morgen, Karl, habe nicht gewusst, dass sie Anfänger an Tatorten zulassen", begrüßte er seinen Arbeitskollegen und gab ihm zum Gruß die Hand.

„Morgen, Frederic, wie ich sehe bereits wieder mit etwas zu essen. Haben Sie dir schon ein neues Auto zugewiesen oder fährst du noch den Skoda?", kam prompt die Breitseite von Karl, der ihm fast die Hand zerdrückte und breit grinste.

„Wo hast du deine Frau gelassen?", hakte Inspektor von Halden nach und spielte dabei auf Karls Arbeitskollegen an.

„Wartet im Wohnzimmer mit warmer Milch auf euch", konterte er schelmisch und schloss die große weiße, aus Massivholz bestehende Eingangstür ohne jede Mühe, obwohl sie sicher doppelt so groß war wie die üblichen Haustüren. Arnold nickte Karl ebenfalls kurz zu und wandte sich wieder dem Inspektor zu.

„Die Gesichtserkennung geht voran. Das Labor konnte aus dem Bildmaterial Ausschnitte sicherstellen, auf denen die Gesichter sehr gut zu erkennen sind. Unsere Datenbank hat leider noch keinen Treffer ergeben, weshalb sie die Suche auf Interpol erweitert haben. Bis heute Nachmittag rechnen sie mit ersten Ergebnissen", rapportierte Arnold gewissenhaft und ließ seinen Blick dabei die Umgebung aufnehmend immer wieder umherschweifen.

Zusammen traten sie in das Wohnzimmer ein, welches vom Eingang mit einer Wand abgetrennt war. Es war riesig und im eleganten sowie zeitlosen Shabby-Chic-Stil möbliert. Der Raum wirkte hell und einladend, was man von den Besitzern nicht gerade behaupten konnte. Der dunkle Parkettboden aus Tropenholz breitete sich überall aus und war wahrscheinlich in jedem Raum verlegt worden, was Inspektor von Halden aber nur vermuten konnte. Die weiß gestrichene Decke war sehr hoch, wahrscheinlich etwa drei Meter fünfzig, und verlieh dem Raum zusammen mit den weißen Glattputzwänden viel Größe. Auf der rechten Seite befand sich ein großer Kamin mit schweren, gusseisernen Feuerböcken und einem edlen Funkenschutz. Das Kaminbesteck hing an der Wand daneben. Darunter in einer Designerhalterung war Feuerholz, bereit für angenehme Stunden.

Der gigantische Flachbildfernseher stand auf einem eleganten Möbel an der Wand, gleich neben der Eingangshalle. Den Kamin säumten in gebührendem Abstand zwei Bücherregale aus dunklem, massivem Holz, die gespickt waren mit Büchern, Figuren und Souvenirs, welche die Familie bei all ihren Reisen gesammelt hatte, inklusive ein paar Pokalen, die wahrscheinlich von vergangen Zeiten des Vaters berichteten.

Auf den großen, aus hellbraunem Alcantara bestehenden Sofas saß die Mutter mit blond gefärbten Haaren, der im schicken Anzug gekleidete Vater sowie der definitiv nicht mit dem Leben fertigwerdende Sohn. Auf der gegenüberliegenden Seite, bewusst in einem gewissen Abstand, saß die eingeschüchterte, portugiesische Putzfrau auf einem Lesesessel, bewacht von Bernd, der etwas gelangweilt dastand. Hinter den Sofas ging der Raum weiter zum Esstisch, gefolgt von einer übergroßen, aus edelsten Materialien bestehenden Küche, die den Raum zur Linken abschloss. Eine Fensterfront, die vom Boden bis fast zur Decke reichte, ermöglichte den Blick in die Ferne respektive in den übergroßen Garten und den sich darin befindenden Swimmingpool, wie Inspektor von Halden am blauen Schimmer erkennen konnte.

„Guten Tag, ich bin Inspektor von Halden und das ist mein Assistent, Herr Fritsch", begrüßte er die Besitzer, welche keine Anstalten machten, aufzustehen, sondern völlig verspannt dasaßen und der Putzfrau immer wieder giftige Blicke zuwarfen. Die Mutter war etwa Mitte vierzig, trug ihre blond gefärbten Haare offen und hatte sich stark geschminkt, im Versuch, die vielen Falten, welche sie über die Jahre vermutlich vom Kettenrauchen kassiert hatte, so gut es ging, zu verbergen. Ihr knallroter Lippenstift war etwas zu dick aufgetragen und deklassierte das ansonsten sehr schöne blaue Kleid, welches sie zusammen mit den schwarzen Absatzschuhen trug. Die großen Ohrringe und die Diamanthalskette vervollständigten das Bild einer reichen, aber unglücklichen Ehefrau. Der Ehemann, etwa fünfundfünfzig, hatte einen glatt rasierten Kopf, weil im oberen Bereich der Wald sowieso schon tot war. Der Schnurrbart war perfekt getrimmt, passte aber irgendwie nicht. Er saß nach vorn gelehnt da, die Ellenbogen auf den Oberschenkeln abgestützt, und nickte dem Inspektor kurz zu.

„Guten Tag, ich bin Herr Schmidt und das hier sind meine Frau und mein Sohn." Er zeigte mit der offenen Hand zu seinem einzigen Kind, das in zerrissenen, blauen Jeans, perfekt weißen Sneakers, einem schwarzen T-Shirt und einer dunkelbraunen Langhaarfrisur, die lässig ein Auge leicht abdeckte, nervös im Einzelsofa gegenüber vom Kamin saß. Auf dem großen Couchtisch waren etwa ein Dutzend Fotos ausgelegt worden, die diverse Gegenstände zeigten — daneben, auf einem Blatt Papier, eine nummerierte Liste.

„Wir haben unsere Putzfrau dabei erwischt, wie sie unsere Kunstgegenstände gestohlen hat, und daraufhin sofort die Polizei informiert. Wir wären froh, wenn Sie diese Diebin verhaften und das mit der Versicherung so schnell wie möglich klären könnten", fuhr Herr Schmidt fordernd fort und zeigte dabei auf die Putzfrau, die sogleich leicht zusammenzuckte. Die Mutter wollte eben gerade auch zu einer Schimpftirade ausholen, welche Inspektor von Halden aber mit einer Geste sofort unterbrach, was Frau Schmidt überhaupt nicht gut aufnahm.

„Sind das die fehlenden Gegenstände?", fragte er in die Runde und winkte Arnold zu sich, damit dieser die Bilder ebenfalls analysieren konnte.

„Die Schmidts haben aus versicherungstechnischen Gründen Ihre Kunstsammlung sauber dokumentiert, Frederic", sprang Karl ein und wies auf die Fotos auf dem Couchtisch.

„Könnten Sie mir kurz sagen, wo die Gästetoilette ist?", fragte er Frau Schmidt unvermittelt, die ihn etwas verdattert anschaute und dann mit giftigen Blicken auf einen Flur zeigte. „Den Flur hinunter, die letzte Tür links", fauchte sie Inspektor von Halden an und zupfte nervös ihr Kleid zurecht. Er nickte dankbar und fing an, im Raum rumzuschlendern und den Tatort etwas genauer zu inspizieren.

„Ich bin heute mit dem geheimnisvollen Zettel noch nicht sehr weit gekommen, Arnold, hattest du etwas mehr Verstand bei der Interpretation?", fragte er seinen Assistenten, der zuerst etwas überrascht aufsah, sich kurz räusperte und dann in seinem Smartphone rasch die letzten Notizen zum Fall überflog.

„Nein, leider nicht. Die Nummern sind zu groß, um eine Kontonummer zu sein, für eine IBAN aber zu klein", entgegnete Arnold und schlenderte ebenfalls nach Indizien suchend im Raum umher. An der Wand oberhalb des Kamins konnte man erkennen, dass da mal ein Bild gehangen hatte, denn die Wand war entsprechend leicht verfärbt und eine leere Halterung wies ebenfalls daraufhin.

„Vielleicht gehen wir die Sache von der falschen Richtung an, Arnold. Es ist doch wahrscheinlicher, dass die Typen das Geld nicht auf Bankkonten überwiesen haben, da wir davon ausgehen können, dass es nicht sauber ist." Er schlenderte vom Flur, der zur Toilette führte, wieder weg und bewegte sich in Richtung einer großen Kommode, auf dessen Oberfläche er zwei Kreisabdrücke erkennen konnte. Das aus Naturholz bestehende Möbel war weiß mit eingearbeiteten, leichten Verschleißspuren, welche die graue Farbe hervorbrachten, so, wie man halt Shabby-Chic-Möbel kreierte. Die Kanten und Füße waren verziert und ließen die Kommode altmodisch, aber doch herrschaftlich wirken. Davor lag ein grauer Kurzhaarteppich mit hellgrauen Mustern, die elegant und edel wirkten. Er kniete nieder und betrachtete den Boden etwas genauer, Arnold kam ebenfalls heran und inspizierte die Stelle auch gründlich. Inspektor von Halden strich vorsichtig mit der flachen Hand darüber und kleine, weiße Porzellanstücke sprangen kurz aus den Teppichhaaren hervor, um gleich wieder darin zu versinken.

„Daran habe ich auch schon gedacht, aber für Schließfächer sind die Nummern eindeutig zu groß, meinen sie nicht?" Arnold nahm eine Taschenlampe hervor, stütze sich mit der linken Hand ab und legte seinen Kopf seitlich auf den Boden, sodass er unter die Kommode sehen konnte. Mit dem Lichtstrahl leuchtete er darunter, legte die Lampe dann ebenfalls auf den Boden ab, sodass sie immer noch unter das Möbel leuchtete, und zog mit der rechten Hand eine etwa daumengroße Scherbe hervor, diese überreichte er dem Inspektor mit einem kurzen „Bitteschön". Von Halden nahm die Scherbe entgegen, stand auf, analysierte diese kurz und legte sie auf die Kommode.

„Möglicherweise ist es nicht eine Nummer, sondern das Opfer hat vielleicht mehrere Nummern, die zu einem Ziel führen, bewusst zusammengeschrieben, damit kein anderer etwas damit anfangen kann", teilte er seine Überlegungen Arnold mit und schaute sich weiter im Raum um.

„Entschuldigen Sie bitte, aber was tun Sie denn da?", fragte Frau Schmidt entrüstet und starrte Inspektor von Halden mit einer Mischung aus unterdrückter Wut und Verwunderung an. „Sollten Sie nicht die Putzfrau befragen oder sonst irgendwelche Polizeiarbeit verrichten?", fügte sie noch gehässig an.

„Genau das machen wir gerade, auch wenn es für das überschminkte Auge nicht sofort erkennbar scheint", entgegnete er gelangweilt und beachtete die langsam rot werdende Frau gar nicht erst. Der Ehemann wusste scheinbar nicht recht, ob er den Inspektor zurechtweisen oder es einfach mit einem bösen Blick gut sein lassen sollte. Offensichtlich entschied sich dieser für die zweite Variante, worauf er einen giftigen Blick seiner scheinbar besseren Hälfte kassierte. Inspektor von Halden schritt nun in Richtung Gästetoilette, wobei er den Flur ebenfalls kurz inspizierte – dicht hinter ihm, die Taschenlampe griffbereit, folgte Arnold.

„Das würde aber nicht erklären, weshalb alle Nummern gleich groß sind. Das wäre dann schon ein großer Zufall, bei fünfundzwanzig Nummern, die nicht das Gleiche bedeuten", erwiderte Arnold, als sie den Flur entlanggingen. Sie beide betrachteten die Bilder, die den Gang dekorierten: Hauptsächlich Fotos der Familie auf verschiedenen Urlaubsdestinationen, als der Sohn noch etwas jünger war, wobei niemand wirklich glücklich wirkte, sondern alles erzwungen schien. Das war die eine Seite des Flures, auf der anderen waren hauptsächlich Kunstwerke aufgehängt, die aber, wie von Halden einschätzen konnte, keinen riesigen

Wert hatten. Nur der kleine goldene Stellspiegel auf dem Möbel am Ende des Ganges schien anderer Qualität zu sein. Er nahm ein Stofftaschentuch hervor, um damit vorsichtig den Spiegel anzuheben, ohne dabei die Oberfläche direkt mit seinen Fingern zu berühren, um keine hässlichen Fingerabdrücke zu hinterlassen. Er wirkte schwer, worauf Inspektor von Halden vermutete, dass es sich um echtes Gold handelte und der Spiegel somit ein Vermögen gekostet haben musste.

„Gold?", flüsterte Arnold fragend.

„Gold", bestätigte Inspektor von Halden und verstaute sein Taschentuch wieder in seiner Hosentasche. Er öffnete die Tür zur Gästetoilette und schaltete das Licht ein. Es war ein schönes, helles Badezimmer mit Glasduschkabine, Designerwaschbecken und natürlich einer Toilette. Auf dem schwarzen Steinboden lagen vor der Dusche, dem Waschbecken und der Toilette kleine weiße Langhaarteppiche, die sich beim Barfußlaufen sicher angenehm anfühlten. Es roch stark nach Lufterfrischer, der offensichtlich in rauen Mengen eingesetzt worden war, um den Geruch von Erbrochenem zu überdecken, den man dennoch leicht herausfiltern konnte.

„Da scheint sich jemand nicht so wohlgefühlt zu haben", grinste Arnold und öffnete den Toilettendeckel, doch hier war alles perfekt sauber. Inspektor von Halden öffnete den kleinen Mülleimer, der sich gleich daneben befand, und entdeckte mehrere feuchte Tücher, die jemand wohl verwendet hatte, um hastig das Erbrochene aufzuwischen, ob vom Boden oder sonst wo konnte man natürlich nicht mehr beurteilen.

„Ich denke, da haben sich einige Gäste nicht beherrschen können", bestätigte er Arnolds Ansicht und verließ das Badezimmer wieder. Im Gang hielt er nochmals inne.

„Doch, die Nummern können alle gleich groß sein, wenn es Absicht ist. Beispielsweise wenn die Schlussziffern jeweils als Füller verwendet werden, mit dem Zweck, die Tatsache zu verbergen, dass es sich eigentlich um verschiedene Arten von Nummern handelt.

„Dann darf sich die Struktur aber nicht ändern. Sie würden alle den gleichen Zweck erfüllen, aber auf unterschiedliche Dinge verweisen", ergänzte Arnold die Überlegungen des Inspektors.

„Oder auf unterschiedliche Orte. Was ist, wenn diese Nummern keine Konten von Kunden und Partnern sind, sondern seine eigenen Ersparnisse. Was ist, wenn der Typ an den verschiedensten Orten sein Geld versteckt hat?", stellte er sich die Frage selbst, während er weiter nachdachte.

„Sie meinen, er hat das Geld gestohlen und dann vergraben?", fragte Arnold scherzend.

Etwas entgeistert schaute Inspektor von Halden seinen Assistenten an und schüttelte nur leicht den Kopf.

„Nein, mein junger Freund. Ich meine natürlich, dass er Schließfächer an verschiedensten Orten gemietet hat. Das würde bedeuten, dass die Schließfachnummern nicht immer gleich lang wären, abhängig vom Ort, sei es eine Poststelle, eine Bank, ein Bahnhof oder wer sonst noch so Fächer anbietet", fuhr er seinen Gedanken fort und kramte eine Kopie des Notizzettels hervor. Arnold betrachtete das sauber aufgefaltete Blatt und dann wieder den Inspektor.

„Sie tragen das Beweisstück bei sich, Herr Inspektor?"

„Natürlich, ein echter Detektiv arbeitet konstant an den wichtigen Fällen. Deshalb habe ich eine Kopie dabei. Das ist praktisch, wie beispielsweise jetzt, wenn einem gerade was einfällt, dann kann man seine Theorie gleich überprüfen. So werden Fälle gelöst, mein lieber Arnold", belehrte er seinen Assistenten mit ruhiger Stimme und hielt das Stück Papier so hin, dass sie beide darauf schauen konnten.

„Das könnten Postleitzahlen sein, Herr Inspektor." Arnold wies mit dem Zeigefinger auf die ersten paar Zahlen.

„Hm, aber dieser Nummernbereich ist viel zu weit weg von hier. Ich denke nicht, dass unser Opfer so weit fahren würde, um das Geld zu verstecken." Er legte seine Hand an sein Kinn und überlegte angestrengt weiter, denn er hatte das Gefühl, kurz davor zu sein, das Rätsel zu lösen.

„Wenn wir die erste Zahl auslassen würden, dann wäre der Nummernbereich schon um einiges besser. Aber wofür würde dann die erste Ziffer stehen, für das Land? Das würde ja keinen Sinn ergeben", überlegte Inspektor von Halden weiter.

„Vielleicht steht es für die Art des Lagerortes: Ob es eben eine Bank, eine Post oder sonst was ist. Das würde möglicherweise erklären, weshalb die ersten Ziffern nie größer sind als fünf und die drei sehr oft vorkommt. Eventuell der Typ Ort, bei dem man am einfachsten zu einem Schließfach kommt?", schlug Arnold leicht aufgeregt vor und tippte mit dem Zeigefinger auf alle Stellen, an denen die Ziffer drei auftauchte. Inspektor von Halden nickte leicht.

„Du könntest recht haben, Arnold. Sobald wir hier mit dieser Scharade fertig sind, werden wir die Nummern nochmals durchgehen. Ich denke, wir haben da was." Zufrieden verstaute er den Zettel wieder in seiner Gesäßtasche und schlenderte zurück in Richtung Wohnzimmer, wo Frau Schmidt sie mit ungeduldigen Augen erwartete. Karl und Bernd hingegen warteten weiterhin geduldig und ließen sie beide arbeiten. Sie kannten Frederic schon länger und wussten, wie er Tatorte zu besichtigen pflegte, weshalb sie nicht sonderlich überrascht waren, als Arnold und Inspektor von Halden über völlig andere Dinge sprachen als vom Geschehen an Ort und Stelle.

„Sie haben einen Swimmingpool?", fragte Inspektor von Halden ohne eine Miene zu verziehen diesmal Herrn Schmidt.

„Ehm, ja, gleich da draußen", beantwortete dieser etwas überrascht die Frage und wies verärgert mit der Hand an der Küche vorbei in Richtung Garten.

„Besten Dank." Er drehte auf dem Absatz um und schlenderte zu der stockwerkhohen Fensterfront, welche zum Garten führte. Die Glastür war nur angelehnt, sodass er und Arnold bequem nach draußen gehen konnten. Der Garten war wirklich wunderschön und die ersten Sträucher blühten schon. Dank der hohen Mauer und den Bäumen hatten die zwei Nachbarn kaum Einblick, was einem eine schöne Privatsphäre bescherte. Der Swimmingpool war recht groß, inklusive einem Felsen, von dem aus konstant ein Wasserfall runterplätscherte, wobei vom Wasser selbst nicht viel sichtbar war, denn der Pool war zugedeckt mit einer Art automatischen Überdeckung. Etwas Wasserdampf konnte man erkennen, denn draußen war es momentan nur etwa dreizehn Grad warm, was darauf hindeutete, dass der Pool beheizt war. Der Garten selbst, obwohl wunderschön, interessierte ihn im Moment nicht wirklich, weil ihn noch etwas anderes beschäftigte.

„Irgendetwas passt nicht ins Bild, Arnold", griff er die Unterhaltung wieder auf und schlenderte auf dem Steinboden, der um den Swimmingpool herum gelegt worden war, herum.

„Meinen Sie die sich panikhaft an ihre Jugend klammernde Ehefrau, den missratenen Sohn oder den abgehobenen Ehemann?", grinste Arnold fragend und erntete ein kleines Auflachen des Inspektors.

„Solang du diese Beschreibungen inoffiziell nennst, ist das kein Problem."

„Also nicht ins Protokoll, Herr Inspektor?", witzelte Arnold.

„Lieber nicht." Er hatte die Abdeckung erreicht, die er gesucht hatte, nämlich die des Poolfilters, wo immer wieder interessante Dinge zu entdecken waren, solange das Schwimmbecken nicht erst kürzlich professionell gereinigt worden war. Aber dafür hatte der Sohn garantiert keine Zeit mehr gehabt.

„Ich meinte mehr die Waffe, welche im Kastenwagen im Handschuhfach gefunden wurde, das passt einfach nicht", erklärte er Arnold, während er sich vorsichtig hinkniete, um an die Luke zu kommen. Mit einer leichten Kraftanstrengung hob er den Deckel hoch und legte diesen vorsichtig beiseite.

„Sie haben recht, Herr Inspektor, daran habe ich gar nicht gedacht. Es ist schon seltsam, dass man bei der Flucht eine Mordwaffe, die man so einfach mitnehmen kann, einfach liegen lässt." Arnold kniete ebenfalls nieder und betrachtete den Inhalt des Filters. Zu sehen waren ein paar aufgeweichte Chips, ein zersplitterter Kunststoffbecher sowie ein ungeöffnetes Kondom.

„Da ist entweder jemand unvorsichtig ins Ziel gefahren oder wurde nicht glücklich", analysierte Inspektor von Halden die Situation und setzte den Deckel wieder drauf.

„Vielleicht hatte jemand das Kondom einfach bei sich und ist beim Feiern mitsamt seinen Klamotten in den Pool gefallen", ergänzte Arnold die Beobachtung und erhob sich ebenfalls mit einem leichten Ächzen.

„Gut erkannt, mein Junge. Sprichst du aus Erfahrung?", stichelte von Halden und ließ seinen Blick nochmals durch den Garten schweifen.

„Zumindest nicht am eigenen Leib, Herr Inspektor. Ist aber ein Brüller, wenn man selbst nicht betroffen ist", erzählte Arnold und schaute sich ebenfalls ein wenig um.

„Kann ich mir vorstellen." Er atmete tief durch. Eventuell würden sie in den Gebüschen weiteren Abfall finden, der dazu passen würde, aber er hatte schon genug Indizien und Beweise, um den Fall sofort lösen zu können, also würde er sich auch nicht weiter bemühen müssen.

„Gemäß den Bildern der Sicherheitskameras sind es vermutlich zwei Typen gewesen, die das Opfer erschossen haben. Die Täter legen die Waffe ins Handschuhfach und fahren wieder los, mit oder ohne Beute, über diesen Fakt können wir nur spekulieren", griff Inspektor von Halden den Gedanken wieder auf. „Sagen wir einfach mal, die zwei wären tatsächlich so dämlich, im gleichen Zug noch einen Geldautomaten stehlen zu wollen, wieso auch immer", fuhr er nachdenklich fort. „Als die Sache schieflief, würde man doch die Waffe wieder mitnehmen und dann den Wagen einfach stehen lassen. Was könnte also der Grund sein, weshalb jemand eine Waffe dort lässt, wo sie offensichtlich von der Polizei gefunden wird."

Sie beide hielten kurz inne und dachten nach.

„Entweder jemand, der die Täter anschwärzen wollte. Hierfür müsste er aber vom Mord wissen und sich sicher sein, dass die Spur nicht zu ihm führen würde", schlussfolgerte Arnold nach einem kleinen Moment der Ruhe. „Wobei, das mach ja auch keinen Sinn, denn wie hätte der Unbekannte Zugriff zur Waffe gehabt?", entkräftete er sofort wieder seine Überlegung und verschränkte wieder nachdenklich seine Arme.

„Die Täter selbst hätten Handschuhe tragen können und jemanden belasten wollen, der die Waffe zuvor verwendet hatte. Doch das Szenario ist völlig unpassend und viel zu aufwendig. Die Spuren der Waffe würden überhaupt nicht zu den Spuren im Wagen passen, das hätten die Täter sicher gewusst", spann Inspektor von Halden den Gedanken weiter, wobei sie wieder in einer gedanklichen Sackgasse gelandet waren. Er seufzte und schlenderte wieder zurück zum Haus, weiter nach einer möglichen Erklärung suchend. Wieder im Wohnzimmer angekommen, schien Frau Schmidt bald der Kragen zu platzen, weshalb er die Sache jetzt möglichst schnell abhandeln wollte.

„Sie haben eine Videoüberwachung, wie ich bemerkt habe. Gehe ich recht in der Annahme, dass die Aufnahmen dieser entscheidenden Nacht fehlen?"
Er richtete die Frage etwas gelangweilt in die Runde.

„Wir haben das schon geklärt, Frederic, die Aufnahmen der ganzen Woche sind gelöscht worden", beantworte Bernd die Frage, bevor Frau Schmidt dazu kam, und sie schluckte ihre Worte wieder runter.

„Wurde das Aufnahmegerät entwendet oder zerstört?", hakte Inspektor von Halden beiläufig nach.

„Nein, gemäß der Aussage von Herrn Schmidt wurden einfach nur die Aufnahmen sowie die Protokolle, welche Bewegungen melden, gelöscht."

„Und wer hat die Putzfrau dabei erwischt, wie sie Gegenstände entwendet hat?" Inspektor von Halden wandte sich Herr und Frau Schmidt zu. Die Frau und ihr Ehegatte sahen sich kurz ratlos an und schienen sich nicht ganz sicher zu sein, wie die Frage zu beantworten war.

„Vielleicht habe ich mich etwas zu kompliziert ausgedrückt", hakte er zynisch nach. „Hat jemand von Ihnen gesehen, wie die Putzfrau einen Gegenstand genommen und diesen versteckt, eingesteckt oder aus dem Haus geschafft hat?" Wieder wartete er geduldig und diesmal schien der Vater seine Stimme wieder gefunden zu haben.

„Wir sind von einer Geschäftsreise zurückgekommen, so um halb neun, und da war die Putzfrau schon im Haus und wir haben festgestellt, dass diese wertvollen Gegenständen fehlen." Er zeigte mit der Hand auf die Bilder vor ihm. „Außer uns dreien", er machte eine Geste zu seiner Frau, sich selbst und seinem Sohn, „hat niemand Zutritt, mit Ausnahme der Putzfrau, die ihre eigene Batch hat. Sie ist die einzige, die infrage kommt. Sie weiß genau, wo die Gegenstände sind, sie weigert sich einfach, mit der Wahrheit rauszurücken." Mit gestrecktem Zeigefinger zeigte er auf sie und verschärfte dabei seinen Ton zusätzlich.

„Elende Diebin", fauchte Frau Schmidt hinterher.

„Herr Inspektor", unterbrach Arnold kurz die langsam gehässig werdende Diskussion. „Was wäre, wenn die Täter die Kontrolle über das Fahrzeug verloren hätten? Was wäre, wenn aus irgendeinem Grund jemand den Kastenwagen entwendet hätte, bevor der besagte Gegenstand wieder aus dem Handschuhfach hätte entwendet werden können?"

„Ich verstehe nicht, Sie meinen, es seien mehrere Täter gewesen, nicht nur sie?", fragte Herr Schmidt Inspektor von Halden vorsichtig.

„Ach so, nein, woher auch. Ich komme gleich auf Sie zurück. Bespreche mit meinem Assistenten nur kurz einen sehr wichtigen Fall, der wirklich von Bedeutung ist." Er drehte sich demonstrativ wieder zu Arnold um.

Frau und Herr Schmidt sahen einander völlig ratlos an und wussten nicht recht, wie mit der Situation umzugehen war, da ihr Anliegen offensichtlich nicht ernst genommen wurde.

„Arnold, das ist hervorragend. Die Frage wäre dann nur, wieso jemand ausgerechnet diesen Wagen klauen würde und wie sich überhaupt die Gelegenheit geboten hätte. Das würde bedeuten, dass die zwei Täter danach noch einen Zwischenstopp gemacht hätten, aber wozu?" Er rieb sich nachdenklich das Kinn und sah dabei Arnold an, der nickte, aber zugleich mit den Schultern zuckte, da er auch gerade nicht wusste, wie die Situation hätte entstehen können.

„Nun gut. Zu Ihnen, junger Mann", drehte sich Inspektor von Halden zum Sohn um, der sichtlich nervös wurde und nicht wusste, wohin er seine Hände stecken sollte. „Wie viele Leute waren gestern auf der Party?"
Stille kehrte in das Wohnzimmer ein.

„Was meinen Sie mit Party, mein Sohn schmeißt doch keine Party, ohne uns zuvor Bescheid zu geben. Wenn hier Leute gewesen wären, hätte ich das sofort gemerkt. So etwas merkt man als Mutter einfach. Und unter der Woche gibt es so was schon gar nicht. Er hat Prüfungsvorbereitungen zu machen", entrüstete sich Frau Schmidt und verschränkte ihre Arme entschlossen vor ihrer Brust. Inspektor von Halden entschloss sich, die Eltern einfach weiter zu ignorieren, und bohrte beim Sohn nach, der nervös immer wieder ihn und dann seine Eltern ansah.

„Wie kommen Sie überhaupt darauf, dass hier eine Party stattgefunden haben sollte, und was hat das mit dem Diebstahl zu tun?", forderte der Vater wütend eine Rechtfertigung von Inspektor von Halden ein.

Er seufzte leise und atmete nochmals tief ein, bevor er seine Beweiskette lieferte: „Ihr Sohn hat in Ihrer Abwesenheit ganz schön gefeiert und wahrscheinlich einige seiner Freunde inklusive nähere Bekanntschaften eingeladen, weshalb es auf der Wiese gegenüber von ihrer Einfahrt diverse Spuren von geparkten Autos gibt, was bedeutet, dass der Wendeplatz und der Gehsteig schon einige Autos beherbergt haben und somit sicher mehr als zwanzig Gäste hier gewesen sind. Des Weiteren sind bei den Containern mehrere Müllsäcke voller Partybecher und Getränkeflaschen zu finden, die auf eine wilde Nacht hindeuten." Er schlenderte leicht im Kreis herum, während er das Plädoyer runterbetete und mit innerer Zufriedenheit bemerkte, dass der Sohn immer bleicher wurde. Er nickte kurz Arnold zu, damit sein Assistent auch eine Gelegenheit bekam, seine Erkenntnisse zu präsentieren, denn er hatte vollstes Vertrauen, dass Arnold mittlerweile wusste, wie sich die Teile sinnbildlich zusammenfügten.

„Als wir durch das Haus geschlendert sind und die Gästetoilette besichtigt haben, welche Sie beide", dabei deutete Arnold auf Frau und Herrn Schmidt, „nie betreten, weil es sich um eine Gästetoilette handelt und diese sowieso von Ihrer Putzfrau gereinigt wird, ist uns der leichte Geruch von Erbrochenem sowie Feuchttücher im Müllbehälter aufgefallen, die ebenfalls nach Erbrochenem gerochen haben", fuhr Arnold unbeirrt weiter fort. „Im Poolfilter haben wir weiteren Partymüll entdeckt, den Ihr Sohn wohl bei der hastigen Aufräumaktion übersehen hat, da er sich mit Schwimmbadtechnik offensichtlich nicht auskennt."

„Ist das wahr, Patrick?!", fragte der Vater seinen Sohn wütend mit hochrotem Kopf und erhob sich ruckartig, da ihm sichtlich der Kragen platzte. Dieser zuckte leicht zusammen und wich dem Blick bestmöglich aus, ohne die Frage zu beantworten. Arnold zeigte mit der Hand zur Kommode, wo die Vasen mal gestanden hatten, und übergab stillschweigend das Wort wieder Inspektor von Halden.

„Als mein Assistent und ich den Teppich analysiert haben, haben wir Scherben, die zu den Vasen passen dürften, gefunden, welche wir hier auf den Bildern erkennen können. Ich gehe davon aus, dass einer dieser Partygäste in betrunkenem Zustand die Vase umgekippt und diese somit zerbrochen hat, was natürlich bei Ihrem Sohn ein wenig Panik verursacht hat, da er gewusst haben muss, dass es sich um einen wertvollen Gegenstand gehandelt hat."

Er hielt kurz inne und schaute zu den Eltern rüber, die fassungslos zuerst den Inspektor und dann ihren Sohn anstarrten.

„Die Scherben waren natürlich schnell weggeräumt, wenn auch nicht gründlich genug, wie wir sehen", fuhr er fort und schlenderte weiter im Kreis. „Aber die Vase hat gefehlt, also was tun? Jemand ist wohl auf die Idee gekommen, dass man einen Diebstahl inszenieren könnte, am besten von jemandem, der Zugriff zum Haus hat, wobei die Wahl natürlich auf die Putzfrau fiel, da sie als Einzige außerhalb der Familie eine Batch für das Haus hat und so allenfalls auch Komplizen die Tür aufsperren konnte. Diese Vase hätte für einen normalen Dieb aber keinen Wert dargestellt, weshalb es wie ein Kunstraub aussehen musste. Aber da waren noch zwei Probleme: Sie mussten mehrere Gegenstände verschwinden lassen, ansonsten würde man einen Raub nicht wirklich als Grund für das Verschwinden einer Vase geltend machen können", schlussfolgerte er weiter und sah wieder Arnold an.

„Das zweite Problem waren natürlich die Aufnahmen der Überwachungskameras", übernahm Arnold freudig das Wort. „Zum Glück ist ja noch ein Computerexperte unter seinen Freunden anwesend gewesen, der mithilfe ihres Sohnes, der sicher irgendwie Zugriff zu den Anmeldedaten hat, gekonnt die Aufnahmen gelöscht hat. Es mussten nun noch mehr Gegenstände verschwinden, aber niemand ist ein Connaisseur von Sammelobjekten gewesen, wie wir festgestellt haben. Denn sie haben das große Bild vom Kamin runtergenommen, welches keinen Wert besitzt, weshalb es auch nicht unter den fotografierten Gegenständen zu finden ist. Aber der aus echtem Gold bestehende, kleine Spiegel im Flur, den ein Kunsträuber garantiert nicht zurückgelassen hätte, ist nach wie vor vorhanden", schloss er seinen Teil der Analyse und verstaute sein Smartphone wieder in der Tasche. Inspektor von Halden nickte Bernd zu, der dann aus seiner Starre erwachte und die Putzfrau mit einer netten Geste aufforderte, aufzustehen, was sie dann auch zögerlich tat.

„Ich denke nicht, dass Sie hier weiter arbeiten möchten, nachdem man sie so zu Unrecht verdächtigt hat. Nehmen Sie sich den Tag doch einfach frei. Sie dürfen gehen", lächelte Inspektor von Halden sie an und machte eine offene Geste, die zur Tür deutete. Sie nickte dankend, legte ihre Zugangsbatch auf den Tisch und schritt leicht schluchzend eiligst zur Haustür, von wo aus sie dann nach draußen verschwand.

„Dann sind wir hier ja fertig und ich kann mich wieder Wichtigem zuwenden."

„Also, aber ...", stammelte die Mutter und war sprachlos vor Wut und Unglauben. Sie stand auf, wandte sich zum Alkoholschrank, der sich gleich beim Fernseher befand, und schenkte sich einen großzügigen Gin in ein edles Kristallglas ein, den sie in zwei Zügen leer trank, worauf sie gleich nachschenkte. Der Vater nahm wieder vorsichtig Platz und starrte fassungslos und beschämt auf den Boden.

„Herr Schmidt,", wandte sich Inspektor von Halden dem Vater zu, der etwas verstört aufblickte, „Ihre Sammlung hat das Grundstück garantiert noch nicht verlassen. Fragen Sie einfach Ihren Sohn, wo er alles versteckt hat. Sie haben zwar Ihre Putzfrau verloren, aber dafür keine Anzeige wegen Anschwärzung erhalten, was bedeutet, dass Patrick hier keinen Eintrag ins Vorstrafenregister bekommen wird. Ich wünsche Ihnen noch einen schönen Tag. Karl, Bernd, bis später im Revier!"
Inspektor von Halden nickte ihnen zu.

„Bis später, Frederic."

Ohne weitere Worte verließ er zusammen mit Arnold wieder das Haus.

17
Die Geldkassette

Stefan schaute kurz auf die Uhr. Halb acht, es war Zeit, zu gehen, draußen war es bereits Nacht, das war zumindest ein Vorteil, den sie hatten. Er überprüfte nochmals, ob er wirklich alles, was sie für den heutigen Abend brauchen würden, im Rucksack verstaut hatte.

Den Akkuschrauber mit einem Metallbohrsatz, das Stemmeisen, eine Wolldecke, starkes Klebeband, um den Typen schnell fesseln zu können, falls nötig, sowie seine neue Errungenschaft, einen hydraulischen Bolzenschneider. Er hatte dieses Teil im Baummarkt gesehen, als er auf der Suche nach einem kleinen Bolzenschneider gewesen war, denn die großen waren zwar kraftvoll, benötigten aber viel Platz und waren stämmig. Die kleinen waren dafür handlich, aber man benötigte viel mehr Kraft für den gleichen Effekt, was ihm nicht so passte. Noch kompakter und um einiges kraftvoller war ein akkubetriebener, hydraulischer Bolzenschneider, der mit einem leisen Surren ziemlich dicke Stangen durchtrennen konnte, also perfekt für ihr Vorhaben.

Sorgfältig schloss er den Rucksack und schulterte diesen über seiner dunklen Herbstjacke, die er bei diesen Temperaturen gerade als angenehm empfand. Darunter hatte er einen grauen Pullover angezogen, der gut zu seiner dunkelblauen Jeans passte. Die schwarzen Joggingschuhe vervollständigten seine Ausrüstung, denn auf Handschuhe und Mütze verzichtete er bewusst, da sie sich auf einen öffentlichen Parkplatz begeben würden, wo sie tunlichst kein Aufsehen erregen wollten. Diesmal hatte er vorsorglich bereits eine Tablette zu sich genommen und drei weitere in der Hosentasche verstaut, für den Fall, dass sich seine

Schmerzen wieder heftig melden würden. Er spürte wieder ein leichtes Krampfen, das aber noch erträglich war und dank der sich in seinem Körper entfaltenden Wirkstoffe bald gänzlich verschwinden würde. Er löschte das Licht, schritt in den Flur hinaus und zog die Wohnungstür hinter sich zu. Er drehte den Schlüssel zweimal, um alle Bolzen zur Sicherung seines kleinen Reiches einrasten zu lassen, und verstaute diesen dann in seiner Jackentasche.

Er trat aus dem Gebäude, nahm einen tiefen Atemzug und starrte in die von den Straßenlaternen erleuchtete Nacht hinein. Heute war eine klare Nacht, kein Nebel wie beim letzten Mal, was für sie die Sache etwas schwieriger machen würde, denn an einem Samstagabend war oft viel los, die meisten Läden schlossen zwischen sechs und acht Uhr, viele Leute gingen dann anschließen noch essen, kurzum, es würde Hochbetrieb herrschen.

Der Lebensmittelladen selbst war nicht im Zentrum, doch allein würden sie sicher nicht sein, was das Timing und die exakte Ausführung ihres Planes erschwerte. Christoph müsste ebenfalls bald runterkommen und gemeinsam würden sie den Weg zu Fuß gehen, für den sie etwa zehn Minuten benötigen würden. Seinem Fuß ging es schon besser und er konnte wieder normal gehen, zur Sicherheit hatte er ihn aber leicht mit einer Bandage eingebunden, damit er nicht aus Versehen noch einmal einknicken würde. Ihr Plan wich nun etwas von dem ab, was er ursprünglich vorgehabt hatte. Anstatt nur die Geldkassette zu stehlen, welche der Sicherheitsmann prall gefüllt vom Lebensmittelladen zum Wagen zurückbringen würde, wollten sie in die Ladefläche des Fahrzeugs eindringen und dort das gesamte Geld stehlen.

Er hatte beim letzten Kaffeetreffen vergeblich zu argumentieren versucht, dass sie nicht wussten, ob überhaupt bereits Geld im Transporter und ob das vielleicht nicht erst die erste Tour des Fahrzeugs sein würde. Zudem hätten sie nicht viel Zeit, um einzudringen, etwas zwischen drei bis fünf Minuten, nicht länger. Christoph und Anna waren klar für den neuen Plan gewesen, weil sich so die Konfrontation mit dem schutzausgerüsteten Wachmann vermeiden ließe und sie das Geld stehlen konnten, ohne dass man dies sofort bemerken würde. Erst bei der Auszählung würde die zuständige Firma bemerken, dass Geld abhandengekommen war. Sie mussten nur die Beifahrertür knacken, um so zum Laderaum zu kommen, denn diese Tür würde der Fahrer für den Rest der Route nicht benützen und den Einbruch somit erst viel später feststellen. Er hatte hingegen dagegengehalten, dass ein Eindringen in ein gepanzertes Fahrzeug alles andere als einfach sei, wobei James dann alle aufgeklärt hatte, dass nur selten richtige Geldtransporter verwendet würden, denn diese seien zu teuer, erst recht, wenn es nur um einen Lebensmittelladen ging. Das Aufbrechen der Tür sollte somit schnell möglich sein.

Was vermutlich auch bedeutete, dass nur ein Wachmann im Fahrzeug war und nicht, wie das Protokoll vorschrieb, zwei, denn die Branche war hart umkämpft, die Gewinne klein und es wurde gespart, wo es nur ging, vor allem beim Personal. Stefan hatte aber darauf bestanden, dass jemand ein Betäubungsmittel organisieren sollte, für den Fall, dass der Wachmann sie dennoch überraschen würde, worauf James meinte, dass er jemanden in der Chemie kenne und somit Zugriff auf Chloroform hätte. Natürlich durften sie nicht gesehen werden, weshalb Anna wieder den weißen Skoda von seinem guten Kollegen Stephan aus der Arbeit leihen würde, um besagtes Fahrzeug gekonnt eng neben dem Transporter zu parken, als unauffälliger Sichtschutz und – im zweiten Akt ihres Coups – als Fluchtfahrzeug. Stephan hatte wieder nicht wissen wollen, was zum Teufel sie vorhatten und solange das Fahrzeug intakt zurückkäme, würde das auch so bleiben.

Stefan beobachtete eine junge Familie, der Vater, das größere Kind auf den Schultern tragend und die Mutter, das Baby im Kinderwagen schiebend, wie diese fröhlich den Gehweg entlangspazierten, sehr wahrscheinlich vom naheliegenden Kinderspielplatz kommend und in einem der Nachbarschaftsgebäude verschwanden. Hinter ihm ging die Tür auf und als er sich umdrehte, trat Christoph ebenfalls hinaus. Er war diesmal besser respektive angemessener für die Aufgabe gekleidet als das letzte Mal. Er trug eine schlichte, schwarze Lederjacke über einem grauen Kapuzenpulli, wobei nur die Kapuze zu sehen war. Blaue Jeans und weiße Sneakers vervollständigten das recht normal wirkende Bild einer Person, die nur einen kleinen Spaziergang am Abend unternahm. Das Gesicht hingegen deutete auf wenig Begeisterung hin, tiefe Sorgenfalten durchzogen die Stirn.

„Abend, Christoph, bist du bereit?", fragte Stefan ihn aufmunternd und lächelte.

„So bereit, wie man halt sein kann", kam Christophs verunsicherte Antwort. Christoph versuchte zu lächeln, es wirkte aber gequält.

„Worüber machst du dir denn am meisten Sorgen, mein Junge?", hakte er nach und wollte wissen, was Christoph speziell beschäftigte.

„Och, nichts Spezielles", begann Christoph mit leicht sarkastischem Unterton. „Das Übliche halt, Angst vor dem Knast, davor, erschossen, verprügelt oder sonst wie verletzt zu werden … und dann noch, dass Maria ja nichts passiert", fasste er kurz die Ängste zusammen, die ihn gerade quälten.

„Wie soll denn deiner Tochter was passieren, wenn sie ja nicht bei uns ist? Sie kommt doch nicht mit, oder?", fragte er nach und hoffte inständig, dass Maria diesmal wirklich nicht dabei sein würde.

„Nein, nein, sie ist oben in der Wohnung und schaut mit meinem Vater fern", antwortete er hastig und hob beruhigend die Hände. „Ich bin einfach nicht gern weg von ihr. Ich hoffe, dass wir nicht zu lange unterwegs sind."

„Also, zum einen ist deine Tochter um einiges reifer, als du es dir zugestehen möchtest, und zweitens sind wir spätestens um neun wieder zurück, der Laden ist ja praktisch um die Ecke", entgegnete Stefan gelassen und grinste. „Komm, wir müssen los, sonst kommen wir noch zu spät."

„Soll ich den Rucksack tragen, Stefan, der sieht schwer aus?", fragte Christoph fürsorglich.

„Christoph, obwohl ich um einiges älter bin als du, bin ich dir kräftemäßig noch immer überlegen", knurrte er zurück und sie marschierten los.

Sie schwiegen beide den ganzen Weg lang, jeder in seine Gedanken vertieft.

Zumindest muss ich mich nicht um Reto sorgen, dachte sich Stefan. Denn es hätte ihm gerade noch gefehlt, wenn er erkannt und begrüßt worden wäre, dann hätten sie den ganzen Plan vergessen können. Gestern, bei ihrer Motorbootfahrstunde, hatte er allerdings in Erfahrung bringen können, dass Reto am Samstag frei hatte und somit nicht bei der Arbeit sein würde, was die Lage schon mal entschärfte.

Ansonsten kannte ihn ja niemand dort, da er es tunlichst vermied, mit irgendwelchen Angestellten ins Gespräch zu kommen. Das hatte hauptsächlich zwei Gründe. Zum einen mochte er keine Plauderei, denn für ihn war das einfach nur Zeitverschwendung. Wozu das Offensichtliche miteinander besprechen, er wusste ja, wie das Wetter war und es war ihm egal, ob jemand es gut oder schlecht fand, ändern konnte man es ja sowieso nicht. Außerdem ging es einen

Fremden schlicht nichts an, wie er sich fühlte, und die Antwort wäre simpel gewesen: Sauer, weil er plaudern musste. Der zweite Grund war der, dass Leute, die gern Small Talk führten, oftmals nicht wirklich was zu sagen hatten. Das hieß nicht, dass diese Leute kein Talent dafür hatten, ununterbrochen Worte zu formulieren, um die gleiche Belanglosigkeit aus verschiedenen Perspektiven zu beschreiben und so die Zeit zu füllen. Es war für diese Spezies auch einfach, viel zu schwatzen, da Angehörige dieser Spezies oftmals nur von sich redeten oder über andere lästerten, aber kein Gehör für die Person hatten, welche gerade mit ihnen das Gespräch führte.

Deshalb hatte er sich schon vor langer Zeit dazu entschieden, unsichtbar zu sein und sich gezielt die Leute zu holen, die er benötigte oder die er einfach wirklich mochte, wie beispielsweise Christoph, James und Anna, die ihm mittlerweile ans Herz gewachsen waren, da sie durchaus anständige Leute waren, weshalb er sich immer wieder Gedanken darüber machte und auch ein schlechtes Gewissen hatte, dass er mit ihnen diese Diebestouren durchführte. Aber sie alle waren irgendwie durch das Raster gefallen und das soziale Netz hatte sie nicht aufgefangen, weshalb sie gezwungenermaßen selbst schauen mussten. Reto war in der Übergangsphase von einer nützlichen Person zu einem Menschen, den er emotional näher zu sich lassen würde, aber im Moment war es noch zu früh und somit blieb ihre Beziehung im Kern ein Vertrag, eine Abmachung für gegenseitige Hilfeleistung. Das würde aber nicht mehr lange anhalten, denn Reto hatte erstaunliche Fortschritte in den letzten zwei Wochen gemacht und würde bald seine Schiffsprüfung absolvieren können, das hatte Stefan gestern feststellen können, wobei sich Reto auch dieses Mal wieder einen amüsanten Fehler erlaubt hatte.

„Ist es noch weit?", unterbrach Christoph kurz die Stille und schien ein wenig ins Schnaufen gekommen zu sein, da sie doch recht zügig marschierten.

„Wir sind bald da, noch zwei Minuten."

Sie beide verfielen wieder in ein Schweigen. Auf ihrem Weg begegneten sie nicht vielen Leuten: Zwei mittelschnellen, jungen Jogger, die ihr abendliches Fitnessprogramm ebenfalls gemeinsam schweigend absolvierten, sowie einer etwas beleibten, bunt gekleideten Frau mit zwei Schäferhunden, die übermotiviert an ihren Leinen zogen, sodass die Frau ihre liebe Mühe hatte, das Tempo selbst zu bestimmen und mit sichtlicher Rücklage den Zug zu kompensieren versuchte.

Er dachte wieder an die Fahrstunde und musste grinsen. Sie hatten das Ankern in der Nähe des Hafens geübt, was im Großen und Ganzen auch gut verlaufen war. Als sie dann fertig gewesen waren und den Anker wieder aus dem Wasser gezogen hatten, war auch schon etwas Wind aufgekommen, was die Segelschiffe natürlich gefreut hatte, aber nicht so den Kapitän einer Segeljacht, die beinahe in das Boot gekracht wäre, weil Reto die Vorfahrt aus Unachtsamkeit missachtet hatte. Wutentbrannt und hektisch hatte der Segler die Segel lösen und sämtlichen Wind aus den Segeln nehmen müssen. Des Weiteren wäre der Segeljacht beinahe der Motor kaputtgegangen, da der Kapitän logischerweise in einer Panikreaktion eine motorisierte Vollbremsung vollzogen und dabei fast ein markiertes Tau in die Schraube gezogen hatte. Ganz abgesehen vom nicht durchlüfteten Kaltstart, den der Motor mit einem Keuchen und Husten quittiert hatte. Dafür hatte Reto auch eine ordentliche Schelte geerntet, was ihn natürlich ein wenig getroffen hatte. Stefan hatte anschließend auf Reto eingeredet und ihm erklärt, dass solche Fehler nun mal passieren konnten und dass Segler in der Regel etwas andere Leute wären als

Motorbootfahrer, also generell schon eine gewisse Rivalität herrschte. Er solle sich deswegen keine Sorgen machen, er würde die Prüfung schon bestehen. So hatte die gestrige Fahrstunde geendet.

Er verlangsamte seine Schritte, bis er ganz stehen blieb, Christoph tat es ihm gleich und sah in fragend an.

„Es ist gleich um die Ecke. Ich habe James gesagt, wir würden uns hier treffen", gab er Christoph rasch zu verstehen und schaute sich um. Christoph nickte kurz. Noch etwa zwanzig Minuten, bis der Laden schließen würde. Durch die Sträucher konnte er erkennen, dass der Parkplatz gut beleuchtet war, was ihnen nicht gerade in die Hände spielte. Und zudem herrschte noch immer reger Betrieb.

„Hallo zusammen." Erschrocken zuckte Christoph zusammen und Stefan machte ebenfalls einen kleinen Satz. James hatte sich hinter ihnen angeschlichen und grinste breit, in der rechten Hand eine kleine schwarze Plastiktüte mit Logo, vermutlich von einem Kleidergeschäft. Er hatte eine beige Baseballmütze an, eine lässige Jeansjacke, darunter einen schwarzen Kapuzenpulli sowie eine schwarze Cargohose, die einen guten Teil seiner grauen Sneakers verdeckte.

„Mann, was schleichst du dich denn so heran?", fragte Christoph aufgewühlt und begutachtete die Plastiktüte. „Warst du Kleider einkaufen, oder was?", fragte er gleich nach.

„Nein", flüsterte James geheimnisvoll und blickte über seine Schulter, um sicher zu sein, dass niemand zuhörte. „Da drin ist das Chloroform. Aber in einer solchen Tüte ist es viel unauffälliger, verstehst du?", erklärte er sein Verhalten. „Wo ist eigentlich Anna?"

„Die sollte gleich kommen, James. Wie abgemacht fährt sie direkt auf die Parkfläche und schaut sich dann ein paar

Blumen an – in dem Teil des Ladens, der gleich beim Ausgang ist."

Und tatsächlich, keine zehn Sekunden später fuhr der weiße Skoda an ihnen vorbei – mit Anna am Steuer, die um die Ecke bog.

„Was machen wir in der Zwischenzeit? Sieht nicht gerade unauffällig aus, so, wie wir dastehen", bemerkt Christoph, wobei er seine Stimme sofort zu einem Flüstern senkte und so tat, als würde er eine Nachricht auf seinem Smartphone lesen, als plötzlich ein Pärchen mit Einkaufstüten um die Ecke geschlendert kam. Als sie wieder außer Hörweite waren, drehte sich Stefan zu ihnen um.

„Es dürfte nicht mehr allzu lange dauern, dann sollte der Transporter kommen. Gemäß Aussage meines Kontaktmanns kommt der Typ immer so um zehn vor acht, also in etwa …", er blickte kurz auf die Uhr, „… zwei Minuten."

„Warten wir, bis der Transporter geparkt hat, bevor wir auf den Parkplatz gehen, oder wie?", fragte Christoph verunsichert, der offensichtlich seit dem letzten Zusammentreffen wieder einiges vergessen hatte.

„Das ist nicht der richtig Augenblick, um die Hälfte des Planes zu vergessen, Christoph", entgegnete Stefan genervt. „Wir wollen ja keine Zeit verlieren … Also: Sobald wir den Wagen sehen, schlendern wir wie normale Bürger in Richtung Laden und überqueren so den Parkplatz. James geht dann direkt in den Laden und löst Anna ab, die dann den Wagen so vor den Transporter parkt, dass wir von der Beifahrertür her möglichst viel Deckung haben", erklärte er kurz nochmals den Plan und blickte sich wieder um.

„Ich glaube, dort hinten kommt was", bemerkte James aufgeregt und zeigte unauffällig mit seinem Kinn hinter

sich die Straße runter, wo ein großer, dunkler und kasten-
artiger Wagen zu sehen war, der gerade bei einem Zebra-
streifen anhielt, um ein paar Passanten durchzulassen.

„Also los, dann machen wir uns jetzt schon auf den
Weg", zischte Stefan, und sie machten sich schlendernd
und möglichst unauffällig in Richtung Laden auf den Weg.

Als sie um die Ecke bogen, sahen sie den ganzen Parkplatz, der nach wie vor noch ziemlich gut befüllt war, denn
offensichtlich machten viele noch Einkäufe in letzter Minute. Damit hatte er eigentlich nicht gerechnet, sondern e-
her mit einem karg besetzten Parkplatz. Er hatte den Laden
noch nie bei Dunkelheit an einem Samstagabend aufgesucht und war in Bezug auf das Chaos, welches die Baustelle verursacht hatte, erstaunt.

Als sie auf dem Bürgersteig gewartet hatten, hatte er nur
schemenhaft Dinge durch die dicke, immergrüne Hecke erkennen können, welche den Parkplatz von der Straße
trennte. Weiter hinter ihnen war noch eine Zufahrt für die
Lieferanten – jetzt mit drei neuen Ladedocks. Gleich links
von der Straßeneinfahrt des Parkplatzes, parallel zum Bürgersteig von dem sie gerade kamen, setzte sich die Zu-
fahrtsstraße entlang der Hecke fort, die den Zugang zu allen Parkplätzen sicherstellte. Die Zubringerstraße war
ebenfalls mit kleinen Hecken von den Parkplätzen getrennt
und ein kleiner Mauervorsprung sorgte dafür, dass der gesamte Parkplatz von hinten bis zum Ladeneingang mit einem Fußgängerstreifen halbiert wurde. Dieser Fußweg
sorgte dafür, dass man sich nicht durch die Autos schlän-
geln musste und so schneller in das Einkaufserlebnis fand.
Die Parkfeldreihe unmittelbar gegenüber des Ladens, nur
getrennt mittels der Zubringerstraße, war zur Hälfte mit
Bauschuttmulden besetzt, sodass die Autos, anstatt entlang
der Hecke bis zum Schluss fahren zu können, jetzt eine Abzweigung früher nehmen mussten und von der anderen

Seite her, welche normalerweise von Parkfeldern besetzt war, die Parkplätze erreichen konnten. Die Zubringerstraße selbst hatte man kurzerhand in einen erweiterten Parkplatz für die Handwerker umfunktioniert und deshalb stand nun ein großer Mulden-Lastwagen dort.

Es gab noch eine Lücke zwischen Lastwagen und der abschließenden Hecke, welche vermutlich auch von Handwerkern besetzt war, doch diese hatten sich wohl schon in den Feierabend verdrückt. Den weißen Skoda hatte Anna auf einen Parkplatz sehr nahe des Lkw geparkt, sie selbst war schon nicht mehr zu sehen. Der ganze Parkplatz wurde von verschiedenen, scheinbar neu montierten LED-Lampen in weißes Licht getaucht, sodass nur wenige Schatten zu sehen waren – etwas ungünstig für ihr Vorhaben.

„Da ist echt noch viel los hier, Stefan", flüsterte Christoph verunsichert, während sie sich in Richtung Lastwagen bewegten. „Habe das Gefühl, dass uns die Leute anstarren. Vielleicht sollten wir die Sache abbrechen."

„Die Leute starren uns nicht an, sondern gaffen verwundert, weil nun mal kurz vor Ladenschluss ist und wir auch noch einkaufen wollen … deshalb", erwiderte Stefan leicht gereizt. „Außerdem würde es sehr helfen, wenn du weniger wie ein verängstigtes Reh dreinschauen würdest. Es hält dir ja niemand 'ne Flinte ins Gesicht, oder?", ergänzte James grinsend. Seine sauberen weißen Zähne waren in diesem Licht noch deutlicher zu sehen. Sie waren jetzt schon fast beim Skoda angelangt, als Stefan einen kurzen Blick über seine Schultern warf und in der Einfahrt den Transporter erblickte, der gerade warten musste, bis eine ungeübte Autofahrerin ihren dicken BMW mehr schlecht als recht aus der genügend großen Parklücke vorsichtig hinausmanövrierte.

„Der Wagen ist fast da. James, geh in den Laden und lös Anna ab, bitte. Wir zwei warten kurz hier, laufen dann zu den Einkaufswagen, nehmen natürlich keinen und gehen zum Transporter, sobald der Typ den Laden betreten hat", wies er seine Kollegen ruhig und leise an, ohne sich groß zu bewegen. James nickte und machte sich sofort auf den Weg, ohne dabei gehetzt zu wirken, sodass niemand ihn wirklich beobachtete.

„Wäre es nicht einfacher gewesen, wenn Anna einfach drinnen geblieben wäre? Wozu die Ablösung?", fragte Christoph nervös nach und blickte auch zurück. Sie beide behielten den Transporter im Auge, der gerade gemächlich in Richtung geparkter Lastwagen fuhr.

„Ich habe dir doch alles erklärt, hast du etwa nicht richtig zugehört?", zischte Stefan zurück. „Anna ist ja mit dem Auto gekommen und nicht mit uns zusammen. Und einfach im Wagen sitzen zu bleiben ist etwas auffällig, weshalb sie in den Laden gehen sollte. Aber da sie die Autoschlüssel hat und den Wagen dann vor den Transporter setzen muss, muss sie natürlich wieder zurück zum Wagen kommen, deshalb die Ablösung. Ist jetzt alles klar?", erklärte er nochmals ruhig und sah Christoph kurz an, der zögerlich nickte. Sein Fuß meldete sich wieder ein bisschen, offenbar war er doch noch nicht so belastungsfähig, wie er gedacht hatte, aber es würde für heute reichen müssen. Der Transporter hielt kurz vor dem Lastwagen an und fing an, ein Wendemanöver einzuleiten. Offensichtlich wollte der Typ rückwärts in die Parklücke reinfahren, um schnell wieder weg zu können. Umso besser für uns, dachte sich Stefan. Der Zufall wollte es auch, dass die Bauarbeiter hinter der Mauer, die den Parkplatz von den Ladedocks trennte, gerade Stahl mit dem Winkelschneider bearbeiteten, was für einen guten Lärmpegel sorgte und das Aufbohren des Schlosses unhörbar machen würde.

„Komm, Christoph, wir haben genug lange hier rumgestanden, wir gehen nun zu den Einkaufswagen."

Sie schlenderten in Richtung Eingang, wo gerade Anna herumspazierte. Sie hatte sich wieder sehr elegant angezogen und wirkte bildhübsch. Die blonden Haare hatte sie nach hinten zusammengebunden und eine lässige schwarze Kappe bedeckte ihren süßen Kopf, der wie immer sehr gepflegt wirkte. Ihr Make-up war dezent, aber völlig ausreichend, um sie sehr hübsch wirken zu lassen. Auch sie hatte eine schwarze Lederjacke an, im Gegensatz zu Christophs aber betonte die von Anna ihre Taille und hatte silberne Verzierungen, die sie leicht wie ein Rockstar aussehen ließen. Sie trug enge, schwarze Jeans, die ihre Figur hervorragend betonten, wie Stefan und Christoph stillschweigend fanden, denn sie beide starrten sie an, bevor sie endliche ihre Blicke lösen konnten.

Er konnte im Augenwinkel erkennen, wie Anna und Christoph sich gegenseitig anlächelten, was dazu führte, dass Christoph beinahe in einen Einkaufswagen hineingelaufen wäre, der gerade von einer missgelaunten alten Frau vor sich hergeschoben wurde. Der schrecklich angezogene alte Drache spie mit seinen Augen Giftpfeile und Feuer, schüttelte den Kopf und hinkte weiter zu einem alten Ford Fiesta, der deutliche Kratzer an beiden Kotflügeln aufwies, wahrscheinlich von Einparkversuchen, welche nicht mit ihrem Grauen Star kompatibel gewesen waren. Anna glitt mit ihren schwarzen Stiefeletten elegant weiter, erreichte ihren Wagen und setzte sich ans Steuer, um für den zweiten Teil des Plans bereit zu sein.

„Hast du dich in sie verguckt, oder was? Pass doch auf, wo du hinläufst." Stefan stupste Christoph mit dem Ellenbogen in die Rippen und grinste breit über das ganze Gesicht. Ein älterer Mann, der die Szene beobachtet hatte, als er seinen Einkaufswagen zurückbrachte, grinste Christoph ebenfalls an und zeigte mit der rechten Hand ein Daumen nach oben. Christoph wurde knallrot und wusste nicht recht, was er sagen oder wo er hinschauen sollte, denn die Sache war ihm echt peinlich. Er hoffte, Anna hatte sein Missgeschick nicht bemerkt, denn er wollte ja nicht den Eindruck erwecken, er wäre stümperhaft. Aber sie hatten keine Zeit, dies auszudiskutieren, denn gerade kam der großgewachsene, gepanzerte und uniformierte Mann hinter dem Lastwagen hervor, den Helm mit Visier an und eine Geldkassette in der rechten Hand, pflichtbewusst mit einer Kette an seinem Handgelenk befestigt. Eiligen Schrittes marschierte er in Richtung Eingang, was für Stefan und Christoph das Signal war, unauffällig in Richtung Transporter zu schlendern und im Chaos unterzugehen. Gleich nachdem der uniformierte Wachmann an ihnen vorbeimarschiert war, zückte Christoph sein Mobiltelefon und schickte James wie auch Anna eine Kurznachricht, dass es losginge. Sie verschwanden unbemerkt hinter den Lastwagen und huschten zur Hinterseite des Transporters, wo Stefan gleich seinen Rucksack auf den Boden legte und hastig den Akkuschrauber hervorkramte.

„Willst du denn nicht zur Beifahrertür gehen und diese knacken?", fragte Christoph aufgeregt, da Stefan scheinbar keine Anstalten machte, ihren Plan wie besprochen umzusetzen.

„Wie er geparkt hat, fühle ich mich weiter vorn nicht wohl. Hier hinten kann uns definitiv niemand sehen. Deshalb versuche ich es erst hier", antworte Stefan hastig. „Fährt Anna nun den Wagen wie abgemacht vor den Transporter?", erkundigte er sich bei Christoph, der vorsichtig nach vorn spähte.

„Nein, sie kann gerade nicht, da andere Fahrzeuge ihren Weg blockieren." Gleichzeitig versuchte Christoph probeweise, die Doppeltüren, welche zum Laderaum führten, zu öffnen, aber wie vorauszusehen waren diese natürlich verschlossen.

„Mist, dann fange ich jetzt trotzdem schon an, wir können nicht auf ihr Manöver warten, uns läuft die Zeit davon", erwiderte Stefan gehetzt.

Nervös hielt Christoph Wache, während Stefan sofort anfing, das Schloss aufzubohren, synchron mit den Metallarbeitern, welche glücklicherweise einen ordentlichen Lärm verursachten. Nach wenigen Augenblicken hörte er auf, denn er kam nicht weiter.

„Verfluchte Scheiße! Das darf doch nicht wahr sein!" Genervt blickte er zu Christoph hoch, der noch immer nervös Ausschau hielt und wieder auf sein Smartphone blickte.

„Was ist?", zischte er.

„Ich komme nicht durch, das Schloss hat einen Aufbohrschutz und ist verstärkt. Und durch die Tür selbst werde ich auch nicht kommen, da sie gepanzert ist", erklärte er Christoph hastig und knallte seine geballte Faust frustriert gegen die fest verschlossene und unbeeindruckte Tür.

„Versuchen wir doch einfach wie geplant, die Beifahrertür aufzukriegen, vielleicht kommen wir von dort weiter. Wir haben noch etwas Zeit, die Kassiererinnen sind mit der Geldaufbereitung noch nicht nachgekommen", schlug Christoph vor und zeigte Stefan kurz die Nachricht auf seinem Telefon. In der Tat hatte James geschrieben und erklärt, dass sie noch etwas Zeit hätten. Hastig und in gebückter Haltung schlich Stefan mit seinem Bohrer zur Beifahrertür, die zum Glück ziemlich eng an der Hecke war, sodass ihn wegen der Dunkelheit praktisch niemand sehen konnte. Trotzdem achtete er genau darauf, möglichst wenig von seiner Silhouette preiszugeben. Sofort setzte er an und tatsächlich, dieser Teil des Transporters war nicht verstärkt und nach etwa dreißig Sekunden war er durch. Ohne Mühe konnte er nun die Beifahrertür leicht aufdrücken, sodass diese nun einen Spalt offen war, genügend, dass er sich in den Beifahrerraum reinquetschen konnte. Wobei er dennoch ausgerechnet mit dem lädierten Fußgelenk an der Türkante hängen geblieben war und vor Schmerz fast aufgebrüllt hätte. Er hatte nicht viel Zeit, den Innenraum zu inspizieren, um herauszufinden, wie sie so in den Laderaum kommen konnten, denn kaum war er drin, bemerkte er eine Hand, die ihn an der Schulter fasste, worauf er zusammenzuckte. Es war zum Glück aber nur Christoph, der sich etwas bleich auch zwischen Hecke und Wagen gezwängt hatte.

„Stefan, der Typ kommt gleich zurück, wir haben keine Zeit mehr."

„Scheiße", entfuhr es ihm und er fing panisch an, zu überlegen, was sie als Nächstes tun sollten.

„Schnell, schreib James, er soll den Typen verfolgen und das Chloroform einsatzbereit machen. Jetzt müssen wir es leider verwenden", erklärte er Christoph hastig, quetschte sich wieder aus dem Transporter heraus und sprintete zu seinem Rucksack, wo er die Wolldecke hervorzerrte sowie zwei Kabelbinder bereit machte.

„Schnell, schreib Anna, sie soll den Wachmann ablenken, am besten in der Nähe des Lastwagens. Egal, wie", wies er Christoph hastig an, der mit zitternden Händen und Schweißperlen auf der Stirn die Anweisungen auf sein Mobiltelefon tippte.

„Der Typ wird wahrscheinlich den gleichen Weg zurück nehmen. Wir verstecken uns am besten auf der Beifahrerseite, dort wird er vermutlich nicht hingehen. Schnell!"

Stefan griff mit der linken Hand hastig nach dem Rucksack und dann hüpften sie regelrecht in Deckung. Sie versuchten, ruhig zu bleiben und in der ganzen Geräuschkulisse herauszufinden, was als Nächstes passierte, konnten aber bei dem Lärm der Stahlarbeiten fast nichts ausmachen. Stefan konnte den schnellen Atem von Christoph in seinem

Nacken spüren. Er drehte den Kopf, so gut es ging, und nickte ihm beruhigend zu, was ein wenig zu helfen schien.

Als er den Blick wieder nach vorn wandte, konnte er spüren, wie ihm sein Herz in die Hose rutschte und er plötzlich einen eiskalten Schweißausbruch hatte. Keine zwei Schritte entfernt konnte er knapp am Transporter vorbei eine Schutzweste erkennen. Der Uniformierte war kurz davor, den Laderaum zu öffnen und dann würden sie entdeckt werden, kein Zweifel. Es war zu spät, sie konnten auch nicht weiter zurück, denn dann hätten sie sich sofort verraten. Jede Sekunde schien wie eine Ewigkeit und Christoph hatte komplett aufgehört, zu atmen, denn Stefan spürte den Hauch nicht mehr. Kurz bevor die Gestalt noch weiterschritt und sie entdecken würde, blieb diese plötzlich stehen. Stefan konnte eine Frauenstimme ausmachen, es war Anna! Er konnte aber nur teilweise verstehen, was sie sagte, es reichte aber dennoch, dass der Typ widerwillig ein paar Schritte in Richtung Lastwagen machte.

Jetzt oder nie, dachte Stefan und schaute vorsichtig hinter dem Transporter hervor. Er konnte erkennen, wie James hinter dem Lastwagen hervorschlich und dabei war, einen alten Lappen mit dem Chloroform zu tränken. Sie blickten sich an und wussten, dass sie jetzt handeln mussten, denn Anna konnte den Typen nicht ewig ablenken. James verschloss leise die Flasche wieder und legte diese behutsam ab, denn wenn sie zerbrechen würde, hätten sie alle ein Problem.

Und dann ging plötzlich alles sehr schnell und wie von selbst. James machte einen gewaltigen Satz nach vorn, in einer fließenden Bewegung legte er seinen rechten Arm um den Hals des Uniformierten und drückte mit voller Wucht den Lappen mit seiner Linken in dessen Gesicht. Trotz der engen Verhältnisse gelang es Stefan, ebenfalls nach vorn zu hechten, und mit aller Gewalt verschränkte er seine Arme um die Beine des Typen, sodass dieser den benötigten Ausfallschritt, um sich zu wehren, nicht mehr machen konnte. Der Typ fuchtelte wild mit seinen Armen und versuchte, James hinter seinem Nacken zu erwischen, doch dieser hatte ihn zu fest im Griff. Nach ein paar kräftigen Atemzügen durch das getränkte Tuch erschlafften plötzlich die Glieder, und sie konnten den Typen vorsichtig zu Boden legen, schön in der Dunkelheit und Deckung des Lastwagens, aber so, dass dieser losfahren konnte, ohne dass der Uniformierte überfahren werden würde. Christoph kam hastig um die Ecke und legte noch die Decke über ihr Opfer, sodass der reglose Körper noch schwerer zu finden war, aber erst nachdem Anna ihn noch in Seitenlage gebracht hatte, denn sie wollten schließlich nicht, dass der Kerl erstickte. Sie schauten sich alle kurz an, sichtlich gestresst und etwas außer Atem nach dieser Notaktion, die sie alle tunlichst hatten vermeiden wollen. Aber nun war es zu spät und sie mussten das Beste aus der Situation machen.

„Okay, wir haben etwas Zeit gewonnen, aber auch nicht viel", begann Stefan hastig, die Situation zu analysieren. „Christoph, geh kurz um den Transporter rum, steig in die Kabine ein und öffne die Fahrertür für uns."

„Alles klar!" Christoph nickte und schlich um den Transporter. Wenige Augenblicke später öffnete sich die Fahrertür. Stefan öffnete sie vollständig, sodass die Stahlwand sie als Sichtschutz vor den neugierigen Blicken der Automobilisten, die den Parkplatz verließen, schützte.

„Und was jetzt?", zischte James.

„Wir versuchen wie geplant, von hier aus in den Laderaum zu kommen", brummte Stefan zurück, denn er war etwas verärgert, dass seine Kollegen seinen ursprünglichen Plan nicht umsetzen wollten, welcher ihnen diesen Schlamassel erspart hätte. Anna hätte den Wachmann einfach abgelenkt, während er oder James dann unauffällig die

Kette durchtrennt hätten. Dann, mit einem Ruck, hätten sie diesem Typen die Kassette entrissen gehabt und sich aus dem Staub gemacht.

„Es tut uns leid, Stefan, wir haben nun mal gedacht, dass diese Variante besser sei, weil wir keinen Kontakt mit dem Wachmann riskieren wollten", versuchte James, alles zu erklären. Man konnte merken, dass er ein schlechtes Gewissen hatte.

„Na ja, um fair zu sein, beim ersten Coup habe ich es in Sachen Planung auch ordentlich vermasselt."

„Christoph, siehst du, wie wir hier in den Laderaum kommen?", flüsterte Anna mit hektischer Stimme und blickte ihn mit großen Augen an. Christoph machte sich an die Arbeit und meldete sich nach wenigen Augenblicken zurück.

„Er hat zwar eine Zugangstür, aber diese ist mit einem elektronischen Schloss versehen. Ohne Zugangscode kommen wir hier nicht weiter."

„Können wir dieses Schloss vielleicht aufbohren?", fragte Stefan hoffnungsvoll nach und war schon dabei, den Akkubohrer aus dem Rucksack wieder herauszufischen, den er hastig reingeworfen hatte.

„Es hat kein Schloss im herkömmlichen Sinn. Das scheint alles integriert zu sein", zischte Christoph schnell zurück und wurde fast von den Metallarbeiten übertönt. Stefan blickte kurz über seine Schulter und bemerkte, dass niemand Wache schob. Das schien auch Anna aufzufallen, denn sie nickte ihm kurz zu und schlich nach hinten, um hinter dem Lastwagen in Richtung Ladeneingang zu spähen.

„Wir könnten ja einfach das ganze Teil mitnehmen und uns irgendwo in einem Wald dann in aller Ruhe ans Aufbrechen machen", schlug James kurz vor. Er blickte in die entgeisterten Gesichter von Stefan und Christoph. „Was ist? Wieso nicht, oder habt ihr eine bessere Idee?", hakte James herausfordernd nach.

„Uns geht die Zeit flöten. James, sieh doch bei unserem Kerl kurz nach, ob du die Autoschlüssel findest", bat er seinen Kollegen rasch und blickte Christoph wieder an, der nur den Kopf schüttelte.

„Was ist denn, Junge?" Er öffnete die Hände fragend.

„Wir kommen doch nirgends hin mit einem gestohlenen Geld-Transporter. Es herrscht Samstagabendverkehr und der Typ wird ja nicht ewig schlafen, oder? Da können wir ja gleich alle zusammen in die nächste Polizeistation marschieren, kommt in etwa auf das Gleiche raus", quäkte Christoph mit einem leichten Anflug von Panik in seiner Stimme.

Währenddessen durchsuchte James hastig die Uniform des immer noch bewusstlosen Uniformierten, der noch keine Anzeichen machte, dass er bald aufwachen würde.

„Habe sie gefunden, hier sind die Schlüssel." James überreichte diese hastig Stefan, der sie Christoph übergab. Dieser nahm sie entgeistert entgegen, nahm auf dem Fahrersitz Platz und versuchte, den Motor zu starten, aber es passierte nichts.

„Was ist denn nun schon wieder los?", fragt Stefan ungeduldig nach, während Christoph verzweifelt immer wieder den Schlüssel in der Zündung drehte. Nach dem vierten Mal hielt er inne und starrte auf das Armaturenbrett.

„Du, Stefan, wir haben noch ein Problem. Wir brauchen für den Anlasser auch einen Code." Entgeistert legte Christoph die Hände in seinen Schoß und starte Stefan resigniert an.

„Um Himmels willen, was ist denn heute nur los?", ärgerte sich Stefan lauthals, wobei er zum Glück wieder von der Baustelle übertönt wurde und so keine Aufmerksamkeit auf sich zog.

„Das mit dem Transporter können wir vergessen, da kommen wir nicht weiter", fasste er genervt die Situation zusammen. „Dann machen wir eben das, was ich von Anfang an tun wollte." Entschlossen wühlte er abermals in seinem Rucksack und zauberte kurze Zeit später den hydraulischen Bolzenschneider hervor. Triumphierend hielt er diesen nun in den Händen.

„Na dann, los. Es ist Zeit, zu verschwinden."

18
Der Codeknacker

„Wir kommen hier einfach nicht weiter, Arnold, es gibt zu viele Möglichkeiten, was die Zahlen bedeuten könnten." Angestrengt rieb sich Inspektor von Halden seine müden Augen und lehnte sich weit in seinem Sessel nach hinten, der etwas knirschend nachließ, und streckte seinen mittlerweile leicht verkrampften Rücken ein wenig.

„Ich habe heute Morgen kurz mit Ben gesprochen, er wird uns in zehn Minuten beim Kaffee treffen und uns bei diesem verfluchten Zahlenrätsel helfen."

„Wer ist denn Ben?", fragte Arnold neugierig nach, stand auf und fing ebenfalls an, sich zu strecken, worauf ein paar Wirbel sich mit einem lauten Knacken meldeten.

„Unser Spezialist für Computer und Kryptografie", beantwortete er beiläufig die Frage seines Assistenten, während er sorgfältig alle Dokumente in eine schwarze Ledermappe packte, die er vorhin bereitgestellt hatte. Etwas ungläubig starrte Arnold Inspektor von Halden an.

„Wir haben einen Experten für so was und holen diesen erst jetzt zu Hilfe?", erwiderte er sichtlich verwundert.

„Wir haben leider nur zwei Experten für die ganze Stadt und diese zwei Jungs sind schon ziemlich ausgelastet. Die machen auch Datenanalysen und stellen Modelle her für die Verbrechensbekämpfung. Dazu kommen noch Hacking-Versuche, um an Informationen zu kommen, so einigermaßen legal, versteht sich", zwinkerte er Arnold zu und nahm einen kräftigen Schluck aus seiner Wasserfalsche, die mittlerweile fast die gesamte Kohlensäure verloren hatte und schal schmeckte.

„Würden Sie nicht sagen, Herr Inspektor, dass unserem Fall besondere Wichtigkeit zukommt, sodass wir prioritär zu behandeln sind? Immerhin handelt es sich um einen Schmuggel- und Drogenring, dazu um einen Mordfall. Was könnte denn wichtiger sein?", wollte Arnold wissen.

„Na ja, mein junger Assistent. Zum einen ist es wichtig, hervorzuheben, dass wir Detektive sind und es auch zu unserem Beruf gehört, Rätsel zu lösen. Wenn wir bei jeder kleinen Herausforderung gleich zu den Experten rennen, nimmt uns niemand mehr ernst", fing er seine Belehrung an, holte nochmals tief Luft, drehte sich vollends zu Arnold um und fuhr fort. „Außerdem hatte ich Ben am Donnerstag schon kurz gefragt, aber zurzeit sind sie stark mit dieser Entführung beschäftigt sowie mit einem Geldwäschereifall, der über mehrere Hundert Millionen geht. Das klingt nach wenig, ist aber viel Computerarbeit, um Überwachungskameras anzuzapfen, Personen abzuhören und Mobiltelefone zu hacken." Arnold hörte geduldig zu, während er seine Notizen in einer Durchsichtmappe verstaute, diese leicht zusammenrollte und in seiner Jackeninnentasche verschwinden ließ.

„Dann ist es ein Ressourcenproblem", erkannte Arnold die Situation.

„Du hast es erfasst. Bei der Polizei haben wir immer Ressourcenprobleme, das gehört zu unserer Arbeit. Gewöhn dich also dran. Du sieht es ja bei unserer Kantine", erläuterte er zynisch ihre Situation und öffnete die Tür zum Flur.

„Wenn ich unsere Kantine anschaue, dann müssten wir schon längst den Notstand ausrufen", fügte Arnold hämisch hinzu, schritt hinaus und schloss die Tür hinter sich. Sie beide schlenderten gemächlich in Richtung Ausgang, ihnen begegnete kaum jemand, denn an einem Samstag war die Belegschaft nur halb so groß. Selbstverständlich arbeitete ein guter Teil der Polizei auf Abruf, für den Fall, dass sie dringend Verstärkung bräuchten. Gegen acht Uhr abends würde für viele sogar die Samstagabendschicht beginnen, die nicht beliebt war, da man zumeist Streithähne auseinanderbringen oder alkoholisierte Idioten ins Krankenhaus befördern musste, wobei dieser Dienst immer noch besser war, als an Demonstrationen für die Sicherheit der Unbeteiligten zu sorgen. Am schlimmsten waren Fußballereignisse, aber Gott sei Dank waren diese Zeiten für ihn längst vorbei. Inspektor von Halden schaute kurz auf die Uhr, es war fast vier, sie waren perfekt in der Zeit.

„Haben wir eigentlich was Neues von unserem Opfer Biskup?", fragte er Arnold beiläufig, während sie aus dem Polizeigebäude an die frische Luft traten.

„Sie meinen Herrn Nihad Babic, nehme ich an, das wäre seit der Identifikation am Donnerstag sein korrekter Name", vergewisserte sich Arnold kurz ein wenig altklug.

„Kein Grund, den Besserwisser raushängen zu lassen, Arnold, natürlich meine ich Herrn Babic", brummte er zurück und sie schritten die Straße runter.

„Seit Donnerstag konnten wir leider keine weiteren Personen finden, die im Zusammenhang mit Herrn Babic stehen. Es wurden keine Verbindungen mit bestehenden, bekannten Tätern oder anderen Kriminellen gefunden", rapportierte Arnold pflichtbewusst.

„Ich gehe davon aus, dass die serbischen Behörden nicht sehr kooperativ sind … wie gewohnt", ergänzte Inspektor von Halden ruhig, da er wusste, dass, sobald es sich um Täter aus der Balkanregion handelte, die Justizmühlen langsam mahlten.

„Leider nicht, nein. Aber zumindest können wir davon ausgehen, dass es sich um einen serbischen Drogenring handeln muss, da Serben eher unter sich bleiben", ergänzte Arnold noch rasch.

„Es ist in der Tat eine Vermutung, die wir machen können, dennoch sollten wir die Augen für andere Komplizen unbedingt offen halten", korrigierte er seinen übereifrigen Assistenten kurz und hob dabei belehrend den Zeigefinger.

„Selbstverständlich, Herr Inspektor. Meine Augen und Ohren suchen natürlich in alle Richtungen weiter. Kein Stein, der nicht mindestens einmal umgedreht wird."

Sie hatten mittlerweile das kleine Café erreicht, das sich gleich in der Nähe der Polizeistation befand. Unter der Woche war normalerweise viel Betrieb, denn nicht weit weg von der Station waren auch die Berufsfeuerwehr und noch ein Stück weiter die Reinigungsbetriebe der Stadt, was dem Café viel Umsatz bescherte. Trotz der strategisch guten Position und den fehlenden Alternativen hatte die nette sowie hübsche Besitzerin nie aus Profitgier negativ an der Qualität geschraubt. Auch im Stress und bei viel Kundschaft kamen dem Genuss und der sauberen Verarbeitung des Kaffees höchste Priorität zu, was er sehr schätzte. Heute und um diese Zeit war es aber viel ruhiger und somit auch ideal, um in einer frischen Umgebung weiter an diesem Fall zu arbeiten. Außerdem brauchte er sowieso dringend einen guten Kaffee, bevor seine Stimmung kippte, denn er hatte es noch nie gemocht, an einem Samstag zu arbeiten, auch wenn es zu seinem Beruf gehört.

Das Café selbst war von außen sehr unauffällig, nur drei Aluminiumtische und ein paar wetterfeste Kunststoffstühle wiesen darauf hin. Die große Fensterscheibe hatte die Aufschrift „Francesca's Café", was die italienische Herkunft sowie die zu erwartende Qualität andeutete.

„Ist das ein weiterer Geheimtipp, den ich mir merken sollte, Herr Inspektor?", fragte Arnold beiläufig, während sie in das angenehm warme und nach Kaffee duftende Lokal traten. Es war lieblich eingerichtet. Der helle Steinfußboden passte perfekt zu den Holztischen und Stühlen, die eine warme Atmosphäre verbreiteten. An den weiß verputzten Wänden waren überall Bilder von italienischen Cafés oder Plantagen angebracht, die einem das Flair des Kaffeegenusses näherbrachten. Die Beleuchtung war dezent, aber doch hell genug, um problemlos beispielsweise eine Zeitung zu lesen oder an einem Fall zu arbeiten. Die dunkle Holztheke vermittelte Tradition und Willkommensein, was er bei all diesen neuen Ketten doch recht vermisste, die zwar keinen schlechten Kaffee brauten, aber viel zu stark auf Abfertigung machten, was einem den Genuss teilweise gleich wieder zu versauen vermochte. Hinter der Theke stand der ganze Stolz der etwa dreißigjährigen Besitzerin, die teuren Kaffeemaschinen. Daneben, hinter Glas, war noch eine Auslage an leckerem Gebäck und Keksen, die jeden Tag frisch gebacken wurden, weshalb sie begehrt und schnell weg waren. Sie nickten ein paar Kollegen zu, die sich gerade eine kleine Pause gönnten und in ein Gespräch vertieft waren. Drei Feuerwehrleute, die scheinbar heute ihren Dienst auf Abruf hatten, spielten Karten und grüßten sie freundlich.

„Hallo, Herr Inspektor, hier drüben", meldete sich Ben von einem Tisch in der Ecke und winkte ihnen zu, als hätten sie ihn bei dem spärlich besetzten Lokal sonst nicht gesehen.

„Komme gleich, Ben, hol mir bei unserer Francesca nur kurz einen leckeren Kaffee", grüßte er zurück und schritt zur Theke, bei der Francesca sie mit einem sanften Lächeln bereits erwartete.

„Na, Frederic, was darf es denn heute für dich und deinen Kollegen sein?", fragte sie höflich und lächelte auch Arnold zu, der sogleich fröhlich zurückgrinste.

„Zwei Cappuccinos, bitte, und ein paar von den Schokoladenkeksen", bestellte er freundlich und drehte sich zu Arnold zurück, der immer noch ein Lächeln im Gesicht hatte.

„Francesca ist in der Tat eine hübsche Frau, aber auch verheiratet, mein lieber Arnold, also übertreib es nicht mit deinem Grinsen", stichelte er und grinste dabei hämisch. Er konnte hören, wie sie kurz auflachte, während sie die Kaffeemaschine bediente.

„Und nein, es ist kein Geheimtipp, sondern bekannt, dass dieses Café hervorragend ist. Keine Ahnung, weshalb sie noch immer Automaten bei uns aufstellen", fragte er sich und zückte schon mal seine Brieftasche.

Arnold schüttelte nur verständnislos den Kopf und verschränkte etwas beleidigt die Arme vor seiner Brust. „Danke, dass sie mich einladen, Herr Inspektor, dann verzeih ich Ihnen das", konterte er und schaute verschmitzt drein.

„Dich einladen? Ich habe nur für mich bestellt, möchtest du denn nichts?", witzelte er zurück, während er die zwei Cappuccinos entgegennahm und sie Arnold übergab.

„Bring sie zum Tisch rüber", wies er Arnold an. „Und selbstverständlich bist du eingeladen. Ich kann es mir nicht leisten, dass du jetzt einschläfst. Wir brauchen jede verfügbare Hirnzelle, mein junger Assistent."

„Alles klar, Herr Inspektor." Arnold wanderte vorsichtig mit den zwei vollen Tassen zum Tisch hinüber, wo Ben bereits mit seinem vor sich aufgeklappten Laptop auf sie wartete.

Nachdem Inspektor von Halden bezahlt hatte, gesellte er sich ebenfalls an den Tisch. Gierig roch er an seinem Kaffee und fügte noch ein wenig Zucker hinzu, denn diesen Energieschub brauchte er nun wirklich.

„Der Kaffee hier ist echt gut, aber kommt nicht ganz an den von Paul aus der Altstadt heran, nur, dass du es weißt, Arnold", flüsterte er ihm zu und Arnold nickte, als hätte er gerade ein Geheimnis erfahren.

„Danke, dass du dir die Zeit genommen hast, Ben, freut mich sehr", wandte er sich Ben Koch zu, der abwinkte, als sei dies eine Selbstverständlichkeit, was es nicht war, denn er hatte immer viel zu tun. Ben war fast vierzig Jahre alt und schon lange bei der Polizei. Mit seinen eins fünfundsiebzig war er nicht besonders groß und seine leicht dürre Gestalt half ihm auch nicht, hinzu kam, dass seine braunen Haare von einem kurzen Bürstenschnitt in Schach gehalten wurden, was ihn noch karger aussehen ließ. Er war dafür aber ein wahrer Meister und Zauberer am Computer und konnte schon viel Nützliches für die Polizei tun – und nun brauchte Inspektor von Halden seine Dienste.

„Das ist mein Assistent, Arnold Fritsch", stellte er Arnold vor und wies mit der offenen Hand auf ihn. „Er wird dich kurz einführen, was wir hier haben und worum es geht, während ich mich dem Kaffee widme", schloss er die Vorstellungsrunde und überließ das Gespräch nun Arnold.

„Freut mich", begrüßte ihn Ben und gab Arnold kurz die Hand.

„Gleichfalls, danke. Dann komme ich doch gleich zur Sache", fing Arnold an und kramte rasch seine Mappe hervor, zog die Kopie des Notizzettels sowie ein paar weitere Notizen hervor und breitete diese auf dem Tisch aus.

„Wir haben hier eine Reihe von Zahlen, die alle gleich lang sind, zu kurz für eine IBAN, aber zu lang für eine reguläre Bankkontonummer. Wir vermuten, dass die Zahlen ein Art Code sind, der auf Schließfächer hinweist." Arnold strich mit dem Zeigefinger von oben nach unten über die Nummern auf dem Zettel. Dann unterstrich er symbolisch die ersten sechs Ziffern.

„Wir glauben, dass die erste Ziffer irgendeine Art Code ist. Die fünf weiteren Ziffern sind ziemlich eindeutig Postleitzahlen der nahe liegenden Regionen", fuhr er mit den Erklärungen fort.

„Hast du die Zahlen digital?", unterbrach ihn Ben kurz.

„Hab ich, ja, sie sind in den Ordnern von mir und Inspektor von Halden abgelegt, unter der Fallakte ‚Mordfall Katzenklub'."

„Ah, ja, schon gefunden, danke." Ben tippte ein paar Sachen in seinen Laptop und wandte sich wieder Arnold zu.

„Wir denken, dass eine Zahl, vermutlich die erste, aufzeigt, in was für einer Art Gebäude sich das Schließfach befindet, wir sind uns allerdings nicht sicher, welche Gebäude infrage kommen."

„Hm, also, ich denke mal, dass ein Bankschließfach nicht infrage kommt. Das wäre viel zu gefährlich für einen Kriminellen in diesem Milieu", warf Ben ein und schaute dabei Inspektor von Halden an, der gerade einen genüsslichen Schluck aus seiner Tasse nahm.

„Da stimme ich dir zu", schaltete er sich wieder in die Unterhaltung ein. „Da es sich um ganze sieben verschiedene Ziffern handelt, sind wir nicht ganz schlau geworden, wo denn überall Schließfächer zu finden sind", erklärte er weiter und schnappte sich einen der Schokoladenkekse.

„Sieben verschiedene Arten von Orten scheinen mir auch viel", bestätigte Ben mit einem Nicken und fing an, hastig ein paar Sachen in den Laptop einzugeben. Nach einem kurzen Moment nickte er sich in Gedanken selbst zu, drehte den Laptop ein wenig, sodass Arnold besser darauf blicken konnte, und hob seinen Blick.

„Was mir auffällt, ist, dass im hinteren Bereich dieser sechzehnstelligen Zahlen oft drei oder vier Nullen vorkommen. Wenn man jeweils die Ziffer davor noch mit einbezieht, könnten dies runde Tausenderbeträge sein", erläuterte Ben ruhig seinen ersten Befund und zeigte mit seinem Finger auf den Bildschirm.

„Hm, in der Tat, das haben wir übersehen", gab Arnold verblüfft zu und nickte anerkennend. „Dann hätten wir möglicherweise bereits zwei Zahlenblöcke dechiffriert", bemerkte Arnold aufgeregt und war gespannt auf die nächsten Fortschritte.

„Ein paar mögliche Orte für Schließfächer sind uns natürlich schon eingefallen", fuhr Inspektor von Halden fort, nachdem er einen weiteren Schluck aus seiner Tasse genommen hatte. „Flughäfen, Bahnhöfe, Poststellen, Busstationen sowie größere Fitnessstudios haben Schließfächer, die man sehr einfach für sich beanspruchen kann, ohne viel Aufsehen zu erregen. Doch das wären nur fünf Optionen, die auf die sieben Ziffernvarianten der ersten Stelle nicht passen."

„Ein weiteres Problem ist, dass Schließfächer im Allgemeinen verschieden lange Nummern haben. Das können zweistellige oder bis zu vierstellige Nummernbereiche sein. Dennoch sind all diese Nummern gleich lang, weshalb Inspektor von Halden und ich uns dachten, dass gewisse Ziffern nur Füllwerte sind und nichts bedeuten", ergänzte Arnold noch rasch ihre bisherigen Fortschritte.

Ben überlegte einen Moment und schaute dabei konzentriert auf seinen Bildschirm.

„Hm, alle Ziffern der siebten Reihe sind ungerade Zahlen, wobei die Drei und die Sieben am häufigsten vorkommen. Das heißt auch, dass der reale Nummernbereich nur fünf Ziffern lang ist, also in etwa die Menge an Ortsvarianten, die ihr sucht, nicht?", bemerkte Ben logisch schlussfolgernd und schaute fragend in die Runde. Arnold und Inspektor von Halden schauten sich kurz an und nickten zustimmend.

„Des Weiteren denke ich auch, dass hier mit Füllwerten gearbeitet wurde. Meistens findet man diese zu Beginn, am Schluss oder an beiden Enden. Selten in der Mitte, weil es alles verkompliziert – und ich gehe nicht davon aus, dass der Typ, dem der Zettel gehört hat, ein Mathematikgenie war. Ansonsten hätte er anders kodiert, aber das würde jetzt zu weit führen", ergänzte Ben noch seine Überlegungen.

Alle drei saßen für einen Moment schweigend da und schlürften an ihrem Kaffee, gingen die Nummern in Gedanken immer wieder durch und hofften, einen Schritt weiterzukommen.

„Also im Prinzip sollte in dieser Zahl demzufolge Folgendes versteckt sein. Die Postleitzahl, der Code für die Art des Gebäudes, die Nummer des Schließfachs, der Geldbetrag … Und der Rest sind Füllwerte", fasste Inspektor von Halden ihren Fortschritt nochmals zusammen.

„Genau und nach der ersten Ziffer sind die nächsten fünf ziemlich sicher die Postleitzahl. Danach kommen wahrscheinlich drei bis fünf Ziffern für den Code und die Schließfachnummer, gehe ich mal davon aus, dann der Geldbetrag, gemäß den Nullen, und der Rest dürfte irrelevant sein", vervollständigte Ben noch die Überlegungen.

„Aber es gibt so immer noch eine ungeheure Anzahl an Möglichkeiten. Da werden wir Monate benötigen, um alles zu prüfen und zu verifizieren", gab Inspektor von Halden zu bedenken.

In diesem Moment klingelte das Smartphone von Arnold, und er nahm es mit einem ruhigen „Fritsch am Apparat" ab.

„Auf jeden Fall hast du uns schon sehr viel weitergebracht, herzlichen Dank, Ben, auf dein Fachwissen ist immer wieder Verlass." Von Halden hob seine Kaffeetasse wie zum Gruß und nahm den letzten Schluck.

„Ich denke, ich kann euch da noch ein wenig weiterhelfen. Ich werde die Zahlen mit einer automatischen Musterprüfung durchleuchten und euch schnell sagen können, mit welcher Wahrscheinlichkeit welche Zahlenkonfiguration am meisten Sinn macht", bot Ben seine Hilfe weiter an und gönnte sich dabei einen Keks.

„Wie meinst du das, Ben? Hast du etwa Zugriff auf Schließfachnummern, die du dann vergleichen kannst?", fragte er neugierig nach und lehnte sich gespannt leicht nach vorn.

„So in etwa. Ich kann für alle bekannten Schließfachanbieter den Nummernbereich abfragen. Der Rest ist einfach eine computertechnische Prüfung, die unsere Vermutungen der Formatierung prüft und in ein passendes Raster presst", erklärte er weiter und zwinkerte lässig mit seinem rechten Auge.

„Und wie viel Zeit, meinst du, wird das etwa in Anspruch nehmen?", fragte Frederic neugierig nach.

„Ich brauche etwa zwanzig Minuten, bis ich alles eingerichtet habe, und dann läuft es im Hintergrund. Abhängig davon, wie aktuell unsere Informationen sind, kann ich dir wahrscheinlich spätestens in einer Stunde Bescheid geben. Kann aber auch sein, dass ich dir nur schlechte Neuigkeiten bringen kann, falls unsere Vermutungen nicht zutreffen", beschwichtigte er die Hoffnungen des Inspektors und trank seinen Kaffee ebenfalls aus. Mittlerweile war Arnold mit seinem Telefonat fertig geworden und verstaute sein Smartphone wieder in der Jackentasche.

„Gute Neuigkeiten, Arnold?" Er war sehr gespannt, was sein Assistent zu berichten hatte, denn er meinte, den Oberinspektor am Telefon gehört zu haben.

„Sehr gute Neuigkeiten, Herr Inspektor. Die zwei mordverdächtigen Typen, welche wir zur Fahndung ausgeschrieben hatten, sind soeben verhaftet worden und befinden sich in unseren Arrestzellen. Sie bereiten gerade den Verhörraum für uns vor", berichtete Arnold voller Begeisterung und drückte sich den letzten Keks in den Mund.

„Ausgezeichnet, Arnold", freute sich Inspektor von Halden. „Also, Ben, dann höre ich bald wieder von dir. Ich danke dir nochmals", verabschiedete er sich von dem Cyberspezialisten und stand voller Tatendrang auf.

„Ja, mach ich. Viel Erfolg da draußen!" Ben winkte ihnen zum Abschied zu und sein Blick versank wieder im Bildschirm seines Laptops.

Arnold beeilte sich ebenfalls, seine Dokumente wieder zu verstauen, und verließ gemeinsam mit seinem Vorgesetzten das Lokal.

Inspektor von Halden und Arnold warteten im Nebenraum, der mit einer Spiegelscheibe vom Verhörraum getrennt war, auf die zwei Verhafteten, die jeden Augenblick hierhergebracht werden würden – selbstverständlich getrennt voneinander, sodass sie sich nicht absprechen konnten. Auf einem Beistelltisch lagen die Akten sowie die Fotos der Täter, die den Kameraaufnahmen entnommen worden waren und auch als Fahndungsfotos gedient hatten. Gemäß ersten Informationen waren die Typen auf dem Weg zur Landesgrenze gerade noch rechtzeitig entdeckt worden. Ansonsten hätten sie die Kerle wohl nie wiedergesehen, denn bis ein internationaler Haftbefehl Wirkung zeigte, konnten im schlimmsten Fall Jahre vergehen.

„Das ist mein erstes Verhör, Herr Inspektor", unterbrach Arnold die Stille und löste so die Spannung, die zunehmend spürbar geworden war.

„Hätte jetzt auch nicht erwartet, dass du schon viel Erfahrung hast. Wird heute halt ein Sprung ins kalte Wasser, da wir gleich zwei mordverdächtig Personen in die Mangel nehmen werden. Ich muss dich vorwarnen, es ist leider weitaus weniger spannend, als es in all den Filmen immer dargestellt wird", erklärte er, was Arnold bald erwartete.

„Sie meinen, keine Routine à la guter Bulle, böser Bulle? Wir beschaffen uns nicht einen Revolver, leeren diesen vor dem Verdächtigen, legen eine Patrone ein und spielen russisches Roulette, bis er mit der Wahrheit rausrückt?", spöttelte Arnold und grinste leicht.

Inspektor von Halden musste auflachen. „Genau! Wir werden auch keine Möbel durchs Zimmer schmeißen und den Verdächtigen auch nicht verprügeln", ergänzte er die Liste der lächerlichen Verhörmethoden, die immer wieder in Spielfilmen gezeigt wurden. „Sehr wahrscheinlich wird es gar kein Verhör geben, Arnold", fügte er noch kurz hinzu.

„Weshalb denn? Die Täter werden noch nicht schon wieder entwischen oder, noch schlimmer, einfach laufen gelassen werden?", fragte Arnold verwundert.

„Selbstverständlich nicht. Aber praktisch alle mordverdächtigen Personen verweigern jede Aussage, bis sie einen Anwalt haben, und damit ist das Gespräch von vornherein beendet", erklärte er kurz, was sie höchstwahrscheinlich erwarten würde.

„Wieso haben Sie sich dann so auf die Festnahme gefreut, wenn wir ja doch nichts mit den Typen anfangen können?", fragte er verwundert nach.

In dem Moment öffnete sich die Tür zum Verhörraum und der Tatverdächtige, der den Wagen gemäß Foto gelenkt hatte, wurde zu einem Stuhl geführt, wo er sanft, aber bestimmt zum Sitzen aufgefordert wurde. Gemäß beiliegender Akte war der echte Name des ein Meter zweiundsiebzig großen, vermutlich aus Serbien stammenden Verdächtigen unbekannt. Der Typ war sehr muskulös, als hätte er seine kleine Statur kompensieren müssen. Das geschätzte Alter lag bei etwa vierzig, der Kopf war glatt rasiert und offenbarte eine kleine Narbe hinter der Schläfe, vermutlich eine kleine Schnittverletzung, die man aber auch gut bei handwerklichen Berufen kassieren konnte. Die Augen waren dunkel, der Blick auf die Tischplatte gesenkt, auf der seine zwei Hände nun in Handschellen ruhten. Seine Kleidung war schlicht, ein dunkelgrauer Kapuzenpulli, schwarze Jeans und weiße Adidas-Turnschuhe. Um den Hals konnte man eine helle Spur erkennen, wo vermutlich die Halskette geruht hatte, die man bei der Festnahme konfisziert hatte, was mit allen persönlichen Gegenständen geschah, weshalb der Typ auch keine Ringe mehr trug.

„Weil wir zum einen nun mal alles versuchen müssen und ich mir zum anderen so ein sehr gutes Bild des Täters machen kann. Personen geben auch Dinge preis, ohne dass es ihnen bewusst ist, verstehst du?" Er lächelte geheimnisvoll und gemeinsam wechselten sie in den Verhörraum, die Akten unter dem Arm. Als sie den kargen Raum betraten, hob der Tatverdächtige seinen Blick und fixierte Arnold, der gelassen auf einem der Stühle gegenüber Platz nahm, so, wie ihn Inspektor von Halden angewiesen hatte. Er selbst legte die Akte auf den Tisch, setzte sich mit einem leichten Seufzen hin und legte seine gefalteten Hände auf den kalten metallenen Tisch.

„Guten Tag, Herr …", fing er das Gespräch an, öffnete die Akte, sodass er die erste Seite mit den Personalien vor

sich hatte, beugte sich leicht nach vorn, legte seinen Zeigefinger auf den Text und fuhr fort: „... Michal Svoboda. Interessante Auswahl für einen falschen Namen, extrem
tschechisch, sodass kein Zweifel aufkommen sollte, dass sie
von dort stammen, was natürlich nicht stimmt, wie wir
beide wissen."

Herr Svoboda löste den Blick von Arnold und blickte
nun Inspektor von Halden direkt in die Augen.

„Ich will Anwalt", drückte er seinen Willen in gebrochenem Deutsch aus, lehnte sich zurück und legte seine Hände
in den Schoß. Arnold schaute, wie geplant, den Tatverdächtigen weiterhin gelangweilt an und begann damit, ein paar
Fotos in seinen Händen durchzugehen, ohne dass sein Gegenüber darauf sehen konnte.

„Selbstverständlich, Herr Svoboda oder wie auch immer, Ihr Anwalt ist bereits unterwegs und sollte jeden Augenblick hier sein", erklärte er geduldig. „Wir haben dafür
gesorgt, dass der Anwalt serbischer Herkunft ist, damit Sie
sich problemlos unterhalten können", fügte er noch beiläufig hinzu und notierte sich gedanklich die unbewussten Reaktionen seines Gegenübers. Er öffnete seine Hand in
Richtung Arnold, der ihm ein Foto überreichte, welches er
dann in Blickrichtung von Herrn Svoboda auf den Tisch
legte. Es zeigte den Kastenwagen im Tunnel, mit dem gut
erkennbaren Fahrer und Beifahrer.

Herr Svoboda schaute nur kurz darauf und blickte dann
Arnold wieder herausfordernd an, der sich aber weiterhin
nichts anmerken ließ und scheinbar immer noch mit den
Fotos beschäftig war. Inspektor von Halden verlangte ein
weiteres Foto, welches Arnold ihm dann auch sofort aus-
händigte. Das nächste Bild zeigte die Tatwaffe, welche sie
im Wagen gefunden hatten und mittlerweile, gemäß den
Forensikern, eindeutig als Tatwaffe identifiziert worden

war. Auch hier ließ sich Herr Svoboda nichts Offensichtliches anmerken, doch auch jetzt konnte Inspektor von Halden kleinste Reaktionen registrieren, die seine Vermutungen bestätigten. Auf Serbisch fragte er nun Arnold, ob er dem „kleinen Dicken" nicht einen Kaffee anbieten wolle, was er sehr natürlich rüberbrachte, dank eines Polizeikollegen, der serbisch konnte und ihm das kurz beigebracht hatte. Er konnte sehen, wie Herr Svoboda vor Wut kurz die Muskeln anspannte und sofort wieder entspannte, als hätte er gemerkt, dass sie ihn so ködern wollten. Zumindest war jetzt klar, dass der Verdächtige serbisch verstand.

Er öffnete wieder seine Hand und Arnold gab ihm das nächste Bild, welches aufzeigte, wie sie Herrn Dragic im Saunageschäft besuchten und dieser wenig glücklich dreinschaute. Arnold hatte das Bild unauffällig mit seinem Smartphone aufgenommen, während er scheinbar Dinge notiert hatte. Herr Svoboda schielte nur kurz darauf und man konnte leicht erkennen, dass ihm das gar nicht passte, sei es aus Angst oder weil er diesen Kerl einfach nicht mochte. Auf jeden Fall war hier definitiv eine Verbindung, das konnte von Halden spüren.

„Herzlichen Dank, Herr Svoboda, Sie haben uns sehr weitergeholfen, wie nett von Ihnen", sprach er sein Gegenüber weiter freundlich an, das nur etwas verwundert dreinschaute.

„Ich helfe nicht. Ich will meinen Anwalt", betonte Herr Svoboda nochmals und lehnte sich dabei bedrohlich nach vorn.

„Ihr Anwalt sollte jeden Augenblick hier sein, keine Sorge. Aber wir machen so gute Fortschritte, da möchte ich die Zeit nicht ungenutzt lassen, nicht wahr, Arnold?", sagte er und drehte sich leicht zu seinem Assistenten, der die restlichen Fotos verstaute, die ohnehin nichts zeigten und er nur zum Bluff in den Händen gehalten hatte.

„Da bin ich ganz Ihrer Meinung, Herr Inspektor. Wenn Herr Svoboda schon bereit ist, sich wie ein offenes Buch lesen zu lassen, dann müssen wir das natürlich auch ausnutzen, wo kämen wir denn sonst hin?", bekräftigte er Inspektor von Haldens Äußerungen und legte seine Hände ebenfalls auf die Tischplatte.

„Es hat sich natürlich als sehr hilfreich erwiesen, dass Herr Dragic so kooperativ war, ansonsten hätten wir Sie wahrscheinlich nicht gefunden", wandte sich Inspektor von Halden wieder Herrn Svoboda zu. Er konnte erkennen, wie der Serbe kurz die Augen zusammenkniff, ob vor Nervosität oder Wut konnte er nicht sagen, aber es schien ihm nicht zu passen.

„Natürlich gilt es noch, die Frage zu klären, was wir mit der halben Million tun werden, die wir in Herrn Babics Wohnung gefunden haben. Schon seltsam, dass Sie zwar den Safe entdeckt und geknackt haben, aber das große Geld, welches praktisch unter ihrer Nase gelegen hat, einfach übersehen haben", erwähnte er beiläufig und fing an, die Fotos zurück in die Aktenmappe zu legen. „Aber Sie können sich trösten. Es scheint so, als wären Sie ohnehin nicht sehr begabt in dem, was Sie tun. Gut, dass wir Ihnen nun bald eine neue Beschäftigung geben können", provozierte er sein Gegenüber weiter.

„Klar, im Gefängnis brauchen Sie immer wieder Freiwillige, die kochen, Wäsche waschen oder den Hof kehren", ergänzte Arnold ruhig, während Herr Svoboda verwirrt schien, aber gleichzeitig auch vor Wut schäumte.

„Aber Sie werden in guter Gesellschaft sein, Ihr Kollege wird Sie dorthin begleiten", machte Inspektor von Halden weiter und stand mit einem Ächzen auf.

„Natürlich wird er nicht annähernd so lange sitzen wie Sie. Denn er war so freundlich, uns im Gegenzug für eine Strafmilderung zu gestehen, dass er nicht abgedrückt hat.

Das haben wir natürlich gern zur Kenntnis genommen", ergänzte Arnold und stand ebenfalls auf. Herr Svoboda machte Anstalten, etwas erwidern zu wollen und schien nach Worten zu suchen. Nach ein paar Sekunden hatte er sich wieder gefasst und schaute kopfschüttelnd weg.

„Dann sehen wir uns vor Gericht wieder, ich wünsche Ihnen noch ein angenehmes Wochenende hinter unseren preisgekrönten schwedischen Gardinen", verabschiedete sich Inspektor von Halden von ihrem Verdächtigen und schlenderte, die Akten unter seinem Arm und Arnold dicht hinter sich, aus dem Raum. Sie hätten sich ohnehin nicht viel länger mit Herrn Svoboda beschäftigen können, da der Pflichtverteidiger soeben angekommen war.

„Guten Tag, Herr Inspektor. Ich gehe davon aus, dass mein Klient sich hier drin befindet?", begrüßte ihn der Anwalt mit einem leicht selbstgefälligen Ton.

„Guten Tag. Das ist richtig. Gehen Sie einfach hinein, der Raum gehört Ihnen für die nächsten zwei Stunden. Kaffee gibt es am Ende des Flures und unsere Kollegen sind sehr erfreut, Sie in jeglicher Art zu unterstützen", entgegnete er zynisch und schritt, ohne auf eine Antwort zu warten, einfach weiter den Flur hinab.

Arnold und er gingen zurück in ihr Büro, wo sie hinter verschlossener Tür das Verhör kurz besprachen.

„Hm, also sehr viel haben wir ja nicht aus Herrn Svoboda – oder wie er auch immer wirklich heißt – herausgebracht", gab Arnold sein Eindruck der Lage preis.

Inspektor von Halden setzte sich in seinen Stuhl, atmete kurz tief ein und legte beide Hände auf den Kopf, als würde er seine Gedanken daran hindern wollen, zu entwischen. Er fühlte sich ein wenig müde und hungrig, denn es war mittlerweile halb sieben Uhr abends. Ihre Schicht würde bald enden, und darüber war er froh. „Wir haben sogar sehr viel herausgefunden, mein junger und unerfahrener Assistent", widersprach er Arnold ruhig und schaute ihn herausfordernd an.

„Zumindest wissen wir, dass er serbisch spricht."

„Genau, und ich bin mir ziemlich sicher, dass er auch Serbe ist, somit passt das ins Bild."

„Meinen Sie, Herr Inspektor, dass er Herrn Dragic erkannt hat?"

„Ich habe keinen Zweifel daran. So, wie sein Körper gesprochen hat, kennen sie sich sogar sehr gut. Des Weiteren ist er nicht der Schütze, hierfür passt seine Körpergröße nicht … gemäß Schätzungen der Forensik. Er hat zwar die Waffe erkannt, aber nach seiner Reaktion ist er nicht der Mörder. Das wird sein Kollege gewesen sein", analysierte er weiter. „Außerdem haben sie definitiv weniger Geld aus der Wohnung schaffen können, als sie es gern getan hätten. Das konnte ich deutlich in seinen Gesichtszügen erkennen, als ich ihm den Köder zuwarf", fuhr er fort, nahm die Hände wieder vom Kopf und legte sie auf den Tisch, wo auch die Akte lag.

„Soll ich schon mal ein Observierungsteam für den Saunaverkäufer beantragen, Herr Inspektor?", fragte Arnold kurz nach und holte vorsorglich schon mal sein Smartphone aus der Tasche.

Inspektor von Halden überlegt einen Moment. „Das ist eine gute Idee, Arnold. Leite das bitte in die Wege", brummte er und versank wieder in Gedanken. Währenddessen telefonierte Arnold mit der entsprechenden Abteilung für die Observation, was schnell erledigt war. Die Freigabe durch den Oberinspektor sollte auch kein Problem darstellen, dachte sich Frederic. Sein Vorgesetzter kannte ihn gut und wusste, dass er nicht aus heiterem Himmel eine Observation beantragen würde. Was ihn weiterhin beschäftigte, war die geheimnisvolle dritte Partei, die nach seiner neuesten Theorie den Kastenwagen von den zwei Typen gestohlen und mit dem Fahrzeug dann den Automaten geklaut hatte. Sie hatten noch immer keinerlei Spuren von diesen Tätern finden können. Er hoffte, im Laufe der Ermittlungen doch noch auf eine Spur zu stoßen, aber die Priorität galt nun den Schließfächern und der potenziellen Zerschlagung eines kriminellen Ringes.

Kaum hatte Arnold aufgelegt, klingelte das Smartphone und Arnold schaute verwundert Inspektor von Halden an.

„Wir erwarten ja noch einen Anruf, Arnold, schon vergessen?", gab er seinem Assistenten zu verstehen, der mit den Schultern zuckte und das Gespräch entgegennahm. Nach einem kurzen Moment legte er wieder auf.

„Herr Inspektor, tolle Neuigkeiten", begann Arnold und strahlte. „Herr Koch hat den Code geknackt und schickt mir jeden Moment die Adressliste."

Und tatsächlich, gleich nachdem Arnold verstummt war, vibrierte sein Smartphone abermals. Hastig öffnete er die Nachricht. Inspektor von Halden war plötzlich wieder hellwach und gespannt. „Arnold, wo ist das nächstgelegene Schließfach?", hakte er ungeduldig nach und trommelte nervös mit den Fingern.

„Kleinen Moment, bitte", antworte Arnold hastig und überflog die Liste in Windeseile. „Das wäre im Hauptbahnhof bei den Schließfächern in den unteren Etagen. Gemäß Code sollten hier dreißigtausend Euro liegen", beantwortete Arnold die Frage und sprang vor Aufregung auf.

„Wir werden gleich losgehen, aber vorher müssen wir noch einiges organisieren. Das ist eine Nummer zu groß nur für uns beide. Ich gehe kurz zum Oberinspektor und organisiere uns einen Durchsuchungsbefehl, damit wir auch Zutritt zum Schließfach haben. Des Weiteren werde ich dann die verantwortlichen Personen um einen Zweitschlüssel bitten, damit wir das Fach unauffällig öffnen und wieder verschließen können", begann er zu erklären, wie sie weiter vorgehen würden.

„Ich verstehe nicht. Mit einem Durchsuchungsbefehl könnten wir das Fach ja einfach aufbrechen, oder nicht?", fragte Arnold verunsichert nach.

„Das schon, Arnold, aber wir wollen die Mitglieder dieses Ringes ja nicht aufscheuchen, sondern ködern, nicht? Deshalb wirst du für alle anderen Schließfächer Observationsmaßnahmen in die Wege leiten. Keine personellen, sondern technische, alles klar?" Er schaute seinen Assistenten fragend an.

„Ich verstehe, Herr Inspektor. Dann werden wir sehen, wer die Fächer öffnet, und diese Person dann festnehmen. Aber wieso öffnen wir gerade dieses Schließfach? Und nur dieses und keine weiteren?", hakte Arnold neugierig nach.

„Weil wir sie nur ein bisschen aufscheuchen wollen. Sie sollen glauben, dass ein Mitglied sich bereichert. Deshalb werden sie dann die anderen Fächer kontrollieren gehen, ob alles noch drin ist. Denn ein Teil der Fächer gehört wahrscheinlich der Organisation und ein anderer Teil nur Herrn Babic nämlich der Teil, den er abgezweigt hat", erklärte er die Sachlage schnell und wollte gerade aus dem Büro stürmen, da hielt ihn Arnold mit einer letzten Frage nochmals auf.

„Aber woher wissen wir denn, dass das Schließfach im Bahnhof eines der Organisation ist und nicht eines der Abgezweigten?"

„Weil das mein Bauchgefühl sagt, Arnold, und das irrt sich selten, wie du gemerkt hast", brummte er seinen Assistenten ungeduldig an, der kurz nickte, und daraufhin verließen sie beide hastig das Büro.

19
Flucht mit Hindernissen

„Hey, Jungs, seid ihr bald fertig? Zwei Typen vom Laden schauen immer wieder in unsere Richtung", flüsterte Anna ihnen aufgeregt zu. James und Stefan versuchten verzweifelt, die Geldkassette in den Rucksack zu stopfen, doch es gelang ihnen nicht, egal wie sehr sie sich anstrengten.

„Kommen Leute zu uns oder wie?", raunte Christoph zurück und platzte fast vor Aufregung.

„Nein, sie rauchen ihre Feierabendzigarette, aber sie schauen immer wieder zum Lastwagen und scheinen darüber zu reden", berichtete sie weiter, ohne den Blick abzuwenden.

„Okay, behalte sie im Auge. Uns läuft die Zeit davon. Wir sind schon viel zu lange hier. Wir müssen schnell weg", ächzte Stefan, der mit Schweißperlen auf der Stirn kurz innehielt und seinen müden Rücken mit einem Knacken durchstreckte.

„Alles klar bei dir, alter Haudegen?", grinste James ihn an, der scheinbar den Ernst der Lage entweder nicht verstand oder generell sehr gelassen blieb.

„Ja, alles prima, bis wir die Bullen am Hals haben. Und das wird passieren, wenn wir nicht schneller machen und bei mir nicht ein Teil der Bandscheiben bald ihren Dienst quittiert", brummte er schlecht gelaunt zurück und schaute sich die Geldkassette nochmals genau an.

„Wir brauchen eine große Einkaufstüte aus Kunststoff", kam James ihm zuvor und schaute in die Runde.

„Toll, hat jemand zufällig eine dabei?", fragte Stefan sarkastisch und wie erwartet schüttelten alle den Kopf.

„Wir können das Teil ja nicht offen rumtragen, was machen wir jetzt?", flüsterte Christoph ratlos.

„Danke für den Hinweis, ich wollte die Kassette gerade auf dem Kopf balancierend hier raustragen", erwiderte Stefan gestresst.

„Wie wäre es, wenn wir die Kassette in das Tuch da einwickeln", James zeigte mit seinem Finger auf die Wolldecke, die den Wachmann noch immer unter sich versteckte, „und sie dann einfach unter dem Arm rumtragen? Sieht zwar leicht komisch aus, ist aber kein Verbrechen. Und es ist schon Nacht, wenn wir die Seitenwege nehmen, fällt es noch weniger auf", schlug er vor und blickte erwartungsvoll Stefan an.

„Na gut", stimmte er James zu. „Uns gehen die Alternativen sowieso aus. Also, dann … packen wir es an und verschwinden von hier!" James zog die Decke sachte weg und offenbarte so den noch immer bewusstlosen Wachmann, der ruhig atmete. Hastig umwickelten sie die Kassette, sodass man nichts mehr davon sehen konnte.

„Okay und wie kommen wir nun raus? Wir können ja schlecht alle gleichzeitig hervorkommen", wandte Christoph ein, der diesmal ein zustimmendes Murren aller erhielt.

Stefan überlegte kurz und hatte einen Plan. „Du hast natürlich recht, Christoph", bekräftige er nochmals Christophs Einwand und nickte ihm zu. „Wir machen das so. Du und Anna", dabei zeigte er mit seinem Finger auf Christoph, „ihr geht als Paar raus … zum Auto und fahrt dann los, James und ich warten einen kleinen Moment und kommen dann auch raus. Wir treffen uns dann bei mir zu Hause. Wir haben ja nur knapp fünfzehn Minuten", wies er seine Truppe ein und wartete, bis alle mit einem Nicken bestätigt hatten, den Plan verstanden zu haben.

„Schnell, die zwei Typen kommen langsam zu uns", flüsterte Anna panisch in die Runde und drückte sich noch enger an den Lastwagen, um nicht gesehen zu werden.

„Anna, Christoph, schnell, geht nach vorn raus und lenkt die Typen ab", befahl Stefan hastig und gestikulierte mit den Armen – bei diesen engen Platzverhältnissen – so gut es ging.

„Wie sollen wir denn die Typen ablenken?", hakte Christoph schnell nach, während Anna ihn schon sachte nach vorn schob.

„Zankt euch, streitet über was, macht irgendwas!", wies James die beiden an und schob sie beide sanft aus der Deckung heraus. Christoph konnte spüren, wie sein Herz durch seine Jacke schlug, seine Hände wurden schweißnass, und er hatte Mühe, ruhig zu atmen. Anna zitterte leicht vor Aufregung und wusste auch nicht genau, worüber sie streiten sollten. Sie schlenderten auf den Parkplatz hinaus und blickten unauffällig in die Richtung, aus der sie die Typen bemerkt hatten. Anna konnte gerade noch sehen, wie diese kurz davor waren, hinter dem Lastwagen zu verschwinden.

Anna entdeckte eine leer getrunkene Champagnerflasche im Gebüsch, machte einen schnellen Satz dorthin, hob sie auf, vergewisserte sich kurz, dass niemand sie dabei beobachtet hatte, und schmiss diese mit voller Wucht auf den Boden. Es gab einen lauten Knall und in einem Umkreis von drei Metern waren überall Scherben zu sehen. Sie konnte erkennen, wie die beiden Angestellten kurz vor dem Lastwagen innehielten und sich entschieden, nicht weiterzugehen, sondern in ihre Richtung zu schlendern, um nachzusehen, was passiert war.

„Spiel den Betrunkenen, Christoph, schnell!", wisperte sie ihm leise zu und versetzte ihm eine Ohrfeige, die deutlich zu hören war, worauf Christoph einen wankenden Schritt nach hinten machte und verwirrt dreinschaute.

„Schon wieder, Peter!", schrie sie ihn an und setzte zu einer Tirade an, die Arme vor Wut nach unten durchgestreckt und eng am Körper liegend. Die Hände zu Fäusten geballt, den Kopf leicht nach vorn versetzt, kampfeslustig, was Christoph so beeindruckte, dass er beinahe vergessen hätte, seine improvisierte Rolle zu spielen.

„Ja, aber…", murmelte er scheu zurück, während er leicht wankte und den Blick auf Höhe von Annas Busen fixierte.

„Nichts aber", schnitt sie ihm das Wort lautstark ab. „Da schick ich dich einkaufen und schon säufst du die Champagnerflasche auf dem Parkplatz leer. Was fällt dir eigentlich ein?! Ich hab dir schon hundertmal gesagt, dass ich das nicht mehr sehen will. Wenn du saufen willst, dann geh in eine Bar, aber ich habe es langsam satt, dass du uns in der Öffentlichkeit so schlecht hinstellst!", bellte sie weiter und blickte dabei unauffällig in die Runde. Es schien zu klappen, die zwei Angestellten schienen plötzlich nicht zu wissen, ob sie intervenieren oder doch lieber zum Rückzug blasen sollten. Andere Personen auf dem Parkplatz hörten für kurze Zeit auf, ihre Einkäufe zu verstauen, und starrten das Paar gespannt an. Eine Mutter mit ihrem achtjährigen Sohn ging vorbei, packte diesen an der Hand und beschleunigte ihre Schritte zum Wagen, um möglichst schnell Abstand von der Szene zu gewinnen.

„Ich wollte doch nur …", begann Christoph abermals und schaffte es, einen leichten Rülpser hervorzubringen, der seine Trunkenheit unterstrich.

„Und was machen wir jetzt? Wir haben keine Flasche mehr für unsere Gäste heute Abend, super gemacht. Außerdem bist du jetzt schon betrunken, da können wir den Abend ja gleich vergessen", schimpfte sie weiter lauthals und energisch. Sie drehte sich zu den zwei Angestellten um, die noch immer wie angewurzelt ein paar Meter weiter stehen geblieben waren, und zeigte mit ihrem rechten Finger auf beide. „Sie beide, schauen Sie sich mal die Sauerei an, die wegen ihm passiert ist. Überall Scherben, das tut mir so leid."

Die zwei Angestellten in ihren hellblauen Uniformen kamen langsam und mit der nötigen Vorsicht zu Anna, als würden sie sich einem wilden Tier nähern.

„Guten Abend. Ach, das macht doch nichts", versuchte der Größere der beiden, Anna zu beschwichtigen, und hob abwehrend die Hände.

„Machen Sie sich keine Sorgen, das wischen wir schon weg", ergänzte der andere, ebenfalls in einem beruhigenden Tonfall.

„Keine Sorgen!", widersprach Anna sofort aufgebracht. „Sie wissen ja nicht, wie es ist, wenn der Freund immer wieder betrunken ist. Was würden Sie an meiner Stelle tun?", fragte sie herausfordernd und verschränkte die Arme vor der Brust. Sie stellte sich so hin, dass sie den Lastwagen und den Transporter sehen konnte, die zwei hilfsbereiten Angestellten aber nicht, was Stefan und James Zeit verschaffte, zu fliehen. Sie konnte erkennen, wie zuerst James hinter dem Lastwagen hervorschlenderte und in Richtung Lebensmittelladen ging. Kurz vor dem Eingang, wendete er und begab sich mitten auf den Parkplatz, wo noch immer ein paar Autos standen. Er tat so, als hätte er ganz hinten geparkt, um dann in der Dunkelheit komplett zu verschwinden. Die anderen Leute auf dem Parkplatz waren viel zu sehr damit beschäftigt, entweder den Streit zu verfolgen oder hastig ihre Einkäufe in ihren Autos zu verstauen, um möglichst schnell von hier zu verschwinden, da ihnen die Szene unangenehm schien.

„Wir wollen nur helfen, junge Frau. Wir schließen bald. Wenn Sie möchten, hole ich Ihnen noch schnell eine Flasche, ist kein Problem", versuchte der eine, die Situation weiter zu entspannen. Man konnte sehen, dass er keine Lust hatte, die Polizei zu informieren, was seinen Feierabend nur unnötig hinauszögern würde. Anna wusste, dass sie nun ihre Taktik etwas ändern musste, sodass sie auch bald verschwinden konnten, ohne mehr Aufmerksamkeit auf sich zu lenken. Sie fing an, zu schluchzen. „Das bringt doch jetzt auch nichts mehr, der Abend ist ruiniert." Sie ließ die Arme resigniert hängen und drehte sich zu Christoph um, der noch immer leicht wankend dastand und nicht wusste, was er sagen sollte. „Du kannst nach Hause gehen, ich habe genug", schluchzte sie, weiter an Christoph gewandt.

„Ja, aber, es ist weit, ich kann doch nicht von hier aus gehen ...", widersprach er leicht stotternd und erntete dafür einen bösen Blick von den Angestellten und ein paar Passanten.

„Geh jetzt!", schrie sie ihn mit weinender Stimme an und zeigte mit der Hand in Richtung Ausgang. Christoph wusste, dass das nun sein Stichwort war, zu verschwinden. Er drehte sich langsam um und torkelte weg, in Richtung Straße, wobei er sich Mühe gab, ja nicht zu schnell zu werden. Genau in diesem Augenblick, als er die Aufmerksamkeit auf sich gezogen hatte, schlich sich Stefan hervor. Er nahm den gleichen Weg wie James, nur, dass zum Glück gerade niemand aus dem Laden kam und er so ungestört auf die andere Seite des Parkplatzes gelangte und ebenfalls in der Dunkelheit verschwand. Anna war erleichtert, dass es alle unbehelligt geschafft hatten, doch nun musste sie selbst auch glaubwürdig verschwinden.

„Können wir Ihnen irgendwie helfen, gnädige Frau?", hakte der große Angestellte vorsichtig nach und machte einen zaghaften Schritt nach vorn, wobei er darauf achtete, nicht auf die Scherben zu treten.

„Nein, ist schon gut", schluchzte sie ein wenig. „Ich fahre jetzt einfach nach Hause. Es tut mir leid wegen all dem." Sie zeigte mit der Hand auf die Scherben und wandte sich ihrem Auto zu, das kaum vier Schritte entfernt war.

„Schon in Ordnung. Fahren Sie vorsichtig", beschwichtigte sie nun der Kleinere der beiden. „Ich hol mal kurz den Besen", sagte er noch zu seinem Kollegen und schlenderte zum Eingang zurück.

„Ich wünsche Ihnen noch einen schönen Abend", schluchzte sie weiter, öffnete mit zitternden Händen die Autotür und hüpfte rasch hinein. Hastig schloss sie die Tür wieder und startete den Motor, um langsam rückwärts auszuparken. Der andere Angestellte winkte ihr zu und schritt beiseite. Sie lächelte kurz zurück und fuhr vorsichtig vom Parkplatz in die Straße, in der sie Christoph vermutete.

Sie fuhr einen kurzen Moment die stark befahrene Straße hinunter und bog dann in eine Nebenstraße ein, wo sie auf der Seite anhielt. Rasch kramte sie ihr Mobiltelefon hervor und rief Christoph an. Sie versuchte, wieder ruhig zu werden, was ihr schwerfiel, da sie noch immer aufgewühlt und aufgeregt war. Es dauerte nicht lange, da hörte sie auch schon Christophs Stimme am Apparat.

„Hallo, Anna, alles in Ordnung? Bist du schon unterwegs?", fragte er sogleich mit angespannter Stimme.

„Jaja, alles in Ordnung bei mir, konnte auch weg. Dann hole ich dich gleich ab und wir fahren gemeinsam, wo bist du?", fragte sie Christoph mit erleichterter Stimme und klappte schon mal den Schminkspiegel der Sonnenblende runter, um rasch ihr Make-up zu prüfen, welches immer noch perfekt saß. Die zwei Tränen, die sie mit ihrem schauspielerischen Talent hervorgedrückt hatte, wischte sie rasch ab.

„Ich bin vom Lebensmittelladen nur einen Straßenzug weiter", kam die Antwort aus dem Hörer.

„Dann bin ich nicht weit weg, ich komme gleich", haspelte sie rasch ins Telefon, beendete das Gespräch, setzte geschwind den Blinker und fuhr los.

Keine zwanzig Meter weiter bog sie in eine weitere Nebenstraße ein und konnte Christoph sehen, wie er auf dem Bürgersteig auf sie wartete und ihr zuwinkte. Sie hielt gleich neben ihm an und war leicht aufgeregt. Christoph öffnete die Tür, stieg ein und schloss diese auch gleich wieder.

„Es tut mir leid, dass ich dir eine Ohrfeige verpasst habe. Ich wollte nur, dass es echt aussieht", entschuldigte sie sich rasch bei ihm, denn man konnte die Rötung auf der Wange immer noch leicht erkennen.

„Ach, alles halb so wild. Du hast mich vielleicht erschreckt. Es hat so echt gewirkt wie du geschluchzt hast, echt beeindruckend. Ich war so perplex, dass ich es fast vermasselt hätte, den Betrunkenen zu spielen", winkte er rasch ab und schaute ihr in die Augen, die ihm ebenfalls entgegenblickten. Für einen Moment herrschte Stille im Auto. Christoph konnte sehen, wie Anna schnell atmete, da sich ihr Brustkorb hastig hob und senkte. Er selbst konnte spüren, wie sein Puls immer schneller schlug und wie sich die Nervosität in seinem Magen verbreitete. Vorsichtig berührte er sie am Arm und dann ging alles ganz schnell. Gleichzeitig kamen sie einander näher, er neigte seinen Kopf leicht nach rechts, und sie küssten sich zum ersten Mal. Sie sahen einander wieder an und dann explodierten ihre Gefühle regelrecht in einem intensiven Kuss. Die ganzen Stressgefühle der letzten Stunde, die Anspannung, der Nervenkitzel, alles wie verflogen. Glücksgefühle und Erleichterung setzten ein und eine tiefe Verbundenheit. Während sie sich weiter küssten, strich er auf der rechten Seite ihr Haar leicht zurück und legte seine Hand an ihr Gesicht, worauf sie ihn noch intensiver küsste und gleichzeitig ihre rechte Hand an seine Hüfte legte.

„Verfluchter Mist", murmelte Stefan vor sich hin, als er schwer atmend weiter die Straße runterwanderte, die schwere Kassette von der Wolldecke umhüllt unter dem

Arm. Den Rucksack hatte zum Glück James, wobei er keine Ahnung hatte, wo sein Kollege jetzt war. Was ihn am meisten belastete, waren die Schmerzen in seinem Körper, die rasant zunahmen, obwohl er seine Medikamente genommen hatte – und das ausgerechnet jetzt. Die Atmung fiel ihm immer schwerer, seine Beine fühlten sie leicht gummiartig an, er konnte aber zum Glück noch immer gehen. Er schwitzte stark, stärker als sonst, aber er wollte seine Jacke jetzt nicht ausziehen, sondern möglichst rasch nach Hause kommen, denn es war nicht mehr sehr weit, noch etwa zehn Minuten. Er wählte absichtlich eine Strecke mit vielen Seitenstraßen, sodass er möglichst wenigen Leuten begegnete, was auch gut klappte. Die wenigen Passanten, die er antraf, waren auf dem Weg, auszugehen, und nickten ihm zum Gruß nur kurz zu oder ignorierten ihn komplett.

An der nächsten Ecke war eine kleine Holzbank, bei der er kurz anhielt, um nach Luft zu schnappen und die Kassette mit einem kleinen Plumpsen auf der Sitzfläche abzustellen. Er fasste sich ans Kreuz und dehnte seinen Rücken, der noch viel mehr schmerzte als noch vor zehn Minuten. Er dachte kurz an Anna und Christoph und hoffte inständig, dass sie es unauffällig wieder vom Parkplatz geschafft hatten. Der Wachmann dürfte langsam wieder wach geworden sein, es war somit nur noch eine Frage der Zeit, bis die Polizei alarmiert werden würde. Bis dahin musste er noch einen größeren Abstand zum Ort des Geschehens schaffen, sein Vorsprung war für seinen Geschmack noch etwas zu klein. Er versuchte, die Schmerzen zu vergessen, was aber nicht klappte, und er entschied sich, die Sache einfach durchzuziehen. Angestrengt und mittlerweile schweißgebadet hob er das Diebesgut mit einem leisen Ächzen wieder hoch und wollte weitergehen, als er am Straßenende eine Polizeipatrouille erkannte, die langsam die Straße runterging.

Die zwei Polizisten waren ruhig und unterhielten sich nicht, sondern schienen etwas oder jemandem zu suchen. Ein wenig Panik breitete sich in Stefan aus, der nach einer alternativen Route suchte, denn er wollte die Begegnung nicht riskieren, es könnte ja sein, dass sie ihn anhalten und befragen würden. Er entschied sich, in die andere Richtung zu gehen und in etwa zwanzig Metern dann wieder abzubiegen, um in einem Bogen doch noch nach Hause zu gelangen.

Seine Beine machten nur mühsam mit und mit einem leisen Stöhnen setzte er sich wieder in Bewegung. Er beherrschte sich, nicht nach hinten zu schauen, um keine Aufmerksamkeit zu erregen, doch er konnte hören, wie die Polizisten ihre Schritte bereits leicht beschleunigten, weshalb er doch über seine Schultern schielte. Und tatsächlich, sie schienen in seine Richtung zu marschieren, es würde nicht mehr lange dauern, dann hätten sie ihn eingeholt. Er versuchte, seine letzten Kräfte zu mobilisieren, beschleunigte ebenfalls seinen Gang und erreichte so schnell die Abzweigung.

Sein Herz raste von der Belastung, seine Innereien verkrampften sich und der Schweiß lief ihm regelrecht den Rücken hinunter. Zumindest war er nun kurzfristig außer Sichtweite der zwei Beamten, die aber wahrscheinlich bald zu rennen anfangen würden, falls sie ihn tatsächlich im Visier hatten. Er entdeckte wenige Schritte weiter einen kleinen Kiesweg, der zwischen die Häuser führte, wohl ein kleiner Wanderweg, der unauffällig durch das Quartier führte. Er konnte einen kleinen Bach plätschern hören. Diesen Ort kannte er nicht, aber er hatte keine Wahl. Irgendwie werde ich schon wieder nach Hause finden, dachte er sich und bog in den Weg ab. Seine Sicht begann, langsam zu verschwimmen, kam aber nach ein paar Schritten wieder, und er konnte gerade noch dem Wegweiser ausweichen.

Er spürte es langsam, er fühlte, dass es diesmal nicht mehr reichen würde. Es war einer der Momente, in denen man wusste, dass man verloren hatte, und es gab niemanden und nichts, was einem noch retten konnte, denn Stefan hatte keine Ahnung, wo James war, geschweige denn, wo sich Anna und Christoph befanden. Er war allein, was aber auch gut war, dachte er sich, denn so würden seine Freunde sicher nicht verhaftet werden und er konnte sich als Sündenbock opfern. Er würde es sich nämlich niemals verzeihen, wenn ihnen was zustoßen würde.

Entlang des Weges konnte er an einer Stelle zwei große Steine entdecken, die dort wohl als Sitzgelegenheit hingestellt worden waren. Die freie Hand legte er auf die Oberfläche des Steins, um besser sitzen zu können, doch mit seinem Hintern verfehlte er diesen und landete unsanft und mit einem dumpfen Knall auf dem Boden, sodass er sich mit der freien Schulter zumindest dagegen lehnen konnte, die Kassette noch immer mit der Decke zugedeckt auf seinem Schoß. Er atmete schwer, seine Sicht fing wieder an, unscharf zu werden. Er konnte noch schemenhaft zwei Gestalten erkennen, die ebenfalls schnellen Schrittes in den Wanderweg einbogen. Um ihn herum wurde es dunkel. Es war vorbei.

James machte sich Sorgen um Stefan, seit er ihn aus den Augen verloren hatte. Denn jedes Mal, als Stefan wieder irgendwo abgebogen war, hatte er unauffällig seine Schritte beschleunigen müssen, um ihn nicht zu verlieren. Er hatte aber einen gewissen Abstand einhalten müssen, damit sie nicht auffielen. Nach etwa zehn Minuten hatte er Stefan endgültig aus den Augen verloren und jetzt hielt er kurz inne.

So schnell kann Stefan doch nicht verschwunden sein, dachte er und schaute sich um, war aber nach wie vor ratlos, wo er nun hingehen sollte, es war ein Labyrinth von Quartierstraßen. Er wollte gerade aufgeben, als er wenige Augenblicke später zwei Beamte erkennen konnte, die schnellen Schrittes in die Straße einbogen und wenige Meter später in einem kleinen Weg verschwanden. Wo wollen die nur so schnell hin, dachte er sich. Er hatte nicht wirklich Lust, der Polizei hinterherzuschleichen mit der Gefahr, erwischt zu werden, doch er hatte das ungute Gefühl, dass Stefan in Schwierigkeiten steckte, und deshalb entschloss er sich, ihm wenn möglich zu Hilfe zu eilen. Er wartete noch einen kurzen Augenblick und schlenderte dann möglichst unauffällig und leise die Straße hinunter.

Auf Höhe des Kiesweges verlangsamte er seine Schritte und horchte in die Dunkelheit hinein. Er konnte schwach zwei Männer sprechen hören, den einen deutlicher als den anderen, wobei das Gespräch von Knackgeräuschen begleitet wurde, und er blieb stehen. Er lauschte weiter und erkannte das Geräusch als das Knacken von Funkgeräten, wenn jeweils die Sprechvorrichtung betätigt wurde. Vorsichtig spähte er um den Busch, den er als Deckung nutzte, um von den Gestalten nicht gesehen zu werden. Er erkannte zwei Männergestalten in Uniform, die sich auf dem Weg aufhielten. Der eine Beamte kniete nieder und schien eine am Boden liegende Gestalt zu betreuen, die sich offensichtlich nicht regte. Er lauschte angestrengt dem Gespräch.

„Der Tatverdächtige scheint ohnmächtig geworden zu sein und braucht dringend medizinische Hilfe. Schickt bitte umgehend einen Krankenwagen an unsere Position, over!" Das Funkgerät knackte.

„Verstanden, wir schicken euch einen Krankenwagen, Ankunft in etwa zehn Minuten. Verstärkung ist unterwegs. Over!"

„Verstanden, danke. Over and out!"

James starrte intensiv in die Dunkelheit und versuchte, die Gestalt am Boden zu erkennen, konnte aber einfach keine Details ausmachen. Der Beamte, der gerade niederkniete, zog einen Gegenstand aus seiner Tasche, welchen er in den Mund nahm, und nach einem leisen Klick fiel der Lichtstrahl auf das bleiche Gesicht von Stefan, der reglos am Boden lag.

20
Stefans Vergangenheit

Inspektor von Halden war schon wieder ein wenig schlecht gelaunt, als sie endlich beim Bahnhof ankamen, denn es hatte für seinen Geschmack viel zu lange gedauert, bis sie endlich den richterlichen Durchsuchungsbefehl erhalten hatten. Selbstverständlich war der Richter nur bedingt begeistert gewesen, an einem Samstagabend diesen Beschluss zu fassen, doch Inspektor von Halden konnte ihn am Telefon davon überzeugen, dass es die Dringlichkeit erforderte. Zudem kannte der Richter Inspektor von Halden und wusste, dass er nur selten daneben lag, was die Sache wiederum vereinfacht hatte. Es hatte aber trotzdem eine ganze Weile gedauert, bis sie endlich die E-Mail mit dem beglaubigten Papier ausgedruckt und triumphierend in den Händen gehalten hatten.

Er blickte kurz auf die Uhr, es war kurz vor acht, es herrschte noch immer viel Betrieb am Bahnhof, da nun die halbe Stadt ausging.

„Ich verstehe noch immer nicht, weshalb wir einen Durchsuchungsbefehl benötigen, Herr Inspektor. Gilt hier nicht der Grundsatz der Verdunkelung, was uns ermächtigen würde, das Fach ohnehin aufzusperren?", fragte Arnold neugierig, während er den Wagen auf einen Dienstparkplatz des Bahnhofs manövrierte.

„Nicht unbedingt, Arnold. Das ist ein Graubereich und mit einem Durchsuchungsbefehl sind wir einfach auf der sicheren Seite", erklärte er rasch, wieso er so gehandelt hatte. „Es besteht auch nur bedingt ein Grund zur Verdunkelung, da niemand von dem Notizzettel gewusst hat, außer Herr Babic selbst, und der wird das tunlichst für sich behalten haben. Weshalb es unwahrscheinlich ist, dass gerade heute alle Fächer geleert werden würden", fügte er noch hinzu und schob den Sicherheitsgurt beiseite, als Arnold den Motor abstellte. Sie beide stiegen gleichzeitig aus und Arnold verriegelte danach das Fahrzeug.

„Lauf nicht so schnell, Arnold, wir gehen die Sache ruhig und unauffällig an, alles klar?", mahnte er seinen aufgeregten Assistenten zur Vorsicht und gemeinsam schlenderten sie gemütlich durch den zweiten Eingang des Hauptbahnhofs in das Gebäude hinein.

Wie so üblich um diese Zeit, hetzten Passagiere von einer Seite zur nächsten, die einen mit Gepäck in der Hand, die anderen es hinterher ziehend, wobei sie dabei nicht berücksichtigten, ob sie damit jemandem in die Beine fuhren, was Arnold beinahe passiert wäre, als ein gestresster Herr mit seinem rollenden Eigentum eine enge Kurve schnitt. Verteilt an diversen Treffpunkten befanden sich Jugendliche oder junge Erwachsene, die auf Kollegen und Kolleginnen warteten, teilweise bereits ein Bier in den Händen haltend, mal ruhiger, mal laut grölend, abhängig davon, wie viel schon getrunken worden war. Ab und zu begegneten ihnen auch Paare, die sich verliebt umarmten, küssten oder sich nur Händchen haltend auf den Weg machten. Die zwei Informationsschalter befanden sich am Ende der Halle und nur einer davon war besetzt, was aber Absicht war, denn so konnten sie unauffällig den zweiten verwenden, um sich mit dem Zuständigen für das Schließfach zu treffen, ohne sich aufdrängen zu müssen. Nach ein paar Ausweichmanövern um gehetzte oder betrunkene Leute herum erreichten sie den besagten Schalter, der mit „Geschlossen" gekennzeichnet war. Sie stellten sich gleich hin, wobei sie sich an den am offenen Schalter anstehenden Leuten vorbeizwängen mussten und dafür verständnislose Blicke ernteten.

„Was drängen Sie sich denn vor?", entrüstete sich eine verbittert wirkende, um die fünfundvierzig Jahre alte

Dame, die scheinbar schon länger dastand und sie beide entnervt anstarrte. Ihr braunes Haar hatte sie streng nach hinten gebunden. Es wurde von einem scheußlichen Hut bedeckt. Ihre Handtasche hielt sie verbissen in beiden Händen.

„Keine Sorge, meine Liebe", beruhigte sie Inspektor von Halden. „Wir drängen uns nicht vor, wir sind dienstlich hier und werden den anderen Schalter kurz beanspruchen." Kaum hatte er dies der Dame erklärt, legte eine Hand das Schild beiseite und durch die Scheibe konnten sie einen schlanken, um die fünfzig Jahre alten Herren erkennen, der sein dunkles Haar sauber mit einem Seitenscheitel unter Kontrolle hielt und seine dünnen Lippen zu einem formalen Lächeln verzog. Der Herr hatte ein hellgraues Sportjackett an, aus deren Ärmeln feine Hände hervorkrochen, die beiläufig nach einer Identität fragten.

„Guten Tag. Sie sind die Herren, die ich vorhin am Apparat hatte?", erkundigte sich Herr Meier, der gerade seinen Firmenausweis vorzeigte. Inspektor von Halden schaute kurz auf das Dokument, nickte und zeigte seinen Polizeiausweis.

„Das ist korrekt. Mein Assistent und ich sind wegen des Schließfaches hier, Herr Meier." Er kramte rasch in seiner Jackentasche rum und zauberte den Durchsuchungsbefehl hervor, welchen Herr Meier dankend entgegennahm und mit seinen eng beieinanderliegenden Augen überflog. Er zog seinen Mund zusammen, wobei die knochigen Wangen betont wurden, und nickte abermals.

„Ich komm gleich raus, wir können gehen, Herr Inspektor."

Daraufhin drehte sich Herr Meier um, verschwand in einer Tür hinter dem Schalter und kam wenige Augenblick später aus der Tür weiter rechts neben den Schaltern wieder hervor. Er verschloss die nur für das Personal zugängliche

Tür sorgfältig und macht eine Geste, dass sie ihm folgen sollten. Auch seine Gangart wirkte pedantisch, die Jeans makellos sauber, die Schuhe scheinbar frisch aufpoliert, als wäre er Mitglied eines Vorstandes, wobei Herr Meier dies natürlich nicht war, wie Inspektor von Halden wusste, sondern nur verantwortlich für die Schließfächer in diesem und anderen Sektoren der Stadt, welche diese Firma verbaut hatte.

Sie marschierten zurück in die große Halle und betraten die Rolltreppe, welche zunächst in das erste Untergeschoss führte, wo sich die Toiletten und diverse Geschäfte befanden. Von dort aus mussten sie einen breiten Flur entlanggehen, der an noch mehr Verkaufsfläche vorbeiführte, die bis spät abends geöffnet hatte. Von Imbissbuden über Elektronikgeschäfte war alles vertreten, was auch zu dieser Zeit rege besucht wurde. Eine weitere Rolltreppe führte zu tiefer gelegenen Gleisen, einem weiteren Ticketschalter sowie einem großen, hell beleuchteten und übersichtlichen Raum voller Schließfächer, die, wie er sehen konnte, videoüberwacht wurden, was Inspektor von Haldens Annahme bestätigte. Das Schließfach befand sich weit hinten auf Augenhöhe und war ein kleines Fach, in dem vielleicht gerade ein Aktenkoffer Platz hätte, was aber für die Aufbewahrung von etwa dreißigtausend Euro locker ausreichen würde. Das Mieten dieses Faches für ein ganzes Jahr würde umgerechnet knapp zweitausend Euro kosten, was zwar teurer war als ein Bankkonto, dafür aber absolut geheim und wahrscheinlich sowieso mit Schwarzgeld bezahlt.

„Hier wären wir, Fach Nummer 143", präsentierte Herr Meier ihr Ziel mit einer kurzen Geste und legte einen kleinen Chip an die Tür, denn die neuen Schließfächer hatten immer öfter ein elektronisches Schloss, was günstiger und sicherer im Unterhalt war. Nach einem kurzen Surren öffnete sich die Tür.

„Bitte sehr", sagte Herr Meier kurz, trat zur Seite und faltete seine Hände auf Höhe seines Gürtels zusammen.

„Besten Dank, Herr Meier", bedankte sich Inspektor von Halden und trat näher, um den Inhalt begutachten zu können. In dem kleinen Kästchen war kein Aktenkoffer zu finden, wie es die Form suggeriert hätte, jedoch zwei transparente Plastiktüten, welche die sauber zusammengebundenen Geldscheine luftdicht abpackten.

„Sieht so aus, als hätte Ben den Code in der Tat geknackt, wir sind fündig geworden, Arnold."

„Ausgezeichnet, Herr Inspektor, dann können wir auf dieser Liste weiter aufbauen und hoffentlich später die Täter auch fassen", freute sich Arnold ebenfalls über die Sicherstellung des Geldes.

Von der Farbe und der Dicke her nahm Inspektor von Halden an, dass die Bündel gänzlich aus Zweihunderteuroscheinen bestanden. Mit einer diskreten Geste seiner linken Hand winkte er Arnold herbei, der dann unauffällig mit seinem Smartphone ein paar Beweisfotos machte, während Inspektor von Halden beiläufig seine Lederhandschuhe anzog, um möglichst wenig Spuren auf den Packungen zu hinterlassen. Dann nahm er nacheinander die Bündel und verstaute diese rasch in seiner Jackentasche. Mit der rechten Hand schloss er das Schließfach wieder und drehte sich zu Herrn Meier um.

„Herr Meier, ich nehme an, mein Assistent Herr Fritsch hat sie bezüglich der Überwachung bereits informiert?"

„Das hat er, ja. Wir werden Sie informieren, sobald ein Zugriff auf dieses Fach ausgeübt wird, und senden Ihnen dann auch gleich die Videoaufnahmen dazu, das ist kein Problem", bestätigte dieser von Haldens Annahme, dass alles schon in die Wege geleitet worden war.

„Herzlichen Dank, Herr Meier, Sie waren uns eine große Hilfe. Ich wünsche Ihnen noch ein schönes Wochenende", bedankte er sich und gab Herrn Meier kurz die Hand. Dieser erwiderte den Gruß.

„Kein Problem, Ihnen auch ein schönes Wochenende. Ich muss leider wieder nach oben, andere Aufgaben warten auf mich." Er gab auch Arnold kurz die Hand und verschwand dann raschen Schrittes wieder im Gehetze des Bahnhofbetriebs.

Von Halden und Arnold verweilten noch einen Moment im Schließfachraum und machten sich dann ebenfalls auf den Weg zurück zur Oberfläche.

„Und was machen wir jetzt, Herr Inspektor? Wie schaffen wir es, dass die Schließfachbesitzer sich melden?", wollte Arnold wissen, während sie sich per Rolltreppe zurück nach oben kämpften.

„Wir annoncieren, Arnold", erwiderte er geheimnisvoll und zwinkerte Arnold zu, der verwirrt dreinschaute.

„Annoncieren, Herr Inspektor?", hakte er fragend nach und verschränkte die Arme vor seiner Brust, während sie beide in die Höhe glitten.

„Genau, mein junger Freund. Wir werden der Zeitung eine falsche Meldung machen, als Köder. Du wirst später den Medien Bescheid geben, dass ein Mann, der gerade Geld aus einem Schließfach geholt hat, von zwei Männern überfallen und ausgeraubt worden ist", erklärte er Arnold beiläufig, während sie nun die zweite Rolltreppe in Angriff nahmen.

„Aber wo ist die Verbindung hier? Ein Überfall ist keine Seltenheit und deutet noch lange nicht auf dieses spezielle Fach hin?", wies Arnold auf die Lücke hin.

„Das stimmt, Arnold, deshalb werden wir auch noch erwähnen, dass der Beraubte um die zwanzig- bis vierzigtausend Euro gehabt hat und dass es nicht klar ist, ob die Täter vom Geld gewusst haben oder nicht", erläuterte er seinen Plan weiter. „Das sollte diese Kerle genug aufscheuchen und dafür sorgen, dass sie einen raschen Blick riskieren wollen, um festzustellen, ob ihre Beute noch in Sicherheit ist, meinst du nicht, Arnold?", fragte er seinen Assistenten und lächelte dabei leicht.

„Jetzt verstehe ich, Herr Inspektor, ein wahrhaft kluger Schachzug", lobte er die Idee, „es sei denn, Sie hätten sich mit dem Fach geirrt und es hätte nur Herrn Biskup gehört", konterte er skeptisch und hob dabei mahnend seinen Zeigefinger.

„Willst du darauf wetten, mein junger Freund?", forderte er Arnold nicht wirklich ernst gemeint heraus.

„Nach meiner Erfahrung sollte ich nur darauf wetten, wann Sie Ihr Auto das nächste Mal zerkleinern, Herr Inspektor, deshalb fahre ja auch ich meistens", kam Arnolds freche Antwort prompt zurück.

Sie konnten ihr witziges Wortgefecht nicht fortsetzen, da in diesem Augenblick Arnolds Mobiltelefon klingelte.

„Fritsch am Apparat." Er hörte einen Moment gespannt seinem Gesprächspartner zu, nickte ein paar Mal, wobei dies der andere natürlich nicht sehen konnte, und beendete das Gespräch mit einem kurzen „Selbstverständlich, wird erledigt, auf Wiederhören!".

„Sie werden im Krankenhaus verlangt, Herr Inspektor", beantwortete Arnold die Frage, welche deutlich auf Inspektor von Haldens Gesicht abzulesen war.

„Im Krankenhaus? Wer verlangt denn nach mir, wenn man das noch erfahren dürfte?", wollte er von Arnold wissen. Dieser steckte rasch sein Mobiltelefon zurück in die Hosentasche.

„Ein Täter hat eben eine Geldkassette gestohlen und wurde während der Flucht festgenommen. Da es diesem Herren nicht besonders gut gegangen ist, ist er gleich direkt ins Krankenhaus eingeliefert worden, wobei er nach Ihnen verlangt hat, nachdem er sein Bewusstsein zurückgewonnen hat. Ein Name hat man mir nicht genannt", fasste Arnold das Gespräch kurz zusammen und schien auf Anweisungen zu warten.

„Na, wenn ein Unbekannter nach mir fragt, dann mache ich mich natürlich sofort auf den Weg, denn ich diene selbstverständlich dem Volk, vor allem, wenn es um einen banalen Diebstahl geht", kommentierte er Arnolds Auskunft verständnislos und schüttelte dabei leicht den Kopf.

„Na ja, ganz so banal auch wieder nicht, wenn es sich um eine Geldkassette handelt … Da geht es um einen Geldtransport", erwiderte Arnold ruhig.

„Es wurde ja keine Bank überfallen, oder? Sonst wäre der Tumult um einiges größer, meinst du nicht, Arnold?", fragte er seinen jungen Assistenten ebenfalls mit ruhiger Stimme.

„Nein, Herr Inspektor, der Geldtransporter wurde bei einem Lebensmittelladen überfallen", antwortete Arnold pflichtbewusst.

„Na also, nichts Bahnbrechendes. Und der besagte Herr, der nach mir verlangt hat, hat wohl keinen Personalausweis dabei und hat seinen Namen auch nie erwähnt, nehme ich an?", hakte Inspektor von Halden nochmals kurz nach.

„Nein, Herr Inspektor, sonst hätte ich Ihnen den natürlich nicht vorenthalten", beantwortete er Inspektor von Haldens Frage leicht entrüstet, wobei er gleich wieder grinste.

„Und er hat nach *mir* verlangt? Nicht einfach nach einem Inspektor?", wollte er noch von Arnold wissen.

„Exakt, er hat speziell nach Ihnen verlangt und erwähnt, dass er wichtige Informationen hätte, nur für Sie."

Inspektor von Halden grübelte einen Moment, konnte aber beim besten Willen nicht erfassen, wer das sein könnte. Er blickte rasch auf seine Uhr, es war mittlerweile halb neun abends, sein Magen knurrte noch heftiger, aber er hatte leider keine Zeit, um etwas zu essen.

„Gut, Arnold, ich nehme den Bus, dann bin ich in fünf Minuten beim Krankenhaus. Ich nehme an, unsere Kollegen sind schon vor Ort oder muss ich noch erraten, in welchem Zimmer sich der Typ befindet?", wollte er noch kurz von seinem Assistenten wissen, bevor es losging.

„Selbstverständlich, die werden Sie gebührend empfangen", witzelte Arnold und sein Grinsen wurde noch breiter.

„Du brauchst gar nicht zu grinsen, denn deine Schicht ist auch noch nicht zu Ende, Arnold", spöttelte er zurück. „Du musst das Geld ins Revier bringen", erklärte er ihm kurz und überreichte ihm unauffällig die zwei Bündel, welche Arnold pflichtbewusst und sorgfältig in seiner Jackentasche verstaute. „Wenn du das erledigt hast, komm ebenfalls ins Krankenhaus, dann schauen wir uns den Fall gemeinsam an und es geht ab in den Feierabend!", instruierte er Arnold weiter.

„Selbstverständlich, Herr Inspektor, wird erledigt. Soll ich das mit der Presse auch gleich noch machen?", fragte er kurz nach und beugte sich nach vorn, als ob er ein Diener wäre.

„Nein, das machen wir am Montag früh, so eine Annonce braucht Fingerspitzengefühl und Erfahrung, das lässt du schön bleiben", drohte er Arnold mit gespieltem Ernst und machte sich auf den Weg zur Bushaltestelle.

Arnold lachte kurz auf und marschierte ebenfalls zügigen Schrittes weiter, aber in Richtung Dienstwagen.

Wenig begeistert von einer Busfahrt erreichte er die Haltestellen, wobei er natürlich nicht wusste, welchen Bus er nehmen musste, weshalb er kurzerhand beim erstbesten vorn einstieg und den Fahrer fragte. Dieser wies ihn dann freundlich zum dritten Bus der Reihe, welcher auch bald fahren würde, wie ihm der Busfahrer noch mitteilte. Selbstverständlich war der Bus schon ziemlich voll mit jungen Leuten, die offensichtlich ins Partyquartier wollten, welches sich leider auf der gleichen Strecke wie das Krankenhaus befand. Wie ironisch, dachte er sich, fünf Prozent der Passagiere würde man in vier Stunden genau dort wieder vorfinden, mit einer deftigen Alkoholvergiftung … Na dann, Prost!

„Guten Abend, Dienstfahrt", meldete er sich beim Fahrer von Bus Nummer drei an und zeigte ihm diskret den Ausweis, worauf dieser nur stumm nickte und gleich hinter ihm die Tür schloss. Die Fahrt dauerte nicht lange, etwa fünf Stationen, dann war er schon da und konnte endlich dem lauten Gegröle entfliehen, das ein paar Männer veranstalteten, die offensichtlich ihren Junggesellenabschied feierten. Leicht zu erkennen an den komplett albernen Kostümen, besonders das des armen Junggesellen, der sich alle Mühe gab, wirklich wie ein unterentwickeltes Kind zu wirken. Was von Halden aber viel mehr beschäftigte, war die Frage, wer denn an einem Samstagabend um diese Zeit nach ihm gefragt hatte. Es war einer dieser seltsamen Momente, in denen er fühlte, dass er es eigentlich wissen musste, aber komplett im Dunkeln tappte, was ihm überhaupt nicht gefiel. Er würde es ja bald herausfinden.

Schnellen Schrittes verließ er die Bushaltestelle, die sich nicht weit weg vom Haupteingang befand. Ein paar Meter weiter war auch gleich die Einfahrt der Krankenwagen, die direkt zur Notfallambulanz führte, wo er von Weitem sehen konnte, dass wiedermal viel Betrieb herrschte. Er mochte es nicht, in Krankenhäuser zu gehen – aus verschiedenen Gründen. Zum einen waren nun mal viele kranke Menschen dort und er hatte einfach keine Lust, sich etwas einzufangen, was er als ziemlich rational empfand. Auf emotionaler Ebene erinnerte ihn das Krankenhaus einfach daran, wie schnell alles vorbei sein konnte, ohne dass man zwingend selbst Schuld daran hätte. Insbesondere die Intensivabteilung ließ ihm immer wieder einen kalten Schauder über den Rücken laufen, obwohl er Tote wegen der Ermittlungen gewohnt war, aber die hatten es hinter sich, jemand auf der Station kämpfte noch … im Ungewissen, ob er oder sie es überleben würde oder nicht.

Die Empfangshalle war groß und modern gestaltet. Auf der einen Seite waren Sitzgelegenheiten und kleine Tische mit Illustrierten wie auch Zeitungen. Auf der anderen Seite gab es Getränke- und Snackautomaten, um den schnellen Hunger oder Durst stillen zu können. Gesundheitstechnisch etwas paradox, aber das schien seit Ewigkeiten niemanden zu kümmern. Der Boden spiegelte vor Sauberkeit, alles war aufgeräumt und modern. Offensichtlich hatte das Krankenhaus gewisse Bereiche erneuern lassen, denn das Gebäude war bei Weitem kein Neubau, und er konnte sich noch erinnern, wie es vorher ausgesehen hatte. Am Empfang saßen zwei Frauen, die eine gerade mit einem Paar beschäftigt, das ziemlich fertig aussah und einen roten Luftballon in den Händen hielt, was darauf hindeutete, dass es einem Kind wohl nicht so gut ging, was immer traurig war.

Er erreichte den modern wirkenden Tresen aus Granit mit der freien Empfangsdame.

„Guten Abend. Inspektor von Halden mein Name, ich wurde hierherberufen wegen eines Falles", sprach er die junge Frau an und zeigte auch gleich seinen Ausweis. Sie lächelte freundlich zurück und nahm den Ausweis kurz in die Hand, um diesen mit ihren großen Augen prüfend anzuschauen.

„Guten Abend. Ah ja, Ihre Kollegen haben mir schon Bescheid gegeben. Dritte Etage, Zimmer 321. Der Fahrstuhl ist gleich hier drüben", wies sie ihn an und zeigte mit einer eleganten Geste nach links, wo sich die drei Fahrstühle befanden. Er nickte dankend und schlenderte zum ersten Fahrstuhl, wo er auch gleich den Knopf drückte, um nach oben zu kommen.

Es dauerte nicht lange, da kündigte sich der Schwebekasten auch mit einem leisen Gong an, und die Schiebetüren öffneten sich. Er war allein. Auch die Fahrstühle waren auf dem neuesten Stand und größer, als er sie in Erinnerung hatte. Es vibrierte auch nicht mehr und praktisch keine Geräusche begleiteten den Aufstieg in die Höhe. Oben angekommen musste er nicht lange suchen, denn eine Polizeiwache stand rechts weit hinten im Flur vor einer Tür, und ansonsten waren keine weiteren Uniformierten zu sehen. Er schritt den hellen Flur hinunter und erreicht nach wenigen Augenblicken die besagte Tür, noch immer ahnungslos, was ihn genau erwartete.

„Guten Abend, werter Kollege. Bin ich da richtig?", fragte er den Polizisten, den er nicht erkannte, freundlich und wollte gerade seinen Ausweis hervorkramen.

„Guten Abend, Inspektor von Halden. Sie brauchen den Ausweis nicht zu zeigen", lächelte der Polizeibeamte zurück. „Tut mir leid, dass Sie noch nicht Feierabend machen konnten, aber der Herr, den wir festgenommen haben, hat explizit nach Ihnen gefragt und wollte mit keinem anderen Inspektor reden", erklärte er freundlich die Situation und wollte gerade die Tür öffnen, um Inspektor von Halden reinzulassen.

„Warten Sie noch kurz, Herr Bachmann", hielt er den Kollegen zurück, da er mittlerweile das Namensschild unauffällig entziffert hatte.

„Ja, Herr Inspektor?", hielt der Polizeibeamte inne.

„Wurden mittlerweile weitere Personen festgenommen oder identifiziert?", wollte er vom Polizeibeamten wissen.

„Nein, Herr Inspektor, wir haben nur den Typen da drinnen festnehmen können, wobei wir noch recherchieren, wer er ist, da er sich bis jetzt geweigert hat, seine Personalien herauszurücken, bis er mit Ihnen sprechen konnte", klärte Herr Bachmann kurz die Situation auf.

„Gab es Zeugen bei diesem Diebstahl und wenn ja, konnten diese befragt werden?", hakte Inspektor von Halden nach, denn er wollte unbedingt noch mehr Informationen haben, bevor er sich mit dieser mysteriösen Person abgeben wollte.

„Nicht direkt, Herr Inspektor. Der Wachmann, den die Bande mit einem Betäubungsmittel außer Gefecht gesetzt hat, kann sich nicht an die Angreifer erinnern. Er weiß auch nicht, wie viele beteiligt gewesen sind, da er von hinten überwältigt worden ist", rapportierte Herr Bachmann rasch, was er wusste.

„Und was meinten Sie mit ‚nicht direkt'?", fragte Inspektor von Halden nach.

„Wir haben noch zwei Angestellte des Lebensmittelladens befragt, doch die haben die Täter auch nicht gesehen. Sie haben nur von einem jungen Paar erzählt, das sich lauthals gestritten haben soll", erzählte Herr Bachmann weiter.

„Ein streitendes Paar?", wiederholte er neugierig.

„Genau, Herr Inspektor, doch die Angestellten konnten uns nur eine ungefähre Beschreibung der Personen geben, keine Namen. Da dürfte es schwierig sein, diese zu identifizieren. Denken Sie denn, dass diese Personen möglicherweise beteiligt gewesen sind?", fragte Herr Bachmann den Inspektor verwundert.

„Ich weiß es nicht, möglich. Aber vielleicht waren diese zwei wirklich unbeteiligt. Ich werde versuchen, diese Personen ausfindig zu machen. Am Montag werde ich dann noch zum Laden gehen und die zwei Angestellten befragen. Mal sehen, was sich dann tut", überlegte er vor sich hin und verfiel kurz in Gedanken. „Ist bei diesem Überfall jemand verletzt worden? Geht es dem Wachmann gut?", wollte er noch von Herr Bachmann wissen.

„Gemäß unserem jetzigen Wissenstand ist niemand verletzt worden. Der Wachmann ist ebenfalls wohlauf", vervollständigte der Polizeibeamte noch die letzten Informationen und öffnete die Tür zum Krankenzimmer, nachdem Inspektor von Halden dankend genickt und mit der Hand eine Geste gemacht hatte, dass er nun bereit sei, einzutreten. Er betrat rasch den Raum und hinter ihm wurde die Tür leise wieder geschlossen.

Der Raum war ein Doppelzimmer, wobei aus Sicherheitsgründen nur ein Bett belegt war. Er konnte aber den Tatverdächtigen noch nicht sehen, da die zweite Wache genau vor ihm stand. Dem Täter ging es offensichtlich nicht prächtig, denn um das Bett herum waren diverse Geräte aufgestellt, die vor sich hin summten, und zwei verschiedene Infusionen führten dem Körper Flüssigkeiten hinzu, das eine war wohl eine Kochsalzlösung zur Hydration, das andere ein Medikament. Ein weiterer Satz Schläuche deutete auf eine Sauerstoffzuführung hin. Gemäß der Anzeige war zumindest der Pulsschlag ruhig und stabil, so viel konnte er mit seinem erbärmlichen Medizinwissen noch selbst erkennen.

„Abend, Frank", begrüßte er den Kollegen, denn diesen Polizeibeamten kannte er schon eine Weile.

„Abend, Frederic. Entschuldige, dass du so spät noch ausrücken musst, aber unser Tatverdächtiger hat darauf beharrt, dich sehen zu wollen. Er hätte wichtige Informationen", begann Frank, die Situation kurz zu schildern. „Wir haben um acht Uhr eine Meldung erhalten, dass unbekannte Täter einen Geldtransport überfallen und eine

Geldkassette entwendet haben. Zehn Minuten später sind wir auf ihn gestoßen und konnten die Kassette sicherstellen. Er konnte nicht mehr fliehen und ist auf einem Seitenweg zusammengebrochen, worauf wir sofort den Krankenwagen geholt haben. Bis auf Weiteres haben wir ihn hier in Haft", erklärte er weiter und trat einen Schritt zur Seite, sodass Inspektor von Halden den Täter sehen konnte.

„Danke, Frank. Ich denke, dass der Herr nur bereit ist, mit mir zu reden, wenn ich allein mit ihm bin. Du und Herr Bachmann, ihr könnt euren Posten verlassen und zurück zur Patrouille gehen", wies er seinen Kollegen kurz an.

„Bist du sicher, dass wir keine Wache aufstellen sollen, Frederic?", fragte Frank kurz nach.

„Wozu denn? Er kann in diesem Zustand ja nirgends hin und ich bin ja noch eine Weile vor Ort."

„Alles klar Frederic, ich wünsche dir noch einen schönen Abend", verabschiedete sich Frank, öffnete die Tür, und Inspektor von Halden konnte sehen, wie Herr Bachmann den Befehl zum Verlassen des Postens erhielt, bevor die Tür wieder geschlossen wurde. Inspektor von Halden wandte sich nun mit einem tiefen Seufzer dem Krankenbett zu.

„Stefan, alter Freund, was hast du bloß angerichtet?", fragte er den kümmerlich aussehenden, alten Mann, der im Bett lag, mit einem leichten Kopfschütteln.

Stefan sah ihn mit freundlichen Augen an. „Es ist sehr lange her, Frederic. Zwanzig Jahre vielleicht?", entgegnete Stefan ruhig, wobei er ab und zu tief durchatmen musste, da ihm sonst die Luft fehlte.

„Ich hätte nicht gedacht, dass wir uns unter diesen Umständen jemals wiedersehen würden", fuhr er weiter fort und versuchte, sich etwas aufzurichten, woran er aber scheiterte. Frederic griff nach der Bettbedienung und stellte die Lehne etwas aufrechter, sodass es für Stefan angenehmer war, sich zu unterhalten.

„Mir wäre auch lieber gewesen, wir hätten uns mal in einem Café wiedergetroffen, wobei ich dir in dieser Stadt ein paar ausgezeichnete Lokale empfehlen könnte", entgegnete Frederic ruhig, während er am Fußende des Bettes stehen blieb, sodass Stefan den Kopf nicht mehr drehen musste.

„Es hat sich nichts geändert, du liebst immer noch ausgezeichneten Kaffee, was ich auch verstehen kann."

„Na ja, den anderen kann man ja nicht trinken", erwiderte Frederic belustigt.

Sie schwiegen kurz.

„Woher hast du gewusst, dass ich in dieser Stadt als Inspektor arbeite, Stefan?", wollte Frederic von seinem alten Freund wissen.

„Das hab ich nicht gewusst. Als einer dieser Polizeibeamten deinen Namen beiläufig fallen gelassen hat, ist mir bewusst geworden, dass das hier meine letzte Chance sein würde, mein Leben und das der anderen noch in Ordnung zu bringen, bevor ich meine lange Reise antrete."

„Du weißt schon, dass ich dich hier nicht einfach laufen lassen kann", unterbrach er ihn und sah Stefan dabei gutmütig an. Dieser winkte mit der rechten Hand schwach ab.

„Das habe ich nicht gemeint, mein alter Freund. Ich habe Krebs im Endstadium", erklärte Stefan ruhig und atmete schwer.

Sie schwiegen wieder kurz.

„Außerdem wirst du doch einen alten Haudegen nicht in den Bunker schmeißen, oder?", witzelte Stefan und lächelte kurz, um die Stimmung wieder ein wenig aufzuheitern.

„In deinem jetzigen Zustand wohl kaum, mein alter Freund", schmunzelte Frederic. „Aber vielleicht, wenn dich die Ärzte genug zusammenflicken, reicht es für einen Kurzurlaub in unserer schönsten Zelle", fuhr er nicht ernst gemeint fort und lächelte Stefan an.

„Ich schätze, die Zeit reicht nicht mal mehr aus, um mich zu verurteilen. Die Ärzte geben mir nicht mehr viel Zeit", erklärte Stefan resigniert und musste leicht husten.

Frederic fühlte sich stark betroffen und wusste nicht recht, was er hinzufügen sollte.

„Das tut mir wirklich leid zu hören, alter Freund. Ich hätte dich gern unter anderen Umständen wiedergesehen. Scheint so, als hätte das Leben wiedermal andere Pläne gehabt", seufzte Frederic schweren Herzens und suchte nach einem Stuhl, um sich zu setzen, fand keinen passenden und verwarf den Gedanken wieder.

„Es ist nicht deine Schuld, Frederic. Wir waren beide viel unterwegs und mit der Zeit haben wir uns aus den Augen verloren. So spielt das Leben nun mal!", versuchte er, seinen alten Freund zu beruhigen und lächelte ihn wieder an.

„Und was kann ich für dich tun, Stefan? Du wirst mich ja nicht herzitiert haben, um dich bei mir zu verabschieden?", wollte er von Stefan wissen. Dieser atmete wieder etwas schwerer und schien seine Gedanken zu ordnen, bevor er fortfuhr. „Ich habe Markus, meinen Sohn, zu erreichen versucht, aber vergebens. Ich hätte gern noch kurz mit ihm gesprochen, bevor es zu Ende geht. Kannst du ihn für mich ausfindig machen?", fragte er Frederic hoffnungsvoll, während er ihn nicht aus den Augen ließ.

„Ich kann dir gern helfen, das ist ja meine Arbeit", zwinkerte er Stefan schelmisch zu.

„Soll ich noch weitere Verwandte für dich kontaktieren, damit sie sich von dir verabschieden können?", fragte er vorsichtig nach, da er nicht wusste, wen Stefan noch hatte, und ihn nicht brüskieren wollte.

„Würde ich gern, aber seit meine Frau gestorben ist, bin ich bis auf Markus allein. Aber er ist wie ich viel unterwegs und ich habe ehrlich gesagt keine Ahnung, wo er gerade steckt. Deshalb brauche ich deine Hilfe, denn er ist oft auf der ganzen Welt unterwegs", beantworte er Frederics Frage und musste gleich wieder Luft holen.

„Ich sehe die Schwierigkeit. Ich gehe davon aus, dass du dein Mobiltelefon kurz vor der Festnahme weggeschmissen hast?", hakte er kurz nach.

„Das ist richtig, aber ich habe mir ein paar Nummern für Notfälle gemerkt", erwiderte Stefan und gab ihm mündlich die Mobiltelefonnummer von Markus und von einem gewissen Christoph Brütsch.

„Und wer ist dieser Herr Brütsch?", fragte Frederic nach, während er diese Informationen auf seinen Notizblock kritzelte.

„Er ist ein guter Freund. Er, Anna und James sollen rasch hierherkommen", beantwortete Stefan Frederics Frage.

„Fragen kann ich ja, aber woher willst du wissen, dass deine Freunde so rasch Zeit haben? Waren sie möglicherweise bei deinem kleinen Ausflug mit der Geldkassette dabei?", bohrte Frederic neugierig nach, denn er hatte so ein Bauchgefühl, dass die genannte Anna und einer der Herren möglicherweise das zerstrittene Paar sein könnten, die beim Lebensmittelladen gesichtet worden waren. Es wäre schon ein arger Zufall, aber diesmal war er sich sicher, dass hier ein Zusammenhang bestand.

Stefan lächelte kurz. „Ich kann dir einfach nichts vormachen, mein alter Freund", begann Stefan und holte nochmals tief Luft. „Das ist auch der zweite Grund, weshalb ich dich sehen wollte. Diese drei jungen Leute sind anständige Menschen, die einfach nur Pech im Leben gehabt haben", begann er, die Situation zu erklären.

„Es wäre mir wichtig, nein ...", unterbrach er sich selbst und schöpfte nochmals Kraft „ich möchte, dass du dafür sorgst, dass nur ich die Strafe kassiere, im Gegenzug für Informationen." Er schaute den Inspektor bittend an und atmete wieder etwas schwerer.

„Du brauchst mir nichts zu bieten für diesen Gefallen, das weißt du doch?", erwiderte Frederic ablehnend. „Ich verdanke dir mein Leben, Stefan, das ist das Mindeste, was ich nun für dich noch tun kann."

„Das war vor zwanzig Jahren und wirklich nicht der Rede wert", widersprach Stefan und musste kurz husten.

Nicht der Rede wert, dachte sich Inspektor von Halden. Wenn Stefan nicht rechtzeitig zur Stelle gewesen wäre, würde er heute nicht da stehen. Er erinnerte sich noch genau daran, so sehr hatte ihn die Situation damals getroffen.

Er war noch ein junger Polizeibeamter gewesen, gerade dabei, seine Karriere als Inspektor in die Wege zu leiten, und musste einem Fall nachgehen, der ihn in den Containerhafen führte. Er selbst war nicht direkt mit der Fallaufklärung beauftragt gewesen, sondern hatte nur eine Kontrolle von eingehenden Containern assistiert, mit dem Auftrag, das Ursprungsland zu verifizieren und gegebenenfalls eine Beschlagnahmung anzuordnen. Man hatte den Schmuggel von Knochen von Tierarten, die auf der Liste der gefährdeten Arten standen, vermutet, was natürlich höchst illegal war. Auf Befehl hatte er sich in die Richtung des entsprechenden Docks begeben, um zwei Kollegen bei ihrer Nachtarbeit zu helfen. Ein Containerhafen war ein ziemliches Labyrinth, wie er festgestellt hatte, weshalb er sich verlaufen hatte und dabei Zeuge eines Mordes geworden war. Zwei vermummte Typen waren gerade dabei gewesen, eine leblose Gestalt zu „entsorgen", also die Spuren zu vernichten, als er diese Männer unbeabsichtigt dabei überrascht hatte. Er hatte seine Dienstwaffe ziehen wollen, doch er wurde von einem dritten Mann von hinten überrascht und brutal zu Boden geschlagen.

„Wärst du damals nicht zufällig in der Nähe gewesen und dazwischen gegangen, wäre ich heute wohl am Grunde des Hafenbeckens zu finden", flüsterte Inspektor von Halden vor sich hin, diese schreckliche Lebenserfahrung in seinen Gedanken, als wäre es erst gerade gestern geschehen.

„Ich werde dir helfen, Stefan, das schulde ich dir." Er hatte sich emotional wieder einigermaßen gefangen und zückte sein Mobiltelefon, drückte ein paarmal auf den Bildschirm und die Verbindung wurde aufgebaut.

„Hallo, Arnold, bist du noch in der Zentrale? Gut. Du musst mir noch folgende zwei Aufträge dringend erledigen und dann komm umgehend ins Krankenhaus, Zimmer Nummer 321, alles klar?", gab er seinem Assistenten die nötigen Anweisungen. Er übermittelte ihm die zwei Rufnummern und gab noch die Beschreibung von Christoph Brütsch durch, damit er den Herren schneller identifizieren konnte. Arnold nahm ohne Gegenfrage den Auftrag entgegen und verabschiedete sich mit einem schnellen, „Wird erledigt!". Inspektor von Halden verstaute sein Telefon in der Hosentasche und wandte sich wieder Stefan zu.

„Welche Informationen hättest du mir denn geben wollen, Stefan, wenn ich neugierig sein darf?" Obwohl er nicht noch mehr Schulden bei Stefan haben wollte, war er doch verwundert, was Stefan wohl zu wissen glaubte, das er verwerten konnte, denn der Fall der Geldkassette war für ihn so gut wie abgeschlossen. Es würde ein Leichtes werden, Stefan als Einzigen verurteilen zu lassen, da er die Ermittlungen bezüglich möglicher Komplizen bequem auslaufen lassen konnte, ohne dass sich groß jemand darüber beschweren würde.

„Du kriegst das hin, nicht?" Stefan wollte sich nochmals vergewissern, dass seine Freunde wirklich straffrei davonkommen würden.

„Kommt darauf an, was du mir als Nächstes erzählst, aber ich denke schon, dass das möglich ist", beruhigte er seinen alten Freund. Dieser holte nochmals tief Luft.

„Ich dachte, es könnte dich interessieren, wer den leeren Geldautomaten zu entwenden versucht und dabei kläglich versagt hat", entgegnete Stefan ruhig und lächelte dabei leicht.

Stefan schilderte sehr detailliert, wie er und seine Freunde den Geldautomaten entwendet und schlussendlich unfreiwillig im Fluss versenkt hatten. Während der Erzählung stellte Frederic zufrieden fest, dass sein Bauchgefühl ihn tatsächlich nicht verraten hatte und der Kastenwagen wohl tatsächlich vom Katzenklub den Weg zur Baustelle gefunden hatte – und dass möglicherweise die zwei Mörder versucht hatten, in den Juwelier einzudringen, um ihre Verluste, die sie bei Nihad Babic eingefahren hatten, mit einem Raub auszugleichen. Wobei dies natürlich schwer zu beweisen sein dürfte, vor allem, weil die zwei Täter wegen Mordes angeklagt waren und somit andere Sorgen hatten, als einen missglückten Einbruchsversuch zu gestehen.

Während sie auf die Ankunft von Arnold warteten, schwelgten sie weiter in Erinnerungen an damals, als sie sich kennengelernt hatten und immer wieder auf Kneipentouren gegangen waren. Nach einer Weile wurden sie jäh aus ihren Erinnerungen gerissen, als es an der Tür klopfte.

„Herein", rief Frederic, und Arnold öffnete die Tür.

21
Das Vermächtnis

Arnold trat ein, führte eine junge Frau sowie zwei Männer ins Zimmer, und schloss sorgsam die Tür hinter ihnen.

„Um Gottes willen, Stefan!", entfuhr es der jungen Frau, die erschrocken gleich ihre Hand vor ihren Mund legte und wie erstarrt stehen blieb. Die zwei jungen Männer blieben ebenfalls erschrocken und wie angewurzelt stehen und starrten Stefan sorgenvoll an.

„Guten Abend", begrüßte Inspektor von Halden die Gruppe. „Ich bin Inspektor von Halden und das hier ist mein Assistent, Herr Fritsch, den Sie ja bereits kennengelernt haben", stellte er sich und Arnold kurz vor.

„Guten Abend", wiederholte die Gruppe etwas verunsichert die Begrüßung des Inspektors und wusste nicht recht, was sie von der Situation halten sollte.

„Arnold, wir müssen arbeiten", forderte er seinen Assistenten auf und wies dabei auf zwei Stühle, die in der Ecke standen. „Ich denke, Sie und Stefan möchten sich zunächst unterhalten, und ich komme später dann nochmals auf Sie zu." Er forderte die Gruppe mit einer einladenden Geste auf, sich um Stefan zu gesellen, während er selbst in Richtung der Stühle schlenderte und sich mit einem Ächzen setzte. Arnold nickte der Gruppe zu und gesellte sich zu Inspektor von Halden, der ihn dann in leisem Tonfall auf den neuesten Stand der Ermittlungen brachte.

„Stefan, ich verstehe nicht, was ist denn passiert? James hat mich am Telefon benachrichtigt, dass du von der Polizei ins Krankenhaus transportiert worden bist und daraufhin haben wir uns auf den Weg hierhin gemacht, wussten aber danach nicht weiter", erzählte Christoph hastig und verhaspelte sich beinahe, so nervös und sorgenerfüllt war er.

„Ja, und gerade als wir doch versuchen wollten, zu dir zu kommen, hat sich dieser junge Polizeibeamte vorgestellt, der uns scheinbar irgendwie schon kennt", ergänzte James nervös und schielte dabei zu Inspektor von Halden und Arnold rüber, die aber in ihre eigenen Sachen vertieft waren.

„Und was ist mit dir denn passiert? Hat dich jemand angegriffen? War das etwa die Polizei?", fragte Anna besorgt und zeigte dabei auf die Apparate und Schläuche, wobei sie ihre Stimme zu einem Flüstern senkte, um nur von ihren Freunden gehört werden zu können.

„Ach woher denn, die Polizei war das doch nicht!", unterbrach Stefan seine Freunde, bevor sie noch weiter wild spekulierten, denn er hatte ihnen weitaus schlimmere Neuigkeiten zu überbringen.

„Ich bin nicht verletzt, ich bin zusammengebrochen, weil ich …", wollte er seine Situation erklären, wurde aber von Christoph unterbrochen, der vor Nervosität zu platzen schien.

„Was machen wir denn jetzt? Wir können doch nicht zulassen, dass sie Stefan in den Knast stecken." Er schaute kurz zum Inspektor rüber, der ihn aber nicht zu hören schien.

„Wir sind doch alle schon verhaftet, wieso hätte der Inspektor sonst gesagt, dass er sich später mit uns befassen wird?", flüsterte Anna zurück und schaute nochmals vorsichtig zur Sitzecke rüber, die zu ihrem Schrecken nun leer war, denn Inspektor von Halden und Herr Fritsch hatten sich lautlos zu ihnen gesellt.

„Meine Dame und meine Herren, wenn ich richtig in die Runde schaue, dann trägt niemand von Ihnen Handschellen, nicht? Also sind Sie auch nicht verhaftet", versuchte er, die nervöse Gruppe zu beruhigen. „Obwohl ich über Ihre Taten durchaus informiert bin", ergänzte er beiläufig, wobei diese Zusatzinformation seine Wirkung nicht verfehlte, denn alle drei erstarrten vor Schreck.

„Meine Freunde, Inspektor von Halden ist ein alter Freund von mir und auf meine Bitte hergekommen", erklärte Stefan seinen Freunden die Situation geduldig.

„Ihr kennt euch?", sprudelte es aus James hervor, der es nicht fassen konnte und mit offenem Mund dastand.

„Das ist richtig, James!", bestätigte Stefan und Inspektor von Halden nickte ebenfalls.

„Aber warum, also, weshalb ist er hier, ich meine, was ist denn los?", stotterte Anna die Frage hervor und hatte Mühe, ihre Gedanken zu sortieren. Christoph sah ebenfalls verwirrt aus.

„Weil es mir wichtig ist, dass ich eure Zukunft durch meine Taten nicht verbaue, weshalb ich Frederic gebeten habe, die ganze Sache mit der Geldkassette und dem Automaten mir zuzuschieben, damit ihr straffrei bleibt", erklärte Stefan ruhig, wobei er wieder kräftiger atmen musste. Die drei schauten sich ungläubig an.

„Ja, aber was ist mit dir?", entgegnete Anna besorgt.

„Genau, die werden dich in den Knast stecken, sobald du wieder gesund bist, und wir sollen dann ein schönes Leben haben, im Wissen, dass du hinter Gittern schmorst? Das kommt nicht infrage", ergänzte James empört und konnte nicht fassen, was Stefan vorhatte.

„Meine Freunde, dazu wird es nicht kommen", begann er sanft und schwer atmend.

„Wie meinst du das?", fragte Anna vorsichtig, wobei sie plötzlich ein mulmiges Gefühl hatte.

„Weil meine Zeit fast abgelaufen ist", fuhr er fort und schaute seine Freunde nacheinander an, die ihn nur ungläubig anstarrten, jeder und jede mit tiefen Sorgenfalten im Gesicht.

„Ich verstehe das nicht Stefan, was ist mit dir?", hakte Christoph sorgenvoll nach. „Du wirst doch wieder gesund, nicht?"

„Die Ärzte sind da leider weniger optimistisch", erklärte Stefan mit leiser, aber gefasster Stimme. Es war nun Zeit, ihnen offenzulegen, wie schlimm es um ihn stand. Er konnte es nicht weiter hinauszögern, er musste ihnen ermöglichen, einen Abschluss zu finden.

„Gemäß Diagnose habe ich Bauchspeicheldrüsenkrebs und einen Hirntumor." Es wurde totenstill im Zimmer. Für eine gefühlte Ewigkeit konnte man nur das Piepsen der Maschinen sowie das schwere Atmen von Stefan hören.

„Was heißt das?", unterbrach Anna die Stille und kämpfte mit den Tränen. „Wie viele Jahre hast du noch?", fragte sie mit zitternder Stimme.

Er holte tief Luft und schaute sie gutmütig an, doch Christoph mischte sich beherzt ein.

„Stefan, Krebs kann man behandeln. Das wird schon wieder. Wir starten sofort eine Chemotherapie und wir alle legen zusammen, damit du sicher eine gute Behandlung kriegst. Wir kämpfen für dich und mit dir, wir sind deine Freunde", zeigte sich Christoph kämpferisch und wollte Stefan um jeden Preis helfen, was der sehr zu schätzen wusste.

„Deshalb habe ich euch als Freunde, weil wir zusammenhalten", lächelte er seine Truppe an. Und für einen Augenblick schien wieder Hoffnung aufzuflammen, doch er wusste, dass es keine gab, und das musste er seinen Freunden nun klar machen, damit sie mit der Realität auch fertig werden konnten.

„Doch jede Hilfe kommt für mich zu spät", begann er wieder. „Der Grund, warum ich so gut mit euch reden kann, sind die Schläuche hier. Die Ärzte haben mich kurzzeitig mit Morphium und weiteren starken Schmerzmitteln stabilisiert. Vor sechs Monaten war ich beim Arzt, als ich starke Kopfschmerzen hatte, und der hat gemeint, das sei möglicherweise eine Migräne, weshalb ich rezeptpflichtige Schmerzmittel erhalten habe, die schweineteuer sind, nebenbei bemerkt", lächelte er in die Runde, doch seine Freunde hingen nur gebannt an seinen Lippen und hofften, dass das alles irgendwie ein schlechter Scherz wäre.

„Na ja, ich bin halt auch ein Sturkopf, wie ihr vielleicht gemerkt habt", fuhr er langsam fort, als niemand ihn unterbrechen wollte oder eine Frage stellte. „Natürlich hat der Arzt mir gesagt, ich soll nach einem Monat nochmals vorbeischauen, wenn es nicht besser werden würde. Aber der ist mir zu einfach zu teuer. Ich habe alle Vorzeichen ignoriert und mich fleißig mit Schmerzmitteln behandelt, immer im Glauben, dass das schon wieder wird."

„Stefan, wieso hast du mir nie davon erzählt, dass du schon so lange unter Schmerzmitteln stehst?", fragte Christoph mit zitternder Stimme. „Ich habe immer gewusst, dass etwas nicht passt, aber ich dachte immer, es sei was Normales, was man im Alter nun mal bekommt. Wieso hast du dir nicht helfen lassen? Ich hätte dir vielleicht sagen können, dass du dich untersuchen lassen sollst, Mensch!", wollte er von Stefan mit leicht zitternder Stimme wissen, während er mit seinen Gefühlen kämpfte. Er konnte es einfach nicht fassen.

„Christoph, ich bin alt und meine Zeit wäre sowieso bald abgelaufen. Es war mir eine Pflicht und ein Bedürfnis, dir in deiner schweren Zeit zu helfen. Da wäre mein Problem fehl am Platz gewesen. Außerdem hättest du mir sowieso nicht helfen können. Es hätte dich nur belastet, weiter nichts", erklärte er Christoph mit sanfter Stimme. Anna stand mittlerweile neben Christoph und lehnte sich leicht an seine Brust, leise schluchzend. James schlich sich langsam auf die gegenüberliegende Seite des Bettes und hielt die linke Hand von Stefan.

„Hey, komm schon, mach keinen Scheiß", versuchte er, die Situation ein wenig aufzulockern, doch auch er hatte Mühe, sein sonst immer frohes Gemüt aufrecht zu erhalten. „Du wirst doch noch ein Weilchen bleiben, nicht?", fügte er noch mit einem leichten Grinsen hinzu, wobei es diesmal bemüht wirkte, und man konnte spüren, dass es James schlecht ging.

„Stefan,", begann Christoph leise, „wie viele Monate noch, mein Freund?"

„Zwei Wochen, wahrscheinlich weniger", flüsterte Stefan.

Es wurde sehr still im Raum. Es fühlte sich an, als würde sich gerade der Mantel des Todes im Raum ausbreiten und ein Schaudern verbreiten. Anna hörte schlagartig auf zu schluchzen und erstarrte vor Schock und Fassungslosigkeit. Sämtliche Gesichtszüge von James lösten sich und hinterließen nur noch eine erstarrte Maske des Schreckens, seine Augen waren weit geöffnet und er schien mit seiner Atmung zu kämpfen. Stefans Aussage traf Christoph so hart, dass er für einen Augenblick das Denken komplett einstellte und seine Gedanken eine Art Notfallfilm abspielten, um die Leere in seinem Kopf zu füllen. Die Stille war fast unerträglich, weshalb Stefan sich entschloss, diese zu unterbrechen, um noch seine letzte Beziehung ordentlich zu beenden, nämlich die zu seinem Sohn.

„Herr Fritsch, konnten Sie Markus schon kontaktieren?", fragte er hoffnungsvoll Frederics Assistent.

„Noch nicht, aber ich sollte bald Bescheid ...“ Er wurde unterbrochen, da gerade in diesem Augenblick sein Telefon klingelte.

„Entschuldigen Sie mich bitte!“ Arnold nahm das Gespräch mit einem „Fritsch am Apparat“ entgegen und verzog sich in die Stuhlecke, um ungestört telefonieren zu können.

„Ich habe gedacht, dass du Witze machst, als du gesagt hast, es gebe ohnehin keine Verhandlung mehr“, meldete sich Inspektor von Halden wieder zu Wort. „Ich dachte, du hättest noch ein paar Jahre, Stefan. Ich bin nur froh, dass ich dir so noch etwas zurückgeben kann.“

Stefan nickte verständnisvoll. Er wusste, dass Frederic schon viel mit dem Tod zu tun gehabt hatte, das war nun mal ein Begleiter des Berufs als Inspektor. Doch er konnte sich vorstellen, dass ihn diese Neuigkeit doch hart getroffen haben musste.

„Anna, Christoph und James ...“ Stefan schaute ihnen nacheinander in die Augen. „Ich bin der glücklichste Mensch, da ich die Ehre gehabt habe, euch kennenzulernen und mit euch einen Teil meines Lebens zu teilen. Ihr habt es geschafft, mein Herz zu öffnen, als es schon fast verschlossen war“, sprach er in die Runde und konnte eine kleine Träne nicht ganz unterdrücken. Anna fing wieder an zu schluchzen und hatte weiche Knie bekommen, weshalb Christoph sie leicht stützte. Er kämpfte ebenfalls mit der Fassung, während eine Träne seine Wange hinunterkullerte, die er rasch wegwischte.

„Frederic, erkläre doch meinen jungen Freunden noch rasch, wie du das regelst, damit diese Last von ihren Schultern verschwindet“, forderte er Inspektor von Halden freundlich auf.

„Das mach ich gern, Stefan", begann er seine Rede. „Die Sache ist sehr einfach, wenn Sie sich an Ihren Teil halten. Sie werden ab heute keine krummen Dinge mehr drehen, ansonsten sehe ich mich gezwungen, mich weiter mit Ihnen zu beschäftigen. Sie werden in Zukunft jede Machenschaft abstreiten. Es ist zum Glück niemand zu Schaden gekommen, weshalb es die Sache viel einfacher macht. Stefan wird mit allen Straftaten, die ohnehin nicht sehr hoch sind, belangt, während ich die Ermittlungen nach Komplizen ins Leere laufen lassen werde, was ich mir in meiner Position leisten kann, da wir ja einen Verdächtigen haben und ich schon länger hier arbeite. Außerdem wäre es ohnehin sehr aufwendig, ihre Mittäterschaft zu beweisen, da wir kaum Zeugen haben und unsere Ressourcen nun mal begrenzt sind. Das Einzige, was Sie tun müssen, ist, Ruhe zu bewahren", schloss er seine Anweisungen ab.

„Wer ist Markus?", wollte Anna wissen, die nicht wusste, wen Stefan vorhin gemeint hatte.

„Markus ist mein Sohn", beantwortete er ihre Frage.

„Du hast einen Sohn?", fragte Christoph verblüfft. „Wieso hast du mir nie davon erzählt?" Er schien die Welt nicht mehr zu verstehen und fühlte sich, als kenne er Stefan plötzlich nicht mehr. Das konnte man auch deutlich seinem Gesicht ablesen.

„Ja, ich habe einen Sohn, aber unsere Beziehung ist sehr kompliziert und es ist noch nicht so lange her, dass ich den Kontakt mit Markus wiederhergestellt habe. Ich bin mir noch nicht sicher gewesen, wo das hinführen würde, weshalb ich es noch für mich behalten habe. Ich hoffe, ihr versteht mich."

Immer noch etwas überrumpelt nickte Christoph zögerlich.

„Wieso hast du ihn nicht um Hilfe gebeten? Er hätte dir sicher Geld geliehen, wenn du so in Nöten steckst", wollte

James wissen, der mittlerweile seine Stimme wiedergefunden hatte.

„Wisst ihr, als Matrose war ich immer unterwegs und kaum für Markus da, was schon früh einen Keil zwischen uns getrieben hat", begann Stefan von seinem Sohn zu erzählen. „Ich habe dann irgendwann komplett den Kontakt zu ihm verloren, was mir sehr wehgetan hat. Als meine Frau dann gestorben ist, sind wir uns bei ihrer Beerdigung seit Langem wieder begegnet. Er hatte sich mittlerweile ein ordentliches Leben aufgebaut und flog berufsbedingt durch die ganze Welt." Stefan hielt kurz inne, scheinbar in seinen Gedanken verloren, und fand nach einem Augenblick den Faden wieder.

„Versteht ihr? Er hat es im Leben ohne mich geschafft und ist ein erfolgreicher, unabhängiger Mann. Er ist zwar nicht verheiratet und hat keine Kinder, doch er lebt ein glückliches und erfülltes Leben."

Stefan zögerte wieder einen Moment und schien mit seinen Emotionen zu kämpfen. James legte freundschaftlich seine Hand auf Stefans Schulter und lächelte ihm aufmunternd zu.

„Endlich hatte ich wieder einen guten Draht zu Markus. Das Letzte, was ich gewollt habe, war, dass er glauben würde, ich hätte den Kontakt nur aufgebaut, damit er sich um mich kümmern sollte. Das wollte ich auf keinen Fall!"

Stefan schluchzte ein wenig. All die Jahre hatte er seine Gefühle zu seinem Sohn unterdrückt und nun lief ihm die Zeit davon.

In der Zwischenzeit war Arnold mit dem Telefongespräch fertig geworden und stand nun wieder bei ihnen.

„Ehm, Herr …", begann Arnold, der den Nachnamen von Stefan natürlich nicht kannte, da ihn niemand bisher erwähnt hatte.

„Ich bin der Stefan für dich. Was hast du für mich?",
fragte Stefan hoffnungsvoll und mit fester Stimme, denn er
hatte sich wieder gefasst.

„Ich habe gerade von der Zentrale Bescheid erhalten",
begann Arnold vorsichtig, denn er wusste nicht recht, wie
er diese außerordentlich traurige Neuigkeit übermitteln
sollte – nach all dem, was Stefan bereits durchgemacht
hatte.

Stefan schien gefasst zu sein, als hätte er schon gespürt,
dass etwas nicht stimmte.

„Was ist mit meinem Sohn passiert?", fragte er mit gefasster Stimme.

Arnold atmete nochmals tief durch. „Markus hatte leider vor drei Tagen einen schweren Autounfall in Perth,
Australien. Er ist noch am selben Tag im Krankenhaus ver-
storben. Wir haben die Meldung überprüft und die Repat-
riierung seines Leichnams eingeleitet. Es tut mir außerordentlich leid für dich, Stefan", überbrachte Arnold schweren Herzens die Botschaft und hatte Mühe, dies in einer
ruhigen Stimme vorzutragen. Es wurde wieder sehr still im
Raum, und alle schauten betreten zu Boden.

„Danke, Arnold, dass du das für mich abgeklärt hast.
Wenigstens weiß ich nun Bescheid ... Frederic", wandte er
sich wieder seinem alten Freund zu, denn er wusste nun,
dass es Zeit war, noch eine letzte Sache zu klären, bevor er
von dieser Welt ging.

„Ja, wie kann ich dir helfen?", fragte er Stefan fürsorglich.

„Ich möchte mein Testament bekannt geben, solange
ich noch klar denken kann und alle meine Freunde um mich
habe", brummte er mit erstarkter Stimme.

Frederic signalisierte Arnold kurz, dass er sich bereit
machen sollte, das mündliche Testament aufzuzeichnen.
Arnold zückte sein Smartphone, stellt den Diktiermodus

ein und hielt es mit ausgestrecktem Arm in Richtung Stefan. Frederic nickte Stefan zu und gab ihm so zu verstehen, dass sie bereit waren.

„Meine Freunde, Anna, Christoph, James, ihr seid mir ans Herz gewachsen. Mit Frederic von Halden und Arnold Fritsch als Zeugen mach ich hier nun mein mündliches Testament", begann er seine Rede und schaute die drei an. Anna fing wieder an, zu schluchzen, und Christoph legte tröstend den Arm um ihre Schulter.

„Ich selbst habe nicht viel", fuhr Stefan fort, „doch nun habe ich das Hab und Gut meines Sohnes geerbt. Er hat nie viel Geld beiseitegelegt, da er gut gelebt hat. Doch er besitzt ein Haus am Rande der Stadt, welches ich euch dreien als Gemeinschaft vermache. Des Weiteren vermache ich den Rest meines Hab und Guts ebenfalls euch dreien zu gleichen Teilen. Seid nett zueinander und immer für euch da, wie ihr es in den letzten Wochen gewesen seid, denn ihr seid jetzt mehr als nur Freunde, ihr seid eine Familie. Lebt eure Leben, ihr habt nur eines!", schloss er seine Rede und nickte Arnold zu, der die Aufnahme stoppte und speicherte. Sie alle schwiegen wieder für einen Moment, jeder in seine Gedanken versunken. Sie alle versuchten, die Ereignisse der letzten Stunde irgendwie zu verdauen, aber es war einfach noch zu früh, um damit fertig zu werden.

„Frederic", unterbrach Stefan noch einmal die Stille. „Das ist nun der endgültige Abschied, mein Freund. Ich denke, du brauchst mich nicht mehr zu besuchen, denn ich will, dass du mich im Guten in Erinnerung behältst. Ich bedanke mich für die Freundschaft, die all die Jahre überstanden hat. Du bist ein Ehrenmann und ich werde dich bis zum Schluss in bester Erinnerung behalten."

Frederic nickte gerührt, fasste die Hand von Stefan zum Abschied und sprach ihn ein letztes Mal an: „Stefan, es war mir eine außerordentliche Ehre, dich gekannt zu haben.

Auch wenn wir uns lange nicht mehr gesehen haben, hast du mein Leben stark beeinflusst, und ich wäre ohne dich heute nicht der Mann, der ich bin. Ich werde mein Versprechen umsetzen, wie wir es besprochen haben. Ich wünsche dir von ganzem Herzen einen sanften und schmerzfreien Abschluss." Er drückte die Hand von Stefan nochmals und sie beide schauten sich kurz in die Augen. Frederic konnte Stefan ansehen, dass Stefan wusste, dass er alles sauber erledigen würde. Es gab nichts mehr zu sagen, sie hatten sich alles gesagt. Beide hatten tiefen Respekt füreinander und so gingen sie auseinander.

„Wir gehen jetzt und lassen euch mit Stefan allein. Ich werde euch einen Anwalt zukommen lassen, der euch beim Erbprozess begleiten wird. Wenn alles gut läuft, sehen wir uns hier zum letzten Mal." Inspektor von Halden nickte in die Runde und die beiden Polizisten verließen das Zimmer.

Stefans Freunde blieben noch die ganze Nacht bei ihm und sie erzählten sich lustige Geschichten und Erlebnisse, die sie alle miteinander geteilt hatten. Stefan fühlte sich trotz seines Schicksals glücklich, denn er wusste, dass seine Freunde nun wieder eine bessere Zukunft hatten, auch wenn er dies leider nicht mehr mit ihnen erleben konnte.

Epilog

Anna, Christoph und James betraten zum ersten Mal das Haus, welches sie geerbt hatten. Es war ein wunderschönes Einfamilienhaus im Bungalow-Stil mit großem Garten am Rande der Stadt. Alte, prunkvolle Holzmöbel verzierten die Zimmer und vermittelten einen warmen Charme, der ein Zuhause auszeichnete. Praktisch an allen Wänden hingen Bilder von unterschiedlichsten Orten, die Stefans Sohn besucht hatte. Vom kalten Sibirien über das warme Horn von Afrika, über die Höhen des Himalaja bis zu den Tiefen der Meere, wo er scheinbar auch schon getaucht war.

James gab Anna einen freundschaftlichen Kuss auf die Wange und erkundete das Haus für sich. Christoph küsste Anna liebevoll auf den Mund und streichelte Maria über das Haar, welches sie wieder perfekt zurechtgemacht hatte – mit ein wenig Hilfe von Anna.

Jene Nacht im Krankenhaus schwirrte noch immer in Christophs Gedanken herum und der Schmerz, einen guten Freund verloren zu haben, beschäftigte ihn sowie seine Freunde Tag für Tag. Sie waren alle noch sehr lange bei Stefan geblieben, - bis tief in die Nacht – und hatten miteinander geredet. Anna hatte sehr viel geweint, denn Stefan war für sie so etwas wie eine Vaterfigur gewesen, ein Fels in der Brandung, der ihr immer eine helfende Hand entgegengestreckt hatte, wenn sie wieder mal am Boden gewesen war. Stefan hatte ihm und Maria auch unzählige Male geholfen, selbstlos, egal, wie es ihm gerade gegangen war, was er immer sehr geschätzt hatte. Ihn verfolgte das Gefühl, Stefan zu wenig gegeben zu haben. Er hatte diese innere Stimme, dass er Stefan vielleicht doch vor dem Tod hätte retten können, wenn er doch nur mehr getan hätte. Aber er wusste auch, dass das nicht stimmte, denn die Ärzte hatten bestätigt, dass man nichts hätte machen können. Zwei Tage nach der Einlieferung ins Krankenhaus war Stefan dann auch friedlich eingeschlafen. Die Ärzte hatten Christoph dann kurz erklärt, sie hätten ihm auf Wunsch von Stefan mit vielen Schmerzmitteln ein sanftes Ende ermöglicht.

Inspektor von Halden hatte Wort gehalten und dafür gesorgt, dass nur Stefan als Täter in den Akten hinterlegt worden war. Auch das Testament hatte er sauber umsetzen lassen, sodass sie keine Schwierigkeiten gehabt hatten.

Maria war wie so oft tapferer, als er gedacht hatte. Für die Beerdigung hatte sie die Seemannsmütze von Stefan hervorgeholt, welche er ihr damals geschenkt hatte – als Kraft und Tapferkeitssymbol – und diese zusammen mit einer Kerze in das kleine Modell-Holzboot gelegt. Zusammen mit der Asche von Stefan hatten sie das kleine Boot den Fluss hinuntergleiten lassen, symbolisch für die letzte Reise.

Von Inspektor von Halden hatten sie, seit alles erledigt gewesen war, nichts mehr gehört, was sie alle beruhigte, denn das bedeutete, dass sie sich definitiv keine Sorgen mehr machen mussten. Auch bezüglich ihrer Schulden schien wieder Hoffnung zu bestehen, dass sie diese abbezahlen konnten. Die dringendsten Schulden waren bereits mit dem wenigen Erbe von Stefan und den Rückzahlungen der Kautionen ihrer Wohnungen, die sie ja nicht mehr benötigten, getilgt. Christoph hatte mittlerweile gute Aussichten auf eine neue Arbeit im Marketingbereich, sodass er bald auch wieder seinen Beitrag würde leisten können.

Vor zwei Tagen hatten sie noch einen Zeitungsartikel gelesen, in dem Inspektor von Halden vorgekommen war. Er hatte dank ausgezeichneter Polizeiarbeit einen Drogen- und Schmuggelring zerschmettert. Es waren scheinbar mehrere Hunderttausend Euro in diversen Schließfächern sichergestellt worden.

Anna und Christoph waren nun zusammen und Maria hatte eine neue Mutter. Sie alle hatten ein gemeinsames Zuhause, waren eine Familie geworden. Stefan hatte es geschafft, sie zusammenzubringen, und gezeigt, dass sie in dieser Gruppe alles überstehen konnten, dass ihr Zusammenhalt und ihre Freundschaft das Wertvollste in ihrem Leben war. Sie hatten dank Stefan eine zweite Chance für eine bessere Zukunft erhalten.